英语诗歌鉴赏

Appreciation of English Poetry

张 剑 编著

北京大学出版社
PEKING UNIVERSITY PRESS

图书在版编目（CIP）数据

英语诗歌鉴赏. 英文 / 张剑编著. —— 北京：北京大学出版社，2024.7. —— ISBN 978-7-301-35238-0

Ⅰ. I106.2

中国国家版本馆CIP数据核字第2024P5R351号

书　　　名	英语诗歌鉴赏 YINGYU SHIGE JIANSHANG
著作责任者	张　剑　编著
责 任 编 辑	李　娜
标 准 书 号	ISBN 978-7-301-35238-0
出 版 发 行	北京大学出版社
地　　　址	北京市海淀区成府路205号　100871
网　　　址	http://www.pup.cn　新浪微博：@北京大学出版社
电 子 邮 箱	编辑部 pupwaiwen@pup.cn　总编室 zpup@pup.cn
电　　　话	邮购部 010-62752015　发行部 010-62750672　编辑部 010-62759634
印 刷 者	天津中印联印务有限公司
经 销 者	新华书店 720毫米×1020毫米　16开本　33.25印张　695千字 2024年7月第1版　2024年7月第1次印刷
定　　　价	98.00元

未经许可，不得以任何方式复制或抄袭本书之部分或全部内容。
版权所有，侵权必究
举报电话：010-62752024　电子邮箱：fd@pup.cn
图书如有印装质量问题，请与出版部联系，电话：010-62756370

前　言

一、教材概说

通识型和专业课程教材。"英语诗歌鉴赏"是通识型课程，但具有语言文学专业的性质。它不仅适合语言文学专业的学生，同时也适合其他专业学生。新时代需要能够把中国介绍给世界，让世界了解中国的高层次外语人才，这样的人才不仅需要语言能力出众，而且需要文化知识丰富，具有文学素养、艺术品位和鉴赏力，本教材将在这方面的人才培养做出贡献。

语言与知识协同发展。本教材将促成学生的语言和知识协同发展，既提升外语语言能力，又建构合理的知识体系。通过阅读诗歌原文，增加学生的英语阅读和理解能力，达到大学英语四级（词汇量4500）的水平以上，同时也增加学生的知识宽度，实现通识教育的目的。

文学与社会的对接。本教材相信文学不是象牙塔，它反映社会，反映人们的思想。它所选择的诗歌作品与传统的教材不同，爱情、友谊等常规话题不多，更多的作品与社会和历史有关。阅读它们可以增加学生的问题意识，以及对社会问题和历史问题的兴趣和敏感度。

二、教材内容及特色

问题意识。目前各大出版社都出版"英语诗歌鉴赏"类教材，在内容编排上一般都是按时间顺序排列，从中世纪到20世纪，内容涉及作家作品。但是本教程编排方式非常不同，它以"专题"为线索设计教学的内容，以问题为导向安排课程的章节。这些内容涉及英语国家中热议的各种社会和历史问题，包括性别、种族、阶级、生态、战争、老龄化、宗教等，涉及这些国家的政治、经济、历史、文化等领域。这样做的好处在于，可以通过阅读英美诗歌，引导学生分析其中的问题，增加他们对这些问题的认识和理解。同时，每个专题可以从古到今选择诗歌作品，它不仅能够对这个问题进行定义，还可以将这个问题的历史发展、来龙去脉呈现出来。

比如，"**战争与记忆**"一讲，引导学生阅读两次世界大战的诗歌、美国内战的诗歌、北爱尔兰动乱的诗歌、反恐战争的诗歌，在阅读的同时思考和讨论战争的正义性问题、战争对个人造成的创伤问题、战争责任问题等。

"**生态与环境**"一讲，引导学生阅读自然诗歌、风景诗歌、动物诗歌，了解人与自然的关系、环境与发展的矛盾、动物伦理、素食主义等问题。对这些诗歌的讨论增加了学生对环境问题的认识，了解气候变暖、生物多样性、资源枯竭、环境污染、沙漠化等议题，同时也提高他们保护环境的自觉意识。

"**阶级与社会正义**"一讲，引导学生阅读19世纪雪莱的诗歌，20世纪哈里森的诗歌，阅读描写工人、农民以及下层人民的诗歌，了解英国社会的贫富差异、剥削和压迫、社会正义等议题，同时也思考这些问题的历史发展，以及在20世纪的贫穷和社会保障问题。针对这些问题的讨论，激发了学生的学习积极性和对社会问题的兴趣，从而形成一种探究式的学习模式。

文学，尤其是诗歌，一直被视为高雅艺术，视为象牙之塔，似乎不接地气。其实这是对诗歌的一个误解，本教材全面凸显文学中反映的社会问题，以文学为媒介，调动学生已有的知识储备，去分析和理解诗歌中反映的问题。同时，将"文学与社会"问题并举，介绍诗歌呈现这些问题的特殊方式，通过阅读诗歌文本，让学生了解这些问题如何在文学中得到反映，培养他们的审美素养。

研讨为先。《英语诗歌鉴赏》是可以研讨的教材。全书内容有较强的问题意识和启发性。每一讲的"话题解说"可由教师完成，主要是解读这一讲的主题。其后的"诗歌阅读"可以由学生完成。学生可以分成5个小组，课前针对一首诗做调研，课上每个组分享调研结果，教师对这些分享内容进行点评和纠正。这样的课堂不是教师一言堂，而是把课堂变成研讨的场所。以问题启发学生的思维，以思维促使学生去追寻问题、追寻知识，从而形成以学生为中心的教学方式。每一讲所突出的现实问题或历史问题,都可以引导学生思考和讨论,从而形成一种研讨课型。

比如,在讨论有关第一次世界大战的诗歌时,教师会指出诗歌中所反映的"反战"问题。有人说,这些诗人之所以反战,是因为他们懦弱,想逃避战争。但是在阅读诗歌时,学生们会逐渐发现,这些诗人并不是懦夫,他们非常勇敢,有些获得过战斗勋章,有些献出了他们的生命。他们"反战"的主要原因是质疑战争的正义性,他们认为这是帝国主义战争,是非正义的战争。那么,什么样的战争才是正义的战争呢?是否存在正义的战争呢?这些都是非常难以回答的问题,在课堂上往往会引起激烈的争论。另外,战争的残酷性在这些诗人心中都会留下深刻的阴影,留下难以平复的创伤。在战争中他们经历了九死一生,或目睹了战友的惨死,这些经历不会自动消失,不会轻易抹去,它会困扰他们的一生,让他们自责,让他们吃不好睡不香。在我们的时代,伊拉克战争和阿富汗战争都造成了同样的问题。它是一种精神疾病,人们称之为"炮弹综合征"。战争给个人造成的苦难,在诗歌中的反映是发人深省的,并且对我们当下的社会也有所启发。最后,战争责任由谁来负?有人认为,士兵杀人只是听从命令,他残害了无数生命,那也是执行上级命令的结果,因此不承担责任。这个说法符合逻辑吗?可以接受吗?盲目地执行命令就可以逃脱罪责吗?在政治哲学上,这被称为"平庸之恶",也就是说,这个人对自己的行为不做任何思考、没有任何质疑,仅仅是平庸地工作,尽职尽责,放任邪恶的发生,这也是一种"恶"。日本右翼直到现在还在否认战争罪行,还在慰安妇和劳工问题上与亚洲其他国家发生冲突。我们思考欧洲的战争也是对亚洲的战争和伦理问题进行思考。在这样的课上,学生学到的知识不是死记硬背得来的,而是经过思考而产生的,是一种真正的知识。

三、试验效果

"英语诗歌鉴赏"在北京外国语大学开设了八年,是北京外国语大学的

"新生研讨课"之一，这门课程2019年被评为"国家级一流课程"。

"新生研讨课"是北京外国语大学教学改革的一个部分，它针对外国语言文学学科的性质，改变以前的"低年级训练语言、高年级学习知识"的旧做法，提出了"知识型课程的开设始于一年级新生"的理念。语言文学专业的学习往往涉及大量的技能训练，这些技能训练往往是重复的、枯燥的和机械的，这对当代的大学生的智力成长非常不利。"新生研讨课"系列成功地改变了大学前两年完全进行重复、枯燥和机械的语言技能训练的状态，使大学生从一开始就接触到大学的教学内容，在智力和知识两个方面都受到一定的刺激和挑战，不仅获得大学教育的体验，而且认识到语言文学专业的优势和价值，热爱这个专业。

从几年的教学实践看，学生对教材内容非常感兴趣，同时也对这种授课方式非常认可。该课程过去几年教学评估得分为96至99分，授课教师多次获得英语学院本科优秀教师奖。在第一期课程结束后，有一位学生撰写《张先生和他客厅里的诗人们》一文，将该课程比喻为林徽因在20世纪30年代举办的文学沙龙。林徽因的"素雅的客厅里，民国文人才子们谈论文学、建筑、时尚、艺术、政治，踌躇满志、风采灼灼"。这位同学写道："我很荣幸，在或许是最能自由的学习的大学时代，体验了这样一场诗意的文化沙龙。"但这里的主角"不是林小姐，而是张先生，他把这些诗人聚集到一起，在思想的客厅：西综的教室里，让我们这些观众能有机会借助一首首诗，窥探诗人来的那个时代、遥远的地方，品味、评论"。

目 录

1. The Art of Poetry ·············· 1
诗歌艺术
  1) Ars Poetica ·············· 6
  2) Mozart, 1935 ·············· 11
  3) The Man with the Blue Guitar ·············· 16
  4) From the Frontier of Writing ·············· 21
  5) Belfast Confetti ·············· 27

2. Empire and Imperialism (1) ·············· 31
帝国与帝国主义（1）
  1) The Tempest (from Act I, Scene 2) ·············· 36
  2) The Sailor, Who Had Served in the Slave Trade ·············· 45
  3) Middle Passage ·············· 59

3. Empire and Imperialism (2) ·············· 81
帝国与帝国主义（2）
  1) Ode on Lord Macartney Embassy to China ·············· 86
  2) The Ballad of East and West ·············· 95
  3) The Vanishing Red ·············· 106
  4) Meeting the British ·············· 112
  5) Ocean's Love to Ireland ·············· 117

4. War and Memory (1) — 123
战争与记忆（1）

    1) Strange Meeting — 128

    2) MCMXIV — 135

    3) Platform One — 141

    4) Last Post — 146

    5) The Christmas Truce — 152

5. War and Memory (2) — 163
战争与记忆（2）

    1) Little Gidding II (Excerpt) — 168

    2) Refugee Blues — 178

    3) Shooting Stars — 185

    4) Shrapnel — 190

    5) Initial Illumination — 199

6. Class and Social Justice (1) — 207
阶级与社会正义（1）

    1) The Thresher's Labour (Excerpt) — 212

    2) The Cry of the Children（Excerpt） — 220

    3) The Song of the Low — 230

    4) John Clare Helpston c. 1820 — 237

    5) Tom Palin at Cinderloo — 242

7. Class and Social Justice (2) — 249
阶级与社会正义（2）

    1) The Community Charge, How Will It Work for You? — 254

    2) The Spaces Left Bare — 259

3) Peace ··· 263

　　4) Two Years from Retirement, My Neighbor Contemplates Canada ······ 269

　　5) Widening Income Inequality ························· 276

8. Gender and Women (1) ·· **285**
性别与女性（1）

　　1) Mirror ·· 290

　　2) Bloody Men ·· 295

　　3) Helen of Troy Does Countertop Dancing ········ 299

　　4) Planetarium ·· 310

　　5) Siren ··· 318

9. Gender and Women (2) ·· **323**
性别与女性（2）

　　1) The Victory ·· 328

　　2) In Celebration of My Uterus ······················ 332

　　3) Morning Song ····································· 340

　　4) The Mother ·· 346

　　5) To a Daughter Leaving Home ···················· 352

10. Ecology and Environment (1) ································· **357**
生态与环境（1）

　　1) The Sea-Elephant ································· 361

　　2) Plea for a Captive ································· 371

　　3) The Call of the Wild ······························ 376

　　4) Parliament ·· 383

　　5) Move ·· 390

11. Ecology and Environment (2) **395**
生态与环境（2）

  1) Nuclear Family 400

  2) Last Snowman 411

  3) Doppler Effect 416

  4) World 421

  5) Ice Would Suffice 425

12. Aging and Senility (1) **429**
老龄化与衰老（1）

  1) All the World's a Stage (from *As You Like It*, Act II, Scene vii) 433

  2) Ode: Intimations of Immortality（Excerpt） 438

  3) Ulysses 447

  4) Growing Old 456

  5) I Look into My Glass 462

13. Aging and Senility (2) **467**
老龄化与衰老（2）

  1) Affirmation 472

  2) Forgetfulness 477

  3) Lines on Retirement, after Reading Lear 482

  4) Warning 487

  5) Silence 492

14. Philosophy of Love **495**
爱的哲学

  1) To — 500

目　　录

2) The Selling of a Soul ·· 504
3) When You Are Old ·· 508
4) Those Winter Sundays ·· 512
5) My Papa's Waltz ··· 516

1

The Art of Poetry
诗歌艺术

1. The Art of Poetry

在西方传统中，诗人在进行重要的创作之前都要呼唤缪斯，寻求灵感。古罗马诗人维吉尔在《埃涅阿斯纪》的开篇就有呼唤缪斯的情节，希望灵感之神能够助力他完成这部史诗的创作。后来，英国诗人弥尔顿在《失乐园》、华兹华斯在《序曲》中都继承了该传统。但是在西方传统中，灵感不仅来自缪斯，有时也来自酒神狄俄尼索斯。酒精可以使人进入一种亢奋的状态，使人飘然若仙，心智异常活跃，从而引起"诗兴大发"。当然，其他因素如宗教信仰有时也能够让人进入这样的状态，起到同样的作用。所谓的"灵感"也许并不是"魔力附身"，而是进入一种特殊的兴奋状态，以至于才思喷涌，不吐不快。

到了19世纪，诗歌的源泉被赋予了大自然。由于科学思想驱逐了神灵，灵感逐渐变成了自然现象。华兹华斯认为诗歌"是强烈的情感的自然流露"。拜伦认为诗歌创作就像"火山爆发"，它是强烈的感情的喷射。济慈认为诗歌创作过程必须自然和自发，就像"树叶在树上生长一样"。雪莱认为诗歌灵感就是"风吹燃烧的煤炭"，风来炭火红，风停炭火暗。在诸多诗歌中，"风"变成了灵感的象征，微风吹拂往往引发内心的振奋，外界的骚动引起内心的骚动，从而形成了内心的灵感。

在20世纪，艾略特（T. S. Eliot）认为诗歌起源于音韵，而不是思维。这就是他的著名的"听觉想象"（auditory imagination）理论。"对音节和节奏的感觉，进入思维和感觉等意识层面之下的深处，使每一个字都生动起来；深入原始与遗忘的领域，回到本源以带回某种东西，寻求开头和结尾。当然，它通过意义来起作用，或者说不完全排除通常的意义，并且将古老的、被抹除的和陈旧的，与现在的、新的和惊人的融为一体，融合最古老的与最文明的心态。"

音韵在诗歌创作中被赋予了非常重要的作用。当代英国诗人达菲（Carol Ann Duffy）也说："当我或任何诗人写诗时，我们常常竭力去做的就是获得一种非语言的音韵，我可以把整个节奏和音韵创想出来，而没有任何文字。它不全是音乐，也不全是文字，而是两者之间的东西。它有色彩，几乎有形状。我并没有觉得我是在高度意识层面做了这样的事情，那就是它产生的方式。"

诗人往往怀疑语言退化，怀疑现有的语言资源不足以表现复杂和不断变化的现实。艾略特说："在我们的文明中，特别是它目前的状态，似乎诗人们必须变得晦涩。我们的文明包含如此多样和复杂的因素，当这些多样性和复杂性作用于细腻的感官，肯定会产生多样和复杂的结果。诗人必须变得更加综合性，更加用典化，更加间接化，以强迫语言或打乱语言，表达其意思。"用保罗·利科（Paul Riceour）的话说，就是要"把隐喻的力量用到极致，以重新描述现实"。

当诗歌处于低潮时，诗人同样会怀疑语言的表现力。为振兴西方诗歌，庞德（Ezra Pound）提出了"苟日新、日日新"，提倡西方诗歌向中国诗歌学习。他认为诗歌语言的理想状态是词与物的合一，在中国的形象文字或表意文字中，文字本身包含了物象。因此，中国象形文字就是词与物的完美结合，是理想的诗歌语言。而在西方的表音文字中，意义与物体是脱节的。

词与物的关系是20世纪哲学的重大问题，也是20世纪诗学的重大问题。索绪尔的结构主义语言学将语言视为一个自我循环的系统，文字的意义只能用其他文字来定义，因此文字并不指涉世界，而是指向其他文字：能指与所指脱节。为了在外界找到"客观对应物"，诗歌往往寻求打破语言规范，给读者一种语言即世界、世界即语言的感觉。因此，我们往往看到诗歌看似描写事件，实则描写创作，目的在于实现从文本到世界的贯通。

诗歌有自身的传统，从某种意义上讲也是自我封闭的系统。一首诗永远指向先前的诗歌，是对前辈诗歌创造的规范和常规的继承。没有前辈诗歌，以及它们形成的规则和惯例，我们就无法理解现在的诗

1. The Art of Poetry

歌。因此，所有诗歌都可以视为对前辈诗歌的改写和改编，它们之间存在着一种互文关系。

最后，如果诗歌是自我封闭的系统，"为艺术而艺术"，那么它是不是隔绝于外界？换句话说，如果诗歌完全属于审美领域，那么它在多大程度上是自给自足的现象？在多大程度上独立于社会、政治、历史？或者它在多大程度上介入社会、政治、历史是合法的？这些问题是诗歌面临的两难问题：如果它不反映历史，那么它将成为"象牙之塔"。如果反映历史，那么它就有违艺术的独立性。但是，20世纪诗人还是选择了介入历史。谢默斯·希尼（Seamus Heaney）说，从《北方》开始，他的诗歌"就从创造令人满意的语言形象，改变为寻找充足的意象和象征以表现我们的困境"。

1) Ars Poetica[1]

By Archibald MacLeish

A poem should be palpable and mute
As a globed fruit,

Dumb
As old medallions to the thumb,

Silent as the sleeve-worn stone
Of casement ledges[2] where the moss has grown—

A poem should be wordless
As the flight of birds.

A poem should be motionless in time
As the moon climbs,

Leaving, as the moon releases
Twig by twig the night-entangled trees,

Leaving, as the moon behind the winter leaves[3]
Memory by memory the mind—

A poem should be motionless in time
As the moon climbs.

A poem should be equal to:
Not true.

1. The Art of Poetry

For[4] all the history of grief

An empty doorway and a maple leaf.

For love

The leaning grasses and two lights above the sea—

A poem should not mean

But be[5].

1926

【注释】

1. ars poetica: [拉丁语] 诗艺。相当于art of poetry。
2. casement: [诗] 窗户。ledges:（从墙壁突出来的）壁架、窗框。
3. leaves: [动词] 离开。
4. For: 代替、换。比如：Blood for blood（血债血还）。
5. be: 存在。

【译文】

诗 艺

一首诗应该可以触摸但默不出声
像一只鼓起的果实

哑口无声
像旧纪念章被拇指抚摸

静静的，像长出了青苔的——

被衣襟磨损的石窗台——

一首诗应该无语无言
像鸟的飞翔

一首诗应该在时间上凝固
像明月爬上天穹

像明月一个枝头一个枝头地
释放被夜色缠住的树木

像明月过了冬季
一片记忆一片记忆地从心头离去

一首诗应该在时间上凝固
像明月爬上天穹

一首诗应该等同于
不真实

史上的所有悲苦
就是一条空空的门道和一片枫树叶

爱
就是风吹的绿草和海上的两盏明灯

诗不应该指意
而应该存在

【赏析】

阿奇博尔德·麦克利希（Archibald MacLeish 1892—1982），美国诗人，曾在耶鲁大学、哈佛大学深造。著有《月光下的街道》（*Streets in*

1. The Art of Poetry

the Moon, 1926)、《新大陆》(*New Found Land*, 1930)、《征服者》(*Conquistador*, 1932)等作品，1933年和1953年他两次获得普利策奖，1953年获得美国国家图书奖。

麦克利希的《诗艺》一诗被认为是以诗论诗的经典。虽然它的题目显示它是对诗艺的讨论，但是它并不抽象。它包含了一系列具体的景物，如果实、手指触摸到的奖章、被衣襟磨损的窗台石、飞鸟划过天空，等等，用这些来定义诗歌的性质。具体的形象说明了诗歌到底是什么。

它的一个明确的观点是，诗歌应该"无声"（silent）、"沉默"（mute）、"无言"（dumb）。诗歌不发声，因为麦克利希认为诗歌只需要用形象来呈现。你只需要给读者一个意象，你不需要解释，不需要说明，更不需要评论。虽然事物无声无息，但它们足以表达诗意。比如，如果你要表现一系列的悲伤，你只需要这样一个形象来呈现："空空的门和一片枫叶"。如果你要表现爱，你同样只需要这样一个形象来呈现："青草依依和大海上的两盏灯"。

因此，诗歌中有一句名言：诗歌"不表意，只存在"（should not mean but be）。在麦克利希看来，诗歌是具象艺术，它只需要呈现（show），不需要告知（tell）。因此，他认为诗歌像雕塑一样是"静止"（motionless）的艺术，它展示形象和造型，供人观赏，而不需要告诉观众为什么。诗人用挂在天上的月亮来形容诗歌的静止不动，就像月亮将黑夜中的树叶一片一片照亮，以同样的方式，诗歌将心中的记忆一片一片照亮。

麦克利希所表达的诗学观点与20世纪初的"意象派"（Imagism）诗歌主张有些类似，那就是强调意象就是诗歌的核心，是诗歌最重要的内容。如果一首诗能够呈现一个独特的意象，那么它就是一首成功的诗。庞德的《在地铁站》只有两行，呈现了从地铁车厢出来的一张张如花似玉的面孔，在幻觉中恰似树枝上的花瓣。意象派诗歌往往很简洁，寥寥数语，但是给我们一个很清晰的形象。威廉斯的《红色的手推车》只有16个词，为我们呈现了农家院子里的红手推车和白鸡，绘就一幅红色和白色两相对照、相映生辉的图画。因此,我们可以说,诗歌"不表意,只存在"。

1939年6月,麦克利希在《大西洋月刊》发表文章《诗与公众世界》,谈论他对诗歌创作的理解,探讨诗歌与政治的关系,认为诗歌属于私人领域,而政治属于公众领域。他在文章中说:"需要解释的事实,不是只有少数现代诗人曾经尝试过将我们时代的政治经验安排成诗,而是做这种努力的现代诗人没有一个成功的——没有一个现代诗人曾经将我们这一代人对于政治世界的经验,用诗歌的、私人的但也是普遍的说法表现给我们看。"

【思考题】

1. Why does the poet use "mute," "dumb," "silent," and "wordless" to describe poetry? How does a poem communicate if it is to become "silent"?

2. Why does the poem propose the use of "empty doorway" and " a maple leaf" to replace the abstract idea of "grief"? The title *Ars Poetica* suggests a theory of poetry. What theory of poetry does the poem propose?

3. What is the difference between "mean" and "be"? Why does the poet prefer the poem to be, not to mean?

2) Mozart[1], 1935

By Wallace Stevens

Poet, be seated at the piano.

Play the present, its hoo-hoo-hoo[2],

Its shoo-shoo-shoo, its ric-a-nic,

Its envious cachinnation[3].

If they throw stones upon the roof

While you practice arpeggios[4],

It is because they carry down the stairs

A body in rags.

Be seated at the piano.

That lucid souvenir of the past,

The divertimento[5];

That airy dream of the future,

The unclouded concerto[6]...

The snow is falling.

Strike the piercing chord[7].

Be thou the voice,

Not you. Be thou, be thou

The voice of angry fear,

The voice of this besieging pain.

Be thou that wintry sound

As of the great wind howling,

By which sorrow is released,

Dismissed, absolved

In a starry placating^8.

We may return to Mozart.

He was young, and we, we are old.

The snow is falling

And the streets are full of cries.

Be seated, thou.

【注释】

1. Mozart: 莫扎特，奥地利18世纪著名音乐家。
2. hoo hoo hoo：[象声词] 呼呼呼。后边的shoo-shoo-shoo和ric-a-nic类似，都表示外面的声音。
3. cachinnation: 癔症式大笑，狂笑。
4. arpeggios: 琶音。
5. divertimento: 嬉游曲，套曲。
6. concerto: 协奏曲。
7. chord: [音乐] 音。
8. placating: 安抚。

【译文】

莫扎特，1935

诗人，请在钢琴旁坐下，

1. The Art of Poetry

弹奏当下，它的喧闹呼啸，
它的呼呼声和哗啦声，
它的癔症似的狂笑。

如果在你练习琶音时，
他们向你的房顶扔石块，
那是因为他们正在向楼下
运送衣衫褴褛的死者，
请在钢琴旁坐下。

过去时光的清晰遗存，
是嬉游曲套曲，
未来时光的梦幻飘摇，
是晴空万里的协奏曲……
现在漫天飞雪，
请弹出刺骨的音符。

请你成为那个声音，
而不是你自己，请你
成为愤怒恐惧之声，
环绕四周的痛苦之声。

请你成为冬天的喧嚣，
就像大风在咆哮，
痛苦通过它得到宣泄，
得以驱散，得以赦免，
在星光下得到安抚。

我们可以回到莫扎特，
他曾年轻，而我们，我们老了，

现在漫天飞雪，

大街上充满了哀号，

你请坐下。

【赏析】

华莱士·史蒂文斯（Wallace Stevens 1879—1955），美国现代派诗人，著有《簧风琴》（*Harmonium*, 1923）、《秩序之思》（*Ideas of Order*, 1935）、《弹蓝色吉他的人》（*The Man with the Blue Guitar*, 1937）等。他一生都对诗歌和绘画具有浓厚的兴趣，拥有许多诗人和画家朋友，但是他的职业领域却是金融，他以保险业为生。他在美国的一家保险公司工作到退休，职位高达副总经理，但是他从来没有放弃过诗歌创作。

在《莫扎特，1935》中，史蒂文斯描写了一位想要静静地演奏莫扎特音乐，但不断受到外界干扰的钢琴手。在诗歌中，他正在练习琶音，演奏遥远的过去、梦幻的未来，然而身边有一个人总是在提醒他、训诫他，要他从这些虚无缥缈的东西中清醒过来，要看到外界所发生的事情，看到天在下雪、刮风。

诗歌所讨论的问题，就是我们今天所说的艺术与现实的关系问题。这首诗创作于20世纪30年代的美国大萧条时期，那个时候有许多美国人失业，失去了生计，生活陷入了困境。经济危机在西方知识界催生了左派的诞生和崛起，许多年轻人接受了马克思主义，开始对资本主义社会的弊病展开了猛烈批判，要求艺术关注社会底层，实现社会的公平和正义。

马克思主义要求文艺为政治服务，为消除社会不公而努力。在20世纪30年代的中国，毛泽东主席曾经在延安文艺座谈会上提出了"文艺为工农兵服务"。在美国，左派也呼吁艺术要反映美国的政治现实，特别是底层人民的痛苦和资本主义对人民的压迫。因此，当诗中这位艺术家在弹奏莫扎特音乐时，不但身旁有人要求他弹奏现实，而且外面人声喧闹，甚至有人向他的房

1. The Art of Poetry

顶扔石块。

对于史蒂文斯来说，莫扎特的音乐就是艺术和审美，与20世纪30年代的社会现实有一定距离。他常常用乐器来比喻诗歌，因此他的诗中充满了吉他、簧风琴、键盘等乐器。在此诗中，钢琴手就是诗人的化身，他弹奏的音乐就是诗歌。他醉心于莫扎特和莫扎特所代表的18世纪古典主义音乐。同时，他也承受了来自社会的巨大压力。

诗歌所呈现的可以说是"现实主义"和"唯美主义"之争。现实主义要求艺术反映现实，反映下层人们的疾苦。那个提醒和训诫他的人，要求他不要只做自己，要做民众的喉舌，表现民众的愤怒和痛苦。在当时的历史条件下，潜心于艺术似乎越来越困难。然而，作为另一个极端的唯美主义也有它的问题。我们可以理解艺术属于审美领域，有它自身的独立性和特殊规律，不能听命于现实的需求，不能服务于临时的和短暂的目标，但是沉迷于审美同样可能让艺术陷入"象牙之塔"的尴尬，或者陷入"为艺术而艺术"的自我封闭。

【思考题】

1. What is happening while the poet is playing on the piano? What advice does the speaker seem to be giving the poet?

2. Why is the "present" represented in the poem as "hoo-hoo-hoo" and "shoo-shoo-shoo"? What do the "falling snow" and "howling wind" symbolize?

3. What do the piano and the music in the poem represent? What theory of poetry is the speaker trying to propose to the poet?

3) The Man with the Blue Guitar[1]

By Wallace Stevens

1

The man bent over his guitar,

A shearsman[2] of sorts. The day was green.

They[3] said, "You have a blue guitar[4],

You do not play things as they are."

The man replied, "Things as they are

Are changed upon the blue guitar."

And they said then, "But play, you must,

A tune beyond us, yet ourselves,

A tune upon the blue guitar

Of things exactly as they are."

2

I cannot bring a world quite round,

Although I patch[5] it as I can.

I sing a hero's head, large eye

And bearded bronze, but not a man,

Although I patch him as I can

And reach through him almost to man.

1. The Art of Poetry

If to serenade[6] almost to man

Is to miss, by that, things as they are,

Say that it is the serenade

Of a man that plays a blue guitar.

【注释】

1. The Man with the Blue Guitar: 弹蓝色吉他的人。这也是毕加索的一幅名画的题目。毕加索的超现实主义绘画，与真实的现实有很大出入。
2. shearsman: 剪羊毛的人。相当于shearman。
3. they: 批评诗人的人。那些要求艺术反映现实的人。
4. blue guitar: 蓝色的吉他。由于那天到处都是绿色的（The day was green），而吉他弹出的调子是蓝色的，因此没有反映出真实的现实。
5. patch: 缝补，修补，掩盖。
6. serenade: [动词]弹奏小夜曲。

【译文】

弹蓝色吉他的人

1

这个人躬身扶在吉他上，
像剪毛工，那天到处葱绿。

他们说，你有一把蓝色吉他，
你没有弹出现实的原貌。

这个人答道，现实的原貌，
在蓝色吉他上已经被改变。

他们又说道,你必须弹奏
超越我们,仍是我们的乐曲,

在蓝色吉他上弹出的乐曲,
准确地反映现实的原貌。

2

我不能把世界旋转过来,
虽然我竭尽全力去补救。

我歌唱英雄的头,大眼睛,
长胡须的铜像,但不是整个人,

虽然我竭尽全力去补救,
通过他大致触及他的实质。

如果弹奏小夜曲大致反映他,
就等于没有反映现实的真相,

那么这只能说,这首小夜曲
反映了那个弹奏吉他的人。

【赏析】

《弹蓝色吉他的人》一诗同样是探讨艺术与现实关系的诗歌。诗中的吉他手就是诗人的化身,他弹奏的音乐代表了诗歌或艺术。与他进行对话的是一群无名无姓的人,他们要求他用吉他弹奏现实、反映人生。吉他手的回答是,吉他所反映的现实,仅仅是现实的一个侧面,而不是完整的现实。艺术可以呈现一个人的正面,但无法同时呈现他的侧面和背面。另一方面,如果艺术呈现一个人的侧面,那么它也无法同时呈现他的正面和背面。诗歌很想

1. The Art of Poetry

呈现一个完整的人,但这可能无法做到。

也就是说,诗歌中重复出现的"事物的原貌"(things as they are),从哲学角度来看,是一个无法实现的目标,因为诗歌中的现实与外在的现实是有区别的。前者经过了心灵过滤,是感觉到的现实,与外在的现实大相径庭。史蒂文斯的理论支点是德国康德的唯心主义哲学,即我们所认识的世界,是感知世界,而不是真实世界。

史蒂文斯一生的诗学探索就是探求想象与现实的关系,他认为诗歌就是想象与现实的结合:二者缺一不可。只有想象不行,相反,只有现实也不行,二者的完美结合才是艺术。由于他认为诗歌所追求的目标是审美,因此,诗歌无须思考它所反映的现实是否真正的现实,或者是否"事物的原貌"。只要诗歌有审美,那么它就是诗歌。如果诗歌偏离了审美这个目标,那么它就不再是诗歌。

这首诗创作于20世纪30年代美国的大萧条时期,当时许多人失业,生活陷入了困境。因此,关注下层人民的命运,揭露资本的冷漠无情,是社会对艺术提出的要求。艺术为人民服务、为政治服务,是马克思主义的艺术观。穷人天天都在贫困中死去,悲剧天天都在发生,难道艺术还能心安理得地把自己封闭在"象牙之塔"中吗?因此,追求审美的诗人承受了巨大的社会压力。

但是,作为一个非常哲学化的诗人,史蒂文斯认为,"弹奏现实"只是一个理想,而实际上无法做到。他所弹奏的"小夜曲"仅仅是对现实进行想象的结果,永远不可能与"现实"画等号。如果它反映了现实,它仅仅反映了作者内心的现实,即那个"弹吉他的人"的心灵的现实。也就是说,从哲学的角度看,艺术永远不可能呈现原始的现实。即使他想"弹奏现实",他也做不到。

【思考题】

1. What does "things as they are" mean? What is the difference between reality and representation? Why is it impossible to "play things as they are"?

2. What advice is the speaker trying to give the guitarist? What aesthetics does he represent?

3. Why does the speaker say the reality is "changed" on the blue guitar and the serenade is not equal to the man? What is the subject of the poem?

4) From the Frontier of Writing[1]

By Seamus Heaney

The tightness and the nilness[2] round that space
when the car stops in the road, the troops inspect
its make[3] and number and, as one bends his face

towards your window, you catch sight of more
on a hill beyond, eyeing with intent
down cradled[4] guns that hold you under cover[5]

and everything is pure interrogation
until a rifle motions and you move
with guarded unconcerned acceleration[6]—

a little emptier, a little spent[7]
as always by that quiver in the self,
subjugated, yes, and obedient.

So you drive on to the frontier of writing
where it happens again. The guns on tripods[8];
the sergeant with his on-off mike[9] repeating

data about you, waiting for the squawk
of clearance[10]; the marksman training[11] down
out of the sun upon you like a hawk.

And suddenly you're through, arraigned yet freed,

as if you'd passed from behind a waterfall

on the black current of a tarmac road

past armour-plated vehicles, out between

the posted[12] soldiers flowing and receding

like tree shadows into the polished windscreen.

【注释】

1. Frontier of Writing: 写作的边界。Frontier: 边界，既指北爱尔兰与爱尔兰的边界，也指写作的边界。车辆在边界经过审查，才能通过。同样在构思时，诗人经过自我审查，才能进入创作的自由天地。

2. nilness：凝滞。该词来源于nil一词，意思是"零""无"。

3. make：[名词] 汽车品牌。指"福特""大众"等。

4. cradled：[动词] 放在支架上的，放在摇篮里的。cradle常用作名词，指"摇篮"。

5. under cover：在隐蔽处。

6. acceleration：加速。在此指踩下汽车油门。

7. spent：[过去分词] 消耗殆尽，精疲力竭，相当于exhausted。

8. tripods：三脚架。

9. on-off mike：麦克风。在此指"步话机"。on-off：时断时续，指接收和发送交替进行。

10. clearance：通过、离开。在此指"放行"。

11. training：瞄准。

12. posted：[动词] 被布置的（岗哨）。

1. The Art of Poetry

【译文】

来自写作的边界

这个空间充满了紧张和凝滞的气氛
汽车在路中间停下,士兵上前检查
车的型号和车牌,当一个士兵躬身

靠近你的车窗,你看到了更多士兵
在前边的山上,顺着架起的枪管,
在隐蔽处专注地瞄准着你

接下来的一切就是纯粹的审问
最后步枪晃动了一下,你才起步
小心地、漫不经心地踩下了油门 ——

有一点空虚、有一点疲惫
总是这样,被出现在内心的震颤
所制服,是的,变得卑躬顺从

往往就是这样,你来到写作的边界
事情会再次发生。枪架在支架上;
警官戴着时断时续的对讲机

重复着你的资料,等待着放行的
信号;狙击手向下练习着瞄准
在隐蔽处瞄准着你,像一只鹰。

突然你通过了,被审问但放行了
仿佛你穿过了一个瀑布的水帘,
开上了黑色潮水般的柏油路,

穿过一辆辆装甲车,在道路两旁
站立的士兵,像树木的影子般
向后漂去,消失在光亮的车玻璃中。

【赏析】

谢默斯·希尼(Seamus Heaney 1939—2013),爱尔兰诗人,诺贝尔文学奖(1995)和T. S.艾略特诗歌奖获得者。诗集包括《北方》(*North*, 1975)、《山楂灯》(*The Haw Lantern*, 1987)、《灵视》(*Seeing Things*, 1991)、《区线与环线》(*District and Circle*, 2006)、《人链》(*Human Chain*, 2010)等。在经历了1969年的北爱尔兰"动乱"后,他于1972年迁居爱尔兰共和国的威克洛郡,后来执教于都柏林卡利斯福德学院、美国哈佛大学,被视为当今最重要的英语诗人之一。

《来自写作的边界》一诗的题目中,有两个信息我们应该关注。第一,它对"写作"进行思考。第二,这个"写作"就像国家,它有"边界"。的确,诗歌将写作与现实融为一体,它既谈现实,又谈写作。因此在诗歌中,文本与现实逐渐地形成了一个整体,它们的"边界"模糊了。我们看到的是:诗歌即是世界,世界即是诗歌。

虽然诗歌谈论诗艺,但是内容并不抽象,它描写了诗人驾车通过北爱尔兰某个边界哨卡的经历。他被命令停车,接受检查。士兵怀抱自动步枪,靠近他的车窗,让他出示证件。在此过程中,诗人听到了士兵的对讲机中发出了各种指令,同时也看到了在他身后,特别是远处的山坡上架起的机枪正在瞄准他,随时可能射击。他内心异常地紧张,不敢乱动。但是随着对讲机中传来了车牌、身份等信息的核查结果,确定他和他的车辆没有问题,可以放行,诗人内心轻松就像一块石头落地。他驾驶车辆穿过了检查站,驶入了宽阔的高速路,心情无比舒畅。

这里所描写的检查站,像是在伊拉克或者阿富汗的恐怖场景,但这却

1. The Art of Poetry

是发生在20世纪70年代的北爱尔兰。从20世纪70年代末开始，北爱尔兰长期存在的领土、宗教、文化、族群的矛盾凸显了出来。天主教的亲爱派要求英国将其在殖民时期侵占的北爱尔兰领土归还爱尔兰，但是公投显示超过半数的北爱尔兰居民希望归属英国。在用和平手段无法达到目的的情况下，极端的天主教亲爱派成立了爱尔兰共和军（IRA），对英军展开了武装斗争。他们的极端手段包括爆炸和暗杀，有点类似今天的"恐怖主义"。同时，北爱尔兰的天主教和新教两派也不断爆发族群和宗教冲突，造成了大规模的流血和牺牲。因此，英国军队进驻北爱尔兰，希望通过镇压以平息当时的"暴乱"。

希尼作为天主教的作家、公众人物，承担了来自内部的巨大压力。他的同胞要求他站出来为他的社区发声，谴责英国军队对天主教派的镇压，但是作为作家，他觉得他不能这样做。我们看到他在诗歌中只描写苦难，从不谴责犯罪，因为他不希望让诗歌卷入政治，不希望它沦为政治宣传。也正是因为这个原因，他让天主教社区极度失望，也受到了爱尔兰舆论的猛烈攻击。

虽然作为公民，希尼有很多话要说，但是作为诗人，那些话他不能说。对于公众来说，他应该为社区代言，然而对于他自己来说，他必须去政治化，他的艺术要保持其独立性。他的写作必须接受他自己内心的审查，就像在现实中的边防哨卡一样，通过了严格的检查，才能进入写作的王国。也就是说，对于希尼来说，写作不完全是自由的。只有在审查通过之后，他的想象才能在写作的王国驰骋，才能得以腾飞，呼吸那里自由的空气。

从这个意义上讲，诗歌也是对作家自由和社会责任的关系的一种思考，它所呈现的文艺观可以说是一种在两者之间寻求平衡的文艺观。诗歌所呈现的是一种现实经历，但它同时也是一种写作经历，文本与世界呈现出一种连续性。《来自写作的边界》所告诉我们的是，文本不是封闭的系统，而是与现实一脉相承。北爱尔兰的政治困境，也是希尼自己作为一个作家的创作困境。

【思考题】

1. What horrible experience is described in the poem? Why does the speaker have a feeling of "subjugated" or "spent"?
2. What dire situation or reality in Northern Ireland is reflected in the poem? What is the "checkpoint" when translated into the terms of poetry writing? In what sense are they related?
3. Why does the speaker feel a sense of freedom after the checkpoint? Why is the considered as a condition of writing?

5) Belfast Confetti

By Ciaran Carson

Suddenly as the riot squad[1] moved in, it was raining exclamation marks,
Nuts, bolts, nails, car-keys. A fount of broken type.[2] And the explosion
Itself—an asterisk on the map. This hyphenated[3] line, a burst of rapid fire...
I was trying to complete a sentence in my head but it kept stuttering[4],
All the alleyways and side streets blocked with stops and colons.
I know this labyrinth so well—Balaclava, Raglan, Inkerman, Odessa[5] Street—
Why can't I escape? Every move is punctuated. Crimea Street. Dead end again.
A Saracen, Kremlin-2 mesh.[6] Makrolon face-shields. Walkie-talkies. What is
My name? Where am I coming from? Where am I going? A Fusillade[7] of question-marks.

【注释】

1. riot squad: 防暴队。squad: 小分队。如bomb squad: 拆弹小分队。

2. A fount of broken type: 一堆乱码。fount: 一副铅字。

3. hyphenated：带连字号的。hyphen: 连字号。

4. stuttering：结巴，卡壳。

5. Balaclava, Raglan, Inkerman, Odessa: 这些都是街道名。但是它们又是黑海北岸的克里米亚（Crimea）地区的地名，也许诗人是在将北爱尔兰的冲突与克里米亚战争（Crimean War）进行比较。

6. Saracen: 撒拉逊装甲车。Kremlin-2 mesh: 克里姆林-2网，常常覆盖在装甲车上。

7. Fusillade:（枪炮）连续齐射，连珠炮。

【译文】

贝尔法斯特五彩纸

突然，随着防暴队的到来，惊叹号从天而降，
螺丝帽、螺丝钉、铁钉、汽车钥匙。一堆乱码。
爆炸——地图上的星号。带连字号的这行文字，
　　一连串的射击……
我在脑海里构思句子，但它不断地卡壳，
所有巷子和街道都被句号和分号堵死。
我对这个迷宫式的地点太熟悉——巴拉克拉瓦、拉格兰、
　　因克曼、奥德萨街——
我为什么逃不掉？每一步都被标点阻拦。克里米亚街，
　　也被堵死。
撒拉逊、克里姆林-2网。聚碳酸酯面罩。对讲机。
　　我的名字
是什么？我从哪里来？我到哪里去？机枪扫射般的
　　问号。

1. The Art of Poetry

【赏析】

西尔伦·卡森（Ciaran Carson 1948—2019），英国北爱尔兰诗人，诗集包括《新领地》（*The New Estate*, 1976）、《用爱尔兰语说不》（*The Irish for No*，1987）、《贝尔法斯特五彩纸》（*Belfast Confetti*，1989）、《第一语言》（*First Language: Poems*, 1994）。他的第一语言是爱尔兰语。曾经获得福沃德诗歌奖（Forward Prize for Poetry）。

《贝尔法斯特五彩纸》一诗也是将文本与世界合二为一的例子。诗歌描写了20世纪80年代发生在北爱尔兰的一个码头的一次族群冲突，其中的"五彩纸"指这次冲突后留下的一片狼藉，"螺丝帽、螺丝钉、铁钉、汽车钥匙"散落一地。在卡森的其他诗歌中，"五彩纸"也指贝尔法斯特的街道冲突中留下的砖头、玻璃瓶、石头以及可以用作武器的其他投掷物品。诗歌中的场景从"爆炸"开始，然后是"防暴警察"到来，把道路封锁起来，对嫌疑人进行围堵。我们看到防暴警察戴着"面罩"，拿着"对讲机"不停地联络，等等。这些细节都为我们描绘出了一个危险四伏的城市，那里曾经是诗人童年居住的地方，他对那里迷宫式的道路和小巷非常熟悉。即使如此，他可能都无法逃出围堵，何况那些并不一定熟悉这个区域的族群仇杀者。

有意思的是，这个恐怖场面与诗人的创作构思纠缠在一起，相互映衬、相互比拟。比如"爆炸"被比喻为地图上的"星号"；散落一地的爆炸碎片被比喻为"一堆乱码"；被堵死的大街小巷被比喻为创作思路的"卡壳"；堵死的大街小巷的路障和警察被比喻为"标点"；他们拦住行人进行盘问的问题被比喻为"从机枪中扫射出来的问号"。随着道路被堵死，诗人的思路似乎也被堵死。他无法完成这个句子，无法想象下一个场景，因此他的诗歌也是一堆乱码，是散落一地的碎片。现实的危机导致了想象力的危机，它的恐怖使诗人无法用语言去表达，造成了暂时的"失语"。

我们可以看到，《贝尔法斯特五彩纸》是一首具有后现代意识的诗歌，它为我们显示了现实与语言之间的相互纠缠。现实与语言之间的界限模糊了，我们不知道我们所看到的究竟是现实的世界，还是文本的世界。这也许是这首诗歌最显著的特征：它表面上讨论的是动乱场面，实际上讨论的是语言与现实的关系，诗歌创作的现实意义。

该诗来自卡森的诗集《用爱尔兰语说不》，诗集主要由"普鲁斯特式"的个人记忆组成，通过意义和比喻的滑动，个人记忆渐渐构成了一系列辛酸和温柔的故事。诗集是对20世纪80年代分崩离析的北爱尔兰的"暴乱"，以及"暴乱"给贝尔法斯特市带来的苦难的解读。诗歌场景常常是酒吧，人物常常在饮酒和高谈阔论。进入酒吧的大铁门需要口令，人物永远有一种被人监视的感觉：检查站、直升机、单面透镜、夜视镜，等等。这些人物常常是酒吧混子、刑释人员、警方探子、社会弃儿、武装集团成员，等等，他们往往处于一种无望的境地。回忆的目的可能是要抚平痛苦和创伤，然而却发现创伤无法抚平，反而产生更多的痛苦。因此，许多暴力事件都经过了人物心灵的过滤，以闲谈、流言、猜测、黑色幽默、误读等形式表现出来。不同的片段串联起来，构成了20世纪80年代的贝尔法斯特的特别历史。也许在这个大背景中，我们可以更好地理解那些暴恐场面，以及它们与诗歌创作的关系。

【思考题】

1. What event is described in the poem? How much do you know about the background?

2. In what sense is the outside confusion reflected in the inside confusion? How do they reflect or reinforce each other?

3. Is the poem about riot or about poetry-writing? What is the reason for your answer?

2

Empire and Imperialism (1)
帝国与帝国主义（1）

2. Empire and Imperialism (1)

帝国主义扩张始于15世纪的欧洲，最早是葡萄牙和西班牙，为了寻找黄金，派出探险船队到世界各地探险。1415年，葡萄牙的亨利王子建立"地理与探险研究院"，引进先进的航海和造船技术，招募热那亚的造船工匠、熟练海员，组织了数次大规模的非洲探险。他的船队沿着非洲西海岸南下，逐渐到达热带非洲，发现了西非沿岸的圣港岛、马德拉岛等岛屿。1486—1497年，葡萄牙人迪亚兹（Bartholomew Diaz）沿非洲西海岸南下，到达了非洲最南端的好望角；1497—1498年，葡萄牙人达·伽马（Vasco da Gama）绕过好望角，到达了东非的莫桑比克岛、蒙巴萨港、马林迪海湾。随后他又横渡印度洋，于1498年5月到达了印度西海岸的卡里卡特。葡萄牙成立了东印度公司，垄断了东方的贸易。

西班牙人紧随葡萄牙人之后，也在世界的其他地方开启了地理发现和海外贸易活动。1492年，西班牙国王派遣意大利航海家哥伦布（Christopher Columbus）向西跨过大西洋，成功地到达了美洲的加勒比海的巴哈马群岛、古巴、海地等地，发现了一片新大陆。随后，在1519—1522年，西班牙国王支持葡萄牙航海家麦哲伦（Ferdinand Magellan）率领船队向西航行，绕地球一周，完成了人类的首次环球航行，证明了地球是圆的。西班牙人到美洲也是为了黄金，他们掠夺印第安人的黄金，在美洲大肆开采金矿。

葡萄牙和西班牙的海外扩张得到了罗马教皇的支持，后者将东方贸易划归葡萄牙，将西方贸易划归西班牙，完成了世界的第一次瓜分。葡萄牙和西班牙的海外扩张引起了欧洲其他国家的关注和效仿，荷兰、英国、法国等国家纷纷派出探险船队，以先占先得的逻辑，前往世界各个未知的土地，从而掀起了寻找未知领土和贸易路线的海外"寻金"热潮。

16世纪，西班牙和葡萄牙在北美和南美大陆进行了大规模的探险活动，涌现出了诸多探险家和冒险家，如巴尔博亚（Vasco Nunez de Balboa）、科尔特兹（Hernan Cortez）、弗朗西斯科·比萨罗（Francesco Pizarro）、卡韦萨·德巴卡（Cabeza de Vaca）、费尔南多·德索托（Hernando de Soto）、弗朗西斯科·巴斯克斯·德·科罗纳多（Francisco Vásquez de Coronado）等。这些所谓的探险者其实是冒险家，他们在国内往往穷困潦倒，可能教育水平低下，但是具有冒险精神，为达到目标而不择手段。

他们先在佛罗里达登陆，穿过墨西哥湾，到达得克萨斯；后来他们又在巴拿马登陆，爬上那里的山岗，发现南面还有一片大洋，便称之为"南洋"（South Seas），其实那就是太平洋；他们通过武力征服了墨西哥，摧毁了印第安人的阿兹特克文明（Aztec Civilization）；接着，他们又通过武力征服了秘鲁的印加帝国（Inca Empire）和拉美的玛雅文明（Maya Civilization）。在征服这些地方之后，这些冒险家往往被任命为当地总督，开启了在南美洲的殖民统治。

值得一提的是，殖民者在美洲的掠夺目标首先是黄金和白银。他们在征服印第安人之后，发现印第安人储藏了大量黄金和白银，因此，他们对此进行疯狂掠夺。同时他们也在美洲探测到金矿，将印第安人沦为奴隶，被迫在矿山进行采矿。苦役造成印第安人的寿命大大缩短，4/5的工人因劳累而早亡。同时，欧洲人带来的天花和麻疹使没有免疫力的印第安人大批感染而死亡，造成劳动力短缺。

因此，从16世纪开始，西班牙和葡萄牙殖民者从非洲购买黑奴到美洲从事苦役，后来荷兰人、英国人、法国人等也加入了贩卖黑奴的罪恶勾当。他们往往从欧洲带着枪支和廉价商品，到非洲交换黑奴，然后将黑奴贩运至美洲，将黑奴卖掉之后，购买欧洲市场需要的蔗糖、棉花、毛皮、茶叶、烟草等。由于黑奴贩运的利润远远大于货物贸易，因此黑奴贸易一度超过货物贸易，成为大西洋两岸贸易的主要形式。这个循环往复于欧洲、非洲和美洲之间的所谓"三角贸易"持续了200年，贩运黑奴达到2000万。

2. Empire and Imperialism (1)

　　奴隶贸易的残忍和非人道的黑暗事实，直到19世纪中期才逐步被揭露出来。黑人在非洲被强行捕获，像运送牲口一样装进狭窄的货仓，没有活动空间，大量的黑奴死于漫长的航行，尸体被扔进大海。在有识之士的推动下，欧洲各国才逐步出台了禁止奴隶贸易的法律，世界范围内的奴隶贸易正式结束。

1) The Tempest (from Act I, Scene 2)

By William Shakespeare

MIRANDA. The strangeness of your story put

Heaviness in me.

PROSPERO. Shake it off. Come on,

We'll visit Caliban, my slave, who never

Yields us kind answer.

MIRANDA. 'Tis a villain, sir,

I do not love to look on.

PROSPERO. But as 'tis,

We cannot miss[1] him: he does make our fire,

Fetch in our wood, and serves in offices

That profit us. What ho! slave! Caliban!

Thou earth, thou! Speak.

CALIBAN. [Within] There's wood enough within.

...

PROSPERO. Thou poisonous slave, got by the devil himself

Upon thy wicked dam[2], come forth!   [Enter CALIBAN]

CALIBAN. As wicked dew as e'er my mother brush'd

With raven's feather from unwholesome fen[3]

Drop on you both! A south-west blow[4] on ye

And blister you all o'er!

PROSPERO. For this, be sure, to-night thou shalt have cramps[5],

Side-stitches that shall pen thy breath up; urchins

2. Empire and Imperialism (1)

Shall, for that vast of night that they may work,

All exercise[6] on thee; thou shalt be pinch'd

As thick as honeycomb, each pinch more stinging

Than bees that made 'em.

CALIBAN. I must eat my dinner.

This island's mine, by Sycorax my mother,

Which thou tak'st from me. When thou cam'st first,

Thou strok'st me and made much of me, wouldst give me

Water with berries in't, and teach me how

To name the bigger light, and how the less,[7]

That burn by day and night; and then I lov'd thee,

And show'd thee all the qualities o' th' isle,

The fresh springs, brine-pits, barren place and fertile.

Curs'd be I that did so! All the charms

Of Sycorax, toads, beetles, bats, light[8] on you!

For I am all the subjects that you have,

Which first was mine own king; and here you sty[9] me

In this hard rock, whiles you do keep from me

The rest o' th' island.

PROSPERO. Thou most lying slave,

Whom stripes[10] may move, not kindness! I have us'd thee,

Filth as thou art, with human care, and lodg'd[11] thee

In mine own cell, till thou didst seek to violate

The honour[12] of my child.

CALIBAN. O ho, O ho! Would't had been done.[13]

Thou didst prevent me; I had peopl'd else

This isle with Calibans.

PROSPERO. Abhorred slave,

Which any print of goodness wilt not take,

Being capable of all ill! I pitied thee,

Took pains to make thee speak, taught thee each hour

One thing or other. When thou didst not, savage,

Know thine own meaning, but wouldst gabble like

A thing most brutish, I endow'd thy purposes

With words that made them known. But thy vile race,

Though thou didst learn, had that in't which good natures

Could not abide to be with;[14] therefore wast thou

Deservedly confin'd into this rock, who hadst

Deserv'd more than a prison.

CALIBAN. You taught me language, and my profit on't

Is, I know how to curse. The red plague rid you

For learning me your language!

PROSPERO. Hag-seed, hence!

Fetch us in fuel[15]. And be quick, thou 'rt best,

To answer other business. Shrug'st thou, malice?

If thou neglect'st, or dost unwillingly

What I command, I'll rack thee with old cramps,

Fill all thy bones with aches, make thee roar,

That beasts shall tremble at thy din[16].

CALIBAN. No, pray thee.

[Aside] I must obey. His art is of such pow'r,

It would control my dam's god, Setebos,

And make a vassal[17] of him.

PROSPERO. So, slave; hence! [Exit CALIBAN]

2. Empire and Imperialism (1)

【注释】

1. miss: 缺少。在此与它的一般意义不同。

2. dam: 女人。在此指他的母亲。相当于dame。

3. fen: 沼泽。正常词序应该是：Dew as wicked as ... drop on you both!

4. blow: 风。相当于wind。

5. cramps: 抽筋。这是普洛斯彼罗控制卡利班的魔法，有点像孙悟空的紧箍咒。

6. exercise: [动词] 整治，惩罚。句子的主体部分为：Urchins shall...exercise on thee.

7. the bigger light, and ... the less: 大光……小光。在此指太阳和月亮。

8. light: [动词] 降落。如：The bird lights on the branch.

9. sty: [动词] 囚禁，禁锢。作名词的意思是"猪圈"。

10. stripes: 皮鞭，鞭挞。

11. lodg'd: [动词]给……提供住宿。

12. violate/The honour: 强奸。

13. Would't had been done: 相当于I wish that it had been done.

14. had that in't which good natures/ Could not abide to be with: 有那样的东西在其中，善良的天性不可能与之为伍。

15. fuel: 柴火。卡利班的劳役之一就是拾柴火。

16. din: 嚎叫。相当于noise。

17. vassal: 奴仆。相当于make him a vassal。

【译文】

《暴风雨》（第一幕第二场节选）

米　兰　达：（醒）你的奇异的故事使我昏沉睡去。

普洛斯彼罗：清醒一下。来，我们要去访问访问我的奴隶卡利班，他是从来不曾有过一句好话回答我们的。

米　兰　达：那是一个恶人，父亲，我不高兴看见他。

普洛斯彼罗：虽然这样说，我们也缺不了他：他给我们生火，给我们捡柴，也为我们做有用的工作——喂，奴才！卡利班！你这泥块！哑了吗？

卡　利　班：（在内）里面木头已经够了。

……

普洛斯彼罗：你这恶毒的奴才，魔鬼和你那万恶的老娘合生下来的，给我滚出来吧！

[卡利班上]。

卡　利　班：但愿我那老娘用乌鸦毛从不洁的沼泽上刮下来的毒露一齐倒在你们两人身上！但愿一阵西南的恶风把你们吹得浑身都起水疱！

普洛斯彼罗：记住吧，为着你的出言不逊，今夜要叫你抽筋，叫你的腰像有针在刺，使你喘得透不过气来；所有的刺将在漫漫的长夜里折磨你，你将要被刺得遍身像蜜蜂窠一般，每刺一下都要比蜂刺难受得多。

卡　利　班：我必须吃饭。这岛是我老娘西考拉克斯传给我而被你夺了去的。你刚来的时候，抚拍我，待我好，给我有浆果的水喝，教给我白天亮着的大的光叫什么名字，晚上亮着的小的光叫什么名字：因此我以为你是个好人，把这岛上一切的富源都指点给

2. Empire and Imperialism (1)

你知道，什么地方是清泉，盐井，什么地方是荒地和肥田。我真该死让你知道这一切！但愿西考拉克斯一切的符咒、癞蛤蟆、甲虫、蝙蝠，都咒在你身上！本来我可以自称为王，现在却要做你的唯一的奴仆；你把我禁锢在这堆岩石的中间，而把整个岛给你自己受用。

普洛斯彼罗：满嘴扯谎的贱奴！好心肠不能使你感恩，只有鞭打才能教训你！虽然你这样下流，我也曾用心好好对待你，让你住在我自己的洞里，谁叫你胆敢想要破坏我孩子的贞操！

卡　利　班：啊哈哈哈！要是那时上了手才真好！你倘然不曾妨碍我的事，我早已使这岛上住满大大小小的卡利班了。

普洛斯彼罗：可恶的贱奴，不学一点好，坏的事情样样都来得！我因为看你的样子可怜，才辛辛苦苦地教你讲话，每时每刻教导你这样那样。那时你这野鬼连自己说的什么也不懂，只会像一只野东西一样咕噜咕噜；我教你怎样用说话来表达你的意思，但是像你这种下流胚，即使受了教化，天性中的顽劣仍是改不过来，因此你才活该被禁锢在这堆岩石的中间；其实单单把你囚禁起来也还是宽待了你。

卡　利　班：你教我讲话，我从这上面得到的益处只是知道怎样骂人；但愿血瘟病瘟死了你，因为你要教我说你的那种话！

普洛斯彼罗：妖妇的贱种，滚开去！去把柴搬进来。懂事的话，赶快些，因为还有别的事要你做。你在耸肩吗，恶鬼？要是你不好好做我吩咐你做的事，或是心中不情愿，我要叫你浑身抽搐；叫你每个骨节里都痛起来；叫你在地上打滚咆哮，连野兽听见你的呼号都会吓得发抖。

卡　利　班：啊不要，我求求你！[旁白]我不得不服从，因为他的法术有很大的力量，就是我老娘所礼拜的神明塞提柏斯也得听他指挥，做他的仆人。

普洛斯彼罗：贱奴，去吧！[卡利班下]。

（朱生豪　译）

【赏析】

威廉·莎士比亚（William Shakespeare 1564—1616），英国最著名的诗人和戏剧家，曾经出版过37部戏剧，包括《哈姆雷特》《罗密欧与朱丽叶》《威尼斯商人》等，还创作了154首十四行诗和2首长诗。他出生于斯特拉福，在传奇的一生中，他曾经做过马童、演员、剧院经理等，最后买下了伦敦的"环球剧场"。

他的喜剧《暴风雨》讲述了一个背叛、悔改与和解的故事。在剧中，意大利米兰公爵普洛斯彼罗被其胞弟安东尼奥篡位，流放到一个遥远的小岛。其弟安东尼奥做了公爵之后，因事务出国访问，恰巧经过这个小岛。普洛斯彼罗用魔法掀起了暴风雨，倾覆了他的船，使他们一行人漂流到这个岛上。兄弟二人再次见面，弟弟对以前的错误追悔莫及，决定痛改前非，洗心革面，重新做人，将爵位归还兄长。因此，二人最后和解，一同回到了米兰。

选篇来自喜剧的第一幕第二场，场景是小岛上公爵居住的洞室。公爵在给女儿米兰达讲述他如何来到这个小岛，以及来到这个小岛之后，如何杀死小岛的女主人西考拉克斯，将她的儿子卡利班沦为奴仆的往事。然后，公爵带着女儿去查看卡利班的情况，后者的日常工作是砍柴生火，跑腿听差。他们称卡利班为孽障，叫他泥块儿，极尽侮辱之辞。但是反过来，卡利班也对他们充满了仇恨，充满了叛逆情绪。他不断地叫骂，"但愿血瘟病瘟死你们！""但愿我老娘用乌鸦毛从不洁的沼泽上刮下来的毒露，一起倒在你们俩身上！""但愿一阵西南的恶风，把你们吹得浑身起疱！"但是，他这种反抗无法诉诸行动，因为普洛斯彼罗用魔法控制了他。只要他不从，便会受到严厉惩罚，他就会全身抽搐、刺痛。其魔法与唐僧对孙悟空使用的紧箍咒类似。

2. Empire and Imperialism (1)

这看上去是一个简单的喜剧故事，一般读者不会把它与美洲历史联系在一起，甚至不会认为它发生在美洲。但是，学界发现莎士比亚撰写这个故事可能受到了当时发表的一篇描写百慕大海难的文章的启发，并且1492年哥伦布发现美洲之后，欧洲人就一直在美洲进行殖民活动，英国人在16世纪也参与了这场轰轰烈烈的美洲探险。因此，莎士比亚撰写《暴风雨》（1611）时，他对欧洲人在美洲地区的殖民活动完全知情，也完全可能将这些历史影射其中。

这个故事的主要情节——欧洲人征服小岛，杀死其主人，使其儿子沦为奴隶——对于当代的美洲人和非洲人来说，具有非常重要的历史意义。欧洲人认为他们是在传播文明，传播基督教，教化野蛮土著人。他们教土著人读书写字，教他们关于地球和宇宙的知识，但事实是，他们也将土著人的土地据为己有，包括当地的清泉、盐井、农田，将土著人沦为奴仆，强迫他们劳动。如果这些土著人不从，那么他们将使用武力，也就是戏剧中的魔法，对这些土著人实施杀戮和征服。

这些欧洲殖民者将土著人视为野蛮人，认为他们"只会像一只野东西一样咕噜咕噜"。他们认为，这些土著人肮脏、无知、残忍，还充满了原始的性冲动，对欧洲女性形成了巨大威胁。因此，他们必须用强大的魔法，将这些土著人制服。他们必须用欧洲的知识使他们开化，让他们变得文明，迫使他们接受欧洲的思维、语言和行为模式。在传播文明、传播基督教的幌子下，他们对这些土著人进行征服和掠夺。如果我们这样看这部莎剧，那么，它就不是一出简单的喜剧，而是美洲殖民历史的缩影。

【思考题】

1. What does shakespeare's play *The Tempest*, a story about usurpation and exile, have to do with imperialism? What kind of relationship, seen from the excerpt, is established between the native of the island and the European new comer?

2. What does Prospero use to control Caliban and force him to work? What is the magic likely to symbolize?

3. What does Prospero try to teach Caliban? Is knowledge, including language and science, a means of control or domination? Is it appropriate to read the play as an episode of imperial history? Why or why not?

2. Empire and Imperialism (1)

2) The Sailor, Who Had Served in the Slave Trade

By Robert Southey

He stopt[1], —it surely was a groan
That from the hovel[2] came!
He stopt and listened anxiously
Again it sounds the same.

It surely from the hovel comes!
And now he hastens there,
And thence he hears the name of Christ
Amidst a broken prayer.

He entered in the hovel now,
A sailor there he sees,
His hands were lifted up to Heaven
And he was on his knees.

Nor did the Sailor so intent
His entering footsteps heed[3],
But now the Lord's prayer said,[4] and now
His half-forgotten creed.

And often on his Saviour call'd
With many a bitter groan,
In such heart-anguish as could spring[5]
From deepest guilt alone.

He ask'd the miserable man
Why he was kneeling there,
And what the crime had been that caus'd
The anguish of his prayer.

Oh I have done a wicked thing!
It haunts me night and day,
And I have sought this lonely place
Here undisturb'd to pray.

I have no place to pray on board
So I came here alone,
That I might freely kneel and pray,
And call on Christ and groan.

If to the main-mast head I go,
The wicked one[6] is there,
From place to place, from rope to rope[7],
He follows every where.

I shut my eyes,—it matters not—
Still still the same I see,—
And when I lie me down at night
'Tis always day with me.

He follows follows every where,
And every place is Hell!
O God—and I must go with him
In endless fire[8] to dwell.

2. Empire and Imperialism (1)

He follows follows every where,
He's still above—below,
Oh tell me where to fly from him!
Oh tell me where to go!

But tell me, quoth the Stranger then,
What this thy crime hath been,
So haply I may comfort give
To one that grieves for sin.

O I have done a cursed deed
The wretched man replies,
And night and day and every where
'Tis still before my eyes.

I sail'd on board a Guinea-man[9]
And to the slave-coast[10] went;
Would that the sea had swallowed me
When I was innocent!

And we took in our cargo there,
Three hundred negroe slaves,
And we sail'd homeward merrily
Over the ocean waves.

But some were sulky of the slaves[11]
And would not touch their meat,[12]
So therefore we were forced by threats
And blows to make them eat.

One woman sulkier than the rest

Would still refuse her food,—

O Jesus God! I hear her cries—

I see her in her blood!

The Captain made me tie her up

And flog while he stood by,

And then he curs'd me if I staid

My hand to hear her cry.

She groan'd, she shriek'd—I could not spare

For the Captain he stood by—

Dear God! that I might rest one night

From that poor woman's cry!

She twisted from the blows—her blood

Her mangled[13] flesh I see—

And still the Captain would not spare—

Oh he was worse than me!

She could not be more glad than I

When she was taken down,

A blessed minute—'twas the last

That I have ever known!

I did not close my eyes all night,

Thinking what I had done;

I heard her groans and they grew faint

About the rising sun.

2. Empire and Imperialism (1)

She groan'd and groan'd, but her groans grew
Fainter at morning tide,
Fainter and fainter still they came
Till at the noon she died.

They flung her overboard;[14]—poor wretch
She rested from her pain,—
But when—O Christ! O blessed God!
Shall I have rest again!

I saw the sea close over her,
Yet she was still in sight;
I see her twisting every where;
I see her day and night.

Go where I will, do what I can
The wicked one I see—
Dear Christ have mercy on my soul,
O God deliver me!

To morrow I set sail again
Not to the Negroe shore—
Wretch that I am I will at least
Commit that sin no more.

O give me comfort if you can—
Oh tell me where to fly—
And bid me hope, if there be hope,
For one so lost as I.

Poor wretch, the stranger he replied,

Put thou thy trust in heaven,

And call on him for whose dear sake

All sins shall be forgiven.

This night at least is thine, go thou

And seek the house of prayer[15],

There shalt thou hear the word of God

And he will help thee there!

【注释】

1. stopt: 停止。相当于stopped。该诗是用歌谣体写成，因此故意模仿古拼写。

2. hovel: 棚子，茅舍。

3. heed: 注意到。该句正常词序应该是：Nor did the Sailor heed his (the Stranger's) entering footsteps.

4. But now the Lord's prayer said: 该句省略了主语，它的正常词序应该是：But [he] now said the Lord's prayer, and now his half-forgotten creed.

5. spring: [动词]（泉水等）涌出。

6. the wicked one: 魔鬼。时时刻刻折磨他的魔鬼。

7. rope:（纵帆船上的）缆绳。

8. fire: 火焰。在西方传统中，地狱燃烧着火焰。

9. Guinea-man: 几内亚号帆船。如man of war（战舰）。

10. the slave coast: 一般指赤道附近的西部非洲。如贝宁、利比里亚等。

11. some were sulky of the slaves: 正常词序是some of the slaves were sulky。

12. would not touch their meat: 不愿意碰他们的肉。在此指绝食。作者可能并不太了解贩奴船的情况，奴隶贩子不太可能给黑奴吃肉。

2. Empire and Imperialism (1)

13. mangled: 被乱砍、乱打的，皮开肉绽的。
14. They flung her overboard: 他们把她扔进了大海。奴隶在贩运中死亡，一般都被扔进大海。
15. house of prayer: 指教堂。

【译文】

参与黑奴贸易的水手

他停下来，那肯定是叹息，
从棚子里传来，
他停下来，急切地倾听，
那叹息声再次传来。

肯定是从棚子里传来，
然后他快步赶到那里，
他听到了耶稣的名字，
听到了断断续续的祈祷。

他推门进入棚子，
在里边看见一个水手，
水手双手举向上天，
双膝跪在地上。

水手如此专注于祈祷，
没有注意到他进门的脚步，
而是一会儿祈祷，一会儿
重复他差不多忘记的信仰。

他多次呼唤救世主，

带着许多痛苦的叹息，
内心如此沉重的焦虑，
只能是来自最深重的罪孽。

他问这个可怜的人，
为什么在那里下跪？
有什么罪孽引发
他祈祷时那种焦虑？

哦，我做了一件罪恶的事！
它让我日夜不得安宁，
我找了这个安静的地方，
在这里祈祷不被打扰。

在船上，我没有地方祈祷，
因此我独自来到这里，
以便可以下跪和祈祷，
呼唤耶稣，发出感叹。

如果我走到主桅杆，
那个邪恶的人就在那里，
它到处跟随着我，
从地方到地方，从缆绳到缆绳。

我闭上双眼，没有用，
我还看见同样的情景，
夜晚我躺下睡觉，
但是感觉像白昼一样。

他到处跟随我，

2. Empire and Imperialism (1)

所有地方都是地狱。
上帝啊,我必须随他去,
在无尽的火焰中煎熬。

他到处都跟随我,
他在头顶,他在脚下,
哦告诉我,哪里能逃避?
哦告诉我,到哪里去?

但是告诉我,陌生人说道,
你的这个罪行是什么?
也许我可以给予安慰,
以安抚如此悔罪之人。

哦,我做了一件诅咒的事儿,
这个可怜的人回答道,
白天黑夜,所有地点,
他都浮现在我的眼前。

我曾经加入几内亚号,
去往那里的奴隶海岸,
但愿大海已经把我吞没,
在我仍然清白之时!

在那里,我们给船装上货物,
那是黑人奴隶300人,
我们高兴地踏上了回家之路,
穿过了大洋的波涛。

但是有些黑奴非常愤怒,

不碰所提供的食物,
所以我们被威胁被迫,
用鞭子强迫他们进食。

有一个女人最最生气,
仍然拒绝吃饭,
哦耶稣上帝,我听到她哭泣,
我看到她血肉模糊。

船长让我把她绑起来毒打,
他在一旁观看,
一旦我停手,听到她哭叫,
他就会把我咒骂。

她哭喊,她尖叫,我不能停下,
因为船长就站在一旁。
上帝啊,但愿我睡觉之时,
不要听到可怜的女人的哭喊!

她在鞭打中抽搐,我看见
她流血,她皮开肉绽,
但是船长仍然不愿饶恕,
哦,他比我更狠毒!

当她终于被放下来,
我比她更加高兴,
这是一个轻松的时刻,
也是我所经历的最后一个。

我整夜都没有合眼,

2. Empire and Imperialism (1)

想到我所做的事情，
我听到她的叹息渐弱
在太阳升起之时。

她叹息、叹息，但她的叹息，
在清晨越加微弱，
而且越来越弱，直到中午，
她就咽下最后一口气。

他们把她抛进大海，可怜的人，
她再也不会痛苦，
但是耶稣啊，上帝啊，
我何时才会得到安宁？

我看见大海把她吞没，
但是她似乎仍在眼前，
我看见她在到处抽搐，
我白天黑夜都能看见。

不管我走到哪里、做什么，
我都看见那个邪恶的人。
耶稣啊，可怜我的灵魂吧，
上帝啊，让我解脱吧！

明天我将再次出海，
不是去奴隶海岸，
虽然我很不幸，但至少
我不会再犯那样的罪行。

哦，给我安慰吧，如果可能——

哦，告诉我到哪里逃避？

给我希望吧，如果还有希望，

对我这失落的灵魂。

可怜的人，那个陌生人回答道，

请相信上天吧，

请呼唤上帝吧，

为了他，一切罪孽都将赦免。

今夜至少属于你，

去吧，去那祈祷的地方，

在那里，你将听到上帝的旨意，

在那里，他将给你帮助！

【赏析】

罗伯特·骚塞（Robert Southey 1774—1843），19世纪初的英国桂冠诗人，著有《圣女贞德》（*Joan of Arc*, 1796）、《毁灭者塔拉巴》（*Thalaba the Destroyer*, 1801）、《麦多克》（*Madoc*, 1805）、《克哈马的诅咒》（*The Curse of Kehama*, 1810）、《审判的幻象》（*A Vision of Judgement*, 1821）等诗歌。骚塞也是浪漫派时期撰写反黑奴贸易的诗人之一。他的《黑奴贸易诗篇》（*Poems on the Slave Trade*）与布莱克的《黑男孩》（*Little Black Boy*），彭斯的《黑奴怨》（*The Slave's Lament*），华兹华斯的《致图桑·卢维杜尔》（*To Toussaint L'Ouverture*）都是这个时期著名的黑奴诗歌。

《参与黑奴贸易的水手》一诗讲述的是一个悔恨、自责和赎罪的故事，这个故事可以分为三个部分：第一，诗人听到了一个棚子里传来的叹息和呻吟，然后赶去查看到底发生了什么。结果，他在棚子里看见一个水手在祈祷，并且不时发出痛苦的呻吟。他询问发生了什么，水手说他犯下了滔天的罪行，受到良心的谴责。那个罪行就像幽灵一样，如影随形地跟着他，使他

2. Empire and Imperialism (1)

无法入睡，无法获得内心的安宁，心灵即将崩溃。第二，在诗人的坚持下，水手讲述了他犯罪的经历。他曾经参与了奴隶贸易，乘坐"几内亚"号帆船前往非洲西部的奴隶海岸。在装上300名奴隶后，"几内亚"号开启了回归的航程。然而在途中，奴隶们开始绝食，他们不得不用鞭打强迫奴隶们进食。有一个女黑奴倔强不从，遭到了他的毒打，最终这名女奴因伤重而死亡。第三，船长命令手下将尸体投入大海，他看见尸体沉入了海水，但是那个景象却无法从他的眼前抹除。它就像幽灵一样跟着他，夺走了他的睡眠和安宁。

骚塞的朋友柯尔律治曾经撰写长诗《古水手吟》（*The Rime of the Ancient Mariner*），与该诗有相似之处。诗歌也讲述了一个水手在一次出海的过程中，无缘无故地杀死了一只信天翁，招致无形的神灵对船只的追杀，造成了所有船员丧生。实际上，骚塞可能借鉴了柯尔律治的诗歌，因为两首歌都凸显了主人公内心的自责、焦虑、不安和负罪感，以及良心和道德的谴责。在两个故事中，心灵的焦虑、深深的负罪感都得到了极大的渲染：不管走到哪里，只要他闭上双眼，那个情景就会重新浮现。他就像被魔鬼追逐，不知道哪里能够逃避。所有的地方都是地狱，都是无尽的火焰。他不断地呼喊："耶稣，可怜我！上帝，让我解脱！"

欧洲殖民者进行的奴隶贸易始于16世纪，在17世纪达到了顶峰，成千上万的非洲黑奴被运送到美洲做苦役。贩奴船为了利润最大化，把奴隶像牲口一样塞进船舱。在横渡大西洋的过程中，由于船舱过于拥挤，大批奴隶死亡。这些奴隶被视为商品，死亡后被视为经济损失，尸体被扔进大海。这些残酷的现实，在18世纪末和19世纪初被逐渐披露，引起了西方社会的震惊。可以说，骚塞和柯尔律治的诗歌就代表了西方社会的良心，西方殖民者犯下的滔天罪行在这些有良知的西方知识分子心中产生了自责、不安和焦虑，同时他们也通过这些故事表达了一种深深的负罪感。

【思考题】

1. Why is the sailor praying or confessing in the hovel? What is the "wicked one" that is following him everywhere, both during weak and sleep?

2. What guilt is giving the sailor such "heart-anguish" and suffering? What did he do that deprived him of sleep?

3. What does he have to do to deliver himself from the sin? What idea of sin and punishment does he seem to have?

2. Empire and Imperialism (1)

3) Middle Passage[1]

By Robert Hayden

I

Jesús, Estrella, Esperanza, Mercy:[2]

    Sails flashing to the wind like weapons,

    sharks following[3] the moans the fever and the dying;

    horror the corposant and compass rose[4].

Middle Passage:

    voyage through death

        to life upon these shores.

    "10 April 1800—

    Blacks rebellious. Crew uneasy. Our linguist says

    their moaning is a prayer for death,

    ours and their own. Some try to starve themselves.

    Lost three this morning leaped with crazy laughter

    to the waiting sharks, sang as they went under."[5]

Desire, Adventure, Tartar, Ann:

    Standing to America, bringing home

    black gold, black ivory, black seed.

        Deep in the festering hold[6] *thy father lies,*

        of his bones New England pews are made,

those are altar lights that were his eyes.[7]

Jesus   Saviour   Pilot   Me

Over   Life's   Tempestuous   Sea

We pray that Thou wilt grant, O Lord,

safe passage to our vessels bringing

heathen souls unto Thy chastening.[8]

Jesus Saviour

   "8 bells. I cannot sleep, for I am sick

   with fear, but writing eases fear a little

   since still my eyes can see these words take shape

   upon the page & so I write, as one

   would turn to exorcism[9]. 4 days scudding,

   but now the sea is calm again. Misfortune

   follows in our wake like sharks (our grinning

   tutelary gods). Which one of us

   has killed an albatross[10]? A plague among

   our blacks—Ophthalmia[11]: blindness—& we

   have jettisoned the blind to no avail.[12]

   It spreads, the terrifying sickness spreads.

   Its claws have scratched sight from the Capt.'s eyes

   & there is blindness in the fo'c'sle[13]

   & we must sail 3 weeks before we come

   to port."

     What port awaits us, Davy Jones'[14]

     or home? I've heard of slavers drifting, drifting,

2. Empire and Imperialism (1)

playthings of wind and storm and chance, their crews

gone blind, the jungle hatred

crawling up on deck.

Thou Who Walked On Galilee[15]

"Deponent further sayeth *The Bella J*[16]

left the Guinea Coast[17]

with cargo of five hundred blacks and odd

for the barracoons[18] of Florida:

"That there was hardly room 'tween-decks for half

the sweltering cattle stowed spoon-fashion[19] there;

that some went mad of thirst and tore their flesh

and sucked the blood:

"That Crew and Captain lusted with the comeliest

of the savage girls kept naked in the cabins;

that there was one they called The Guinea Rose

and they cast lots[20] and fought to lie with her:

"That when the Bo's'n piped all hands[21], the flames

spreading from starboard already were beyond

control, the negroes howling and their chains

entangled with the flames:

"That the burning blacks could not be reached,

that the Crew abandoned ship,

leaving their shrieking negresses behind,

that the Captain perished drunken with the wenches:

"Further Deponent sayeth not."

Pilot Oh Pilot Me

【注释】

1. Middle Passage: 中间航程，指16—19世纪欧洲人贩运非洲黑奴去美洲的航程。之所以称为"中间"，是因为这些商人先从欧洲将货物运到非洲销售，然后买入黑奴运往美洲，卖掉黑奴后购买棉花、烟草、毛皮等运回欧洲销售。在这个三角贸易中，每一个航程都能赚钱，中间航程利润最大。

2. *Jesús, Estrella, Esperanza, Mercy*：这些都是贩奴船的名称。后面的*Desire, Adventure, Tartar, Ann*也是。

3. sharks following：鲨鱼尾随。由于黑奴死后被扔进大海，因此常常有鲨鱼尾随等待。

4. corposant:（夜间大海上的）鬼火。compass rose: 罗盘，指南针。

5. "10 April 1800…went under"：此引文和后面引文中的故事都是关于贩奴船的黑暗故事，叙事人夹叙夹议，表达了他的恐惧、悔恨的情绪。

6. hold: 船舱。

7. *Deep in the festering hold…that were his eyes*: 这三行诗是莎士比亚《暴风雨》中的名句的仿写。莎翁原文为："Full fathom five thy father lies, / Of his bones are coral made; / Those are pearls that were his eyes."

8. bringing/heathen souls unto Thy chastening: 将异教徒带给你惩戒。叙事人显然是在为贩运黑奴进行开脱，因为他把这个行为视为开化异教徒。

9. exorcism: 驱鬼术。

10. has killed an albatross: 杀死一只信天翁。水手认为杀死信天翁会带来厄运。在柯尔律治的诗歌《古水手吟》中，古水手因为用弓箭射杀一只信天翁而引来了杀身之祸，他们的船被困赤道海面数日，几乎所有水手丧命。只有老水手存活下来，从此他生活在痛苦和悔恨之中。

2. Empire and Imperialism (1)

11. Ophthalmia: 眼炎。
12. jettisoned:（作为废物） 抛弃。to no avail: 无济于事。
13. fo'c'sle: 水手舱、前甲板。相当于forecastle。
14. *Davy Jones*：海底，葬身之地，相当于the bottom of the ocean。戴维·琼斯是"逃亡的荷兰人"（The Flying Dutchman），又称"深海阎王"，常常出没大海上，不是人是鬼。
15. Thou Who Walked On Galilee：在加利利行走的人。指耶稣基督，他早期曾经在此地传教。
16. *The Bella J*: 贩奴船名。与后文第三部分的*The Amistad*相同。
17. the Guinea Coast: 几内亚海岸。这是西非所谓的奴隶海岸。
18. barracoons: 黑奴收容所。
19. stowed spoon-fashion: 像放汤勺一样装运。
20. cast lots: 掷骰子。
21. Bo's'n piped all hands: 水手长吹哨子集结所有水手。Bo's'n: 水手长。相当于boatswain。

【译文】

中间航程

I

耶稣 星辰 希望 仁慈：

船帆在风中闪烁，像刀戟，
鲨鱼尾随哀号、高烧和垂死的人，
恐怖的海上鬼火和罗盘。

中间航程，
  通过死亡的航程，

　　　　通往彼岸的生存。

"1800年4月10日——
黑人有叛乱情绪，船员不安，翻译官说，
他们的哀号是求死的祈祷，
求我们和他们的死，有人企图绝食，
今晨有三人狂笑着翻越栏杆，
跳向海中等待的鲨鱼，唱着歌沉没下去。"

欲望 冒险 鞑靼人 安妮：

站着去往美洲，带回
黑色的黄金、钻石、种子。

在船舱溃烂的深处，躺着你的父亲，
新英格兰的教堂长椅是他的尸骨，
布道讲坛的灯火是他的眼睛。

耶稣 救世主 指引 我
通过 生活的 暴风骤雨的 大海

我们祈祷，主啊，请保佑
我们的船平安航行，
将异教徒带去接受您的惩戒。

耶稣 救世主

"钟声八下，我无法入睡，因恐惧
而恶心，但是写作稍稍缓解恐惧，
因为我的眼睛可看见文字在纸上
形成，因此我的写作

2. Empire and Imperialism (1)

就像是驱鬼行动,四天都在疾驰,
现在大海又平静下来。不幸,
像鲨鱼一样如影随形,(我们狞笑的
守护神)我们有谁杀死了
信天翁吗?在我们黑人当中,流行着
一种瘟疫:眼炎、失明,我们
把失明者像废物一样抛弃,都没用。
它仍然在传染,可怕的疾病。
它的爪子已经夺走了船长的视力,
在水手舱里全是失明者,
我们还需三周航行才能到港。"

我们将停靠什么港口?海底的葬身之地,
还是祖国?听说,曾有奴隶贩子在大海漂流,
成为风暴和意外的玩物,
船员全体失明,丛林的仇恨
在船上悄然蔓延。

你,曾经 行走在 加利利的人

"目击证人还说,Bella J.号帆船
从几内亚海岸出发,
运载了五百左右的黑人,
驶向佛罗里达的黑奴中转站:

"船舱甲板之间几乎没有的空间
不如汤勺装运方式运载牲口的一半空间,
有些人因口渴而发疯,把自己的肌肉
撕破,饮血止渴:

"船长和船员将最漂亮的女孩

据为己有,在船舱中将她们脱光;

有一个女孩,他们叫她几内亚玫瑰,

他们投骰子决定谁占有她:

"当水手长吹响集合哨,从右舷

开始的大火,已经无法控制。

黑人在哀号,他们的铁锁镣铐,

已经与烈火纠缠在一起:

"火中的黑奴眼看无法救出,

因此船员们决定弃船,

抛下那些尖叫的黑人女孩,

船长醉心于女孩儿而丧命火海:

"目击证人没有更多可说。"

指引,哦,指引 我

【赏析】

罗伯特·海登(Robert Hayden 1913—1980),美国黑人诗人,著有《尘土中的心型》(*Heart-Shape in the Dust*, 1940)、《时间的图案》(*Figure of Time*, 1955)、《记忆的歌谣》(*A Ballad of Remembrance*, 1962)等。虽然他撰写黑人题材,决心为黑人同胞代言,但是他的诗歌主题多样,多数作品写普遍的人类情感。

《中间航程》一诗可以说是海登最著名的诗歌。它所反映的是西方历史上黑暗的一页,是西方殖民者从15世纪开始在美洲开发矿山、开办种植园,强制将非洲黑人运往大西洋彼岸去从事苦役的黑暗历史。题目中的"中间航程"是指那些殖民者的跨大西洋三角贸易的航程的中间一段。首先,他们将

2. Empire and Imperialism (1)

一些廉价商品从欧洲运往西非,在那里用它们换取黑奴;然后,他们将黑奴从非洲运往美洲出售,获取巨额利润;最后,他们购买美洲盛产的棉花、茶叶、毛皮、烟草等商品运回欧洲。每一段航程可以赚取巨额利润,但中间航程利润最大。诗歌的三个部分分别从三个角度反映了那段苦难历史,但是三个部分都是以白人的自白形式写成。

第一部分描写了中间航程的三个悲惨时刻。(1)1800年4月10日,在一次航行中,有些黑奴开始绝食或者跳海,以逃脱奴隶贩子的控制,他们宁死而不愿意屈服;然而,大海里鲨鱼正在等候他们。(2)黑奴船上爆发了瘟疫,被理解成一种报应。感染者突发眼疾,奴隶和奴隶贩子都同样失明。他们在大海上漂流,成为风暴的玩物。(3)Bella J.号贩奴船在航行过程中,船长和船员玩忽职守,沉迷于玩弄女奴。但是他们的船突然失火,越烧越旺。船员们纷纷弃船逃生,扔下了被镣铐锁住的黑奴,在船上被活活烧死。

这一部分有四位白人叙事人:第一位是一个思考者,叙事内容用斜体表示,反映的是他的内心活动。他的声音讲述了中间航程的目的——贩奴以获取劳动力,但他怀疑他们是否能顺利到达美洲。第二位是感到恐惧的水手,叙事的内容可能是他的航海日志,因此用引号括起来。他无法入睡,只有靠写作来驱散黑暗和恐惧。黑奴贸易的恐怖在他讲述的故事中反映出来。第三位是一个祷告的基督徒,他把贩奴活动描述为教化异教徒。他认为他们是在把异教徒带向基督教的光明未来。但是另一个声音在告诉读者,新英格兰教堂的讲坛是黑奴的尸骨做成的,教堂的灯火是黑奴的眼睛。黑奴贸易的残忍击碎了他所谓的善意,贩奴船的名称如"希望""仁慈"等也显得那么具有讽刺含义。第四位是一个想家的水手。他把这次航行定义为"通过死亡,通往彼岸的生命的航行"。他祈祷上帝保佑,保佑他们一路顺利。"耶稣 救世主 指引 我/ 通过 生活的 暴风骤雨的 大海"。

【思考题】

1. Why is the Middle Passage described as a "voyage through death" as well as a voyage bringing "black gold, black ivory, black seed"?
2. What horrible stories of torture, plague and fire are told by the sailor? What are the outcomes?
3. How or in what fashion are the slaves transported across the Atlantic Ocean? Why do sharks follow the slave ship? What do the slavers do to the female slaves during the voyage?
4. What attitude or view is expressed by the prayer about the traders bringing heathen souls onto Jesus Christ?

II

Aye, lad, and I have seen those factories[1],
Gambia, Rio Pongo, Calabar;[2]
have watched the artful mongos[3] baiting traps
of war wherein the victor and the vanquished

Were caught as prizes for our barracoons.
Have seen the nigger kings whose vanity
and greed turned wild black hides of Fellatah,
Mandingo, Ibo, Kru[4] to gold for us.

And there was one—King Anthracite we named him—
fetish face beneath French parasols
of brass and orange velvet, impudent mouth
whose cups were carven skulls of enemies:

2. Empire and Imperialism (1)

He'd honor us with drum and feast and conjo[5]

and palm-oil-glistening wenches deft in love,

and for tin crowns that shone with paste,

red calico and German-silver trinkets[6]

Would have the drums talk war and send

his warriors to burn the sleeping villages

and kill the sick and old and lead the young

in coffles[7] to our factories.

Twenty years a trader, twenty years,

for there was wealth aplenty to be harvested

from those black fields, and I'd be trading still

but for the fevers[8] melting down my bones.

【注释】

1. factories：（黑奴贸易）代理商行。

2. Gambia, Rio Pongo, Calabar：（西非）冈比亚、里约庞哥、卡拉巴尔。

3. mongos：（西非）蒙戈人。

4. Fellatah, Mandingo, Ibo, Kru：（西非）法拉塔人、曼丁哥人、伊博人、克鲁人。

5. conjo：（针叶植物）孔若。在此可能指用这种植物制作的一种乐器。

6. tin crowns that shone with paste, /red calico and German-silver trinkets：镶嵌人造宝石的锡制皇冠，红色棉布，德国银制廉价饰物。

7. in coffles：（绑在一起被驱赶的）一队，一串。

8. but for the fevers：要不是这热痛。叙事人显然是一个奴隶贩子（trader），他得了一种怪病，因此不能再干了。他没有悔恨，没有恐惧，但他的"怪病"是不是报应，值得思考。

【译文】

II

啊，年轻人，我见过那些黑奴中转站，
冈比亚，里约庞哥，卡拉巴尔；
见过那些蒙戈人设置陷阱，
捕捉黑人，无论他们战争胜负，

都作为战利品送进黑奴收容所。
也见过黑人的国王，他们的虚荣
和贪婪，为我们，把法拉塔人、
曼丁哥人、伊博人、克鲁人的黑皮变成黄金。

有一个国王，我们叫他安斯雷赛，
一张偶像脸，顶着铜橘色的
天鹅绒法国阳伞，一张无耻的嘴
他的杯子就是敌人空洞的骨头：

他用鼓声、宴会、孔若来款待我们，
还有做爱老练的女孩儿，以换取
镶嵌人造宝石的锡制皇冠、红色棉布、德国银首饰。

他会敲击战鼓，派遣武士
前往焚烧正在睡眠的村庄，
杀死老弱病残，将身强力壮者
一队队驱赶到我们的中转站。

二十年的奴隶贸易，二十年，
因为那黑色的原野有很多财富
可以收获，要不是我骨头里的热病
发作，我可能仍然在干这行当。

2. Empire and Imperialism (1)

【赏析】

　　第二部分讲述的故事反映了非洲的有些部落首领，为了蝇头小利，帮助欧洲殖民者抓捕黑人，强迫他们去美洲为奴。在冈比亚、里约庞哥、卡拉巴尔，黑奴商人建立了黑奴中转站。他们勾结当地部落首领制造战争、烧毁村庄、设置陷阱，将蒙戈人、曼丁哥人、法拉塔人、伊博人和克鲁人活捉，赶进黑奴收容所。为了讨欧洲人的欢心，他们还用锣鼓、美食、孔若和妓女款待他们，让这些奴隶贩子色财并收，从中赚取了大量金钱和利益。

　　这一部分的叙事人也是奴隶贸易的经营者，内容可以说是他的自白。他的主要观点似乎是，黑奴贸易并不完全是欧洲人的错，非洲的部落上层也参与其中，并从中获得了好处。要是没有这些非洲部落首领的支持，他们无法获得数量众多的黑奴。但是，从他的叙事中，我们也可以看出黑奴贸易的肮脏和龌龊。它不是正经的生意，而是龌龊的勾当，伴随着暴力、欺骗、淫荡、阴谋。更可怕的是，他并没有意识到这些，而是想继续从这样的活动中捞取好处。他不能继续，仅仅是因为他得了一种骨髓疼痛的怪病。人们有理由怀疑这是在非洲染上的病，也可以说是一种报应。

【思考题】

1. Where do the European traders go in Africa to abduct slaves? What do they do to bribe the tribesmen of Africa?
2. What does the king of the African tribe do to help the slave traders? Is he committing the same crime as the traders?
3. What was the speaker before he abandoned his profession? Why did he give up?

III

Shuttles[1] in the rocking loom of history,

the dark ships move, the dark ships move,

their bright ironical names

like jests of kindness on a murderer's mouth;

plough through thrashing glister toward

fata morgana's[2] lucent melting shore,

weave toward New World littorals[3] that are

mirage and myth and actual shore.

Voyage through death,

        voyage whose chartings are unlove.

A charnel stench, effluvium[4] of living death

spreads outward from the hold,

where the living and the dead, the horribly dying,

lie interlocked, lie foul with blood and excrement.

> *Deep in the festering hold thy father lies,*
> *the corpse of mercy rots with him,*
> *rats eat love's rotten gelid eyes.*

> *But, oh, the living look at you*
> *with human eyes whose suffering accuses you,*
> *whose hatred reaches through the swill of dark*
> *to strike you like a leper's claw[5].*

> *You cannot stare that hatred down*
> *or chain the fear that stalks the watches[6]*

2. Empire and Imperialism (1)

and breathes[7] on you its fetid scorching breath;

cannot kill the deep immortal human wish,

the timeless will.

"But for[8] the storm that flung up barriers

of wind and wave, *The Amistad*, señores[9],

would have reached the port of Príncipe[10] in two,

three days at most; but for the storm we should

have been prepared for what befell.

Swift as the puma's leap it came. There was

that interval of moonless calm filled only

with the water's and the rigging's usual sounds,

then sudden movement, blows and snarling cries

and they had fallen on us with machete

and marlinspike.[11] It was as though the very

air, the night itself were striking us.

Exhausted by the rigors of the storm,

we were no match for them. Our men went down

before the murderous Africans. Our loyal

Celestino ran from below with gun

and lantern and I saw, before the cane-

knife's wounding flash, Cinquez,

that surly brute who calls himself a prince,

directing, urging on the ghastly work.

He hacked the poor mulatto[12] down, and then

he turned on me. The decks were slippery

when daylight finally came. It sickens me

to think of what I saw, of how these apes[13]

threw overboard the butchered bodies of

our men, true Christians all, like so much jetsam.

Enough, enough. The rest is quickly told:

Cinquez was forced to spare the two of us

you see to steer the ship to Africa,

and we like phantoms doomed to rove the sea

voyaged east by day and west by night,

deceiving them, hoping for rescue,

prisoners on our own vessel, till

at length we drifted to the shores of this

your land, America, where we were freed

from our unspeakable misery. Now we

demand, good sirs, the extradition of

Cinquez and his accomplices to La

Havana[14]. And it distresses us to know

there are so many here who seem inclined

to justify the mutiny of these blacks.

We find it paradoxical indeed

that you whose wealth, whose tree of liberty

are rooted in the labor of your slaves

should suffer the august John Quincy Adams[15]

to speak with so much passion of the right

of chattel slaves[16] to kill their lawful masters

and with his Roman rhetoric weave a hero's

garland for Cinquez. I tell you that

we are determined to return to Cuba

2. Empire and Imperialism (1)

  with our slaves and there see justice done. Cinquez—

  or let us say 'the Prince'—Cinquez shall die."

The deep immortal human wish,

the timeless will:

  Cinquez its deathless primaveral image,

  life that transfigures many lives.

Voyage through death

    to life upon these shores.

【注释】

1. Shuttles:（织布机的）梭子。贩奴船被比喻为织布机的梭子，在大西洋两岸来回穿梭。

2. fata morgana: 海市蜃楼，幻境。

3. littorals: 沿海地区。

4. stench, effluvium: 恶臭。

5. leper's claw: 麻风人的爪子。句子的主语是hatred，因此"爪子"是一个比喻。

6. stalks the watches：追随值夜班的海员。

7. breathes: 呼吸。它的主语是fear，因此"呼吸"也是一个比喻。

8. But for: 要不是。相当于if it were not for。

9. señores: [西班牙语] 先生。

10. port of Principe: [加勒比地名] 普林西比港。

11. machete/and marlinspike:（拉美砍甘蔗用的）大砍刀和（捻结绳索用的）木笔。

12. the poor mulatto: 那个可怜的混血儿。指先前提到的Celestino。

13. apes: 黑猩猩。指暴动的黑人。由于叙事人是白人船长，因此他用此蔑称。

14. La Havana: [加勒比地名] 哈瓦那。今天的古巴首都。

15. John Quincy Adams：约翰·昆西·亚当斯，后来成为美国第六任总统。以亚当斯为代表的美国人反对引渡叛乱的黑人，似乎是代表了自由。但是正如西班牙船长所说，他们的"自由之树"就是建立在对奴隶的剥削和压迫之上的。

16. chattel slaves: 动产奴隶。

【译文】

III

那些黑心的船在大洋上穿梭，
就像历史织机上的梭子，
它们具有讽刺意义的靓丽名字，
嘲讽着杀人犯嘴上的善意。
它们穿过波涛闪亮的大海，
驶向海市蜃楼一样的透明海岸，
驶向新世界的沿岸地区，
那里的幻象、神话和真实的海岸。

通过死亡的航行，
　　航路上没有关爱的航行。

尸体的恶臭，生不如死的恶臭，
从船舱深处溢出，
里边的活人、死人、垂死的人，
全部躺在一起，在血液和粪便之中。

2. Empire and Imperialism (1)

在船舱的深处,躺着你的父亲,
怜悯的尸首与他一同腐烂,
老鼠啃食着爱的冷漠的眼睛。

但是啊,活着的人直视着你,
眼睛谴责着你造成的苦难,
仇恨穿越摇晃着的黑暗,
伸出麻风病的爪子来抓你。

你无法用眼光将那仇恨压制,
无法把尾随值夜员的恐惧控制,
它将恶臭的气息向你呼出;
你无法杀戮心灵深处永恒的人类愿望,
永恒的意志。

"如果不是暴风雨形成了阻碍,
大风大浪,先生们,友谊号
在两天内,最多三天,就已经到达
普林西比港;如果不是暴风雨,
我们可能已经准备好应对发生的事情。
但事情的发生像美洲豹一样凶猛,
曾有一段月光朦胧的平静,只有
海水和船底常规的哗哗声,
然后事情突然爆发,击打和怒吼,
他们用大砍刀和木笔对我们
发起攻击,仿佛就是
空气和黑夜本身在攻击我们。
暴风雨已经让我们筋疲力尽,
我们完全不是他们的对手,面对这些

凶神恶煞的非洲人，我们的人倒下了。
忠诚的切勒斯蒂诺拿着灯和枪
从下面跑过，在甘蔗砍刀的
闪亮中，我看见了辛奎兹。
这个野蛮的畜生，自称是一个王子，
在指挥和推动这次恐怖的行动。
他将可怜的混血儿砍倒，然后
冲着我过来。甲板变得湿滑，
当白昼终于来临，我不忍心看见
眼前的情景，不忍心看见这些黑猩猩
将砍死的同胞的尸体，真正的基督徒，
抛进大海，像抛弃货物一样。
足矣，足矣！其他就讲快一点：
辛奎兹不得已留下我们两人，
你明白，以便把船开回到非洲。
我们像幽灵一样，注定在大海漂泊，
白天向东，晚上向西航行，
骗过了他们，希望得到营救，
在自己的船上成了囚徒，直到
最后，我们漂到了美国，
你们的海岸，在这里，我们才摆脱了
无以名状的痛苦，现在，善良的先生们，
我们要求引渡辛奎兹和他的同伙，
引渡到哈瓦那，我们非常沮丧地知道，
这里有那么多人倾向于
将这些黑人的叛乱合理化。
我们认为这非常具有讽刺意味，

2. Empire and Imperialism (1)

你们的财富、你们的自由之树

都根植于你们的奴隶的苦役，

然而，你们却允许威严的约翰·亚当斯

如此富有激情的诉说，黑人

有权利屠杀他们的合法的主人，

用他古罗马式的雄辩为辛奎兹

编织英雄般的花篮，我要告诉你们，

我们一定要带着这些奴隶带回到

古巴，在那里去实现正义，辛奎兹，

让我们叫他辛奎兹王子，将被处死。"

心灵深处永恒的人类愿望，

永恒的意志：

辛奎兹是它不死的白桃花心木形象，

改变许多生命的生命。

通过死亡，

  通往彼岸生存的航行。

【赏析】

  第三部分分前后两节，前一节描写贩奴船上非人的生存环境，他们像牲口或者鸡鸭一样，密密麻麻地挤在船舱里，导致大量黑奴死亡。船舱里臭气熏天，活人死人混杂在一起，血液和粪便混在一起。黑人的仇恨在发酵，所有仇恨都指向了船上的白人。后一节描写黑人不堪忍受如此非人的对待而发动了叛乱，他们杀死白人，劫持了贩奴船。

  后一节的主体部分是死里逃生的西班牙白人船长在美国的法庭上的慷慨陈词。根据这个白人的陈述，就在友谊号贩奴船还差三天就可以到达目的地的时候，船上的黑奴在他们的首领辛奎兹的带领下，突然发起了暴动。他们举起砍刀和木笔，对白人发起攻击，杀死了船上的大多数白人和他们的混血儿帮凶，只留下了船长和大副。他们强迫两位白人将船驶回非洲，但是后者却欺骗了他们，将船开到了美国。结果，黑奴都被抓了起来，送上了这个法庭。

但是，令这个西班牙船长没有料到的是，他要求引渡这些黑奴到古巴，然后由西班牙人的法庭判处他们死刑的诉求没有得到美国法庭的支持。美国人在后来成为美国总统的约翰·亚当斯（John Quincy Adams）的带领下，反对引渡辛奎兹，反对判处黑奴死刑。诗歌似乎在暗示，美国这片土地是自由之地，西班牙船长代表的是邪恶的欧洲殖民者，而亚当斯代表的却是美洲的自由精神，从而印证了诗歌中所说的这是一次"通过死亡，通往彼岸生存的航行"。

从整体上看，诗歌的故事涉及奴役、残暴、折磨、伪善、贪婪、疾病、恐惧、阴谋、淫荡、强奸、反抗、起义、希望等主题，从各个侧面反映了黑奴贸易的罪恶历史，以及西方帝国主义和殖民主义的贪婪和残暴，同时也反映了对自由未来的希望。最后，诗歌将领导起义的非洲王子辛奎兹视为英雄，他代表了"不死的白桃花心木"和"心灵深处永恒的人类愿望，永恒的意志"。他才是一个"改变许多生命的生命"。

【思考题】

1. In what condition is the ship held in which slaves are trained and transported? What feeling of grievance and anger are incubated?

2. What rebellious event takes place on *The Amistad* as it is sailing towards the port of Principe? Why did the black slaves spare the captain of the ship? How did he sail the ship to America?

3. Why is the request to extradite the slaves turned down by the American court of justice? Does that mean that the Americans led by John Quincy Adams are truly defending the rights of the blacks?

3

Empire and Imperialism (2)
帝国与帝国主义（2）

3. Empire and Imperialism (2)

到了17世纪，荷兰人继葡萄牙人之后，沿着西非的航海商道也到达了东非和印度，并且从葡萄牙人手中夺走了部分贸易市场。但是，荷兰人并没有满足于此，他们越过了印度，继续往东，到达了亚洲的爪哇岛，占领了他们所称为的"东印度群岛"，即今天的印度尼西亚群岛。英国人也追随荷兰人开辟的东方贸易通道到达印度次大陆，于1600年成立了东印度公司，印度生产的棉花可以为英国的纺织工业提供源源不断的工业原料。

英国东印度公司虽曰公司，实际上是殖民机器，它不但有英国政府任命的总督，同时也建立了军队，常常诉诸武力，通过火枪火炮打开印度的贸易大门。17世纪后期他们扶植在南部从帝国分离出来的玛拉塔公国，争取到在孟买建立贸易站的权利，同时，又与莫卧儿帝国交易，在北部的孟加拉地区建立了威廉堡（Ford William），作为贸易大本营。

与此同时，英国人也大肆进军北美洲大陆。英国的航海家、海盗船长、冒险家弗朗西斯·德雷克（Francis Drake）曾经以西印度群岛为基地，劫掠西班牙的商船。作为伊丽莎白时代的政治家，他曾经参与了1588年英国击败西班牙的"无敌舰队"（Armada）的战争。他在1577年和1580年成功地进行了两次环球航行，发现了许多不为人知的地方，为日后英国的扩张以及成为"日不落帝国"打下了基础。

1620年，英国的一批清教徒（Puritans）从普利茅斯出发，乘坐"五月花"号（May Flower）帆船来到北美东海岸的马萨诸塞，随后一批又一批英国人来到这里，建立了13个殖民地，这就是美利坚合众国建国的开始。同时，英国也在加勒比海的牙买加（Jamaica）等岛国建立殖民地种植园，生产蔗糖和烟草。

在17世纪，法国探险家尚普兰（Samuel de Champlain）在魁北克角登陆，帮助法国开拓了同北美的皮毛贸易。他修建了三座双层建筑作为防御工事，这就是今天加拿大的魁北克城的前身。拉萨尔（Rene-

Robert Cavellier de La Salle）先在加拿大安大略地区做皮毛贸易，探索了五大湖地区，后来南下今天的美国路易斯安那州和密西西比河流域，宣布该区域属于法国，命名为圣路易斯安那州。若利埃（Louis Jolliet）曾经任新法兰西总督，与神父马凯特（Jacques Marquette）一起探险密西西比河，以考证密西西比河是否流入太平洋。他带领探险队自圣伊尼亚塞（今天美国的密歇根州）出发至阿肯色河口，发现密西西比河注入墨西哥湾。

荷兰的探险家、航海家、商人亚伯·塔斯曼（Abel Tasman）在17世纪30年代受雇于荷兰东印度公司，在巴达维亚（今天印尼的雅加达）至马六甲群岛的航线上服务。1642年和1644年，他进行了两次成功的远航，发现了澳大利亚的塔斯马尼亚岛、新西兰、汤加和斐济。塔斯曼的名字被列入最伟大航海家之列，塔斯马尼亚岛和塔斯曼海都以他的名字命名。英国的探险家、海盗、海图绘制家威廉·丹皮尔（William Dampier）1699年作为"皇家海军军官"受任命指挥罗巴克号军舰考察南太平洋，发现了澳大利亚。1708—1711年的环球航行中，丹皮尔在智利附近一个无人荒岛上，发现了一个身着羊皮的"野人"，据说这个名叫亚历山大·塞尔柯克（Alexander Selkirk）的苏格兰人就是《鲁滨孙漂流记》主人公鲁滨孙·克鲁索的原型。

英国探险家詹姆斯·库克（James Cook）带领船队三度出海前往太平洋，成为首批登陆大洋洲东海岸和夏威夷群岛的探险者，也创下首次有欧洲船只环绕新西兰航行的纪录。他运用测经仪为新西兰与夏威夷之间的太平洋岛屿绘制了大量地图，在1779年的第三次探索太平洋时，与夏威夷当地土著发生冲突而死。

到了18世纪，英国和法国逐渐取代葡萄牙、西班牙和荷兰成为欧洲强国，开始在世界范围内展开了争夺霸权的战争。英国与法国的"七年战争"（1756—1763）卷入了普鲁士、奥地利、俄罗斯、瑞典等欧洲国家，覆盖了欧洲、中美洲、北美洲、西非海岸、印度和菲律

3. Empire and Imperialism (2)

宾群岛的广大地域。1760年，英国占领了法属加拿大。

另外，从1740年开始，英国和法国的东印度公司在印度次大陆多次交战，罗伯特·克莱夫（Robert Clive）领导的英国军队与让-弗朗索瓦·杜普莱（Jean-Francois Marquis Dupleix）领导的法国军队鏖战数年，通过扶植代理人、武力征服、蚕食，英国人逐渐在南亚次大陆的殖民竞争中取得了优势，最终迫使法国于1763年签订了《巴黎协定》（*Paris Treaty*），承认英国在印度的利益。

1) Ode on Lord Macartney[1] Embassy to China

By William Shepherd

SWIFT shot the curlew[2] 'thwart the rising blast,

As eve's dun shades enwrapped the billowy main[3];

Hoarse broke the waves against the sandy waste,

And dim and cheerless swept the drizzling rain:

When bending o'er the briny spray

Stood thy genius, old Cathay,[4]

Her vestments floating on the gale;

With angry glare her eyeballs roll,

Horror shakes her inmost soul,

As thus along the strand swells her portentous wail:[5]

"A thirst for prey, what ruffian band

Dares approach this happy land?

Glimmering through the glooms of eve

What canvas[6] flutters o'er the wave?

Plunging through the swelling tide,

What prows the whit'ning brine divide?[7]

'Tis Albion's bloody cross[8] that flouts the air,

'Tis Albion's sons that skirt this peaceful shore;

Her cross, oppressions badge, the sign of war;

Her sons that range the world, and peace is seen no more.

"Insatiate spoilers! that, with treachrous smiles,

in wreaths of olive hide the murderous sword:[9]

Ill fare the tribes,[10] unconscious of your wiles,

Whose honest candour trusts your plighted word.

Hence! ye harbingers of woe—

Too well your deeds of blood I know:

For mid the thickening gloom of night

Oft, as I speed my watchful flight,

A monitory voice I hear—

Keen Sorrow's[11] thrilling cry awakes my list'ning ear.

"A cry resounds from Ganges' flood;[12]

There Oppression's giant brood

Wide the scythe of ruin sweep,[13]

And desolated districts weep.

Terror waves the scourge on high,

Patient Misery heaves the sigh;

Lo! meagre Famine drains the vital springs,

And points from far where yawns[14] the darksome grave,

Her gifts in vain profusive Plenty flings,

Stern Avarice guards the store, nor owns the wish to save.

"From niger's banks[15] resounds the shriek of woe.

There, inly pining, mourns the hapless slave;

Fraud proudly braves the light with shameless brow,

And floating charnels plough the restless wave.

Behold, in desolate array,

The captives wind their silent way:

Amid the ranks does Pity find

A pair by fond affection joined?

Fell Rapine[16], reckless of their pain,

Blasts Misery's final hope—denies a common chain.

"Hear, O my sons, the warning cry,

And while you breathe the pitying sigh,

Deep on Memory's tablet trace

These triumphs of Britannia's[17] race.

From age to age, from sire to son,

Let the eternal record run;

And when, with hollow hearts and honeyed tongues,

These slaves of gold advance their blood-stained hand,

Shrink from the touch—Remember India's wrongs—

Remember Africa's woes—and save your destined land."

【注释】

1. Lord Macartney: 马嘎尔尼，英国政客、外交官，出生于北爱尔兰，曾经任全权大使出使俄罗斯，洽谈结盟；曾在英属印度任马德拉斯总督；1792—1793年，任全权大使出使中国。
2. SWIFT shot the curlew: 杓鹬急速飞行。shot: 射击，飞驰。句子的正常词序是：the curlew shot swift。诗歌中有许多类似的倒装句，如Hoarse broke the waves, cheerless swept the drizzling rain，等等，以下不再注释。
3. billowy main: 大海。billow: 巨浪，波涛。
4. Cathay: 华夏。在此指华夏女神。genius: 守护神，天才。

3. Empire and Imperialism (2)

5. portentous wail: 不祥的哀叹。倒装句，正常词序是：her portentous wail swells along the strand.

6. canvas: 船帆。

7. brine: 海水，盐水。倒装句，正常词序是：what prows divide the whit'ning brine?

8. Albion's bloody cross: 英国的血色十字。Albion: [古] 英国。英格兰国旗是红十字。

9. in wreaths of olive hide the murderous sword: 动词hide的主语是Insatiate spoilers。句子的正常词序是：hide the murderous sword in wreaths of olive.

10. Ill fare the tribes: 那些部落将遭殃。正常词序是the tribes fare ill。fare ill: 遭殃、倒霉。该短语的意思与fare well（一切顺利）相反。

11. Sorrow: 悲伤。该情感在诗歌中被拟人化。后面类似的拟人化修辞有：Oppression, Misery, Famine, Avarice, Plenty, Pity。

12. Ganges: 恒河，位于印度。

13. Wide the scythe of ruin sweep: 正常词序是：sweep wide the scythe of ruin。scythe：镰刀。在诗歌中常常被视为死神的工具。

14. yawns：打哈欠，张大口。

15. niger's banks：尼日尔河岸。

16. Fell Rapine: 残暴的劫掠。

17. Britannia: 不列颠。相当于Britain。

【译文】

马嘎尔尼出使中国颂

杓鹬展翅，顶着轰鸣的风暴极速飞翔，
波涛汹涌的大海被夜晚褐色的阴影笼罩；
海浪拍打荒芜的沙岸，沙沙作声。

细雨蒙蒙飘过，昏暗而压抑：

在大海咸味的浪花之上，

你的守护神，古老的华夏俯身站立，

她的衣衫在风中飘扬。

她的眼珠转动，带着愤怒的光芒，

恐惧震撼着她内心的灵魂，

她的哀号带着凶兆响彻海岸：

"是什么强盗团伙，嗜血成性，

胆敢入侵这个幸福的国度？

是什么船帆，穿过夜晚的黑暗，

在浪花之上震颤飘扬？

是什么船头，穿越涌起的巨浪，

破开了泛白的海水？

是阿尔比昂的血色十字藐视狂风，

是阿尔比昂的儿子通过这和平的海岸；

它的红十字旗，压迫的徽章，战争的标志；

它的儿子走到世界哪里，哪里不再有和平。

"贪婪的搅局者！带着阴险的笑容，

在橄榄枝花环中隐藏杀人的暗剑；

对你们的诡计毫无意识的民族，

坦率真诚地信任你们的鬼话，终将遭殃。

滚回去！你们这些灾难的先驱——

你们沾满鲜血的行径，我了如指掌；

在黑夜的日渐浓密的黑暗中，

在我加速飞翔去查看的过程中，

一个责备的声音；我经常听见——

3. Empire and Imperialism (2)

'悲伤'的痛苦哭喊唤醒了我的耳朵。

"从恒河的河水,有一个声音传来,
在那里,'压迫'的一大群帮凶,
在宽阔的区域挥舞着毁灭的镰刀,
被毁灭的大片土地在悲伤哭泣。
'恐怖'高高地举起了皮鞭,
耐心的'悲惨'发出一声叹息;
哦,瘦弱的'饥荒'吸干了生命清泉,
指出了阴森墓穴张开大口的地方;
富裕的'丰盈'抛洒礼物也无益,
严酷的'贪婪'囤积居奇,没有意愿积蓄。

"从尼日尔的海岸,传来了哀怨的惨叫,
在那里,不幸的奴隶发出内心的哀怨,
'欺诈'在光天化日下昂起不知羞耻的头,
死亡之船在翻腾的大海乘风破浪。
看吧,排着凄凉的队列,
被抓捕的人们默默地蜿蜒而行:
在这个列队中,'怜悯'有没有发现
一对情侣,被爱连接起来的一对?
残暴的'劫掠',无视他们的痛苦,
摧毁了'悲惨'的最后希望,拒绝他们同一锁链。

"听吧,哦我的孩子,这个警告的声音,
在你发出怜悯的叹息之时,
在记忆的深处,搜寻一下
不列颠民族的征服的历史吧。

从时代到时代,从父辈到子辈,
让他们的永恒记录展开!
当这些黄金的奴仆,带着虚伪的心
和甜蜜的嘴,伸出他们带血的手,
请不要握住它,要记住印度的灾难——
要记住非洲的悲惨——要拯救你们的国土。"

【赏析】

威廉·谢泼德(William Shepherd 1768—1874),英国19世纪讽刺诗人,利物浦唯一神教派牧师,是有影响力的自由主义改革派和坚定的废奴主义者。他积极投身于争取公民和宗教自由、妇女选举、废除奴隶贸易等活动中,被称为"诚实的谢泼德"。

《马嘎尔尼出使中国颂》(1792)一诗记载了中英关系史上的一次重要的历史事件。1792—1993年间,马嘎尔尼勋爵奉英国国王乔治三世之命出使中国,在避暑山庄参加了乾隆皇帝的八十寿辰。他带来了众多先进的礼物,试图说服乾隆与英国建立贸易关系,但是由于他拒绝按照中国的礼仪向乾隆行磕头礼,遭到了清政府的冷落,无功而返。这就是历史上著名的引起东西方文明碰撞的"礼仪之争"。虽然谢泼德称这首诗歌为"颂",但它绝不是一首颂歌。诗歌对这次访问没有期待,只有质疑。它以马嘎尔尼访华为契机,抨击英国的帝国主义侵略行径。

诗歌一开始,年迈的"华夏女神",即中国守护神,看到英国代表团的船队的到来,不禁忧心忡忡。面对这些不速之客,她用哀诉表达了华夏所面临的危险,同时也对华夏子民发出了警示。鉴于英国在印度和非洲的斑斑劣迹,诗人有理由怀疑马嘎尔尼访华的真正目的不是通商,而是侵略。在印度,英国的统治并没有给那里的人民带来福祉,而是给他们带来了灾难、饥荒和死亡。埃德蒙德·伯克(Edmund Burke)曾经将当时的印度总督赫斯

3. Empire and Imperialism (2)

廷斯起诉到英国议会,希望对他进行弹劾。在那次弹劾案中,他列举了英国殖民政府在印度的种种恶行,包括酷刑和性侵妇女,以及对当地人民实施残暴统治。诗歌形象地将英国的殖民统治描述为恐怖的皮鞭,抽打着南亚次大陆的生灵,把广阔的大地变成了废墟。1770—1772年孟加拉大饥荒、1790—1792年"骷髅饥荒"等夺取了成千上万的生命,造成了哀鸿遍野的悲惨景象。殖民者不但没有开仓放粮,拯救生命,而是囤积居奇,利欲熏心。用伯克的话来说,印度"这个东方的伊甸园,如此丰饶、如此富庶、如此和谐地被耕种",现在已经不再存在,它上千年的宁静和祥和被"英国政治的肮脏和可怜的干预"打破了。

在非洲,在尼日尔河两岸,黑奴的悲伤和哀号响彻了非洲的天空。大批的黑人被英国的黑奴贩子骗上了运奴船,或被强迫押运,以至于背井离乡,远赴美洲,强迫为奴。在1788—1789年的"废除黑奴贸易"的运动(Abolitionist campaign)中,关于黑奴贩运的大量残酷事实被揭露出来。在贩运过程中,黑奴像牲口一样被虐待,像货物一样被层层堆放,许多人在到达美洲之前就死于非命,然后被抛入大海。英国的布里斯托(Bristol)曾经是黑奴贩运生意的集散地,"它的建筑的每一块砖都浸透了黑人的鲜血"。在浪漫派时期,英国的黑奴贩运活动受到了思想界的强烈质疑,包括彭斯、布莱克、柯尔律治、骚塞等诗人纷纷撰写诗歌或发表演讲,抨击黑奴贩运的非人道的本质,呼吁禁止黑奴贩运活动。

年迈的"华夏女神"对英国在印度和非洲的帝国主义行径了如指掌。因此,她警告她的华夏儿女,这个所谓的使团只是一群野蛮的侵略者。它船头飘扬的英格兰红十字旗,只是"战争和压迫的标记"。它所到之处,"和平将不复存在"。他们不是心胸坦荡的生意人,而是靠坑蒙拐骗的手段谋取利益的骗子。他们是贪得无厌的破坏者,笑里藏刀、居心叵测,给无辜的人民带去无尽的灾难。她警告华夏儿女:当他们伸出沾满血迹的双手,"请不要握住它,要记住印度的灾难——要记住非洲的悲惨——要拯救你们的国土"。

【思考题】

1. What warning is uttered by the genius or patron saint of China the old Cathay? What threat or danger is approaching?
2. What words is she using to describe Lord Macartney's Embassy and the British imperialists in general? Why is the English national flag described as "bloody cross," "oppressions badge" and "sign of war"?
3. What is the purpose of raising the examples of India and Africa? What do the "Albion's sons" do in those places?

3. Empire and Imperialism (2)

2) The Ballad of East and West

By Rudyard Kipling

Oh, East is East, and West is West, and never the twain shall meet,

Till Earth and Sky stand presently at God's great Judgment[1] Seat;

But there is neither East nor West, Border, nor Breed, nor Birth,

When two strong men stand face to face, though they come from the ends of the earth!

Kamal is out with twenty men to raise the Border-side,

And he has lifted[2] the Colonel's mare that is the Colonel's pride.

He has lifted her out of the stable-door between the dawn and the day,

And turned the calkins upon her feet, and ridden her far away.

Then up and spoke the Colonel's son that led a troop of the Guides[3]:

"Is there never a man of all my men can say where Kamal hides?"

Then up and spoke Mohammed Khan, the son of the Ressaldar[4]:

"If ye know the track of the morning-mist, ye know where his pickets are.

At dusk he harries the Abazai, at dawn he is into Bonair,[5]

But he must go by Fort Bukloh to his own place to fare,[6]

So if ye gallop to Fort Bukloh as fast as a bird can fly,

By the favour of God ye may cut him off ere he win to the Tongue of Jagai[7].

But if he be past the Tongue of Jagai, right swiftly turn ye then,

For the length and the breadth of that grisly plain is sown with[8] Kamal's men.

There is rock to the left, and rock to the right, and low lean thorn between,

And ye may hear a breech-bolt snick where never a man is seen."

The Colonel's son has taken a horse, and a raw rough dun was he[9],

With the mouth of a bell and the heart of Hell and the head of the gallows-tree.

The Colonel's son to the Fort has won, they bid him stay to eat,

Who rides at the tail of a Border thief, he sits not long at his meat.[10]

He's up and away from Fort Bukloh as fast as he can fly,

Till he was aware of his father's mare in the gut[11] of the Tongue of Jagai,

Till he was aware of his father's mare with Kamal upon her back,

And when he could spy the white of her eye, he made the pistol crack.

He has fired once, he has fired twice, but the whistling ball went wide.

"Ye shoot like a soldier," Kamal said. "Show now if ye can ride!"

It's up and over the Tongue of Jagai, as blown dustdevils go,

The dun he fled like a stag of ten, but the mare like a barren doe.

The dun he leaned against the bit[12] and slugged his head above,

But the red mare played with the snaffle-bars, as a maiden plays with a glove.

There was rock to the left and rock to the right, and low lean thorn between,

And thrice he heard a breech-bolt snick tho' never a man was seen.

They have ridden the low moon out of the sky, their hoofs drum up the dawn[13],

The dun he went like a wounded bull, but the mare like a new-roused fawn.

The dun he fell at a water-course, in a woeful heap[14] fell he,

And Kamal has turned the red mare back, and pulled the rider free.

He has knocked the pistol out of his hand, small room was there to strive,

"'Twas only by favour of mine," quoth he, "ye rode so long alive:

There was not a rock for twenty mile, there was not a clump of tree,

But[15] covered a man of my own men with his rifle cocked on his knee.

If I had raised my bridle-hand, as I have held it low,

The little jackals that flee so fast were feasting all in a row:

If I had bowed my head on my breast, as I have held it high,

The kite[16] that whistles above us now were gorged till she could not fly."

3. Empire and Imperialism (2)

Lightly answered the Colonel's son: "Do good to bird and beast,

But count who come for the broken meats before thou makest a feast.

If there should follow a thousand swords to carry my bones away,

Belike the price of a jackal's meal[17] were more than a thief could pay.

They will feed their horse on the standing crop, their men on the garnered grain,

The thatch of the byres will serve their fires when all the cattle are slain.

But if thou thinkest the price be fair, thy brethren wait to sup,

The hound is kin to the jackal-spawn, howl, dog, and call them up!

And if thou thinkest the price be high, in steer and gear and stack[18],

Give me my father's mare again, and I'll fight my own way back!"

Kamal has gripped him by the hand and set him upon his feet.

"No talk shall be of dogs," said he, "when wolf and gray wolf meet.

May I eat dirt if thou hast hurt of me in deed or breath;

What dam of lances brought thee forth[19] to jest at the dawn with Death?"

Lightly answered the Colonel's son: "I hold by the blood of my clan:

Take up the mare for my father's gift, by God, she has carried a man!"

The red mare ran to the Colonel's son, and nuzzled against his breast;

"We be two strong men," said Kamal then, "but she loveth the younger best.

So she shall go with a lifter's dower, my turquoise-studded rein,

My broidered saddle and saddle-cloth, and silver stirrups twain."

The Colonel's son a pistol drew, and held it muzzle-end,

"Ye have taken the one from a foe," said he; "will ye take the mate[20] from a friend?"

"A gift for a gift," said Kamal straight; "a limb for the risk of a limb.[21]

Thy father has sent his son to me, I'll send my son to him!"

With that he whistled his only son, that dropped from a mountain-crest,

He trod the ling like a buck in spring, and he looked like a lance in rest[22].

"Now here is thy master," Kamal said, "who leads a troop of the Guides,

And thou must ride at his left side as shield on shoulder rides.

Till Death or I cut loose the tie, at camp and board and bed,

Thy life is his, thy fate it is to guard him with thy head.

So, thou must eat the White Queen's meat[23], and all her foes are thine,

And thou must harry thy father's hold for the peace of the Border-line,

And thou must make a trooper tough and hack thy way to power,

Belike they will raise thee to Ressaldar when I am hanged in Peshawur!"

They have looked each other between the eyes, and there they found no fault,

They have taken the Oath of the Brother-in-Blood[24] on leavened bread and salt:

They have taken the Oath of the Brother-in-Blood on fire and fresh-cut sod,

On the hilt and the haft of the Khyber knife[25], and the Wondrous Names of God.

The Colonel's son he rides the mare and Kamal's boy the dun,

And two have come back to Fort Bukloh where there went forth but one.

And when they drew to the Quarter-Guard, full twenty swords flew clear,

There was not a man but carried his feud with the blood of the mountaineer.

"Ha' done! ha' done!" said the Colonel's son.

"Put up the steel at your sides!

Last night ye had struck at a Border thief, to-night 'tis a man of the Guides!"

Oh, East is East, and West is West, and never the twain shall meet,

Till Earth and Sky stand presently at God's great Judgment Seat;

But there is neither East nor West, Border, nor Breed, nor Birth,

When two strong men stand face to face, though they come from the ends of the earth!

【注释】

1. Judgment: 最后的审判；世界末日。

3. Empire and Imperialism (2)

2. lifted: 偷盗。如shoplift: 在商店盗窃。

3. the Guides: 向导兵团，殖民军的一个军种。可能是马德拉斯部队的向导兵团（Corps of Guides of the Madras Army）。后面的the Quarter-Guard是指总部侍卫兵。

4. the Ressaldar: 雷萨尔达。殖民时期印度军队骑兵团的团长。

5. Abazai, Bonair：都是地名。

6. to his own place to fare: 这是倒装句，正常词序是：to fare to his own place。Fort Bukloh: 布克洛堡，殖民军军营。

7. win to: 到达。the Tongue of Jagai：地名。

8. sown with: 被安排了（埋伏）。sow: 播种。

9. he: 指前边的dun。这匹马被称为he。后边的mare被称为she。

10. Who rides at the tail of a Border thief, he sits not long at his meat: who引导的定语从句被提前了，正常词序是：He who rides at the tail of a Border thief, sits not long at his meat。

11. gut: 内脏，狭道。指这个地方的狭长之处。

12. bit: 马嚼子。与后面的snaffle同义。

13. drum up the dawn: 马蹄踏踏，直到黎明。drum: 打鼓。好像黎明是马蹄声敲打出来的。

14. in a woeful heap: 可悲的一堆。形容此马倒下之后在地上的可怜样。

15. there was not a clump of tree,/But: 没有一个树丛后面，没有……。but相当于that not，如There is no one of us but wishes to go.（我们没有不希望去的。）

16. kite: 鸢。

17. the price of a Jackal's meal: 豺狼饱餐一顿的代价。意思是"如果你逞一时之威杀了我，你将像豺狼一样引来巨大的报复，付出沉重的代价"。

18. in steer and gear and stack: 驾驶设备、马具、枪架。这些都将是付出的代价。

19. dam of lances: 勇士的母亲。lances: 勇士。brought thee forth: 把你带到这

里。但是也可以理解为把你生下来。

20. the mate: 同伴。指前面的the one的同伴。

21. a limb for the risk of a limb: 用一只胳膊冒险换取一只胳膊。在此指用儿子冒险去换得一个儿子。

22. looked like a lance in rest: 停下来看上去像勇士。

23. the White Queen: 白人女王，即维多利亚女王。thou must eat the White Queen's meat：你将领取英国女王的薪水。

24. Oath of the Blood-in-Brother: 发誓结拜兄弟的誓言。

25. the Khyber knife: 开伯尔刀，阿富汗的国刀。

【译文】

东西方歌谣

哦，东就是东、西就是西，两者永远不会相汇，
直到天地毁灭，在上帝面前接受审判。
但是如果两个强者对峙，即使他们来自天各一方，
就没有东、没有西，没有边界、种族、出身之别。

卡玛尔带领着二十个手下到边界地带骚扰，
他牵走了上校的驴，这是上校引以为豪的驴，
把它牵出驴棚，在黎明时分，太阳出来之前，
给它戴上马蹄铁掌，骑着它朝远方飞奔而去。
然后上校的儿子，向导兵团之首领，高声说：
"难道我的手下没有一人知道卡玛尔躲在哪里？"
这时，雷萨尔达的儿子默哈默德·凯恩说道，
"如果你知道晨雾的踪迹，你就知道他的人之所在。
晚上他骚扰了阿巴寨，早晨他就会逃往邦纳尔，
但是布克罗堡是他返回老巢的必经之路，

3. Empire and Imperialism (2)

因此，如果你像飞鸟一样尽快赶到布克罗堡，
那么上帝保佑在他赶到亚盖舌之前，你就能截住他。
但是如果他已经通过了亚盖舌，你就应该立即回头，
因为那个可怕的原野到处都隐藏着卡玛尔的人。
那里左边有石头，右边有石头，到处都是荆棘，
虽然看不见人，但是你能够听到枪栓的响声。"
上校的儿子牵出一匹马，一匹狂野粗犷的马，
它的嘴巴像钟鼎，心灵像地狱，头颅像绞刑架。
上校的儿子到达布克罗堡，他们叫他休息吃饭，
但他在追一个边境大盗，没有多少时间坐下歇息。
他便起身离开了布克罗堡，尽可能快地飞奔，
直到他看见他父亲的驴，在亚盖舌的狭道上，
直到他看见卡玛尔，坐在他父亲的驴的背上。
在他看到驴眼的眼白那一刻，他就扣动了扳机。
他开了一枪，又开了一枪，但是子弹飞啸而过。
"你也打准点呀，"卡玛尔说，"证明一下你会骑马！"
这已经是亚盖舌的深处，马像沙尘暴一般迅猛，
像十岁牡鹿一样狂奔，而驴却像一只不育的母鹿。
马向后倾试图摆脱马嚼子，把头高高抬起，
而红色的驴却在玩着嚼子，像少女玩手套一样。
那里左边有石头，右边有石头，到处是荆棘，
他听到枪栓响了三次，但一个人也没有看见。
他们骑马骑驴追逐，月亮渐渐消失，黎明渐渐到来。
这时马像一只受伤的公牛，驴却像发情的小鹿。
马在溪流边倒下，它瘫倒在地上一大堆，
卡玛尔停驴掉头，将骑手从堆中拉了出来，
将他的手枪从手中打掉，没有留下反抗的空间。

"要不是因为我仁慈，"他说，"你现在不可能活着。
方圆二十英里没有一块石头，没有一株树桩，
背后没有我的人马，他们在膝上都端着步枪。
如果我举起拿缰绳的手，但我总是放得很低，
那些跑得飞快的豺狼，就会列队上来饱餐一顿。
如果我向胸前低下我的头，但我一直昂着，
那么，天上的鸢就会被打成窟窿，而不能再飞。"
上校的儿子低声答道，"要善待飞鸟和野兽，
但你在举行宴会之前应计算一下，谁会来抢肥肉？
如果有一千精兵举起刀剑而至，来抢我的肥肉，
那么让豺狼饱餐一顿，对一个毛贼就代价太大。
他们将会用庄稼来喂马，用粮仓的粮食来养人，
牛群将被宰杀，牛棚将被拆解，木材用来生火。
如果你认为这个代价划算，你的兄弟们正等着晚餐，
猎犬与豺狼崽是近亲，叫吧，狗东西，把它们都叫来！
但是如果你认为代价太大，无论哪一方面都不划算，
那么把我父亲的驴还我，再让我杀出一条生路回家。"
卡玛尔拉住他的手，把他从地上拉站了起来，
"没有狗的份儿，"他说，"当狼和灰狼相遇。
如果你的行为和语言伤害了我，就让我吃土去；
是什么勇士母亲把你生下来，大清早用死亡奚落人？
上校的儿子轻声回答，"我用家族的血液发誓，
我把驴当成我父亲的礼物，它驮过真正的勇士！"
红色的驴跑到上校儿子的身边，亲着他的胸部；
"我们俩都是勇士，"卡玛尔说，"但它更喜欢年轻的。
所以把它领走吧，带上盗贼的嫁妆，宝石点缀的缰绳，
刺绣的马鞍和鞍布，以及两个银质的马镫。"

3. Empire and Imperialism (2)

上校的儿子抽出一把手枪，倒拿着递了过去，
"你从敌人手上缴了一只，"他说，
"你愿意从朋友手上接过另一只吗？"
"礼物换礼物，"卡玛尔说，"用胳膊冒险换胳膊，
你父亲将儿子送给我，我也将儿子送给他！"
说完，他吹响了口哨，他唯一的儿子从山顶而降，
像春天的鹿，踏着石楠飞奔而来，停下便是一勇士。
"这就是你的上司，"卡玛尔说，"向导兵团的首领，
你必须跟随在他的左右，就像铠甲披在肩上，
直到死亡或者我斩断纽带，在军营或在起居，
你的命属于他，你的命就是用命保护他。
因此你要吃白人女王的军饷，她之敌便是你之敌，
你必须骚扰你父亲的地盘，以保证边境的和平，
你必须成为勇猛骑兵，杀出一条通向权力的路。
当我在白沙瓦被绞死，你就会晋升至雷萨尔达。"

他们相互交换了眼色，双方都未发现什么问题，
他们以发酵面包和食盐的名义，发誓要结拜兄弟：
以火焰和新切泥块的名义，发誓要结拜兄弟，
以开伯尔刀的刀柄的名义，以上帝的名义。
上校的儿子骑上了驴，卡玛尔的儿子骑上了马，
他们一起回到了布克罗堡，只有一人上前。
当他们靠近总部侍卫兵，二十把剑被亮出来，
没有一个人与这位山里人的血统没有世仇。
"好啦！好啦！"上校的儿子说。
"把刀都收起来吧！"
昨晚你们攻击的是边境毛贼，今晚是向导团的一员。"

哦，东就是东、西就是西，两者永远不会相汇，
直到天地毁灭，在上帝面前接受审判。
但是如果两个强者对峙，即使他们来自天各一方，
就没有东、没有西，没有边界、种族、出身之别。

【赏析】

罗德亚德·吉卜林（Rudyard Kipling 1865—1936），英国著名作家、诗人，获得诺贝尔文学奖的第一位英国作家，著有《吉姆爷》（*Kim*，1901）、《丛林书》（*The Jungle Book*，1894）、《军营歌谣》（*Barrack Room Ballads*，1892）等小说和诗歌。他曾经在当时的英国殖民地印度工作多年，其大多数作品都是关于印度的故事。除了异域风情和传奇故事，东西方关系是他的作品的主题。

《东西方歌谣》一诗发表于1889年，收录于《军营歌谣》。诗歌开篇："哦，东就是东，西就是西，两者永远不会相汇，/直到天地毁灭，在上帝面前接受审判"，可能来自《圣经·诗篇》："东方离西方有多远，/他叫我们的过犯/离我们也有多远。"（Psalms, 103:12）虽然这两句诗凸显了东西方的文化差异，以及东西方文明可能发生的冲突，但是这不是吉卜林的主要观点。他的故事不仅仅关于冲突和恩怨，也关于和解，可以说后者才是故事的重点。

19世纪上半叶，英国驻扎在印度境内的殖民军经常受到来自北方的阿富汗人的骚扰。但是同时，英国人也对北方的阿富汗、中亚和我国的西藏觊觎已久。他们试图通过征服阿富汗，打开中亚的大门。1839年他们发动了第一次英阿战争，但是遭到了拿捷则尔火枪（Jezail）和开伯尔刀（Khyber）的阿富汗人的抵抗，1842年他们在喀布尔遭遇了惨败。从此，阿富汗有了"帝国的坟场"的美誉。

《东西方歌谣》中的故事并不涉及殖民侵略战争，而是一个边境摩擦：

3. Empire and Imperialism (2)

一个英国殖民将领与阿富汗盗马贼的恩怨。这个所谓的"盗马贼"是阿富汗的一个地方头领,一个勇猛的武士,他手下有数量不菲的跟随者。他偷了英国殖民将领的驴,这位将领的儿子试图追回那头驴,但是却被"盗马贼"俘虏。通过对话与协商,最终两人言归于好,达成了和解。他归还了他的驴,他送了他一把枪。"盗马贼"叫来了儿子,与殖民将领的儿子结为肩并肩的把兄弟。吉卜林在诗的结尾评论道:"但是如果两个强者对峙,即使他们来自天各一方,就没有东、没有西,没有边界、种族、出身之别。"

从诗歌的整体来看,吉卜林的重点并不在于夸大东西方的差异,而在于强调两个人的团结和友谊,并且认为这种团结和友谊可以超越种族、地域和社会背景的隔阂。如果我们没有断章取义的话,我们会看到吉卜林讨论的是东西方的融合,而不是东西方的界限不可逾越,与《圣经》的意思完全不同。在我们今天谈论东西方合作和文明互鉴的时候,这首诗具有相当重要的时代意义。

但是,吉卜林常常被称为"帝国诗人"。他的诗歌,从某种意义上讲,就是东西方思想、思维模式、价值体系碰撞的场所,也是东西方文化进行互动的舞台。他在另一首诗歌《我们与他们》("We and They")中说:"所有与我们一样的人是我们,所有其他人都是他们。"诗歌不仅暗示了文化差异,而且将"欧洲人"视为主体,将"印度人"视为客体:"我们"更加文明、更加进步、更加人性化。欧洲人的自我中心的意识,以及欧洲人的民族优越感,被充分凸现了出来。

【思考题】

1. In what sense is this poem a ballad? What stories do border ballads usually tell?

2. What caused the conflict in the story? How did the Colonel's son fall into the Afghan horse thief Kamal's trap? How did the enemy become friends in the end?

3. What conflicting attitudes towards the East-West dichotomy is expressed in the first and last lines of the poem? What can transcend geographical racial and cultural differences?

3) The Vanishing Red[1]

By Robert Frost

He is said to have been the last Red Man[2]
In Acton. And the Miller[3] is said to have laughed—
If you like to call such a sound a laugh.
But he gave no one else a laugher's license.
For he turned suddenly grave as if to say,
'Whose business,[4]—if I take it on myself,
Whose business—but why talk round the barn?—
When it's just that I hold with getting a thing done with.'

You can't get back and see it as he saw it.
It's too long a story to go into now.
You'd have to have been there and lived it.
Then you wouldn't have looked on it as just a matter
Of who began it between the two races[5].

Some guttural exclamation[3] of surprise
The Red Man gave in poking[7] about the mill
Over the great big thumping shuffling mill-stone
Disgusted the Miller physically as coming
From one who had no right to be heard from.

'Come, John,' he said, 'you want to see the wheel pit[8]?'

He took him down below a cramping rafter,

3. Empire and Imperialism (2)

And showed him, through a manhole⁹ in the floor,

The water in desperate straits like frantic fish,

Salmon and sturgeon, lashing with their tails.

Then he shut down the trap door with a ring in it

That jangled¹⁰ even above the general noise,

And came up stairs alone—and gave that laugh,

And said something to a man with a meal-sack

That the man with the meal-sack didn't catch—then.

Oh, yes, he showed John the wheel pit all right.

【注释】

1. **Red**: 红色。一语双关，它既指印第安人的肤色，同时也指流出的血液的颜色。

2. **Red Man**: 印第安人。殖民者对美洲印第安人的称呼。

3. **Miller**：磨坊主。他可能也姓米勒，但也可能不姓。

4. **business**: 事情，生意。一语双关，既指磨坊生意，也指杀人这件事。

5. **between the two races**: 两个种族之间。诗歌中的故事的意义显然被提升到了两个种族的冲突的层面。

6. **guttural exclamation**: 令人不快的感叹。guttural: 喉音，颚音。指说话咕噜不清。

7. **poking**：刺探，偷看。一般指动物偷看后进攻。

8. **wheel pit**：水车轮盘的底部。John显然也不是这位印第安人的姓名，仅仅是男子的泛称。

9. **manhole**：检修孔，检修口。一语双关，既指检修口，同时其字面意思又是"人洞"。

10. **jangled**: 发出刺耳的声响。

【译文】

消逝的红色

据说，他是阿克顿最后一个印第安人，
据说，磨坊主大笑了一声——
如果可以把那声响称作大笑的话。
但是他没有授权其他人那样大笑。
因为他突然变得很严肃，似乎在说，
"谁的事？——如果我把它担当起来，
谁的事？——为何在粮仓周围嘀咕？——
而事实仅仅是，我同意把事情办了。"

你无法回到过去，去看他看到的情景，
这个故事太长，现在无法重复。
你需要在现场，亲身经历它，然后
你才不会将它看成一个简单的事情：
是谁开启了两个种族间的那点事？

印第安人在偷看这座磨坊的时候，
看到巨大的磨盘轰隆隆的转动，
发出了一声咕噜不清的惊叫，
这叫声让磨坊主感到不爽，认为
他没有权利在这里惊叫。

"来吧，小子"，他说，"你想看转轮底部？"

他把他带到了旋转橼的下面，
通过一个孔洞，让他观看流水，
水道波涛汹涌，像跳跃的鱼儿，

3. Empire and Imperialism (2)

鲑鱼和鲟鱼，用尾巴拍打起水花。

然后他突然关上活动门，插上门栓，

其吱嘎声甚至超过了其他声响，

独自一人上来——发出了那个笑声，

对扛着粮袋的人说了点什么，

扛粮袋的人没有听清，然后。

哦，是的，他肯定给那小子看了转轮底部。

【赏析】

罗伯特·弗洛斯特（Robert Frost 1874—1963），美国20世纪著名诗人，以《未选之路》《林中小憩》《修墙》《冰与火》等诗歌而著称。他早年做过农场主，其诗歌作品多写乡村景色和农事劳作，有田园诗歌的风格。但是他也对美洲殖民历史，特别是北美印第安人的征服史感兴趣，以此主题写了一系列诗歌。《悲伤之夜》（"La Noche Triste"）写西班牙殖民者科尔特兹对阿兹特克印第安人首都的洗劫，以及印第安人对他的报复；《云中酋长》（"Sachem of the Clouds"）写一个被征服的印第安酋长的灵魂，呼唤暴风雨以报复那些屠杀他的部落的白人；《家谱》（"Geneological"）以讽刺的口吻调侃自己的祖先约翰·佛罗斯特在坟墓中得不到安息，被印第安人一次又一次挖掘出来，悬挂羞辱的故事，以此说明这位祖先对印第安人犯下的深重的罪孽。

《消逝的红色》一诗讲述的是一个谋杀故事：一个印第安人被水车磨坊所吸引，上前观看并不时发出惊叹。这激怒了这个磨坊的白人磨坊主，后者认为他没有权利在此窥视。他设计了圈套，将印第安人诱骗至磨坊的下层，趁其不备将其推入磨盘中碾死。诗歌以磨坊主的一声"狞笑"开头，在完成谋杀之后，他回到上面，碰到一个熟人，便发出了那声奇怪的"笑"。虽然这声音是笑，但也可以说不是。它不笑不哭，无法形容，其中掺杂着五味杂陈的感觉。表面上，他似乎除掉了一个讨厌的偷窥者，但是内心肯定也受到了某种谴责。毕竟他杀害了一条人命，岂能如此心安理得？

诗歌第一行中的"红皮肤人"是当时的欧洲白人对印第安人的称呼，他们的皮肤颜色与欧洲人不一样。诗人没有说正在"消逝的印第安人"，而说"消逝的红色"，一方面暗示受害者的血液在流水中消失，另一方面也凸显了颜色所隐含的政治意义，肤色的差异构成了冲突的根源。"消逝"可以指这个被推进了磨坊的可怜的印第安人，永远从人间消失，但也可以指正在被白人殖民者屠杀的美洲印第安人，其数量锐减以至于濒临灭绝。这个题目说明，这个故事不仅仅是一个简单的个案，一段往事，而是在更大的层面上形成了一个寓言，一个隐喻。

那个磨坊主将这个谋杀称为"事务"，"处理一件事情"，"承担这项责任"，对杀害一条生命显得轻描淡写，暴露出当时的殖民者对印第安人生命的漠视：他们杀死一个印第安人就像处理一件生意上的事务一样。这个磨坊除了生产面粉，还是一台殖民主义的杀人机器，它正在将印第安人的文化和生命碾得粉碎。诗歌说这个故事很长，一时无法说完。虽然诗歌不愿意和盘托出，说得很隐晦，但是它很显然在暗示，事情涉及"两个种族间"的恩怨，只有亲身经历的人才能理解。磨坊主那一声狞笑让人理解到其中的深意，即它是欧洲白人殖民者对印第安人进行剿灭的历史的缩影。

美国的感恩节，人们通常的理解是，它是欧洲殖民者和印第安人共同庆祝"五月花号"到达美洲后的第一次收获的节日。但是具有讽刺意义的是，后来美国的印第安人却把这一天定为哀悼日！因为在这一天他们的"大屠杀""种族灭绝"的悲惨历史就开始了。甚至"感恩节"在19世纪的设立，也伴随着林肯总统集体处死了60多名印第安部落首领和宗教领袖的悲剧事件。有些当代的印第安人认为，在与欧洲殖民者接触的过程中，他们的祖先所犯的最大的错误，就是善待这些殖民者，在他们到达之初接济他们，帮助他们度过了寒冬。

3. Empire and Imperialism (2)

【思考题】

1. Why is the story of murder in the poem told in rather ambiguous terms? In what sense can this murder story be understood in a wider historical meaning?
2. What is the double meaning of "business" in its context? Why is the story "too long going to go into now"?
3. What particular words are used to describe the Indian? Does this description somehow participate in the popular prejudice about the Indians?
4. How can we interpret the title? What does the word "vanishing" mean in its different context?

4) Meeting the British

By Paul Muldoon

We met the British in the dead of winter.
The sky was lavender[1]

and the snow lavender-blue.
I could hear, far below,

the sound of two streams coming together
(both were frozen over)[2]

and, no less strange,
myself calling out in French

across that forest-
clearing[3]. Neither General Jeffrey Amherst

nor Colonel Henry Bouquet[4]
could stomach our willow-tobacco[5].

As for the unusual
scent when the Colonel shook out his hand-

kerchief: *C'est la lavande, une fleur mauve comme le ciel.*[6]

They gave us six fishhooks
and two blankets embroidered with smallpox[7].

3. Empire and Imperialism (2)

【注释】

1. lavender: 薰衣草，薰衣草蓝色。

2. far below, / the sound of two streams coming together/ (both were frozen over): 在深处，两条河流（均已结冰）汇合时发出的声音。这个形象有一定的暗示：表面很平静，但是在深处，在看不见的地方，还有一些事情在发生（阴谋在酝酿）。

3. forest-clearing: 森林空地。通常是将森林中树木砍掉形成的，在殖民时期的北美很常见。

4. Jeffrey Amherst，Henry Bouquet：杰弗里·阿姆赫斯特，亨利·布奎特：18世纪英国驻北美的殖民将领，真实的历史人物。

5. willow-tobacco: 柳树烟草。印第安人抽的一种烟。最初欧洲人不抽烟，到美洲之后才了解到烟叶。

6. *C'est la lavande, une fleur mauve comme le ciel*：[法语] 这是薰衣草，像天一样淡蓝的花。

7. smallpox：天花，一种传染疾病。

【译文】

会见英国人

我们在极寒的冬天见了英国人。

天空是薰衣草色，

雪是薰衣草的淡蓝色。

在下面，我们可以听到

两条河流汇合发出的水声，

（两者都已结冰），

同样奇怪的是,

可以听到我自己用法语呼喊,

喊声穿越了森林中的

空地。杰弗里·阿姆赫斯特将军

和亨利·布奎特上校

都无法忍受我们的柳树烟草。

至于上校抖开了他的手绢,

发出的异常气味:

这是薰衣草,像天空一样淡蓝的花。

他们赠送来了六个鱼钩

和两床毛毯,上面编织了天花。

【赏析】

保罗·马尔登（Paul Muldoon 1951— ），北爱尔兰著名诗人，后来移居美国，在普林斯顿大学执教。著有《布朗利为何离去》（*Why Brownlee Left*, 1980）、《库乌弗》（*Quoof*, 1983）、《智利编年史》（*The Annals of Chile*, 1994）等诗集，获得过许多诗歌大奖。移居美国后，马尔登对美洲殖民史产生了兴趣，创作《麦多克：一个神秘故事》（*Madoc: A Mystery*, 1990）。这部诗集讲述英国人到美洲去建立乌托邦的故事，包括柯尔律治和骚塞等人企图在宾夕法尼亚的萨斯克汉娜河边（Susquehanna）建立的"平等公社"（Pantisocracy）。诗中的麦多克是威尔士王子，比哥伦布早300年到达美洲，在那里建立了一个印第安人部落，成为这个部落的祖先。

《会见英国人》一诗讲述了18世纪北美殖民时期，英国人在与印第安人的一次战役中，将天花病毒污染的毛毯和手绢作为礼物送给印第安人的故

3. Empire and Imperialism (2)

事。天花是一种严重的传染疾病，从文艺复兴时期开始就在欧洲流行。欧洲的一大批领导人都死于天花：包括英国的玛丽女王、德国的约瑟夫一世、俄罗斯的彼得二世、法国的路易十五和荷兰的威廉二世都患天花死亡。后来的美国领导人中的华盛顿和林肯都患过天花，痊愈后脸上留下了累累疤痕。

在16世纪，西班牙人把天花带到美洲，因为西班牙人患过天花病而带有抗体，不会再被感染，而美洲的玛雅人是第一次感染，因此出现超过50%以上的死亡率；欧洲殖民者对此的解读是，这是神对他们的惩罚，而且西班牙人的神比他们的神更至高尚，从而让墨西哥地区的剩余玛雅人从此彻底归顺了基督教。

后来，欧洲殖民者有蓄意在印第安人中传播天花疾病之嫌，甚至发动细菌战，以消灭反抗他们的印第安人。英国驻北美总司令杰弗里·阿姆赫斯特爵士（Lord Jeffrey Amherst）在法国和印第安人战争（1754—1763）期间曾经指挥北美英军参与了最后的战役。他屡次战胜法军，为英国夺得了加拿大，使英国在殖民大国竞争的"七年战争"（1756—1763）中成为世界上头号殖民强国。阿姆赫斯特却因使用天花病污染过的毛毯向美洲印第安人发动细菌战而声名狼藉。

马尔登的诗歌记载的就是1763年的一次类似的细菌战。诗歌的叙事人是一位印第安人的酋长，出于良好的愿望，与英国人见面，希望与英国人和解。他天真地收下了这些"礼物"，对背后隐藏的卑鄙的阴谋毫不知情。可是几个月后，在印第安人世代居住的地区，一种从未见过的奇怪的疾病迅速流传。英国人用这种奇怪的"礼物"，打了一场听不见枪声的战争，使印第安人无条件地缴枪投降。

根据卡尔·瓦尔德曼的《北美印第安人》（1985）一书记载，1763年殖民军将领庞蒂雅克在率领部队围困匹茨堡时提到：西姆昂·埃克尔上尉向堡垒周围的印第安人散发天花病毒感染的毛毯和手绢，在印第安人中引发瘟疫而赢得了时间。阿姆赫斯特在给埃克尔的信中亲自对这种战术予以鼓励。

英国殖民军入侵加拿大，遭到当地印第安人的激烈反抗。阿姆赫斯特爵士写信给当时在俄亥俄和宾夕法尼亚地区进攻印第安部落的亨利·布奎特上校（Colonel Henry Bouquet）说："能不能设法把天花病毒引入那些反叛的印第安部落中去？在这时候，我们必须用各种计策去征服他们。"亨利·布奎特1763年7月13日致信阿姆赫斯特将军，提议用发放毛毯来"给印第安人接种"。阿姆赫斯特1763年7月16日给布奎特回信，批准他的计划，并提议"尝试任何其他有助于根除这个该死的种族"的办法。

天花病毒在美洲达到了种族灭绝的作用。根据估计，欧洲人到来之前南北美洲土著居民人口约9000万到1亿。1495年，圣多明戈原住民人口的57%到80%被天花灭绝。1515年，天花消灭了波多黎各印第安人的三分之二。在西班牙殖民者科尔特兹来到墨西哥之后十年，原住民人口从2500万减少到650万，降低了74%。即便最保守的估计也认为天花造成的死亡超过65%。到16世纪，北美印第安人约1200万，而到20世纪，人口数量已经减少到大约17.4万。如今已无法计算出欧洲人带来的天花等致命疾病究竟杀死了多少美洲印第安人。

【思考题】

1. What historical incident is described in the poem? What does it show about the American Indians whom the European colonialists used to call barbarians and cannibals?

2. Are the British colonial army justified in using bio-weapons against the Indians? Are they committing a war crime? Why or why not?

3. What atmosphere is evoked as a foreboding for the conspiracy? What is the significance of the repeatedly mentioned lavender and the sound under the frozen river?

5) Ocean's Love to Ireland

By Seamus Heaney

I

Speaking broad Devonshire,

Ralegh has backed the maid to a tree[1]

As Ireland is backed to England

And drives inland

Till all her strands are breathless:

'Sweesir, Swatter! Sweesir, Swatter![2]'

He is water, he is ocean, lifting

Her farthingale like a scarf of weed lifting

In the front of a wave.

II

Yet his superb crest inclines to Cynthia[3]

Even while it runs its bent

In the rivers of Lee and Blackwater[4].

Those are the plashy spots where he would lay

His cape[5] before her. In London, his name

Will rise on water, and on these dark seepings[6]:

Smerwick sowed[7] with the mouthing corpses

Of six hundred papists, 'as gallant and good

Personages as ever were beheld.'[8]

III

The ruined maid[9] complains in Irish,

Ocean has scattered her dreams of fleets,

The Spanish prince has spilled his gold

And failed her.[10] Iambic drums

Of English[11] beat the woods where her poets

Sink like Onan[12]. Rush-light, mushroom-flesh,

She fades from their somnolent clasp

Into ringlet-breath and dew,

The ground possessed and repossessed.

【注释】

1. Ralegh: 沃尔特·拉里爵士（Sir Walter Ralegh），英国诗人、探险家、殖民者。由于海外探险有功，被伊丽莎白一世女王授予爵士。据约翰·奥博雷（John Aubrey）撰写《拉里略传》（*Brief Lives*）记载，他曾经中意一个宫中侍女（Maid of Honour），将她逼到了树桩上，试图非礼。Devonshire：德文郡，拉里的故乡。

2. Sweesir, Swatter!: 据《拉里略传》记载，这位侍女被逼到树桩后，恳求拉里不要这样，但是"随着危险和快乐俱增"，她急促的话语逐渐变成了一种狂喜，显示出半推半就，嘴上拒绝、内心向往的矛盾心理。两个词的正常拼写是：Sweet Sir, Sweet Walter!

3. Yet his superb crest inclines to Cynthia: 他无与伦比的波涛仰望月神（Cynthia）。拉里曾经作诗《大海对月神的爱》（"Ocean's Love to

Cynthia"），献给伊丽莎白一世女王。因此大海受到月亮的吸引，向她倾斜。

4. Lee and Blackwater：里河和黑水河，位于爱尔兰的科克郡（Cork）和克里郡（Kerry）。

5. cape: 海角。但是它也指短斗篷、披风。这一部分诗歌的意义在两个层面运行：一个层面是大海与月亮，另一个层面是拉里与伊丽莎白女王。对女王的效忠，使他对爱尔兰叛乱大开杀戒。

6. seepings: 渗出物。在此指泄漏的秘密或丑闻。

7. sowed: 播种。在此指（尸体）密布。

8. 'as gallant and good /Personages as ever were beheld.'：该引文来自另一本历史书，它记载了1580年发生在爱尔兰凯里郡的斯梅里克（Smerwick）的一次大屠杀。西班牙国王曾经派天主教徒（papists）帮助爱尔兰叛乱，以摆脱英国的殖民控制，但是没有成功。600名西班牙天主教将士在投降并放下武器之后，仍然被英国军队处死。引文描写了这些西班牙人的"勇敢和善良"。据说拉里参与了这次屠杀，这就是上文提到的dark seepings。

9. The ruined maid: 受辱的女仆。指爱尔兰。

10. The Spanish prince...failed her: 西班牙国王……让她失望了。这暗指斯梅里克事件：西班牙国王派兵支援爱尔兰，但是没有成功。

11. Iambic drums / Of English: 英语的抑扬格战鼓。英国对爱尔兰的殖民一方面是武力入侵，另一方面是文化殖民。英语被定为官方语言，学校教授英国文学。因此，英语的"战鼓"回响在它的森林之中。这是诗歌所说的另一种入侵。

12. Onan: 奥南。《圣经》中的犹大的一个儿子，他被要求娶嫂子，为兄长延续后代，但他拒绝让嫂子怀孕。

【译文】

大海对爱尔兰的爱

I

话中带着德文郡口音，
拉里将侍女逼到了树边，
就像爱尔兰背靠英格兰，

海水漫入了她的内陆，
直到所有滩涂都气喘吁吁，
"大人，沃尔特！大人，沃尔特！"

他是水，他是海洋，掀起
她的裙子，就像一片海草
在浪尖上被掀起。

II

他无与伦比的波涛仰望月神，
即使他在里河和黑水河
流过弯道时，也是如此。

那就是他向她脱下披肩的
漫水的地方，在伦敦，
他的名声随潮水、随黑暗渗液而高涨。

斯梅里克埋葬了六百名天主教徒，
尸体都张着口："史无前例，
勇猛而善良的将士。"

3. Empire and Imperialism (2)

III

被强暴的侍女用爱尔兰语抱怨,
大海击碎了她的舰队梦想,
西班牙王子花了银子,

却没让她如愿。英国战鼓的节奏
在森林中回响,她的诗人沉沦,
像奥南。轻微像灯芯草,肉体像蘑菇,

她从他们昏昏欲睡的拥抱中消失,
消失迸发丝般的气息和露珠,
那片被占有和重新被占有的土地。

【赏析】

《大海对爱尔兰的爱》以特别的方式书写了北爱尔兰的殖民历史,以及这段殖民历史留下的复杂而严峻的现实问题。北爱尔兰又名厄尔斯特,是爱尔兰岛的一部分,但是这片领土现在属于英国,北爱尔兰的归属问题是殖民历史给当代爱尔兰留下的一个世纪之痛。

诗歌第一部分以戏剧化的方式再现了17世纪英国殖民者沃尔特·拉里爵士(Sir Walter Ralegh)在爱尔兰的殖民探险。所谓的"大海对爱尔兰的爱"是约翰·奥博雷在《拉里略传》中记载的他强迫女仆与其交媾的故事,但是希尼将其改写成了一个隐喻、一个寓言。咄咄逼人的拉里和半推半就的爱尔兰女仆拉里的交媾,最终给他们留下了一个尴尬的后果和无穷无尽的麻烦:北爱尔兰。

不仅如此,英国对爱尔兰的殖民也是一种语言殖民和文化殖民。拉里不仅是殖民者和探险家,而且是诗人,他曾经撰写《大海对月神的爱》献给伊丽莎白女王。他自比大海,表达了他对月神的爱。《大海对爱尔兰的爱》就是对该诗的戏仿和讽刺。大海包围爱尔兰,海水入侵爱尔兰的河流和海岬,产生黑暗的渗液。

另一位英国诗人爱德蒙·斯宾塞（Edmund Spenser）一生大部分时间都生活在爱尔兰，他在那里创作了著名的诗篇《仙后》。作为殖民政府官员，他在爱尔兰南部拥有自己的庄园，那是伊丽莎白女王一世赐予的封地。17世纪以来，有一大批像斯宾塞一样的英国人居住在爱尔兰，他们是那里的贵族和绅士，被称为英国爱尔兰人（Anglo-Irish），或者英爱阶层，而爱尔兰当地人则是平民和佃农。

爱尔兰民族为摆脱殖民统治经历了漫长的斗争。斯宾塞在爱尔兰的庄园曾经被烧毁，他不得不逃回英格兰，在"叛乱"被镇压后，他才又回到爱尔兰。斯宾塞所经历的"叛乱"实际上就是爱尔兰人争取民族独立的斗争。1580年，西班牙作为天主教国家派兵帮助爱尔兰人发起了"叛乱"，但是遭到了英国殖民军的残酷镇压，而且拉里在其中起到了推波助澜的作用。在凯里郡的斯梅里克（Smerick），已经投降的600名西班牙僧军（papists）遭到英军的冷血屠杀。诗歌第二部分记载的这段历史就改编自英国的爱尔兰殖民总督格雷爵士（Lord Grey）对他的秘书斯宾塞所讲述的这次大屠杀经过。

诗歌第三部分写爱尔兰沦为殖民地后的状况。作为一片被殖民的土地，"大海击碎了她的舰队梦想"；西班牙的王子没能帮上她的忙，也"让她失望"；英语成了爱尔兰的语言，爱尔兰本土诗人也销声匿迹。爱尔兰挣脱了英国人的魔爪，消失在风和露之中，消失在那片"被占有和重新被占有"的土地之中。

【思考题】

1. What personal episode in Ralegh's life is made into an allergy of colonization? What are the two levels of meaning on which the poem seems to operate?

2. What historical incident is retold in the second section of the poem? What do they show about the England-Ireland relationship?

3. Why is England's colonization of Ireland also described as a cultural and linguistic colonization?

4

War and Memory (1)
战争与记忆（1）

4. War and Memory (1)

  第一次世界大战（1914—1918）是欧洲历史上的一次前所未有的战争。之所以说前所未有，是因为它在战争规模和武器杀伤力上与之前的战争完全不同。它有史以来第一次使用了所谓大规模杀伤性武器：不仅有机枪和大炮，而且还有坦克、飞机、潜水艇，以及可怕的生化武器：毒气弹。1914年8月4日，英国向德、奥宣战后，英国人报名参军之踊跃，可以说是盛况空前。一天之内兰卡斯特报名参军的就有200人，《兰卡斯特观察家报》称他们为兰开夏郡的"200勇士"。

  从兰卡斯特走向法国的英国人中有一位诗人叫劳伦斯·比尼恩（Lawrence Binyon），1893年他毕业于牛津大学。1914年9月21日，比尼恩在《泰晤士报》发表了《献给倒下的将士》（"For the Fallen"），纪念在法国马恩河战役（Battle of Marne）中献出生命的英国士兵："他们唱着高歌走上战场，他们很年轻，/四肢笔直，眼神真诚、稳健、闪亮，/面对不测的命运他们坚持到底，/面对强敌他们无畏地倒下。"该诗在当时被称为"最给人安慰、最具灵感的悼亡诗之一，在战争期间得到了公众的广泛喜爱"。诗歌接着说，"他们不会变老，而我们则会：/时间不会让他们厌倦，岁月也不会。/在太阳落山，在清晨时分/我们将记住他们"。这首诗被称为"用英语写成的最优美的悼词"。最后几行被普遍镌刻在英国的第一次世界大战纪念碑上，也常在停战纪念日（Armistice Day）活动中被朗诵。

  除比尼恩以外，还有15位英国诗人参加了第一次世界大战。威尔弗雷德·欧文（Wilfred Owen）1916年在法国参加了著名的索姆河战役，1918年在战争结束前一周，战死于法国。由于患"炮弹恐惧症"，他被送进了爱丁堡的一家精神病医院，在那里他用诗歌记录了他的战争经历。《献给厄运青年的赞歌》一诗描写了送别部队的场景，他把战争的暴风骤雨比喻为挽钟，把机枪发出的突突声比喻为祈祷，把大炮喷出的火焰比喻成蜡烛，把士兵痛苦的呻吟比喻成唱诗班，似乎战争在为他们举行一场巨大的葬礼。他在《甜美与荣耀》中描写了毒气弹袭击的可怕场景。当部队在极度疲惫中一瘸一拐地向后撤退时，鞋子丢了，脚磨破了，连警报都听不见了。一颗毒气弹掉在他们中间，士兵在慌乱中带上了毒气面具。但是诗人透过面具看到一个士兵在叫喊中倒下，倒进了绿色的烟雾之中，"像沉没进绿色的大海"。古罗马诗人贺拉斯（Horace）曾经把为国捐躯的行为描写为"甜美与荣耀"，而诗歌暗示士兵的死既不甜美，也不荣耀，完全没有尊严。

另一位诗人西格弗里德·沙逊（Siegfried Sassoon）1886年生于贵族家庭，毕业于剑桥大学，1914年他被派往法国，1916年参加了索姆河战役。他在战争中表现得英勇无比，被称为"疯狂的杰克"，获得了一枚陆军英勇十字勋章（Military Cross）。但是1917年一颗子弹穿过了他的胸膛，他在战地医院勉强捡回了一条性命。他在一封致上司的公开信中说，他本以为这是"一场自卫和解放的战争"，但实际是"一场侵略和征服的战争"。他也被判定患有"炮弹恐惧症"，被送进了爱丁堡那所精神病医院。他在《他们》一诗中，抨击教会欺骗士兵："当士兵从战场归来，/ 他们将变成完全不同的人。"一个士兵回应道："我们的确完全不同了，/ 乔治失去了双腿，比尔双眼失明，/ 吉姆的肺部被打穿，可能死去。"在《穿过新门宁门》一诗中，他质问道："穿过这座门的时候，谁还会想起那些普通的、填补枪口的死难者？"对他来说，这座位于比利时的纪念门是"世界上最大的伤口"。

第一次世界大战给欧洲各国带来了深重的灾难，战争总共夺取了近900万人的生命，一代年轻人，也是欧洲的一代精英被战争抹去了。2014年，英国为第一次世界大战举行了隆重的100周年纪念活动。8月4日晚11点，在包括唐宁街10号和其他著名地标和景点举行了全国的熄灯仪式。英国文化界也为纪念第一次世界大战出版了书籍，公布了新发现的战争文献（老照片和士兵日记等）。英国桂冠诗人卡罗

4. War and Memory (1)

尔·安·达菲（Carol Ann Duffy）邀请了一系列当代著名的英语诗人阅读第一次世界大战诗歌，并对它们做出回应，活动取名为"关于战争的诗歌"。有人会问，第一次世界大战已经过去100年，为何还能如此占据英国人的想象？我们应该看到，第一次世界大战在欧洲也是传统和现代的分界线，许多人感到在第一次世界大战后传统欧洲消失了，欧洲从"天真"坠入了"经验"。正如有人形象地说，第一次世界大战停战协定的签署"把最后一颗铁钉钉入了传统欧洲的棺材"。

1) Strange Meeting

By Wilfred Owen

It seemed that out of battle I escaped

Down some profound dull tunnel, long since scooped[1]

Through granites which titanic wars had groined[2].

Yet also there encumbered sleepers groaned,

Too fast in thought[3] or death to be bestirred.

Then, as I probed them, one sprang up, and stared

With piteous recognition in fixed eyes[4],

Lifting distressful hands, as if to bless.

And by his smile, I knew that sullen hall,—

By his dead smile I knew we stood in Hell.

With a thousand pains that vision's face was grained[5];

Yet no blood reached there from the upper ground,

And no guns thumped, or down the flues[6] made moan.

"Strange friend," I said, "here is no cause to mourn."

"None," said that other, "save the undone years,

The hopelessness. Whatever hope is yours,

Was my life also;[7] I went hunting wild

After the wildest beauty in the world,

Which lies not calm in eyes, or braided hair,

But mocks the steady running of the hour,

And if it grieves, grieves richlier than here.

4. War and Memory (1)

For by my glee might many men have laughed.

And of my weeping something had been left,

Which must die now. I mean the truth untold,

The pity of war, the pity war distilled.

Now men will go content with what we spoiled[8],

Or, discontent, boil bloody, and be spilled.

They will be swift with swiftness of the tigress.

None will break ranks[9], though nations trek from progress.

Courage was mine, and I had mystery,

Wisdom was mine, and I had mastery:

To miss the march of this retreating world[10]

Into vain citadels[11] that are not walled.

Then, when much blood had clogged their chariot-wheels[12],

I would go up and wash them[13] from sweet wells,

Even with truths that lie too deep for taint.

I would have poured my spirit without stint

But not through wounds; not on the cess[14] of war.

Foreheads of men have bled where no wounds were.

"I am the enemy you killed, my friend.

I knew you in this dark: for so you frowned

Yesterday through me as you jabbed[15] and killed.

I parried; but my hands were loath and cold.

Let us sleep now...."

【注释】

1. scooped: （用勺）舀；（用铲子）挖。

2. groined: [动词] 使成穹棱。

3. fast: 牢固。fast asleep: 深睡。fast in thought: 深思。

4. fixed eyes: 凝固的眼神。在此意思是呆滞，死亡后眼睛不动了。

5. grained: [动词] 刻木纹于，有木纹一样的纹路。

6. down the flues: 通过烟道。地下战壕都有烟道、通风口。

7. Whatever hope is yours, /Was my life also: 任何属于你的希望，也是我的生命。暗示这位"奇怪的朋友"也与诗人一样，是一位诗人。

8. what we spoiled: 我们所糟蹋的。指（因他们死亡而）没有做的事情，即昭示战争的真相。

9. break ranks: [短语]表达不同意见，分道扬镳。

10. miss: 失去，离开。the march of this retreating world: 倒退的世界的前进。暗示世界出了问题，诗人想离开它。

11. vain citadels: 虚妄的城堡（大本营）。

12. chariot-wheels: 战车车轮。这是古代战争的形象，在此暗示第一次世界大战的坦克和装甲车，也暗示更加抽象的战争机器。

13. wash them: 把他们洗干净。用水洗尸体是为死者做的一种仪式，净化以升天。

14. cess: 排泄物。相当于muck或excrement。

15. through me as you jabbed: 当你刺穿我时。正常词序是：as you jabbed through me。

【译文】

奇怪的相遇

我似乎逃离了战斗，钻进了
某个阴深的隧道，花岗岩洞穴，
系很久以前开挖，大战形成了其穹棱。

4. War and Memory (1)

然而，其中挡路的沉睡者呻吟着，
他们沉思太深或死得太僵，无法唤醒，
然后当我推他们，其中一个跳了起来，
用呆滞的目光凝视我，似乎认出，
抬起了悲伤的手，好像想要保佑。
从他的笑，我知道那个可怕的大厅——
从他死一样的笑，我知道我们在地狱。

那张幻影般的脸上刻写着万千痛苦，
然而没有血液从上边的世界流下，
没有炮声轰鸣，或通过烟道呜咽。
"陌生的朋友，"我说，"这里没有理由悲伤。"
"没有，"他说，"除了毁灭的岁月，
绝望，任何属于你的希望，
那也是我的生命；我曾经疯狂追逐，
追逐世界上最野性的美，
它不是平静地躺在眼睛或辫子中，
而是嘲笑着时间的不停流逝。
如果它悲伤，那悲伤也比这里的更丰富。
因为我的快乐会使许多人欢笑，
我的流泪会留下某种东西，但它
现在必须泯灭。即没有告白的真相，
战争的怜悯，战争激起了怜悯。
现在人们将对我们的缄默感到满意，
或者不满意，热血沸腾，去流血牺牲。
他们行动迅速，像母老虎一样迅捷，
没有人将分道扬镳，通过多国跋涉行进。

我曾经有勇气，也有神秘，
我曾经有智慧，也有掌控：
逃脱这个倒退的世界的前进，
进入那没有围墙的虚妄城堡。
然后，当大量血液堵塞他们的战车车轮，
我将上去用甜美的井水洗净他们，
甚至用深埋而没有污染的真相。
我将把灵魂倾倒出来，毫不吝啬，
但不是通过伤口，不是靠战争的排泄物。
人的额头，没有伤口也曾经流血。

"朋友，我就是你杀死的敌人，
在这黑暗中我也认识你：昨天你
刺杀我时，你就是这样皱着眉头，
我想避开，但我的手已不情愿，冰冷了，
让我们现在就睡下吧！"

【赏析】

威尔弗雷德·欧文（Wilfred Owen 1893—1918），英国最著名的第一次世界大战诗人之一。他1915年入伍，被派往欧洲大陆。因"炮弹恐惧症"而返回英国，在爱丁堡接受治疗。在治疗期间，可怕的战争记忆回到他的脑海，白天被压抑下去的情景又在噩梦中重现。他把这些都写进了他的诗歌，诗歌写作对于他来说是一种宣泄。后来，他重返战场，在战争结束前一周，战死于法国。欧文生前只发表过五首诗歌，但随着人们对战争的看法逐渐改变，他的名声日益扩大，1931年和1963年他的诗歌被编辑出版。

《奇怪的相遇》一诗写作者所见证的战争和死亡，也写战争的真相。这次所谓的相遇之所以"奇怪"，是因为它是一次地狱的相遇。诗歌想象主人

4. War and Memory (1)

公阵亡，来到了阴间，偶然见到了他曾经杀死的敌人。但是奇怪的是，两人相识的时刻，没有怨恨，没有报复，受害者反而想"保佑"对方。他们的对话有着很多反思，也有着很多展望。

从他们的对话中，我们得知两人都是诗人，曾经疯狂地追逐"世界上最野性的美"，认为美不是美貌，而是那永恒的幻象，它"嘲笑着时光的流逝"。同时他们两个人的诗歌都既写欢乐，也写悲伤，最终反映了"战争的真相"。欧文曾经在他的诗集的前言中说："我的主题是战争，是战争的怜悯，诗歌就在怜悯之中。"在这首诗中，他再次使用了"怜悯"一词，即"战争激起了怜悯"。但是这个真相告白，随着他们的死而进入了坟墓，不再能够阻止战争，不再能够让人们了解战争的残酷和对人性的摧残。

他们的对话的第二个要点是，战争还会继续，不明真相的人们还会热血沸腾，去流血牺牲。这些士兵将像母老虎一样勇敢、迅猛，绝对不会存在不同的意见，或与部队分道扬镳。然而这时两位诗人已经脱离了战斗，脱离了这个疯狂的"倒退的世界"。他们唯一能够做的就是在这些勇敢的士兵牺牲之后，在他们的战车车轮被他们的血液堵塞之后，去为他们祭奠，用甜美的甘泉洗净他们的尸体，为他们举行有尊严的仪式。

这个对话的第三个要点是，这些牺牲本是可以避免的，但由于"战争真相"没有昭告世界，"战争的怜悯"没有被人们懂得，因此才会有如此的不幸。战争伤口还会流血，那些血肉模糊的尸体可能只有用"深埋而没有污染的真相"才能洗净。诗人愿意"把灵魂倾倒出来，毫不吝啬"，以让世界认识到战争的残酷。

最后，"奇怪的相遇"的双方以前并不相识，但是他们却在战场上厮杀。这到底是哪里出了错？诗歌的题目来自雪莱的《伊斯兰起义》，主人公在被对方重创之后，在奄奄一息之时，却看见对方双唇颤抖、眼含泪水，仿佛"都是兄弟，在异国他乡游历，奇异地相遇在奇异的国度"（第1828—1832行）。当受害者认出对方就是杀死他的那个人，认出了他的"皱的眉头"时，他同时也意识到，他们最终都会在死亡中睡下。

【思考题】

1. Where does the story of the poem happen? What is the place which the speaker thinks he has escaped to through a tunnel?
2. What is he like, the person he meets in the tunnel? Why is the meeting called "strange meeting"?
3. What is this "strange friend" trying to tell him? What is the "truth untold"?
4. Why is the world described as "retreating to a vain citadel without walls"? What does the "strange friend" suggest with phrases like "break ranks" and "miss the march"?

4. War and Memory (1)

2) MCMXIV[1]

By Philip Larkin

Those long uneven lines

Standing as patiently

As if they were stretched outside

The Oval or Villa Park,[2]

The crowns of hats, the sun

On moustached archaic faces

Grinning as if it were all

An August bank Holiday[3] lark;

And the shut shops, the bleached,

Established names on the sunblinds,

The farthings and sovereigns[4],

And dark-clothed children at play

Called after kings and queens,

The tin advertisements

For cocoa and twist[5], and the pubs

Wide open all day;

And the countryside not caring:

The place-names all hazed over

With flowering grasses, and fields

Shadowing Doomsday lines[6]

Under wheat's restless silence;

The differently-dressed servants

With tiny rooms in huge houses[7],

The dust behind limousines;

Never such innocence[8],

Never before or since,

As changed itself to past

Without a word—the men

Leaving the gardens tidy,

The thousands of marriages

Lasting a little while longer:

Never such innocence again.

【注释】

1. MCMXIV：（罗马数字）1914。常常出现在第一次世界大战阵亡士兵的墓碑上。

2. The Oval or Villa Park: 分别为伦敦和伯明翰的板球和足球场名。

3. bank Holiday: 银行假日。这是传统的英国公众假日，由于银行休息，商业无法进行，因此公众也休息。

4. farthings and sovereigns：第一次世界大战前英国货币。前者为最小硬币：1/4便士，后者为最大硬币：金镑。

5. cocoa and twist: 烟草的名称。

6. Doomsday lines: 中世纪英国国王"征服者威廉"的《世界末日书》记载的不同所有者的私有田地之间的界线。

7. huge houses: 庄园。一般是指贵族的豪宅，里面有仆人伺候。与前面的那些细节一样，这也是传统英国的一瞥。

8. innocence: 天真。通常指堕落之前的单纯或纯真状态。意思是第一次世界

4. War and Memory (1)

大战的残酷使欧洲失去了"天真"。

【译文】

MCMXIV

长长的蜿蜒的队伍,

耐心地站着,

像Oval和Villa Park外面

排起的那些长队。

礼帽像皇冠,阳光

照在八字胡的脸上,

面带笑容,仿佛这一切

仅是八月的银行假日的百灵鸟。

商店关门,窗卷帘上

印着漂白的老字号名称,

法寻和金镑,

玩耍的儿童穿着黑色衣服,

起了国王或女王的名字,

锡制的广告牌

销售着热可可和混合酒,

酒吧大门整天都敞开。

乡村并不关心:

地名都模糊不清了,

被开花的草丛遮住,田野里

《世界末日书》的界线被淹没

在小麦的不安和宁静下面。

仆人穿着不同的服装,

住在巨大庄园里的小房间里。

豪车过后掀起了尘土。

这样的天真已经没有了!

空前而绝后,

被改变而默默地成为过去,

没有留下一个字,

男人们把花园收拾得整洁,

许多婚姻维持得更加长久,

再也没有这样的天真了!

【赏析】

菲利普·拉金(Philip Larkin 1922—1985),英国第二次世界大战后最著名诗人之一,著有《更少受骗》(*The Less Deceived*, 1955)、《降临节婚礼》(*The Whitsun Weddings*, 1964)、《高窗》(*High Windows*, 1974)等诗集。他的诗歌常常写失落、失败、被欺骗、死亡等主题,以讽刺、低调、悲观等情绪而著称。

1960年,为纪念第一次世界大战,他创作了《MCMXIV》一诗。题目中这一串罗马数字只有在旧式的座钟上或者在阵亡士兵的墓碑上才能看到,它的意思是"1914",即第一次世界大战爆发的年份。诗歌首先描写了1914年8月在伦敦的奥弗尔板球场(The Oval)和伯明翰的维拉足球场(Villa Park)所排起的长龙,但人们排队等候的不是球赛,而是参军入伍。这些排队入伍的人们显得很轻松,脸上带着笑容,嘴里吹着口哨,像百灵鸟,好似享受假日气氛。对于他们来说,奔赴战场就像是去看一场板球比赛。

显然,拉金认为这是天真或纯真(innocence)的表现。人们对战争并没有一个清醒的认识,或者说还存在着某些浪漫的幻想,如英雄主义、爱国主

4. War and Memory (1)

义等。人们以为他们面对的就是一场传统的战争，不过是骑着大马、挥舞军刀向前冲。然而，真实的情形完全不同。第一次世界大战是人类战争史上首次使用现代武器的战争，这些武器包括飞机、坦克、大炮、潜艇、毒气弹等大规模杀伤性武器，它们的杀伤力远远超出了人们的想象，其惨烈程度也是前所未有的。因此，诗歌暗示的问题是，如果人们了解这些情形，他们还会如此踊跃参军吗？

在排队的人们中间，你可以看到留着八字胡须、戴着波乐帽（圆顶硬礼帽）的人们，就像人们在电影中看到的福尔摩斯或波洛。在商店门前的遮阳伞上印着传统品牌的古老名称，人们仍然在使用现在已经废弃的硬币法寻已经没有了！（farthing）和克朗（crown）。新生儿都取了国王或者王后的名字，可可和烟草的广告牌到处矗立，酒吧整天开门。通过回顾这些现在不再存在的景象，诗歌在竭力塑造一个传统英国的形象：乡间的路牌上字迹已经模糊，但是在麦穗下仍然可见中世纪的土地分界线（Doomsday lines）。在巨大的庄园中，仆人们都住在小房间里，主人的豪车驶过，留下一道长长的尘烟。

这个传统英国有着悠久的历史，从中世纪到现在存在着一种特殊的延续性，然而就在1914年，一切都改变了：庄园和贵族，一嫁定终身，酒吧无限制开门，八字胡和波乐帽，就像那辆驶过的豪车，烟消云散。"这样的天真已经没有了！／空前而绝后"。显然，1914年被视为"纯真"年代消失的时刻，传统英国从那时开始一去不复返了。诗歌在前三节所描绘的一幅幅传统英国的油画被一笔抹去。

拉金的诗歌创作于20世纪50年代，第一次世界大战的硝烟早已散尽。时间的距离使人无法真正想象参加第一次世界大战的残酷，也不能真正体验到战争对那时的人们造成的深刻影响。关于第一次世界大战的种种真实的历史细节，随着历史的远去，也逐渐在记忆中模糊。作为非士兵诗人，拉金无法想象战斗的残酷，只能想象战争的宏大意义。在他看来，第一次世界大战就是"传统欧洲"的终结，它将最后一颗铁钉敲进传统欧洲的棺材。诗歌使用

《圣经》中的"天真"和"经验"的比喻，将第一次世界大战描写为从天真到经验的又一次"堕落"。

【思考题】

1. What period of history is evoked in the first three stanzas? What details are used to evoke that historical period?
2. What details show that it is a poem about war? Are the "Doomsday lines" only a term about medieval history?
3. What does "innocence" mean in the poem? What "experience" took place to destroy that innocence? Is the Biblical implication helpful in understanding the poem's theme?

4. War and Memory (1)

3) Platform One

By Ted Hughes

Holiday squeals[1], as if all were scrambling for their lives,

Panting aboard the "Cornish Riviera[2]."

Then overflow of relief and luggage and children,

Then ducking to smile out as the station moves.[3]

Out there on the platform, under the rain,

Under his rain-cape, helmet and full pack,

Somebody[4], head bowed reading something,

Doesn't know he's missing his train.

He's completely buried in that book.

He's forgotten utterly where he is.

He's forgotten Paddington[5], forgotten

Timetables, forgotten the long, rocking

Cradle of a journey[6] into the golden West,

The coach's soft wingbeat[7]—as light

And straight as a dove's flight.

Like a graveyard statue sentry cast

In blackened old bronze. Is he reading poems[8]?

A letter? The burial service? The raindrops

Beaded along his helmet rim are bronze.

The words on his page are bronze. Their meanings bronze.

Sunk in his bronze world he stands, enchanted.

His bronze mind is deep among the dead.

Sunk so deep among the dead that, much

As he would like to remember us all, he cannot.

【注释】

1. squeals:（小猪）尖叫。指赶火车的乘客闹哄哄，人群里甚至有尖叫声。

2. Cornish Riviera: 火车名。Cornish: 康沃尔郡的。Riviera: 海滨度假胜地。该火车可能专营旅游线路。

3. as the station moves: 车站移动。这里指火车开动时车上的人的感觉。其实，不是车站移动，而是火车开动。ducking: 探头，把头探出窗外。

4. Somebody:（第一站台上的）第一次世界大战士兵雕像。

5. Paddington: 帕丁顿，伦敦的一个火车站。

6. Cradle of a journey: 像摇篮一样的旅途。火车摇摇晃晃，就像摇篮。

7. The coach's soft wingbeat: 车厢像鸟翼似的轻柔扑腾。

8. reading poems: 读诗歌。第一次世界大战的英国士兵中有很多诗人，他们撰写了不少关于战争的诗歌。

【译文】

第一站台

假日发出尖叫，所有人都像在逃命，
气喘吁吁地爬上"康沃尔游"列车，
然后是行李、孩子蜂拥而至，
然后在火车开动时，探头朝窗外微笑。

在外面，在站台上，在雨中，

4. War and Memory (1)

有人穿着雨衣,戴着钢盔和武器,
低着头,正在阅读着什么?
没有意识到他已经误了火车。

他完全沉浸在那本书中,
他完全忘记了他身处何处。
他忘记了帕丁顿,忘记了火车
时刻表,忘记了漫长、摇晃,

通往西部阳光的摇篮般的旅行。
车厢轻轻的扑棱——像鸽子
轻轻的径直的飞翔,哨兵
像墓地里的雕像,是铜制的、

黑黝黝的,他在读书吗?
还是信?还是葬礼?从他钢盔边
流下的雨滴也是铜制的,
他书页上的文字也是,其意义也是。

他站在他的铜质世界里,被迷住了。
他的铜质的心,沉浸于死者之中,
如此深深地沉浸其中,虽然他想要
我们记住,但他却不能。

【赏析】

  泰德·休斯(Ted Hughes 1930—1998),英国第二次世界大战后最著名诗人之一,桂冠诗人。著有《雨中鹰》(*The Hawk in the Rain*, 1957)、《乌鸦》(*Crow*, 1970)、《摩尔镇》(*Moortown*, 1979)、《埃尔默遗迹》(*Remains of Elmet*, 1979)等诗集。他的早期诗歌描写自然界的暴力、丛林

法则，同时他也描写人类世界的暴力：战争。他父亲曾经参加第一次世界大战，在著名的加里波利战役（Galipoli）中侥幸生还，父亲死里逃生的经历给幼年的休斯留下了深刻印象。休斯本人和哥哥在第二次世界大战期间都参军服过役，在英国皇家空军的经历为休斯成为一名优秀的战争诗人打下了基础。

《第一站台》一诗描写英国伦敦帕丁顿火车站里熙熙攘攘的乘火车的人们，同时也注意到在车站的一角，在这些赶往度假胜地的人群没有注意到的地方，有一尊士兵雕塑。在第一次世界大战时，这里的第一站台曾经是赶赴战场的士兵出发的地方。成千上万的士兵从这里乘火车，奔赴法国和欧洲的战场。很多士兵再也没有回来，牺牲在异国他乡。诗歌中的雕塑呈现了一位穿着军装、背着行囊、戴着钢盔的士兵，他沉浸在一本书中，诗歌说，他可能在阅读诗歌、书信、葬礼信息。在第一次世界大战的士兵当中，有许多是诗人，他们曾经用诗歌记录了第一次世界大战的残酷，记录了战友惨死于战场上的情景，以揭露政府、教会等的官方谎言，表达鲜明的反战立场。

然而多年以后，在休斯的年代，熙熙攘攘的人们从这里上火车，根本没有注意到这尊雕塑以及它所记载的历史。人们只有一股高昂的度假情绪，他们带着行李，带着孩子，尖叫着、推搡着，往火车里钻。在火车开动时，将头探出车窗，微笑着与车站告别，与送行的人告别。他们匆匆踏上第一站台，不是奔赴欧洲大陆去参战，而是去英国西部的旅游度假胜地康沃尔郡。他们也许根本没有注意到站台上那尊雕塑，那个穿着戎装、背着武器，即将走上战场的士兵。在和平年代，谁还会去理会过去发生的那些事情？他们向往着"金色的西部"、沙滩和阳光，而这列"康沃尔度假专列"将把他们带到那里。火车的蜿蜒历程像"摇篮"摇啊摇，像鸽子的羽翼轻盈飞翔，给他们一种假日的舒适和兴奋。

在诗歌中，休斯很好地利用了记忆和遗忘两个主题，用一个悖论表现了记忆和遗忘的困境。雕塑没有大脑，也没有记忆，它只是一堆金属，却是最好的记忆。人们树立雕塑，为的就是记忆，因此它成了记忆的象征。而从这

4. War and Memory (1)

里出游的人们有大脑,也有记忆,但他们却已经遗忘,就像没有记忆、没有大脑一样。休斯显然是在说历史的重要性,他在用一个悖论告诉我们,有些事情虽然已经过去,但是它们不能被忘记。

【思考题】

1. In what sense is this a poem about war? What is happening in the beginning of the poem, with all the "squeals" and "painting"?

2. Why has the person on platform one in Paddington station forgotten the timetable and the journey? Does the word "forgotten" have other meanings than the literal one?

3. What contrast is evoked between this bronze statue whose "mind is deep among the dead" and the crowd who are taking a joyous trip to the golden West? How important is the theme of "forgetting" in the poem?

4) Last Post[1]

By Carol Ann Duffy

In all my dreams, before my helpless sight,
He plunges at me, guttering, choking, drowning.[2]

If poetry could tell it backwards[3], true, begin

that moment shrapnel scythed[4] you to the stinking mud ...

but you get up, amazed, watch bled[5] bad blood

run upwards from the slime into its wounds;

see lines and lines of British boys rewind

back to their trenches, kiss the photographs from home—

mothers, sweethearts, sisters, younger brothers

not entering the story now

to die and die and die.

Dulce—No—Decorum—No—Pro patria mori.[6]

You walk away.

You walk away; drop your gun (fixed bayonet)

like all your mates do too—

Harry, Tommy, Wilfred, Edward, Bert—

and light a cigarette.

There's coffee in the square,

warm French bread,

and all those thousands dead

are shaking dried mud from their hair[7]

4. War and Memory (1)

and queueing up for home. Freshly alive,

a lad plays Tipperary[8] to the crowd, released

from History;[9] the glistening, healthy horses fit for heroes, kings.

You lean against a wall,

your several million lives still possible

and crammed with love, work, children, talent, English beer, good food.

You see the poet[10] tuck away his pocket-book and smile.

If poetry could truly tell it backwards,

then it would.

【注释】

1. Last Post: 最后的岗位。也指军队葬礼号、军营熄灯号。
2. 引文来自第一次世界大战诗人威尔弗雷德·欧文（Wilfred Owen）的诗歌《甜蜜与荣耀》（*Dulce et Decorum Est*）。诗歌描写了一次毒气弹袭击中，一个士兵因吸入毒气而惨死。
3. tell it backwards: 把它讲回去。意思是让时光倒流。
4. scythed: [动词] 用镰刀割。镰刀的形象常常出现在传统英国诗歌中，用来比喻命运。
5. bled: （血）已经流出的。
6. Dulce—No—Decorum—No—Pro patria mori: 甜蜜——不——荣耀——不——为祖国而死。该句拉丁文来自贺拉斯，他曾经赞扬古罗马士兵为国捐躯，死得甜蜜而荣耀。
7. are shaking dried mud from their hair:（死亡的士兵）抖掉头发上已干的泥浆。第一次世界大战的战场多是原野，下雨后变成泥浆。
8. Tipperaray:《蒂帕雷里之歌》。蒂帕雷里是爱尔兰中南部的一个郡，第一次世界大战期间这里的士兵出征时唱的行军歌。

9. released/from History:（阵亡士兵）从历史中解脱出来。
10. the poet: 指欧文，《甜蜜与荣耀》的作者。

【译文】

葬礼号

在我所有的梦中，在我无助的眼前，
他朝我冲过来，踉跄、喘息、沉下去。

如果诗歌可以将故事倒着讲，真的，那就
从弹片击中你，你倒进泥泞那一刻
开始。你站了起来，惊讶万分，看着
流下的血又从泥泞飞起，回到伤口中；
看见一排一排英国士兵，回到
他们的堑壕，亲吻着家里寄来的照片——
母亲、恋人、姐姐、弟弟，
而不是进入这个故事，
死亡、死亡、死亡。
甜蜜——不——荣耀——不——为祖国而死。
你昂首离开。

你昂首离开，扔下了（刺刀晃晃的）枪，
像你的战友一样——
哈里、汤米、威尔、爱德华、伯特——
点燃了一支烟，
在广场上，有咖啡，
有热烙的法国面包。

4. War and Memory (1)

所有那些死去的士兵，都拍掉了

结在头发上的干泥泞，

为回家而排队。重生后，

小伙子对人群弹奏《蒂帕雷里之歌》，

从历史中解脱，闪耀的骏马，适合英雄甚至国王。

你靠着一堵墙，

你们无数的生命仍然有可能，

尽情享受爱、工作、孩子、天赋、英国啤酒、美食。

你看见诗人把袖珍诗集收起，露出了微笑。

如果诗歌真能把故事倒着讲，

那么它一定会。

【赏析】

卡罗尔·安·达菲（Carol Ann Duffy 1955— ），英国当代著名诗人，第一位女性桂冠诗人。著有《站立的女裸模》（*Standing Female Nude*, 1985）、《出售曼哈顿》（*Selling Manhattan*, 1987）、《另一个国度》（*The Other Country*, 1990）、《世界之妻》（*The World's Wife*, 1999）、《狂喜》（*Rapture*, 2005）等诗集。获得过福沃德诗歌奖和惠特布雷德诗歌奖。

《葬礼号》是受英国广播公司邀请、为纪念英国最后两位第一次世界大战老兵的逝世而作的一首纪念诗。在2009年为其中一个老兵哈里·帕奇（Henry Patch, 111岁）举行的葬礼上，达菲朗读了这首诗。达菲作为桂冠诗人所完成的一项重要职责就是纪念第一次世界大战爆发一百周年。她曾经组织和邀请多位英国著名诗人，包括诺贝尔文学奖获得者谢默斯·希尼等人撰写纪念第一次世界大战的诗歌，最后结集出版了诗歌集。

诗歌首先写死亡，写一个士兵被弹片击中，血流如注，倒在泥泞中。在第一次世界大战的历史中，这样的事情非常普遍，英国诗人威尔弗雷德·欧文就是这样牺牲在欧洲的战场。诗歌的题注就来自他的诗歌《甜蜜与荣耀》，在诗中欧文描写了他目睹的一次毒气弹袭击，一个士兵由于吸入了氯气而咳嗽、喘息、踉跄，向他求助，最后倒下。后来，这个情景成为他挥之不去的梦魇，不断地回到他的睡梦中，让他不能得到安宁。

但是诗歌的主题，准确地说，并不是死亡，诗歌是一个美好而诗意的想象。它想象诗歌具有神奇的力量，能够让时光倒流，能够改变已经发生的事情。在诗歌中，这个使时光倒流的魔力始于死亡发生的那一时刻：那个在战场上倒下的士兵，又重新站了起来，流出的鲜血又重新神奇地倒流进他的伤口，回到了他的血管。诗人看见一排排的英国士兵都从死亡中回到他们的战壕，在战壕里亲吻恋人和亲人的照片，而不是进入这场战争去送死、送死、送死。古罗马诗人贺拉斯曾经歌颂士兵为罗马帝国献身，认为他们为国捐躯，甜蜜而荣耀。但是这首诗对这句古代名言不敢苟同，它得出的结论正好相反：为国捐躯，既不甜蜜，也不荣耀。这也印证了欧文那首诗歌的主题。

接下来，诗歌想象那个士兵扔掉了武器，离开了战场，出现在法国巴黎的某个广场，点燃了一支香烟，吃着法国面包。同时，成千上万从战场上复活过来的士兵，抖掉了头上和身上的泥泞，排着队等待回家。一个士兵为大家演奏起《蒂帕雷里之歌》，他们已经从历史中解脱出来，即将受到英雄般的迎接。他们即将回到他们各自不同的生活之中，去追逐他们的爱情和事业。他们可能有自己的家庭和孩子，可以充分挖掘他们的潜能和天赋，可以享受英国的啤酒和美食。

我们也将会看到那位复活的士兵诗人，靠在墙边，他就是诗人威尔弗雷德·欧文。他曾经高调反战，希望用诗歌制止战争。如果他的反战行动取得成功，那么可以说他是让时光倒流，让许多人避免了死亡，回到他们应该有的生活。但他却被送进了精神病医院，在精神病院度过了两年时光。从医院出来后，他又返回了战场，直到战争即将结束前，他才献出了他的生命。同时，如果《葬礼号》一诗能够让时光倒流，那么，我们一定能够看到复活过来的欧文将诗歌放进他的口袋，脸上露出欣慰的笑容。

4. War and Memory (1)

【思考题】

1. What does the title "last post" mean, apart from a soldier's last "place of duty"?
2. What magical function does the speaker in his imagination attribute to poetry? What does "rewind" (stanza 1) mean in the poem?
3. What does "released from History" (stanza 2) mean? What alternative history is presented in the poem?

5) The Christmas Truce

By Carol Ann Duffy

Christmas Eve in the trenches of France,

the guns were quiet.

The dead lay still in No Man's Land[1]—

Freddie, Franz, Friedrich, Frank...

The moon, like a medal, hung in the clear, cold sky.

Silver frost on barbed wire, strange tinsel[2],

sparkled and winked.

A boy from Stroud stared at a star

to meet his mother's eyesight there.

An owl swooped on a rat on the glove of a corpse.

In a copse of trees behind the lines[3],

a lone bird sang.

A soldier-poet noted it down—*a robin*

holding his winter ground—

then silence spread and touched each man like a hand.

Somebody kissed the gold of his ring;

a few lit pipes;

most, in their greatcoats, huddled,

waiting for sleep.

The liquid mud had hardened at last in the freeze[4].

4. War and Memory (1)

But it was Christmas Eve; *believe*; belief

thrilled the night air,

where glittering rime[5] on unburied sons

treasured their stiff hair.

The sharp, clean, midwinter smell held memory.

On watch, a rifleman scoured[6] the terrain—

no sign of life,

no shadows, shots from snipers,

nowt[7] to note or report.

The frozen, foreign fields were acres of pain.

Then flickering flames from the other side

danced in his eyes,

as Christmas Trees in their dozens shone,

candlelit on the parapets[8],

and they started to sing, all down the German lines.

Men who would drown in mud, be gassed, or shot,

or vaporised

by falling shells,[9] or live to tell,

heard for the first time then—

Stille Nacht. Heilige Nacht. Alles schläft, einsam wacht ...[10]

Cariad[11] *the song was a sudden bridge*

from man to man;

a gift to the heart from home,

or childhood, some place shared...

When it was done, the British soldiers cheered.

A Scotsman started to bawl *The First Noel*[12]

and all joined in,

till the Germans stood, seeing

across the divide[13],

the sprawled, mute shapes of those who had died.

All night, along the Western Front, they sang,

the enemies—

carols, hymns, folk songs, anthems,

in German, English, French;

each battalion choired in its grim trench.

So Christmas dawned, wrapped in mist,

to open itself

and offer the day like a gift

for Harry, Hugo, Hermann, Henry, Heinz...

with whistles, waves, cheers, shouts, laughs.

Frohe Weinachten[14], *Tommy! Merry Christmas, Fritz!*

A young Berliner,

brandishing schnapps,[15]

was the first from his ditch to climb.

A Shropshire lad ran at him like a rhyme[16].

Then it was up and over, every man,

to shake the hand

of a foe as a friend,

or slap his back like a brother would;

exchanging gifts of biscuits, tea, Maconochie's stew,

4. War and Memory (1)

Tickler's jam[17]... for cognac, sausages, cigars,
beer, sauerkraut; [18]
or chase six hares, who jumped
from a cabbage-patch, or find a ball
and make of a battleground a football pitch.

I showed him a picture of my wife.
Ich zeigte ihm
ein Foto meiner Frau.
Sie sei schön, sagte er.[19]
He thought her beautiful, he said.

They buried the dead then, hacked spades
into hard earth
again and again, till a score of men
were at rest, identified, blessed.
Der Herr ist mein Hirt...[20] my shepherd, I shall not want.

And all that marvellous, festive day and night,
they came and went,
the officers, the rank and file[21],
their fallen comrades side by side
beneath the makeshift crosses of midwinter graves...

... beneath the shivering, shy stars
and the pinned moon
and the yawn of History;
the high, bright bullets
which each man later only aimed at the sky.

【注释】

1. No Man's Land: 无人之地。指战斗结束后的战场。

2. strange tinsel: 奇特的银丝。由于铁丝网上结冰，因此银光闪亮。

3. the lines: 战线。

4. freeze: 冰冻的天气。

5. rime: 霜晶。

6. scoured: 擦洗。在此可能指扫视。

7. nowt: 没有东西。相当于nothing。

8. parapets: （战壕的）垛墙。

9. vaporised / by falling shells: 被从天而降的毒气炸弹毒死。

10. *Stille Nacht. Heilige Nacht. Alles schläft, einsam wacht:* [德语] Silent night, holy night, All is calm, all is bright. 来自圣诞歌曲《平安夜》（"Silent Night"）。

11. *Cariad*：[威尔士语]卡里亚德，意思相当于Dear，"亲爱的"或者"天哪"。

12. *The First Noel*: 圣诞歌曲《第一喜讯》。歌词开头如下：First Noel, the Angels did say/ Was to certain poor shepherds in the fields as they lay/ In fields where they may keeping their sleep/ On a cold winter night that was so deep/ Noel, Noel, Noel, Noel/ Born is the King of Israel.

13. divide: 隔离地带。指两军阵地之间的空地。

14. *Frohe Weinachten*: [德语] 圣诞快乐。相当于Merry Christmas。

15. schnapps: 杜松子酒。brandish: 挥舞。

16. rhyme: 押韵。在此指做同样的事情。

17. Maconochie's stew, /Tickler's jam: 肉汤罐头和果酱品牌。

18. cognac..., sauerkraut: 白兰地……泡菜。前者是法国特产，后者是德国特产。

4. War and Memory (1)

19. *Ich zeigte ihm…sagte er:* [德语] I handed him / a photo of my wife, /he answered, beautiful. 我递之以夫人玉照，他回复，美丽动人。
20. *Der Herr ist mein Hirt:* [德语] The Lord is my shepherd. 主是我的牧人。
21. rank and file: 普通士兵。

【译文】

圣诞节休战

圣诞夜，在法国的战壕里，
枪声已经停息。
死者静静地躺在这个无人之地——
弗莱德、弗朗茨、弗雷德里克、弗兰克……
月亮像一枚奖章，高悬在明亮寒冷的夜空。

霜冻的铁丝网，奇特的银丝，
闪耀着、眨着眼，
来自斯特劳德的小伙儿盯着一颗星星，
他在那里看到了母亲的眼光。
猫头鹰在一具死尸的手套上捉到一只老鼠。

在战场背后的一片树林里，
一只孤鸟在啼鸣。
一个士兵诗人把它记录下来——
旅鸫坚守着它过冬的地方——
然后寂静蔓延，像手一般触摸到每一个人。

有人亲吻了一下金戒指；
一些人点燃了香烟，
多数人裹紧了他们的大衣，

等候着睡觉。
泥泞在天寒地冻中结成了块。

但这是圣诞夜；相信吧；信仰
镇住了夜空的空气，
裸露的死者身上的闪光白霜，
珍惜他们的僵硬头发。
冬天的气味刺鼻、干净，维持着记忆。

值夜的士兵端着步枪手，扫视原野——
没有人烟，
没有影子，没有狙击手的冷枪，
没有任何迹象，值得关注和报告。

冰冻的异国他乡仅是痛苦的国度。
然后，对面闪烁的灯火，
映入在他的眼中。
圣诞树无数株，发出了光芒，
烛光闪亮，在女儿墙上，
他们开始唱歌，在德国的战线全面响起。

这些可能淹没在泥泞中，被毒气毒死，
被子弹击中，或被炸弹炸飞，
或活下来告诉世人的人，
接下来，首先听到——
平安夜，圣善夜，真宁静，真光明……

卡里亚德，这首歌声是一座桥梁，
沟通人与人；
直通心灵的礼物，来自家乡，

4. War and Memory (1)

或者童年，某个共有的地方……
结束之后，英国士兵欢呼雀跃。

一个苏格兰士兵高唱起《第一喜讯》，
所有人都加入进来，
以至于德国人都站起来，
隔着分界线观看，
看到那些死去的人躺着的无声的身影。

整个夜晚，在西线战场，他们，
相互的敌人，共同歌唱——
颂歌、赞歌、民谣、国歌，
用德语、英语、法语，
所有兵团都在阴森的堑壕中歌唱。

如此，圣诞日在雾霭中天亮了，
像打开礼物一样，将一天献给了
哈里、雨果、赫尔曼、亨利、汉斯……
口哨、挥手、欢呼、高喊、欢笑。

"圣诞快乐，汤姆！"圣诞快乐，弗里茨！
一个年轻的柏林士兵，
挥舞着杜松子酒，
第一个从战壕中爬出。
什罗普郡的小伙跟随着朝他跑了过去。

然后，所有人都爬了出来，迎了过去，
与敌人握手，
像朋友一样。
像兄弟一样拍着对方的肩膀；

交换礼物，用饼干、茶叶、麦康诺奇罐头、

提克勒果酱……交换白兰地、香肠、香烟、

啤酒、泡菜；

或者玩捉迷藏，跳白菜地，

或者找一个球，

把战场变成了足球场。

我给他看了我妻子的照片。

"我递给他

妻子的玉照，

他回答，美丽动人。"

他说，他认为她很漂亮。

然后他们把死去的战友埋葬，

用铲子铲入冻住的泥土，

一铲又一铲，直到几十个人

得到了安息，被确认，被祝福！

"主是我的牧人。"我的牧人，我不要。

在那个神奇的、欢庆的夜晚，

他们来来回回，

无论是军官还是士兵。

他们倒下的战友，肩并肩

躺在寒冬的墓穴中，躺在临时的十字架下……

……躺在瑟瑟发抖、害羞的星辰

和定住的月亮下面，

躺在张开大口的历史里；

那些亮铮铮的子弹，

后来每个人都仅仅瞄向天空。

【赏析】

《圣诞节休战》一诗记录了一段真实的历史故事。1914年，德军和英军在西线对峙，双方都挖战壕、筑堡垒，战争进入胶着状态。英国大主教提出一个建议：12月24—25日为休战日，为作战官兵提供一个临时间隙，以庆祝圣诞节。这个建议很快得到德国方面的积极响应，双方官兵家属和朋友也在为他们能过一个充满爱意和欢乐的圣诞节而努力。家属和朋友们准备了信件、圣诞卡和包裹，包裹里面塞满了温暖的衣物、食物、香烟、药品。为了增加圣诞节的气氛，他们还制作了小小的圣诞树。

在圣诞之夜，德军官兵用蜡烛精心装饰了圣诞树，放在战壕的矮墙上。数百点烛光映红了堑壕，照在官兵们兴奋的脸上。英军官兵也看到了这些光亮，但是他们不敢掉以轻心。监视哨兵向上级报告了这一异常情况，得到的命令是：可能是骗局，不要开火，但要密切监视他们。随后，英军官兵听到了德国人庆祝圣诞节的声音。参战的陆军中尉肯尼迪回忆说："圣诞之夜，对面堑壕的歌声和欢笑声飘向我们，我猛然听到一个德国人在大声喊叫：'英国人圣诞节快乐！'这时，我们才意识到德国人正在尽情地欢度圣诞之夜，情绪立即受到感染。一个英军士兵高喊：'你也是！'随后，双方一起唱起了圣诞颂歌。"最后，他们走出堑壕，相互握手，互赠礼物，共同庆祝了一个神奇的圣诞节。

诗歌对这一历史性事件进行了浪漫化改编，首先是一个来自柏林的德国士兵挥舞着一瓶杜松子酒，爬出了堑壕，然后是一个来自什罗普郡的英国士兵也应和着爬出了堑壕，像是诗歌中的押韵之举。其他人都跟随他们爬了出来，三三两两地聚在一起，互相握手，彼此交谈，祝贺圣诞快乐，好像是多年的老相识。他们有说有笑，交换着饼干、茶叶、罐头、香肠、泡菜，观看亲人和朋友的照片。许多士兵见到了渴望见到的"敌人"。

休战期间，英德双方还共同为阵亡者举行了安葬仪式。他们把双方阵亡者的遗体抬到"无人地带"，整齐地摆放在一起，然后举行简短的仪式，将他们安葬，在坟墓上竖起来简单的十字架。更令人意外的是，在休战期间，英德双方官兵还在"无人地带"举行了一场足球赛。据记载，球赛是由一个英军士兵制作了一个简易的足球，在人数和时间均无限制的情况下举行的。双方队员兴致盎然地奔跑在宽阔的"赛场"上，直到这个球被铁丝网扎破而泄气为止。此次比赛英军以3比2获胜。

诗歌中的这个故事告诉我们，战争双方的士兵都是人，都具有最基本的人性。作为个人，他们之间并没有恩怨、没有情仇，完全可能成为朋友，而不是死敌。是战争机器使他们相互仇视、相互残杀，因此诗歌最后说，经过这个圣诞节之后，士兵们都把子弹对准了天空，而不是对面的敌人。虽然诗歌有浪漫化的地方，但是它颂扬的是人性，质疑的是战争，因为战争使人失去人性。

【思考题】

1. The story in the poem, including the carol singing, the football match, and the burial of the dead, is based on a real incident in 1914. Why is the poem still said to be a romantic retelling of the story?

2. What details in the poem, apart from "No Man's Land", are typical features of WWI or are likely to remind people of WWI?

3. What does the "yawn of History" (near the end) mean in its context? If we say the soldiers are first of all humans, then what humaneness do they exhibit in the poem?

5

War and Memory (2)
战争与记忆（2）

5. War and Memory (2)

　　第二次世界大战已经过去了80多年。虽然人们在展览、书籍、图片上仍然能够看到那些血腥场景，如奥斯威辛集中营、卡廷事件、德莱斯顿大轰炸、南京大屠杀、日本偷袭珍珠港、巴丹死亡行军，等等，那些黑白照片可能警醒人们不能忘记过去，但也有可能恰恰相反，暗示这些事情已经成为过去。其血腥和暴力，经过多年之后，可能被符号化。从某种意义上讲，它们不能真正传达发生过的事件的真实性，以及受害者所经历的痛苦。遗忘是历史进程的一个自然现象，然而有些历史不能遗忘。为了后代子孙不再经历类似的苦难和暴力，每一代人都有责任让真实的历史事实传承下去。每一代人都不能允许那些历史被淡化、销毁、遗忘，更不能允许那些历史被否认、编造，甚至美化。

　　心理学告诉我们，心理创伤是一种无法控制的记忆，它不停地回到受害者的心里，影响受害者的幻觉、梦境、思想和行为，产生遗忘、恐怖、麻木、抑郁、歇斯底里等非常态情感。自然灾难、战争、种族大屠杀、性侵犯等暴行会在受害者心里留下阴影，会像噩梦一样缠绕着受害者，挥之而不去。第二次世界大战的创伤性的记忆，包括犹太人大屠杀（Holocaust）、伦敦闪电战（Blitz）、难民潮等。在这些记忆中，犹太人大屠杀是一个典型的挥之不去的记忆，不断地在文学、历史、博物馆、展览等文化媒介中再现。杰弗里·希尔（Geoffrey Hill）的诗歌《九月》、托马斯·基尼利（Thomas Keneally）的小说《辛德勒的名单》、电影《朗读者》所反映的都是犹太人在纳粹统治下的苦难，其中最残酷的记忆包括杀人毒气室、焚尸炉、审讯所用的刑具。犹太人被杀死之后，他们的戒指、耳环等值钱的东西常常被纳粹士兵偷窃，甚至他们的脂肪也被用来做肥皂，他们的皮被用来做灯罩等。

　　但是第二次世界大战不仅仅是欧洲的大战，它在世界范围内发生。1938年2月，英国诗人奥登（W. H. Auden）与另一位作家伊舍伍德（Christopher Isherwood）来到中国，见证了中国人民的抗日战争。

回国后两人合著了《战地行纪》（*Journey to a War*）一书，讲述了他们在中国见证的抗战。在组诗《在战时》（第14首）中，奥登描写了日本飞机对汉口的大轰炸。"天空骚动，/像一个发烧的额头。"紧接着，"探照灯"照亮了人们无法相信、认为不可能存在的景象，"让我们惊讶""使我们痛哭"。"那沉闷、具有冲击力的炸弹隆隆地投下……你可以看到日本飞机投弹后炸弹猩红的爆炸，以及四处喷溅的可恶的火星。"

奥登将敌机来袭、搅动天空的平静，比喻为"额头发烧"。敌机像病菌一样残害中国的健康，使中国突然患病："在那里它们有六架，排着队形，在高空飞行。就像显微镜突然聚焦，显示出一种致命疾病的病菌。它们飞过、闪亮、微小、致命、感染了夜空。" 战争像疾病在中国蔓延，残害了中国的百姓。英国诗人燕卜荪（William Empson）1937年来到中国，在湖南长沙的临时大学和云南昆明的西南联大任教。在《中国》（"China"）一诗中，他将日本对中国的侵略比喻肝吸虫对肝脏的侵害。他所使用的病毒比喻与奥登的异曲同工。

不同的国家对第二次世界大战的记忆可能有所不同，记忆和失忆可能都是选择的结果。电影《珍珠港》（2001）所反映的是美国遭到了日本军国主义的无端袭击，因此美国对日本的反击具有它的历史正义性。好莱坞的电影从来都不是纯粹娱乐，它一般都带有美国的视角和观点，有时甚至带着美国的价值观和意识形态。在日本，人们对长崎和广岛的认识与美国不同。日本每年在广岛都会举行原子弹死难者纪念仪式，它反战，但同时也凸现日本的受害者形象。日本电影《永远的零》（2013）讲述了一个零式战斗机飞行员，也是一名敢死队"神风特攻队"队员战死在冲绳上空的经历。他的外孙、故事的叙事者是一个不得志的新时代年轻人，对那段痛苦历史知之甚少。他的好奇心不仅使他了解到了自己的身世（外公不是他的亲外公），而且也重新发现了日本在第二次世界大战中战败的历史。影片将狂热的军国

5. War and Memory (2)

主义分子与一般的日本民众区分开来，从而揭示了这样一个事实：日本一般民众也是受害者。

　　不管记忆在不同人群中是否会变异，一个不争的事实是：日本在第二次世界大战期间的侵略扩张给亚洲各国人民都带来了深重的灾难，在受害国民众中至今都仍然存在巨大的心理阴影。但是，疗伤并不需要以牙还牙，需要的是真诚的歉意。德国总理为纳粹的屠犹罪行在纪念碑前下跪，澳大利亚、加拿大、美国对多年前屠杀或虐待土著居民进行过真诚的道歉，从而获得了谅解。人们期望日本有一天也能够这样做。

1) Little Gidding[1] II (Excerpt)

By T. S. Eliot

In the uncertain hour before the morning
    Near the ending of interminable night
    At the recurrent end of the unending
After the dark dove with the flickering tongue[2]
    Had passed below the horizon of his homing[3]
    While the dead leaves still rattled on like tin
Over the asphalt[4] where no other sound was
    Between three districts whence the smoke arose
    I met one[5] walking, loitering and hurried
As if blown towards me like the metal leaves[6]
    Before the urban dawn wind unresisting.
    And as I fixed[7] upon the down-turned face
That pointed scrutiny with which we challenge
    The first-met stranger in the waning dusk
    I caught the sudden look of some dead master
Whom I had known, forgotten, half recalled
    Both one and many, in the brown baked features[8]
    The eyes of a familiar compound ghost[9]
Both intimate and unidentifiable
    So I assumed a double part[10], and cried
    And heard another's voice cry. 'What! are *you* here!'
Although we were not. I was still the same,

5. War and Memory (2)

    Knowing myself yet being someone other—

    And he a face still forming, yet the words sufficed

To compel the recognition they preceded.

    And so, compliant to the common wind,

    Too strange to each other for misunderstanding,

In concord at this intersection time[11]

    Of meeting nowhere, no before and after,

    We trod the pavement in a dead patrol[12].

I said: 'The wonder that I feel is easy,

    Yet ease is cause of wonder. Therefore speak:

    I may not comprehend, may not remember.[13]

And he: 'I am not eager to rehearse

    My thoughts and theory which you have forgotten.

    These things have served their purpose: let them be.

So with your own, and pray they be forgiven

    By others, as I pray you to forgive

    Both bad and good. Last season's fruit is eaten

And the full fed beast shall kick the empty pall.

    For last year's words belong to last year's language

    And next year's words await another voice.

But, as the passage now presents no hindrance

    To the spirit unappeased and peregrine

    Between two worlds[14] become much like each other,

So I find words I never thought to speak

    In streets I never thought I should revisit

    When I left my body on a distant shore[15].

Since our concern was speech, and speech impelled us

To purify the dialect of the tribe[16]

And urge the mind to aftersight and foresight,

Let me disclose the gifts[17] reserved for age

To set a crown upon your lifetime's effort.

First, the cold friction of expiring sense

Without enchantment, offering no promise

But bitter tastelessness of shadow fruit

As body and soul begin to fall asunder[18].

Second, the conscious impotence of rage

At human folly, and the laceration

Of laughter at what ceases to amuse.

And last, the rending pain of re-enactment

Of all that you have done, and been, the shame

Of motives late revealed, and the awareness

Of things ill done and done to others' harm

Which once you took for exercise of virtue.

Then fools' approval stings, and honour stains.

From wrong to wrong the exasperated spint

Proceeds, unless restored by that refining fire[19]

Where you must move in measure, like a dancer.'

The day was breaking. In the disfigured street

He left me, with a kind of valediction,

And faded on the blowing of the horn[20].

【注释】

1. Little Gidding: 小吉丁。英格兰中部的一个小村庄，这里曾经有一个虔诚的宗教团体，相信他们构成了人间与天国的交汇。在英国内战期间，国王查

5. War and Memory (2)

尔斯一世曾经在这里短暂停留。

2. dove: 鸽子。指第二次世界大战期间德国纳粹发动伦敦闪电战的德国战机或轰炸机。flickering tongue: 火舌。基督教上帝也常常以鸽子的形象出现，为什么用象征和平的鸽子比喻战机呢？因为上帝既有仁慈的一面，也有愤怒的一面。在此它暗示上帝的怒火。

3. homing: 返航。既适用于鸽子，也适用于飞机的返航。

4. asphalt:（铺路用的）沥青。指伦敦的道路。

5. one: 幽灵。

6. blown towards me like the metal leaves: 像金属色的树叶一样向我吹过来。幽灵走路不是一步一步走，而是飘。

7. fixed: [动词]固定。它的宾语是下一行的That pointed scrutiny。正常词序是：fixed that pointed scrutiny upon the down-turned face（将尖锐的目光投到那低头的面庞）。

8. in the brown baked features: 在棕色的烤焦的面容上。指幽灵的脸。

9. compound ghost: 复合的幽灵。暗示幽灵不是一个人的幽灵，而是多人的幽灵的复合体。可能指1939年去世的叶芝（W. B. Yeats），以及在异乡去世的斯威夫特（Jonathan Swift）。

10. double part: 双角色。指诗人既是自己，又是幽灵，两者展开了对话。

11. intersection time: 交叉时间。"交叉"指两个世界的交接处，即人间和冥界的交界。

12. dead patrol: 死亡巡逻。指他们在大街上走动。

13. may not remember: 可能记不住。幽灵一般不会对活人说话，除非它肯定该人不会外传，以免它的话造成丑闻。

14. the passage... / Between two worlds: 两个世界间的通道。轰炸后的伦敦街头像地狱一样，在此被理解为人间与地狱的交界。其后的become much like each other应该是定语从句，修饰two worlds，但省略了连接词which。

15. left my body on a distant shore: 死在了遥远的海岸。

16. purify the dialect of the tribe: 净化部落的语言。这是现代派诗歌的一个目标，即重振已经腐败和陈旧的语言。

17. gifts: 礼物。在此指智慧，锦囊妙计。

18. body and soul... fall asunder: 灵与肉分离。指死亡。

19. refining fire: 净化的火焰。经过炼狱的火焰，死者的灵魂得到净化，才能进入天堂。

20. the blowing of the horn: 号角吹响。号角在军营是黎明和起床的信号。在天亮之前，幽灵就得离开，回到冥界。在莎士比亚《哈姆雷特》中，幽灵夜间出现，与哈姆雷特对话，在天亮时必须离开。

【译文】

小吉丁（第二部分节选）

在黎明前无法确定的时刻
　漫漫长夜行将结束
　无尽时间又到了终点
当吐着火舌的黑色的鸽子
　消失在归航的地平线下
　在硝烟升起的三个地区之间
只有枯树叶像白铁皮嘎嘎作响
　翻滚在沥青路面，无其他声响
　这时我遇见一个人，悠闲又急促
像金属色的树叶一样向我飘来
　乘着城市早晨毫无阻挡的风。
　当我将锐利而审视的目光
投向他那张低垂的脸庞，就像
　在暮色中盘问初次见面的陌生人时

5. War and Memory (2)

　　我捕捉到一位已故大师的神情
曾经相识、已经淡忘、又仿佛记得
　　他既是一个又是许多个；烧焦的脸上
熟识的复合的灵魂的一双眼睛
　　既亲密熟悉又不可辨认。
　　因此我扮演了双重角色，喊叫
　　同时又听另一个人喊叫："啊！你在这里？"
尽管我们都没在。我还是我自己，
　　但我知道我已经成了另一个人——
　　他还只是一张正在形成的脸；但语言足以
在相识之前促成这次相识。
　　因此，顺从那共同的风，
　　彼此太陌生也不会有什么误会，
和谐地，在这个相逢的交汇时刻，
　　乌有之处，没有以前，没有以后
　　我们在行人道上进行着死亡巡逻。
我说："我感到的奇观是那么轻松，
　　而轻松正是奇观的原因。所以说吧，
　　我可能并不理解，可能无法记得。"
他说："我并不想再次述说
　　我的思想和理论，你已经把它们遗忘。
　　这些东西已经达到了目的：让它们去吧。
你自己的也是一样，但愿别人宽恕
　　它们，就像我祈求你宽恕
　　善与恶一样。上一季的果实已吃完，
吃饱了的畜生将会把空桶踢开。
　　因为去年的文字属于去年的语言

而明年的文字还在等待另一个声音。
但是，对于没得到抚慰、在两个世界
　　来回的灵魂，现在通道已无阻，
　　两个世界已经变得非常相似
因此在我把我躯体抛弃在遥远的海岸后
　　我找到了我从未想说的话，
　　在我从未想到还会重访的街道。
既然我们关心的是话语，而话语又驱使我们
　　去纯洁部落的方言
　　并敦促心灵瞻前和顾后，
那么就让我打开保存长久的锦囊
　　给你一生的成就加冕。
　　首先，当肉体与灵魂开始分离，
即将熄灭的感觉会有冰冷的摩擦
　　没有迷惑，不能提供任何许诺
　　只有虚妄的果实的苦涩味道。
第二，对人间的愚行表达愤怒的
　　软弱无力，对那不再引人发笑的
　　一切，你的笑声对你的伤害。
最后，你一生的作为和角色在重演时
　　撕裂心肺的痛苦；日后败露的
　　动机所带来的羞愧，以及你意识到
　　事情曾经被弄遭，或伤害了他人
　　而你曾经以为这是实施某种善举。
　　愚人的赞扬刺痛你，世间的荣誉玷污你。
从错误走向错误，被激怒的灵魂
　　除非用净化的火焰拯救，

5. War and Memory (2)

随着节拍跳动,像一个舞蹈家。"
天色即将破晓。在这条毁损的街上
他带着永别的神情离开了我,
消失在汽笛的长鸣声中。

【赏析】

　　T. S.艾略特（T. S. Eliot 1888—1965）,英国20世纪著名诗人,《荒原》（*The Waste Land*, 1922）和《四个四重奏》（*Four Quartets*, 1943）的作者,曾经获得诺贝尔文学奖。他也是著名的批评家,其《圣林》（*The Sacred Wood*, 1920）一书中,包含《传统与个人天赋》（"Tradition and the Individual Talent"）、《玄学派诗人》（"The Metaphysical Poets"）、《哈姆雷特和他的问题》（"Hamlet and His Problems"）等论文,曾经产生过深远的影响。

　　《小吉丁》（"Little Gidding"）是他的诗歌名篇《四个四重奏》之四。在第二部分（节选）中,他描写了一段记忆深刻的第二次世界大战经历,即伦敦的大轰炸:"在黎明前无法确定的时刻/ 漫漫长夜行将结束/ 无尽时间又到了终点,/ 当吐着火舌的黑色的鸽子/ 消失在归航的地平线下/ 在硝烟升起的三个地区之间……我遇见一个人"。艾略特所说的"黑色鸽子"其实就是德国的轰炸机,它们拂晓时分在伦敦上空投下了罪恶的炸弹,即所谓的"火舌",然后它们返回基地、"归航"、消失在天边。

　　1940年法国陷落之后,德国法西斯企图乘胜追击,征服英吉利海峡对面的英国。但是海峡构成了一道无法逾越的屏障,他们只能对伦敦发起了狂轰滥炸,后来被历史学家称为"伦敦闪电战"（London Blitz）。德国人取名"闪电"一词,意在挫伤伦敦人的士气,迫使他们撤军和投降。1940年10月14日,唐宁街旁的财政部草坪被炸弹击中,波及了唐宁街10号的厨房和数间房间,事件导致了三名值班的公务员殉职。除了伦敦以外,德国轰炸机的主要目标还包括英国沿海的城镇（包括加的夫、布里斯托尔、普利茅斯和朴茨茅斯）和北部的工业城市（如曼彻斯特、考文垂和伯明翰）。

英国的预警雷达系统提供了足够的预警，皇家空军也有喷火式和飓风式两种战斗机随时升空反击。空袭期间，伦敦人可以躲在地下室，但多数人被迫躲入公共区域，如隧道和地下火车站和其他防空设施。大约有15万人每晚睡在伦敦地铁里。艾略特在伦敦大轰炸期间，曾经做过值夜员，在大楼顶上观察放哨，防范敌机来袭。他看到了这样的情景：遭到轰炸后的伦敦街头空无一人，一片死寂。街区被炸弹点燃，四处有火焰燃烧，酷似但丁《神曲》中的"地狱"。从1940年9月7日至1941年5月11日，纳粹德国的"闪电战"造成大约4万名英国平民死亡，其中一半在伦敦。超过一百万的房屋被完全摧毁，或遭严重破坏，而公路、桥梁和铁路则成了废墟。

在这个但丁式的地狱中巡视时，艾略特碰到了一个幽灵："我捕捉到一位已故大师的神情/ 曾经相识、已经淡忘、又仿佛记得/ 他既是一个又是许多个"，这个"复合鬼魂"就是艾略特的前辈诗人叶芝、斯威夫特等的混合体。这个与鬼魂的"地狱邂逅"与但丁《神曲》的片段形成了对应，也与《奥德赛》和《埃涅阿斯纪》中的英雄深入冥界，向先知寻求指点的情节类似。在随后的与幽灵的对话中，幽灵在表达了"惊奇"之余，首先告诉他，自己的经历已经过时，没有必要重复，未来自有未来人。但是转念一想，这是两个世界的交界地带，之间的流动没有障碍，他还是给诗人留下了他没有打算告诉任何人的想法。第一，是死亡时的痛苦。第二，是对身前的愚蠢行为的悔恨。第三，是重新经历这一切的负罪感和羞耻感。要消除这些痛苦，就必须在炼狱的火焰中净化灵魂。

在诗歌的最后，天空露出了鱼肚白，幽灵听到了雄鸡报晓，遂消失在道路的尽头。在莎士比亚的《哈姆雷特》中，鬼魂也是听到了雄鸡报晓而离开，从而结束了哈姆雷特的"幽灵会"。我们可以想象艾略特对伦敦闪电战的感受，以及他所看到的劫后伦敦的萧条景象。但是，艾略特显然有一种超越政治、超越历史的冲动，一种从宗教角度来解读历史的企图。在诗歌其他部分，他说："俯冲的鸽子/ 带着炽烈的恐怖火焰/ 划破长空，那火舌宣告了/ 人涤除罪行和过错的途径。"艾略特并没有谴责任何人，作为基督徒，他似

5. War and Memory (2)

乎将这些轰炸视为上帝对人类罪孽的惩罚:"是谁设计了这些折磨?"诗歌回答说,是"爱":唯一的希望就是"通过烈火,从烈火中得到拯救"。[1]

【思考题】

1. From what perspective does the poem want the readers to see the burning streets of London after the Blitz?

2. Why is the ghost described as a "compound ghost"? What message is the ghost trying to tell the poet? Is there any similarity between the encounter with the ghost and Shakespeare's *Hamlet*?

3. From what perspective does the poem want the readers to see the air raid and sufferings it causes?

---

[1] T. S. Eliot. "Four Quartets, IV", *Collected Poems 1909—1962*. London: Faber and Faber, 1985, p.221.

2) Refugee Blues[1]

By W. H. Auden

Say this city has ten million souls,

Some are living in mansions, some are living in holes[2]:

Yet there's no place for us, my dear, yet there's no place for us.

Once we had a country and we thought it fair,

Look in the atlas[3] and you'll find it there:

We cannot go there now, my dear, we cannot go there now.

In the village churchyard there grows an old yew,

Every spring it blossoms anew:

Old passports can't do that,[4] my dear, old passports can't do that.

The consul banged the table and said:

'If you've got no passport you're officially dead'[5]:

But we are still alive, my dear, but we are still alive.

Went[6] to a committee; they offered me a chair;

Asked me politely to return next year:

But where shall we go to-day, my dear, but where shall we go to-day?

Came to a public meeting; the speaker got up and said:

'If we let them in, they will steal our daily bread[7]';

He was talking of you and me, my dear, he was talking of you and me.

Thought I heard the thunder rumbling[8] in the sky;

It was Hitler over Europe, saying: 'They must die';[9]

5. War and Memory (2)

We were in his mind, my dear, we were in his mind.

Saw a poodle in a jacket[10] fastened with a pin,
Saw a door opened and a cat let in:
But they weren't German Jews, my dear, but they weren't German Jews.

Went down to the harbour and stood upon the quay,
Saw the fish swimming as if they were free:
Only ten feet away, my dear, only ten feet away.

Walked through a wood, saw the birds in the trees;
They had no politicians and sang at their ease:
They weren't the human race, my dear, they weren't the human race.

Dreamed I saw a building with a thousand floors,
A thousand windows and a thousand doors;
Not one of them was ours, my dear, not one of them was ours.

Stood on a great plain in the falling snow;
Ten thousand soldiers marched to and fro:
Looking for you and me, my dear, looking for you and me.

【注释】

1. Blues: 布鲁斯。一种忧郁、悲伤的乐曲。
2. holes: 洞穴。指穷人的家、贫民窟。
3. atlas: 地图。
4. Old passports can't do that: 旧护照不能这样做。指像春天万物开花一样更新。
5. 'If you've got no passport you're officially dead': 由于第二次世界大战期间德

国犹太人的护照被拒绝更新，因此他们在官方的记录中就被视为死亡。

6. Went: 该动词前面的主语省略了。后边的动词came, thought, saw, walked等也是一样。

7. If we let them in, they will steal our daily bread: 犹太移民被认为会抢走当地人的饭碗。

8. rumbling: 轰隆隆响。heard...doing [现在分词]是一种固定语法结构。

9. It was Hitler over Europe, saying: 'They must die': 希特勒下令杀死犹太人。

10. poodle in a jacket: 穿夹克的卷毛狗。动物都有饭吃、有衣穿、有房住，暗示比犹太人强。

【译文】

难民布鲁斯

比方说这个城市，可能有千万人口，

有些住在豪宅，有些住在棚屋：

但是没有我们的住处，亲爱的，没有我们的住处。

我们曾经也有国家，认为它很美，

查看一下地图，你就可以找到：

我们去不了那里，亲爱的，我们去不了那里。

在乡村的教堂，墓地有一株古树紫杉，

每到春天，它都会开花更新：

旧护照不能更新，亲爱的，旧护照不能更新。

领事官拍了一下桌子，说道：

"如果没有护照，官方即视你们为死亡"：

但是我们还活着，亲爱的，我们还活着。

5. War and Memory (2)

我去了委员会，他们给了我一把椅子，
很客气地请我明年再来：
但是今天我们去哪里？亲爱的，今天我们去哪里？

我来到一场群众集会，演讲人起来说：
"如果让他们进来，他们就会偷走我们的饭碗"：
他在说我和你，亲爱的，他在说我和你。

我想我听到天空响起了惊雷；
那就是希特勒占领欧洲，说"他们必须死"：
他想到的是我们，亲爱的，他想到的是我们。

我看见一只卷毛狗穿着外套，别着一枚饰针，
我看见一扇门打开，让一只猫进去：
但是它们不是德国犹太人，亲爱的，它们不是德国犹太人。

我来到了港口，站在码头上，
我看见鱼在水中游玩，自由自在：
只相隔十英尺，亲爱的，只相隔十英尺。

我穿过一片树林，看见鸟儿在树中，
它们没有政客，它们舒心地歌唱：
它们不是人类，亲爱的，它们不是人类。

我做梦看见一座大厦，里面有上千扇门，
上千个窗户，上千扇门。
没有一扇属于我们，亲爱的，没有一扇属于我们。

我站在原野上，站在大雪中，
十万军队在行军，来来回回，
寻找我和你，亲爱的，寻找我和你。

【赏析】

W. H. 奥登（W. H. Auden 1907—1973），英国20世纪30年代著名诗人，著有《演说家》（*The Orators*, 1932）、《看吧，陌生人》（*Look, Stranger*, 1936）、《另一时间》（*Another Time*, 1940）、《新年来信》（*New Year Letter*, 1941）、《焦虑时代》（*The Age of Anxiety*, 1948）等诗集。他曾经深受马克思和弗洛伊德的影响，投身激进的进步运动，但后来移居美国，回归宗教和沉思。在西班牙内战期间，他曾经到访该国两个月，撰写了著名的《西班牙，1937》（*Spain, 1937*）。在抗日战争期间，他与朋友伊舍伍德到访中国，撰写《战地行纪》一书。

《难民布鲁斯》一诗发表于1939年4月的《纽约客》，终稿发表于当年9月的《新写作》。诗歌描写第二次世界大战期间，欧洲犹太人被德国纳粹大批驱逐的历史。诗歌是两个人的对话，第一个声音以不解的口吻讲述犹太人的遭遇。第二个声音提供解释，说这仅仅是针对犹太人的政策，其声音中充满了无奈、不安和绝望。也就是说，在1939年9月1日纳粹德国闪电般占领波兰之前，他们就已经开始了对犹太人的迫害。

德国纳粹的种族主义理论把犹太人、斯拉夫人、亚洲人都列为劣等种族，把雅利安人列为优等种族，并且特别对犹太民族采取驱逐和隔离政策。他们不仅在德国国内实施这样的政策，而且在丹麦、挪威、荷兰、比利时、卢森堡和法国等占领区采取同样的种族主义政策，开动所有的宣传机器煽动当地军民反对犹太人。德国国防军的全部机关、纳粹党和德国政府采取一致行动驱逐犹太人。德国各驻外使馆均有特使负责处理所在国的犹太人问题。

在纳粹铁蹄下的犹太人失去了自由，被禁止外出，必须佩戴犹太星章，被排除在整个社会的生活之外的隔离区，被强迫参加奴役劳动。在奥登的诗歌中，叙事人首先说在一个偌大的城市，有无数高楼，但却没有他们的家；地图上有一个美丽的国家，清晰可见，但是他们却回不去。不仅如此，他们的寄居国护照也被收缴，或者过期了不让更新，在官方记录中被视为死亡。

5. War and Memory (2)

收缴护照是奥登所熟悉的情节,作为同性恋,他曾经在1936年与艾丽卡·曼(Erika Mann)结婚,并以此方式帮助她获得英国护照。

1942年,德国纳粹通过了《犹太人问题最终解决方案》,那就是实施种族清洗和大屠杀。在诗歌中,纳粹将犹太人视为寄生虫,指控犹太人偷走了他们的"面包",因此希特勒下令"他们必须死亡"。有关犹太人的灭绝令在欧洲到处散发,数以千计或万计的犹太人被召到某个偏僻的地方处决,有时整个地区变成了一个罕见的巨大墓地。

在波兰,犹太教堂被捣毁,犹太人被判处集体罚款。很快,所有波兰的犹太人都被赶进了犹太隔离区,饥饿严重地威胁着他们的生命,传染病也在拥挤的犹太人区内流行。在俄罗斯,党卫军将犹太人赶到一个地方后,当即就实施枪杀,然后把他们抛进尸骨累累的万人坑。希腊罗得岛上有几百名犹太人被强行塞进几条破船里,然后被沉入波涛汹涌的爱琴海中。

据统计:截至1945年,波兰原有350万犹太人只剩下7万,荷兰的14万犹太人只剩下3.5万,罗马尼亚的65万犹太人仅剩下25万,德国和奥地利的33万犹太人还剩4万,希腊的7万多名犹太人仅剩1.6万,捷克斯洛伐克的35.6万犹太人仅剩下1.4万。乌克兰有90万犹太人命赴黄泉,白俄罗斯的24.5万和俄罗斯的10.7万名犹太人成为纳粹灭犹的牺牲品。整个欧洲有600万犹太人成为希特勒屠刀下的冤魂,整个世界有三分之一的犹太人成为纳粹种族主义的牺牲品。

奥登的诗歌将犹太人与动物相比,说这个城市可以接纳一只猫,但是不能接纳一个犹太人;鱼在海里游泳,鸟在树上歌唱,它们都自由自在,因为它们不是犹太人:犹太人连这些动物都不如。最后,诗歌的叙事人想象无数纳粹士兵在整个国家搜索和抓捕他们,心中充满了恐惧。布鲁斯或者蓝调,是一种忧郁的音乐,非常适合本诗的内容。奥登曾经想邀请他的朋友本杰明·布里顿(Benjamin Britten)将这首诗歌谱成曲子,但是最终它由伊丽莎白·陆廷斯(Elitzabeth Lutyens)谱曲,由希德利·安德森(Hedli Anderson)演唱。

【思考题】

1. What genocide policies are implemented by the Nazis in Germany and in the occupied countries? What is happening to the Jews concerning home, country, passport and jobs?

2. Why does the poem mention poodle, cat, fish and bird? What parallel or contrast exists between them and the Jews?

3. What relationship is there between Hitler's thunder and the "ten thousand soldiers marched to and fro"?

5. War and Memory (2)

3) Shooting Stars

By Carol Ann Duffy

After I no longer speak they break our fingers

to salvage my wedding ring[1]. Rebecca Rachel Ruth

Aaron Emmanuel David, stars on all our brows[2]

beneath the gaze of men with guns. Mourn for the daughters,

upright as statues, brave. You would not look at me.

You waited for the bullet[3]. Fell. I say Remember.[4]

Remember these appalling days which make the world

forever bad. One saw I was alive. Loosened

his belt.[5] My bowels opened in a ragged gape of fear.

Between the gap of corpses I could see a child.

The soldiers laughed. Only a matter of days separate

this from acts of torture now. They shot her in the eye.

How would you prepare to die, on a perfect April evening

with young men gossiping and smoking[6] by the graves?

My bare feet felt the earth and urine trickled

down my legs until I heard the click. Not yet. A trick.[7]

After immense suffering someone takes tea on the lawn.

After the terrible moans a boy washes his uniform.

After the history lesson[8] children run to their toys the world

turns in its sleep the spades shovel soil Sara Ezra . . .

Sister, if seas part us^9 do you not consider me?
Tell them I sang the ancient psalms at dusk
inside the wire and strong men wept. Turn thee
unto me with mercy, for I am desolate and lost.

【注释】

1. wedding ring: 婚戒。纳粹杀死犹太人后将他们的婚戒据为己有。

2. stars on all our brows: 我们额头上的星。指犹太星章。星是以色列的象征，其国旗上就有一个星形。

3. waited for the bullet: 行刑时站成一排，等待子弹。

4. I say Remember. 我说记住了。叙事人在请求读者记住那些苦难。

5. Loosened / his belt: 松开皮带。暗示强奸。

6. gossiping and smoking: 聊天和抽烟。指纳粹士兵非常放松，杀人之后没有任何负担。

7. A trick: 一个诡计。暗示扣动扳机，但是没有射击，以此戏弄犯人。

8. After the history lesson: 历史课之后。显然指当代的学校的情况。孩子们学习历史，但是可能没有真正理解。他们感兴趣的是玩具。

9. Sister, if seas part us: 姐，如果大海把我们隔开。在此指阴阳两隔。Sister可能指教师，告诉孩子们真实的历史。

【译文】

流星

我不再说话了，他们就折断我们的指头，
取下我的婚戒。丽百佳雷切尔露丝
阿伦伊曼努尔大卫。我们额头上都有星，

5. War and Memory (2)

倒在拿枪的人注视下。为我们的女儿哀悼吧，

她们像雕塑一样，笔挺、勇敢。你不要看我，
你等候着子弹，倒下。我说记住了，
记住那些可怕的日子，它们使世界变得
永远邪恶。一人看到我仍然活着，松开了

他的皮带。我的肚子裂开像因恐惧而张口。
在尸体的中间，我看到了一个小孩。
那当兵的笑了。残酷折磨仅仅过了几天，
这个又来了。他们朝她的眼睛开了枪。

你如何准备死亡？在四月那个典型的夜晚，
年轻人在坟墓边聊天、抽烟？
我的光脚感觉到泥土，尿液顺着腿边
流下，然后我听到了扳机。没有。戏弄。

在巨大的苦难之后，有人在草坪上喝茶。
在可怕的呻吟之后，年轻人在洗制服。
在历史课之后，学生们跑向他们的玩具。
世界不得安睡，铁铲铲土，萨拉，埃兹拉……

姐，如有大海阻隔，你就不想到我吗？
告诉他们，我傍晚在铁丝网里高唱
古老赞歌，人高马大的人都哭了。用仁慈
之心可怜我吧，我是凄凉而失落的灵魂。

【赏析】

《流星》一诗是关于犹太人大屠杀的记忆与遗忘的佳作。犹太人大屠杀是第二次世界大战的一个创伤性的记忆，作为一个集体记忆，它不断地在文

学、历史、博物馆、展览等文化媒介中出现。但是，在欧洲也有否认犹太人大屠杀的声音，1978年，一个叫威利斯·卡洛（Willis Carlo）的人成立了历史修正研究院，公开挑战犹太人大屠杀的事实。作为回应，卡罗尔·安·达菲1987年写了这首《流星》，再次将犹太人大屠杀的创伤呈现在人们面前。达菲曾经写过许多战争诗歌，也写过许多女性主义诗歌，这两个主题在其中汇聚。

在诗中，一位犹太女性的亡灵打开尘封的记忆，以碎片式的叙事，讲述了犹太人在纳粹集中营所遭受的残害与蹂躏。当行刑队停止了射击，人们都已经倒下，有人掰断了她的手指，取下了她的结婚戒指。然后，有个士兵发现她没有死，因此"松开了他的皮带"，对她实施了强暴。最后，还有一个婴儿在哭泣，一个士兵上前去，对准她的眼睛开了一枪。这位叙事者冲破了个体的心理障碍，将个人所遭受的凌辱公之于众，让人们直面这个20世纪的人类悲剧。

达菲将主人公的个人记忆与犹太民族的集体记忆交织在一起，用"松开了他的皮带"和难以启齿的强暴作为隐喻，不单揭露了战争在道德层面犯下的罪恶，而且揭示了更为复杂的种族关系和国际关系。这位女性的身体已经成为整个犹太民族的隐喻，她的灾难就是犹太民族在第二次世界大战中所遭受的强暴。"杀婴"的情节在某种程度上具有同样的隐喻效果，它是对纳粹的种族灭绝政策的一个控诉。

纳粹大屠杀发生在半个多世纪之前，对于当今而言，遗忘正在身边悄悄发生："历史课之后，学生们跑向他们的玩具"。对于学校的孩子们来说，过去的灾难可能只是印在教科书上的文字和图片，并没有玩耍那么重要。因此，在诗歌结尾，主人公用宗教仪式般的语言劝诫人们不能忘记，祈祷人们用爱和同情建构世界和平。

心理创伤是一种无法控制的记忆，它不停地回到受害者的心里，影响受害者的幻觉、梦境、思想和行为，产生遗忘、恐怖、麻木、抑郁、歇斯底里等非常态情感。疗伤并不需要以牙还牙，疗伤需要的是真诚的歉意。

5. War and Memory (2)

【思考题】

1. What plunder is carried out after the Jews are murdered by the firing squad?
2. What symbolic meaning can be seen in the murder of the child "shot in the eyes"? What does the image of soldiers "gossiping and smoking by the graves" tell us about the Nazis?
3. What can children get from history lessons? Can they truly understand the sufferings?

4) Shrapnel

By Tony Harrison

A summer day with all the windows wide
when suddenly a storm-presaging breeze
makes the scribbled papers that I'm sorting slide
onto the floor. They're these you're reading, these.
I rummage through my many paperweights
grandad's knuckleduster, this one from Corfu —[1]
a rosette from the Kaiser's palace gates,[2]
and shrapnel from an air raid I lived through.

Down in our cellar, listening to that raid,
those whistles, those great shudders, death seemed near
my mother, me, my sister, all afraid
though my mother showed us kids no sign of fear.
Maybe the blackout[3] made the ground too dark
for the aimer[4] to see the target for his load
but all the bombs fell onto Cross Flatts Park[5]
and not onto our house in Tempest Road.

And not onto our school Cross Flatts CP.
A hit would mean no school and I'd be spared
old 'Corky' Cawthorne[6] persecuting me.
If he'd 've copped[7] a bomb would I have cared?
'Don't talk like that!' I heard my mother chide

5. War and Memory (2)

though she didn't know that Corky used to tell
her frightened little son that when he died,
because not christened[8], he would go to hell.

On the rare occasions that I chose to speak
in Corky's RI class[9] I'd make him mad,
trying out bits of calculated cheek[10]
and end up being called 'a wicked lad'.
Sir, if you've had your legs off, sir, like say
poor Mr Lovelock down Maude avenue
will you get 'em back on Judgement Day[11]?
Does God go round and stick 'em back wi' glue?

Corky Cawthorne's cruel and crude RI
put me off God for life. I swore I'd go
neither to Hell below nor Heaven on high,
and Beeston[12] was all of both I'd ever know.
He also taught music which he made me hate,
not quite as much as God, into my teens.
I'd never 've come to music even late
if that raid had blown me into smithereens[13].

I went to see the craters the bombs made
first thing in the morning and us lads
collected lumps of shrapnel from the raid
to prove we'd seen some war to absent dads.
There was a bobby[14] there who didn't mind
craters being used by kids so soon for play
or hunting for shrapnel that he helped us find.

Clutching my twisted lump[15] I heard him say:

'appen Gerry[16] must 've been 'umane
or there'd 've been a bloodbath 'ere last neet.
They'd be flattened now would t' ouses in Lodge Lane,
Tempest Road, all t' 'arlechs, Stratford Street.
He dumped his bombs in t' park and damaged not
missing t' rows of 'ouses either side.
'umane! 'umane! And 'im a bloody Kraut[17]!
And but for him, I thought, I could have died.

So now I celebrate my narrow squeal,
the unseen foe who spared our street in Leeds,
and I survived to go on to learn Greek
and find more truth in tragedy than creeds.
I stroke my shrapnel and I celebrate,
surviving without God until today,
where on my desk my shrapnel paperweight
stops this flapping poem being blown away.

A flicker of faith in man grew from that raid
where this shrapnel that I'm stroking now comes from,
when a German had strict orders but obeyed
some better deeper instinct not to bomb
the houses down below and be humane.
Our house thanks to that humane bombardier,
still stands; and those of Hasib mir Husain
Mohammad Sidique Khan, Shehzad Tanweer.[18]

5. War and Memory (2)

【注释】

1. knuckleduster: [武打]指节金属套。Corfu: 科孚岛，希腊的一个岛屿。

2. rosette:（建筑装饰）玫瑰花饰。Kaiser's palace: 凯撒的宫殿。凯撒是罗马帝国时期皇帝的名称，科孚岛上的宫殿有可能是凯撒的行宫。

3. blackout: 停电。轰炸造成断电，或者为了不让敌人发现目标，故意拉闸断电。

4. aimer:（轰炸机上的）投弹手。

5. Cross Flatts Park: 英国利兹的公园。后面出现的Tempest Road, Maude Avenue, Lodge Lane和Stratford Street都是利兹的街道。

6. old 'Corky' Cawthorne: 老"瓶塞"科桑，作者的小学老师。他常常指责作者发音不准，有地方口音。

7. copped: 获得（奖励）。

8. christened: [基督教]受洗。

9. RI class: Received Intonation 标准语音。

10. bits of calculated cheek: 一些刻意编造的厚脸皮的话。

11. Judgement Day: 最后审判日。基督教相信，所有人（已故和新亡之人）在最后审判日都会来到耶稣面前受审。

12. Beeston: 利兹郊外的丘陵墓地。

13. smithereens: 碎片。

14. bobby: [俚语]警察。

15. lump: 一块。指那块弹片。

16. Gerry：德国人。相当于German。

17. Kraut: 德国佬。原意是"泡菜"，由于德国泡菜著名，因此此名被用作德国人的蔑称。

18. Hasib mir Husain / Mohammad Sidique Khan, Shehzad Tanweer：这些人都是2005年伦敦地铁爆炸案的制造者。

【译文】

弹片

夏日,窗户打开,迎风纳凉,
突然,一阵风,预示着风暴,
将我正在整理的稿纸吹落到
地上,就是你正在阅读的这些。
我翻找我拥有的众多的镇纸,
祖父的指节金属套,来自科孚岛的
凯撒宫殿门上的玫瑰花饰,
我亲身经历的空袭留下的弹片。

躲藏在地窖里,听到空袭的声响,
嗖嗖声,轰隆声,死亡似乎很近。
母亲、妹妹、我,都很害怕,
虽然母亲并没有向我们表露出来。
也许拉闸停电造成了一片黑暗,
投弹手看不清投弹的目标,
所有炸弹都落到了弗莱茨公园里,
而不是藤皮斯特路上的民居,

也没有落到我们的弗莱茨小学。
如果遭袭,小学将不复存在,我也
不会被"瓶塞"科桑老师迫害。
如果他被炸身亡,我会在意吗?
"不要那样说话,"母亲责备道,
但是她并不知道"瓶塞"曾经
告诉她吓坏的儿子说,因为没有

5. War and Memory (2)

受洗，他死后会下地狱。

在"瓶塞"的RI课上，我很少发言，
但是我一旦发言就会使他发疯，
刻意编造一些厚脸皮的话，
最后被他斥责为"恶作剧的孩子"。

先生，如果你的腿断了，就像
莫德大街的洛福罗克先生一样，
在最后的审判时，你能找回来吗？
上帝会过来用胶水帮你接上吗？

"瓶塞"的RI课，残忍且粗糙，
使我终身不再信上帝，我发誓
我既不去地狱，也不上天堂，
比斯顿对我来说就是地狱天堂。
他也教音乐，导致我不喜欢音乐，
直到十几岁，虽不如上帝之恨。
如果空袭把我炸得粉身碎骨，
我也就不会后来与音乐结缘。

早晨，我第一件事就是去看炸弹
炸出的弹坑，我们这些孩子们
收集着空袭留下的弹片，以便向
不在家的父亲证明我们见证了战争。
那里有一个警察，不但不介意
孩子们如此快就在弹坑中玩耍，
他还帮助孩子们寻找弹片。
他拿着我这块儿扭曲的弹片说道：

碰巧，这个德国人肯定很人性，
否则昨晚这里肯定血流成河，
房屋都会被夷为平地，洛奇巷、
藤皮斯特路、斯特拉福街、所有房屋。
他把炸弹扔进了公园，而没有炸毁
对面矗立的一排排房屋，
有人性！有人性！他妈的德国佬！
如果不是他，我可能已经死掉。

因此，现在我庆祝我的侥幸逃脱，
那个没有见到的敌人，放过了我们
利兹的社区，我活了下来，学习希腊文，
相比教条在希腊戏剧中找到了更多真理。
我抚摸着那块弹片，我庆祝
我没有上帝，也活到了现在。
在桌上，我的弹片作为镇纸
阻止了这首诗歌的稿纸被风吹走。

一种对人的信仰从空袭中油然而生，
空袭留下了我正在抚摸的这块弹片。
那个德国人接受了严格的命令，
但却听从了更深的良知，没有轰炸
地面的房屋，表现出了人性，
正是由于这个有人性的投弹手，
我们的家仍然矗立，还有哈西卜·胡赛英、
默罕默德·卡恩、谢乍得·坦威尔的家。

5. War and Memory (2)

【赏析】

托尼·哈里森（Tony Harrison 1937— ），英国当代著名诗人，著有《利兹人》（*The Loiners*, 1970）、《口才学校》（*From the School of Eloquence and Other Poems*, 1976）、《V》（*V*, 1985）、《寒冷的到来：海湾战争诗歌》（*A Cold Coming: Gulf War Poems*, 1992）等诗集。曾获得惠特布雷德诗歌奖。哈里森出身于工人家庭，是一个底层诗人。他曾经作《桂冠诗人的创作障碍》（"The Laureate's Block"）一诗，拒绝接受桂冠诗人提名，称不愿成为骑在人民头上作威作福的皇家的奴仆。他还创作了若干关于海湾战争和科索沃战争的诗歌，抨击以美国为首的北约发动的非正义战争。

《弹片》一诗涉及2005年发生在伦敦地铁的恐怖袭击，同时也把这次恐怖袭击与第二次世界大战的一次德军空袭联系起来，在现在的痛苦和过去的回忆之间来回穿梭。该诗发表于2005年8月20的《星期日独立报》，即7月7日的伦敦地铁恐怖袭击案后约一个月。四个移民为了抗议英国参与海湾战争，在地铁车站内和地铁车厢里引爆了炸弹，实施了自杀式袭击，造成了包括他们自己在内的50多人死亡、500多人受伤。参与这次袭击的恐怖分子的名字（哈西卜·胡赛英、默罕默德·卡恩、谢乍得·坦威尔）出现在诗歌的末尾，他们都是英国公民，来自利兹市，与诗人同乡。爆炸的巨大热浪，将各种物品炸飞，散落到地铁车站内，造成一片狼藉。

然而，诗歌的绝大部分都与这次恐怖袭击无关，而是描写一阵风将诗人的稿子吹到了地上，他赶快找出自己的镇纸，来压住这些稿子。但这不是一般的镇纸，而是一枚炸弹的弹片。由此，他的思绪进入了历史，即第二次世界大战期间发生在英国利兹市的一次空袭。德国纳粹的飞机夜间袭击利兹市，吓得童年的诗人和他的全家躲在了地窖。这次空袭给他留下深刻印象的，不是空袭的惨烈，而是炸弹全部落到了他家对面的公园里，而没有炸毁他的家和生活在这里的其他居民的家，也没有炸毁那里的小学，使得他日后能够在那里上学，接受教育，最终成为诗人，有了他的未来和今天。

这所小学对诗人的成长具有相当重要的意义。首先，它增加了诗人的阶级意识。小学老师嘲笑他不会说正宗的英语，而是有地方口音，或工人阶级口音，使他意识到他的阶级归属；第二，这个老师所教授的音乐课，让他对音乐产生反感，以至于在很长一段时间内，他不再能欣赏音乐；第三，这个老师嘲笑他没有正确的宗教信仰，以后要下地狱。这使他从此对宗教产生反感，从而终身放弃了信仰。这些插曲让我们了解到诗人对人生的基本立场，以及看待战争、恐袭、人性、生死等问题的态度。用他自己的话说，就是我不信上帝，我也活到了今天。我所知道的天堂和地狱，就是利兹市和它的比斯顿区。

在诗歌最后，诗人的思绪又回到了德国纳粹的空袭。他认为德国飞行员的选择，增加了他对人性的信心。他和家人的侥幸逃脱，说明信仰上帝是没有用的。他们的幸存依靠的是那个飞行员的人性，是那个飞行员个人的内心的善良，而不是他的信仰。而在伦敦地铁发动恐怖袭击的人，正是受到了狂热的意识形态的驱使，才做出了丧心病狂和惨绝人寰的事情。诗人暗示，这个世界的未来，依赖于我们所有人内心的善良，而不是某些扭曲的意识形态，不管这些意识形态来自东方，还是来自西方。

【思考题】

1. What story does the poem tell about the origin of the paperweight? Why does the speaker say that the German bombardier is humane?

2. What kind of school education did the speaker receive at Cross Flatts CP? Why did he end up regarding Beeston as all he knew about heaven and hell?

3. Why does the speaker at the end of the poem mention the names of Hasib mir Husain and co.? Does the word "humane" truly describe the behavior of the Germans?

5. War and Memory (2)

5) Initial Illumination[1]

By Tony Harrison

Farne[2] cormorants with catches in their beaks[3]

shower fishscale on the shining sea.

The first bright weather here for many weeks

for my Sunday G-day[4] train bound for Dundee,

off to St Andrew's to record a reading[5],

doubtful, in these dark days, what poems can do,

and watching the mists round Lindisfarne receding

my doubt extends to Dark Age Good Book[6] too.

Eadfrith the Saxon scribe/illuminator[7]

incorporated cormorants I'm seeing fly

round the same island thirteen centuries later

into the *In principio*'s initial I.[8]

Billfrith's begemmed and jewelled boards[9] get looted

by raiders gung-ho for booty and berserk,

the sort of soldiery that's still recruited

to do today's dictators dirty work,

but the initials in St John and in St Mark[10]

graced with local cormorants in ages,

we of a darker still keep calling Dark,[11]

survive in those illuminated pages.[12]

The word of God so beautifully scripted[13]

by Eadfrith and Billfrith the anchorite

Pentagon conners[14] have once again conscripted

to gloss the cross on the precision sight.[15]

Candlepower, steady hand, gold leaf, a brush

were all that Eadfrith had to beautify

the word of God much bandied by George Bush

whose word illuminated midnight sky

and confused the Baghdad cock[16] who was betrayed

by bombs into believing day was dawning

and crowed his heart out at the deadly raid

and didn't live to greet the proper morning.[17]

Now with noonday headlights in Kuwait

and the burial of the blackened in Baghdad[18]

let them[19] remember, all those who celebrate,

that their good news is someone else's bad

or the light will never dawn on poor Mankind.

Is it open-armed at all that victory V[20],

that insular initial intertwined

with slack-necked cormorants from black laquered sea[21]

with trumpets bulled and bellicose and blowing

for what men claim as victories in their wars,

with the fire-hailing cock and all those crowing

who don't yet smell the dunghill at their claws?

【注释】

1. Initial: 首字母。Initial Illuminator 即对首字母进行艺术装饰。

2. Farne：法恩岛。位于苏格兰。后面的Dundee, St Andrew's, Lindisfarne都是

5. War and Memory (2)

苏格兰地名。

3. cormorants with catches in their beaks: 鸬鹚，嘴里衔着捕获的鱼。catches: 捕获物。

4. G-Day: 日安。相当于Goodday。另外，它还可能指G-Day（第二次世界大战时期的地面作战日）。

5. record a reading: 录制朗读的录音。诗人有时候会应邀录制朗读诗歌的音像产品。

6. The first bright weather ... my doubt extends to Dark Age Good Book: 这是一个长句，但是其主谓宾语就在最后这一行。前面五行都是它的修饰语。Dark Age：黑暗时代，蒙昧时代，中世纪。Good Book:《圣经》。

7. Eadfrith the Saxon scribe/illuminator: Eadfrith是中世纪（萨克森时代）的抄写员/装饰画家。

8. 该句子（9—12行）的主体部分是：Eadfrith incorporated cormorants ... into the *In principio*'s initial I.（Eadfrith用鸬鹚的形象对*In Principio*的首字母I进行了装饰）。*In Principio:* [拉丁语] 最初。这是《圣经·创世记》的第一句话，相当于in the beginning。

9. Billfrith's begemmed and jewelled boards：Billfrith的镶嵌宝石的硬皮书。Billfrith是中世纪的修士。

10. St John and St Mark:《约翰福音》和《马可福音》。《圣经·新约》"四福音书"中的两部。

11. ages / we of a darker still keep calling Dark: 来自更黑暗年代的我们却持续称那些年代黑暗。darker后面省略了age。

12. 该句子（13—20行）很长，主体部分是：Billfrith's begemmed and jewelled boards get looted... but the initials survive in those illuminated pages（Billfrith的硬皮书被劫掠了……但是其首字母在那些装饰的书页中存留了下来）。

13. scripted: 撰写。相当于written。

14. Pentagon conners: 五角大楼的（现代武器的）测试者，实验者。五角大楼：美国国防部。

15. 该句子（21—24行）是倒装句，正常词序是：Pentagon conners conscripted the word of God...to gloss the cross on the precision sight（上帝的话，被伊德弗雷和隐士/比尔弗雷装饰得如此漂亮，/现在被五角大楼的骗子们征用，/来装饰瞄准器上的十字）。precision sight：（枪、炮、导弹）瞄准器。

16. George Bush/whose word illuminated midnight sky /and confused the Baghdad cock: 乔治·布什的话（命令）照亮了半夜的天空，搅乱了巴格达的雄鸡。乔治·布什：美国总统，2003年发动了伊拉克战争。巴格达：伊拉克首都。

17. cock who was betrayed...and didn't live to greet the proper morning: 雄鸡被炸弹欺骗，以为已经天亮，对着轰炸把心脏都叫出来了，但还是没有活着迎接早晨。

18. noonday headlights in Kuwait...the blackened in Bagdad: 科威特中午开的车大灯……巴格达的烧焦者。headlights：可能指各种军车的大灯。blackened：轰炸的受害者。美军将伊拉克军队赶出了科威特，并从科威特进攻巴格达。

19. them: 指后面的those who celebrate（庆祝胜利的人们）。诗歌结尾是对这些人的警示，光明永远不会开启。

20. Is it open-armed at all that victory V：胜利的首字母V，是张开双臂的意思吗？it指代的是that victory V。该句子比较长（38—44行），除了主句，后面有两个with短语：（1）with trumpets...blowing;（2）with the fire-hailing cock...crowing。bellicose: 好战的，好斗的。dunghill: 粪堆，可怜的状态。

21. cormorants from black lacquered sea: 来自漆黑的大海的鸬鹚。伊拉克战争初期，西方媒体大肆炒作的画面是一只鸬鹚全身沾满了原油，在海湾地区的某个海岸艰难前行，奄奄一息。借此指责伊拉克向大海倾倒原油以阻止西方军队的进攻。

【译文】

首字母彩绘

法恩岛上的鸬鹚，嘴里衔着鱼，
向波光粼粼的大海吐下鱼鳞。
这是数周以来第一个晴天，
照亮了开往丹地的星期天G日火车，
我到圣安德鲁斯去录制诗朗诵，
怀疑诗歌在这黑暗的时代能做什么？
看到林迪斯法恩的雾褪去，
我的怀疑回溯到了黑暗时代的《圣经》。

伊德弗雷是萨克森抄写员和绘饰家，
他把我1300年后看到，在同一岛
上空飞翔的鸬鹚，
绘进了"起初"的首字母：I。
比尔弗雷制作的宝石装饰的硬板书，
被劫掠财物的暴徒抢走，
这样的强盗行为在我们今天
仍然在被独裁者利用，去做肮脏的事。
但是彩绘装饰的首字母
在《约翰福音》和《马可福音》的书页中
被保存了下来，作为装饰的当地鸬鹚
飞翔的时代，被称为黑暗，虽然我们的更黑暗。

上帝的话，被伊德弗雷和隐士
比尔弗雷装饰得如此漂亮，
现在被五角大楼的骗子们征用，
来装饰瞄准器上的十字。
烛光、稳定的手、金叶、笔，
是伊德弗雷装饰上帝的话时
所用到的所有手段，被乔治·布什到处散布，
他自己的话点燃了子夜的天空，
搅乱了巴格达的雄鸡，它们被炸弹欺骗，
认为黎明已经到来，对着空袭打鸣，
把心都鸣碎了，
却没有能活着迎接真正的黎明。

现在，随着科威特正午时分车灯闪耀，
巴格达的被烧焦的人被安葬，
让所有庆祝胜利的人记住，
他们的好消息就是别人的坏消息，
否则可怜的人类的黎明永远不会到来。
胜利的首字母V，是张开双臂的意思吗？
这个孤立的首字母，与油污的大海上
颈脖松弛的鸬鹚缠绕在一起，
伴随着吹嘘、好战、鼓噪的，
被人们称之为庆祝战争胜利的号角，
伴随着迎接火光的公鸡和所有
没有嗅到自己脚下的污秽的啼鸣者。

5. War and Memory (2)

【赏析】

《首字母彩绘》一诗描写伊拉克战争，但是它的切入点是中世纪的一种艺术，即首字母彩绘。在中世纪，欧洲没有印刷术，书籍都是靠抄字员抄写而成。抄字往往被视为一种艺术，一本书的优雅不仅仅有它的内容，也有它的书法。按照传统，每一个章节的首字母都要进行装饰，依照首字母的形状，用自然界的花鸟虫鱼等对它们进行装饰，这被称为首字母彩绘（initial illumination）。

该诗提到的书籍是由中世纪的苏格兰隐士伊德弗雷和比尔弗雷抄写的《圣经·福音书》（*In Principio*）。在装饰字母"I"的时候，他们使用了海鸟鸬鹚，这种海鸟在伊拉克战争初期被西方媒体大肆炒作。呈现在人们眼前的画面是一只鸬鹚全身沾满了原油，在海湾地区的某个海岸艰难前行，奄奄一息。西方媒体指控伊拉克总统萨达姆故意向海中倾倒原油，造成生态灾难。

以美国为首的西方发动伊拉克战争，不仅利用了海鸟鸬鹚，而且也利用了《圣经·福音书》。他们用宗教来美化战争，把他们的侵略行为说成是上帝的意志，对于异教徒的攻击就是对基督教的维护。他们甚至在武器的瞄准器上，都装饰了《圣经》的引文，用上帝的话来昭示这种侵略行动的所谓正当性，显示了西方侵略者的虚伪性和欺骗性。

诗歌的题目中的illumination，除了"彩绘"以外，还有两层意思。第一，它是"照明"的意思。以美国为首的北约发动的伊拉克战争是深夜开始的，北约的战机对巴格达进行了狂轰滥炸，爆炸声响彻夜空，爆炸的火光也照亮了夜空。巴格达的公鸡误认为黎明已经来临，因此开始打鸣。这就是所谓的"照明"，即黎明到来之前的天明。

它的第二个意思是"启蒙或启示"。illumine与enlighten意思相近，中世纪的书籍对人们肯定有启蒙的作用，人们从中得到启示和智慧，它照亮了人们的心灵。然而，对巴格达的空袭和遍地火光，只燃烧了那里的房子，烧焦了那里的土地，炸死了那里的人民。除此以外，它没有任何积极意义和建设性，更谈不上启蒙和智慧。它只是欺骗了那里的公鸡，同时也欺骗了世界上许多被蒙在鼓里的人们。

光明和黑暗是诗歌中两个突出的、对立的意象。在诗歌的开始，我们看到了一个光明的清晨，苏格兰的海岸阳光明媚，诗人正在赶往圣安德鲁斯去录制诗歌。诗歌代表了另一个层次上的光明和启蒙，我们自认为我们的时代是进步、启蒙和智慧的时代，我们也称中世纪为"黑暗时代"或蒙昧时代。但是在巴格达发生的事情说明，我们的时代并不比中世纪光明，甚至比那个时代更加蒙昧，更加黑暗。

虽然诗歌代表了光明，但是在我们这个黑暗时代，它又能做些什么呢？也许很少。诗歌认为，那些像公鸡一样打鸣，鼓吹战争、吹嘘胜利的人们，包括美国总统小布什，应该知道，他们的"胜利"，也就是那个以V字母开头的词，永远与"油污的大海上/颈脖松弛的鸬鹚缠绕在一起"。按照他们的逻辑，"人类的黎明永远不会到来"。

【思考题】

1. What do the cormorants have to do with war? What does the Dark Age Good Book have to do with war?

2. What does the word of God have to do with the word of George Bush? In what sense is the Baghdad cock confused?

3. What message is the poet giving to "those who celebrate"? Is there any similarity between their crow and the cock's crow?

4. Why does the poet write the poem, since he is "doubtful" about the poem's function "in these dark days"?

6

Class and Social Justice (1)
阶级与社会正义（1）

6. Class and Social Justice (1)

　　工人阶级作为一个群体可以说是资本主义制度的产物。传统英国的农业社会也存在着矛盾和对立。在从奥斯汀到哈代的文学作品中，我们都可以看到乡村贵族是土地的所有者，他们住在恢宏的庄园或城堡之中，靠出租土地过着富裕的生活。而农民则靠租用土地种植或饲养牲畜度日，住在茅屋和农舍之中。贵族生活在社会的上层，享受着各种各样的特权，而农民则生活在社会的底层，处于被剥夺的状态。但农民处于分散状态，反抗和抵制不太可能发生，社会处于某种田园式的稳定状态。

　　但是，随着工业革命时代的到来，土地贵族（landed gentry）纷纷从农民手中收回土地，以从事绵羊的规模养殖，谋求更多利益。这场"圈地运动"使农民失去土地，进入城市，成为产业工人。城市的企业主靠开办企业发财致富，形成了有财富没头衔的中产阶级。进城的农民和城市平民靠出卖劳动力来换取工资，常常挣扎在贫困线的边缘。因此城市中逐渐形成了有产阶级和无产阶级、资本家和工人两个社会群体。

　　由于社会财富的分配不均，产业工人受到的剥削和压迫尤其严重，因此社会矛盾也异常尖锐。恩格斯和马克思在19世纪30年代和40年代分别来到英国调查资本主义制度和工人阶级状况，写下了著名的《英国工人阶级状况》和《资本论》，揭露资本家对工人的剥削和压榨，提出了著名的剩余价值理论和共产主义理论。

　　E. P. 汤姆森（E. P. Thompson）在《英国工人阶级的形成》（1963）一书中将英国工人阶级的诞生与当时的政治、宗教、法律等因素联系起来，认为"工人阶级的形成不仅是经济史上，而且也是政治史和文化史上的事实"。在18世纪末的法国大革命的大背景下，这个阶级在"自由、平等、博爱"的思想和托马斯·潘恩的《人权论》的熏陶下逐渐成长壮大起来，因此富有反抗精神和战斗精神。"生而自由"的思想在英国工人阶级中流传，使他们不能接受被压迫状态，激励着他们组织起来争取权利。

在18—19世纪，英国的各种不公平的政策和令人不快的事件都会引起社会的动荡，包括价格上涨，征收路税、通行税、间接税、救济费，应用新机器，圈地，强征兵役和劳役等。汤姆森列举了1760—1770年的威尔克斯激进运动、1780年的戈登暴乱、1795年和1820年的伦敦街头骚扰国王事件、1831年的布里斯托暴乱、1839年的伯明翰斗牛场暴乱，等等。底层人民逐渐被政府和政治保守派（包括土地贵族和有产阶层）视为异己或"他者"，视为社会不稳定因素，甚至视为"暴民"，用法律和国家机器对他们进行监管和控制。

然而，工人阶级也认识到，作为零散和自发的个人，他们是弱小的、任人宰割的。他们只有组织起来，作为一个阶级、一个团体、一个社会力量，才能在英国社会政治舞台上发挥应有的作用。"伦敦通信协会"（London Correspondence Society）可能是英国第一个确定的工人阶级政治组织，它的创立者托马斯·哈迪是一个工匠，曾经担任过该会主席的弗朗西斯·普莱斯是裁缝铺老板。成员多数是纺织工人、印刷工人、帮工，但也有教师、办报人、医生，等等。通过传播法国大革命的激进思想，讨论时局、时弊、议会改革等，伦敦通信协会以及类似的组织帮助英国工人阶级逐渐成熟和壮大。

英国工人运动的历史显示，工人常常以示威、罢工、捣毁机器，甚至暴力革命的方式来反抗压迫、反抗社会财富分配的不均。最典型的例子是英国1811—1813年的卢德运动（Luddite Movement）和19世纪中期的宪章运动（Chartist Movement）。前者是英国纺织工人在一个名叫卢德的工人领袖的领导下，捣毁机器以保全他们的工作岗位的运动。后者是19世纪中期的英国工人通过大罢工和请愿，寻求改变劳动状况、制定最低工资标准、制定最长工作日的运动。

但是，工人阶级的反抗受到了政府和有产阶级的仇视。在历史书写中，这些生活在社会底层、受到剥削和压迫的人群，常常被视为暴民、群氓，或者无知、短视和放荡的人群，与酗酒、犯罪、娼妓活动联系在一起。应该说，他们是一般人、下层人民、民众、无特权者、无产者、被压迫者、被剥夺者。英国工人阶级可以说是英国社会分裂的结果，是贫与富、剥削与被剥削、特权阶层与社会底层二元对立的产物。

1) The Thresher's Labour (Excerpt)

By Stephen Duck

Divested of[1] our clothes, with flail in hand,
At a just distance, front to front we stand;
And first the threshall's[2] gently swung, to prove
Whether with just exactness it will move:
That once secure, more quick we whirl them round,
From the strong planks our crabtree staves rebound[3],
And echoing barns return the rattling sound.
Now in the air our knotty weapons[4] fly,
And now with equal force descend from high:
Down one, one up, so well they keep the time,
The Cyclops' hammers[5] could not truer chime;
Nor with more heavy strokes could Etna groan,
When Vulcan forged the arms for Thetis' son[6].
In briny streams our sweat descends apace,
Drops from our locks[7], or trickles down our face.
No intermission in our works we know;
The noisy threshall must for ever go.
Their master[8] absent, others safely play;
The sleeping threshall doth itself betray.
Nor yet the tedious labour to beguile,
And make the passing minutes sweetly smile,
Can we, like shepherds[9], tell a merry tale:[10]

6. Class and Social Justice (1)

The voice is lost, drowned by the noisy flail.
But we may think.—Alas! what pleasing thing
Here to the mind can the dull fancy bring?
The eye beholds no pleasant object here:
No cheerful sound diverts the list'ning ear.
The shepherd well may tune his voice to sing,
Inspired by all the beauties of the spring:
No fountains murmur here, no lambkins play,
No linnets warble, and no fields look gay;
'Tis all a dull and melancholy scene,
Fit only to provoke the Muse's spleen[11].
When sooty pease[12] we thresh, you scarce can know
Our native colour as from work we go:
The sweat, and dust, and suffocating smoke
Make us so much like Ethiopians[13] look,
We scare our wives, when evening brings us home,
And frighted[14] infants think the bugbear come.
Week after week we this dull task pursue,
Unless when winnowing days produce a new,
A new indeed, but frequently a worse:
The threshall yields but to the master's curse.
He counts the bushels[15], counts how much a day,
Then swears we've idled half our time away.
"Why look ye, rogues! D'ye think that this will do?
Your neighbours thresh as much again as you[16]."
Now in our hands we wish our noisy tools,
To drown the hated names of rogues and fools;

But wanting those, we just like schoolboys look,

When th' angry master[17] views the blotted book.

They[18] cry their ink was faulty, and their pen;

We, "The corn threshes bad, 'twas cut too green."

【注释】

1. Divested of: 被脱去衣服。

2. threshall's: 缩略词，相当于threshall（打谷器）is。

3. rebound: 回弹。在此指"击打在……上"。

4. weapons: 武器。在此指"打谷棒"。

5. Cyclops' hammers: 荷马史诗《奥德赛》中的独眼巨人。他使用的武器是锤子。

6. Thetis's son: 忒提斯的儿子，即阿喀琉斯。在荷马史诗《伊利亚特》中，火神伏尔甘（Vulcan）用埃德纳火山（Edna）作火炉，为阿喀琉斯锻造了一面盾牌。诗歌将他打铁的形象与打谷类比。

7. locks: 头发。

8. Their master: 他们（打谷者）的雇主。

9. shepherds: 牧羊人。在英国传统田园诗中，牧羊人唱歌恋爱，无忧无虑，过着衣食无忧的生活，仿佛英国农村的生活都是如此。而该诗中的辛勤劳作，推翻了田园诗中的想象。

10. Nor yet the tedious labour to beguile,.../Can we...tell a merry tale: 倒装句，正常词序是：Nor yet can we...tell a merry tale, to beguile the tedious labour and make the passing minutes sweetly smile。

11. Muse: 缪斯，希腊灵感女神。spleen：忧虑，悲伤。意思是：农村的现状只能使灵感女神悲伤，因此诗人不会撰写田园牧歌，只会撰写悲伤之歌。

12. pease: pea的复数形式。

6. Class and Social Justice (1)

13. Ethiopians：埃塞俄比亚人。意思是：当打谷者工作一天，他们满脸尘埃，像非洲黑人。

14. frighted: 吓坏的。相当于frightened。

15. bushels: [容积单位]蒲式耳。

16. thresh as much again as you: 打比你们多一倍的谷子。again: 再次，翻倍。

17. master: 主人、教师。在此两个意思都有。

18. They: 学童。意思是：学童没有完成作业，常常会怪罪墨水或钢笔，而我们呢？常常怪罪谷物不好打，太生，不够熟。

【译文】

打谷人的辛劳（节选）

脱下了衣服，手拿着连枷，
距离适当，我们相对而站；
一开始打谷器被摆动得缓慢，
测试它是否正常准确运转，
一旦正常，我们就让它转得更快，
酸苹果木棒击打在板上，
粮仓内回响着啪啪的声响。
我们的武器在空中挥舞，
同样的力度从高处落下：
一个下、一个上，合着严密节奏，
独眼巨人的锤子恐也做不到，
伏尔甘为忒提斯儿子铸造盾牌时，
埃特纳火山的喷发也不过如此。
我们的汗水流淌，咸水如注，
从头发滴下，从脸颊流下。

我们的工作没有间歇，
噪声喧天的打谷机永远转动。
雇主不在场，其他人开始休息，
停下的打谷机暴露了天机。
我们也不能像牧羊人那样，
讲故事以减轻劳作的枯燥，
使每分钟都过得更加快乐：
话音完全被连枷的噪声淹没。
但是我们想——啊，在这里
平淡的想象能给心灵带来点什么？
在这里，眼睛看不见愉悦的物体，
耳朵也听不见欢乐的声响，
牧羊人可能清理嗓子歌唱，
被春天的美景所打动：
这里没有泉水叮咚，没有羔羊嬉戏，
没有红雀啼鸣，没有田野花开，
整个是一个枯燥和阴郁的地方，
只可能触发缪斯的忧郁。
在我们打豌豆后下班之时，
你很难知道我们本来的肤色：
汗水、尘土、令人窒息的烟雾，
使我们如此像埃塞俄比亚人，
我们晚上回到家，吓着了妻子；
被吓坏的孩子把我们当怪物。
一周又一周，我们干着这苦差事，
只有扬谷时节，才会有新的，
的确是新的，但经常是更糟的工作：

6. Class and Social Justice (1)

打谷器仅屈服于雇主的叫骂。

他数了数蒲式耳，算了算一天多少钱，

然后骂我们浪费了一半的时间。

"嘿，瞧这里，混账东西，这能行吗？

你们的邻居比你们多打了一倍。"

那时我们希望手里的喧嚣工具

能淹没那些混账和傻瓜的名字；

但是缺乏这些，我们仅像小学生，

在愤怒的教师检查凌乱的作业本时，

不是说墨水有问题，就是说笔有问题，

我们说，"谷物不好打，收回时太青。"

【赏析】

斯蒂芬·达克（Stephen Duck 1705—1756），英国18世纪农民诗人，曾经在威尔特郡的农场做工，完全自学成才，他的诗歌后来得到了卡洛琳王后（Queen Caroline）的关注，获得了一份年金，并获王室卫士（yeoman of the guard）称号。

《打谷人的辛劳》一诗是他最著名的诗歌，其中描写了农民在打谷季节受雇于农场主，从早到晚，在打谷机旁艰苦劳作的情景，呈现了一幅英国农村的现实主义图景，被称为"英国劳动生活最准确的诗歌描述"。在诗中，打谷人脱掉上衣，手拿连枷，打在木板上的庄稼上。你一下、我一下，合着上下的节奏，像铁匠铺打铁的锤子，像荷马史诗中的独眼巨人（Cyclops），也像希腊神话中为阿喀琉斯铸造盾牌的火神伏尔甘（Vulcan）。

从这些比喻中我们可以看出，诗中的打谷人虽然是农民，干着体力活，但是他读过书，受过教育，熟知荷马史诗和希腊神话。不仅如此，他还了解田园诗，以及田园诗所描写的乡村景色。从古希腊到18世纪的英国，田园诗都在试图让人们相信,乡村就是田园。牧羊人在那里放羊的时光是美妙和幸福的,他们可以唱歌、吹笛、求爱,听百鸟歌唱、流水潺潺,看百花争艳、阳光灿烂,仿佛乡村就是一个伊甸园。

但是诗人告诉我们,现实的乡村绝非如此,它绝不是鸟语花香、流水潺潺的田园;美妙的食物也绝不是大自然的馈赠,自然而然地来到绅士的餐桌上。相反,每一粒粮食,每一份佳肴背后,都浸满了农民艰苦的汗水。这位打谷人认为,他们的工作只有痛苦和悲伤,而没有田园诗中描绘的诗情和画意。在打谷的过程中,汗水从他们脸上和头上不停地流下,以至于他们汗流浃背,再多的形容词都无法描绘他们的辛苦。如果他们打豌豆,那么一天下来,他们会满脸尘土、蓬头垢面,像个埃塞俄比亚的黑人,甚至像个怪物,吓坏了他们的妻子和孩子。

田园诗不仅掩盖了乡村的艰辛,而且也掩盖了乡村的经济关系和剥削关系。在英国的乡村社会中,位于顶层的是地主绅士,他们是土地拥有者。然后是农场主,他们租用地主的土地,然后雇佣农民,组织生产。属于社会底层的是农民,他们做工以换取报酬,包括种植和收获。因此,打谷人是农村经济的底层,是最悲惨的被剥削者。

雷蒙·威廉斯(Raymond Williams)在《乡村与城市》(*The Country and the City*)一书中引用了该诗以说明田园诗的理想化倾向,以及粉饰乡村生活和乡村现实的倾向。田园诗常常描写气派的乡间大房子和大庄园,以及里面居住的绅士。他们都显得很慷慨、很大度,常常在收获的季节宴请宾客,庆祝大自然的馈赠。他们欢迎穷人和富人,从不拒人于门外。然而,在诗中打谷人却受到农场主的盘剥、刁难、辱骂,虽然他们起早贪黑辛苦劳作,但是农场主还是骂他们消极怠工、偷懒耍滑。其中的富人似乎缺少一点同情心,也缺少一点人情味。

诗歌1730年出版后,很快成为"农村被压迫的劳动者的声音",也为其他劳动者和被压迫者撰写类似的诗歌树立了榜样。诗人玛丽·科利尔(Mary Collier)写了一首回应诗:《妇女的艰辛:致达克先生的信》("The

6. Class and Social Justice (1)

Woman's Labour: An Epistle to Mr. Stephen Duck"），将女性的艰辛类比于底层人民的艰辛。

【思考题】

1. How hard is the work of a thresher? Please give some examples from the poem to illustrate your point.
2. In what sense are the threshers exploited or the work inhumane? What does the poem say about the master?
3. What does the poem intend to say about farm work or about pastoral literature in general? What realistic details of farm work does the poem provide to contradict the popular romantic view of the countryside?

2) The Cry of the Children (Excerpt)

By Elizabeth Barrett Browning

"*Pheu pheu, ti prosderkesthe m ommasin, tekna.*"
[Alas, alas, why do you gaze at me with your eyes, my children?]—Medea.[1]

Do ye hear the children weeping, O my brothers,
    Ere the sorrow comes with years[2]?
They are leaning their young heads against their mothers, —
    And that cannot stop their tears.
The young lambs are bleating in the meadows ;
    The young birds are chirping in the nest ;
The young fawns are playing with the shadows ;
    The young flowers are blowing[3] toward the west—
But the young, young children, O my brothers,
    They are weeping bitterly!
They are weeping in the playtime of the others[4],
    In the country of the free.

Do you question the young children in the sorrow,
    Why their tears are falling so ?
The old man may weep for his to-morrow
    Which is lost in Long Ago —
The old tree is leafless in the forest —
    The old year is ending in the frost —
The old wound, if stricken, is the sorest —

6. Class and Social Justice (1)

  The old hope is hardest to be lost :
But the young, young children, O my brothers,
  Do you ask them why they stand
Weeping sore⁵ before the bosoms of their mothers,
  In our happy Fatherland ?
....

"For oh," say the children, "we are weary,
  And we cannot run or leap —
If we cared for⁶ any meadows, it were merely
  To drop down in them and sleep.⁷
Our knees tremble sorely in the stooping —
  We fall upon our faces, trying to go ;
And, underneath our heavy eyelids drooping,
  The reddest flower would look as pale as snow.
For, all day, we drag our burden tiring⁸,
  Through the coal-dark, underground —
Or, all day, we drive the wheels of iron⁹
  In the factories, round and round.

"For all day, the wheels are droning, turning, —
  Their wind comes in our faces, —
Till our hearts turn, — our heads, with pulses burning,
  And the walls turn in their places
Turns the sky in the high window blank and reeling¹⁰—
  Turns the long light that droppeth down the wall, —
Turn the black flies that crawl along the ceiling —
  All are turning, all the day, and we with all! ¹¹—

And all day, the iron wheels are droning ;

    And sometimes we could pray,

'O ye wheels,' (breaking out in a mad moaning)

    Stop ! be silent for to-day ! '"

Ay ! be silent ! Let them[12] hear each other breathing

    For a moment, mouth to mouth —

Let them touch each other's hands, in a fresh wreathing[13]

    Of their tender human youth !

Let them feel that this cold metallic motion

    Is not all the life God fashions or reveals —

Let them prove their inward souls against the notion

    That they live in you, or under you, O wheels ! —

Still, all day, the iron wheels go onward,

    As if Fate in each were stark;

And the children's souls, which God is calling sunward,

    Spin on blindly in the dark.

Now tell the poor young children, O my brothers,

    To look up to Him and pray —

So the blessed One, who blesseth all the others,

    Will bless them another day.

They answer, " Who is God that He should hear us,[14]

    While the rushing of the iron wheels is stirred ?

When we sob aloud, the human creatures near us

    Pass by, hearing not, or answer not a word !

And we hear not (for the wheels in their resounding)

    Strangers speaking at the door:

6. Class and Social Justice (1)

Is it likely God, with angels singing round Him,

    Hears our weeping any more ?

....

【注释】

1. Medea:《美狄亚》，古希腊剧作家欧里庇得斯的悲剧（约公元前413年）。美狄亚曾经是一国公主，精于巫术，帮助伊阿宋（Jason）获得金羊毛（Golden Fleece），并与他私奔。后来被抛弃，愤而杀死亲生子女给丈夫吃。在该诗中，吃孩子变成了一个剥削童工的隐喻。

2. Ere the sorrow comes with years: 在悲伤随岁月流逝而到来之前。意思是：老年才会悲伤，儿童不应该。

3. blowing: 开花。

4. the playtime of the others: 他人玩耍的时节。意思是：自然界的生物都在玩耍（快乐），而这些儿童却在哭泣。

5. Weeping sore: 痛苦地哭泣。sore: [副词] 痛苦地，相当于sorely。

6. cared for: 喜欢。

7. To drop down in them and sleep: 倒在它们里面安睡。them: 指前一行的meadows。意思是：对于其他生物，草地是玩耍的地方，对于这些儿童，那里还是埋葬之地。sleep: 睡觉。在此也有安息之意。

8. drag our burden tiring: 拖着令人倦怠的重负。指童工在煤矿中拉煤。burden tiring:正常词序是tiring burden。

9. wheels of iron: 铁制齿轮。齿轮是英国工业革命的标志性形象，因为似乎只要有工厂，就有齿轮转动。

10. Turns the sky in the high window blank and reeling: 倒装句。正常词序是the sky turns in the blank and reeling high window。

11. All are turning, all the day, and we with all: 所有都在转动，整天，我们也在

转动。意思是：我们整天随轮子转动，我们的大脑都禁不住昏昏沉沉地在转动。

12. them：儿童。

13. wreathing：编织成花环。在此指握手时两只手紧握在一起，像用青春编织的花环一样。

14. Who is God that He should hear us：上帝是谁呀？他凭什么应该听见我们。意思是：工厂噪声很大，谁都听不见童工的哭声。

【译文】

孩子们的哭泣（节选）

啊，啊，为什么用眼睛盯着我，孩子们？——《美狄亚》

听见孩子们在哭泣吗，啊同胞们？
  在悲伤还未到的年龄？
他们稚嫩的头依偎在母亲身上，——
  那也无法止住他们的泪水。
羔羊在草坪上咩咩叫，
  幼鸟在窝中吱吱鸣，
幼鹿在与影子嬉戏，
  小花在向着西方绽放——
但是稚嫩的孩子们，啊同胞们，
  他们在痛苦地哭泣！
他们哭泣在其他万物玩耍之时，
  哭泣在一个自由的国度。

你想问这些悲伤的孩子们
  为什么他们的眼泪如此掉落？

6. Class and Social Justice (1)

老人可能为未来而哭泣,
　　未来在过去的时光中消逝——
老树在森林中已经光秃——
　　一年以冰霜而终止——
老伤,如果打开,最疼痛——
　　旧时的希望,最难失去:
但是稚嫩的孩子们,啊同胞们,
　　你难道要问他们为什么
依偎在母亲胸前痛苦地哭泣?
　　在这个幸福的国度?

....

"因为啊,"孩子们说,"我们已经厌倦,
　　我们不能跑跑跳跳——
如果我们喜欢什么草坪,
　　那是因为可以倒在里面安息。
我们膝盖因弯腰而痛苦颤抖,
　　竭力往前,还是倒下,而且脸颊朝下。
在我们疲乏无力的眼下枯萎,
　　最红的花朵也像雪一样苍白,
因为整天,我们拉着令人倦怠的重负,
　　穿过煤炭般的黑暗,在地下——
或者整天,我们都在工厂里
　　转动齿轮,转啊转啊。

"因为整天,齿轮都在嗡鸣、转动——
　　它们的风吹到我们脸上——
直到我们的心和头都在转,血液在燃烧,

墙在它们的位置转动，

天在高窗外转动，单调而眩晕——

照射到墙上的光线在转——

趴在天花板上的苍蝇在转——

一切都在转，整天，我们和它们一起转！——

整天，钢铁的齿轮在轰鸣，

有时候我们祈祷，

'啊，齿轮（突然发出疯狂的哀鸣）

停下来！安静一下，仅仅今天！'"

唉！安静一下！让他们听听相互的呼吸，

只听一会儿，嘴对着嘴，

让他们触摸对方的手，用稚嫩的

人类青春编织新鲜的花环！

让他们感到，这个冰冷金属的转动，

不是上帝打造和开启的生命的所有——

让他们证明他们有灵魂，而不是

仅仅为你而生，啊齿轮，生活在你之下！——

但仍然，整天，齿轮持续转动，

仿佛每一个的命运都无情僵硬，

而孩子们的灵魂，上帝呼唤它飞向光明，

却在黑暗中盲目地转动。

现在，啊同胞们，告诉可怜的孩子们

目光朝上，向上帝祷告，

以便万福的上帝，祝福了其他所有人，

改日也祝福他们。

他们答道，"哪个上帝听得到我们，

6. Class and Social Justice (1)

当钢铁齿轮在急速转动?
我们高声抽泣时,我们周围的人们
　擦肩而过,无法听见,或一字不说!
而我们也听不见(因为齿轮在轰鸣)
　即使陌生人在门口说话:
上帝有天使在身边歌唱,
　可能听到我们的哭泣吗?"

【赏析】

勃朗宁夫人(Elizabeth Barrett Browning 1806—1861),英国19世纪女诗人,著名诗人罗伯特·勃朗宁的夫人,著有《诗集》(*Poems*, 1844)、《葡萄牙人十四行诗集》(*Sonnets from the Portuguese*, 1850)、《奥罗拉·李》(*Aurora Leigh*, 1857)等诗集。她的进步的社会思想(包括平权思想和女性主义)和大胆的诗学实验在当时没有得到认可,但是在20世纪却受到了学界的重视。

《孩子们的哭泣》一诗所涉及的是当时的一个社会问题:童工。在历史上,童工曾经从事农场劳作等各种劳务;在工业革命之后,工厂与矿山也曾大量地使用廉价的童工。在该诗创作的19世纪中期,即大英帝国鼎盛时期,由于工业发展需要大量劳动力,因此使用童工比较盛行。他们的劳动时间长达10—14小时,严重摧残了儿童的身心健康。

诗歌说,这些儿童在他们的年龄本应该在母亲的怀里撒娇,但是他们却承担了太多的生活重担。快乐童年对他们来说,根本不存在。羔羊在草坪上咩咩,幼鸟在鸟巢中翁鸣,幼鹿在与自己的影子玩耍,鲜花绽开了花蕾。在幼年时期,万物都很欢乐,而这些儿童却在痛苦地哭泣。人们不禁会问这是为什么?如果老人为逝去的时光哭泣,那可以理解。老树在冬季变得光秃,旧伤疤被揭开,旧时的希望破灭,这些都是哭泣的理由。但是这些儿童还没有到哭泣的年龄，那么他们哭泣是为什么？

诗歌对这个问题进行了回答：这是因为他们是童工。他们在矿井下拉车运煤，他们弯腰匍匐，在狭窄的巷道里直不起腰来。他们工作太劳累，如此劳累，眼皮都睁不开，常常跌倒在巷道里，脸庞朝下。如果有草坪，那不是他们希望玩耍的地方，那是他们希望安息和埋葬的地方。除了在煤矿拉煤，有些儿童还在工厂里做工，整天与转动的齿轮为伍。那里到处都是转动的齿轮，他们的心理受到了严重影响，以至于他们感觉天旋地转，看到一切都在转动：天地在转动，墙壁在转动，天花板在转动，就连他们的心和头都与齿轮一起转动。

转轮或齿轮是英国工业革命的标志。在大机器生产的工厂里，最明显的特征就是转动的齿轮。它们相互咬紧，一个齿轮转动，带动其他齿轮转动。工厂里不仅有旋转的齿轮，还有巨大的轰鸣。童工们工作时无法讲话，即使讲话相互之间也听不见，噪声淹没了他们稚嫩的声音。然而，在小小年纪，他们就经历了成人才可以承担的工作。难道这就是上帝创造人类的目的吗？显然不是。孩子们都有一个鲜活的灵魂，与齿轮所代表的机械装置完全不同。

诗歌呼吁英国的仁人志士站出来，为这些儿童说话。在英国这样一个自由的国度，在这样一个幸福的国度，这些儿童却遭受非人一般的待遇。但是这些儿童并不相信有人会听到他们的声音。即使是万能的上帝，他们也不相信能够拯救他们。他们认为，即使他们求救，上帝也不见得能听到他们的声音，因为工厂噪声太大，周围的大人都听不见，更何况高高在上的上帝。

"哪个上帝听得到我们，当钢铁齿轮在急速转动？"话语中流露出的讽刺意味很明显、很强烈：噪声淹没了痛苦的哀诉，淹没了童工的悲惨遭遇。不但周围的人们视而不见，就连上帝都视而不见。如果一个社会能够让这样的事情发生，那么这个社会为何称为自由的国度？为何是幸福的国度？诗歌既是哀诉，也是控诉。

该诗1843年发表后，在英国社会引起了震荡，引发了1844年的"工厂

6. Class and Social Justice (1)

法"把13岁以下儿童的劳动时间降至每天6.5小时。1819—1867年,英国议会被迫于社会的压力和童工的抗争通过了一系列"工厂法",对童工的年龄、劳动时间和义务教育做出了规定。1833年的"工厂法"禁止雇用9岁以下的儿童做工,并把9—13岁童工每天的劳动时间限制为8小时。该法还规定所有13岁以下的童工每天必须接受2小时的义务教育,如果工厂主雇用没有厂医的年龄证明和教师的入学证明的儿童,就得受罚。

【思考题】

1. What misery of child labor is described in the poem? What meaning does the poem intend to express by comparing children with the young lambs and young birds?
2. What are children's feelings working in the factories where wheels are always turning? Why is the wheels' drone described as "moaning"?
3. Why can't the world hear the child laborers' plight? Is there an irony in saying that God can't hear the children's cry because of the noise of the wheels?

3) The Song of the Low

Ernest Jones

We're low, we're low—we're very, very low,
    As low as low can be;
The rich are high—for we make them so—
    And a miserable lot[1] are we!
    And a miserable lot are we! are we!
        A miserable lot are we!

We plow and sow— we're so very, very low,
    That we delve in the dirty clay,
Till we bless the plain with[2] golden grain,
    And the vale with the fragrant hay.
Our place we know — we are so low,
    'Tis[3] down at the landlord's feet:
We're not too low— the bread to grow[4]
    But too low the bread to eat
        We're low, we're low, etc.

Down down we go — we're so very, very low,
    To the hell[5] of the deep sunk mines.
But we gather the proudest gems that glow,
    When the crown of a despot shines;
And whenever he lacks — upon our backs
    Fresh loads he deigns[6] to lay,

6. Class and Social Justice (1)

We're far too low to vote the tax

    But we're not too low to pay.

        We're low, we're low, etc.

We're low, we're low— mere rabble, we know,

    But at our plastic power[7],

The mould at the lordling's[8] feet will grow

    Into palace and church and tower—

Then prostrate fall[9]— in the rich man's hall,

    Cringe at the rich man's door,

We're not too low to build the wall,

    But too low to tread the floor.

        We're low, we're low, etc.

We're low, we're low— we're very, very low,

    Yet from our fingers glide

The silken flow[10]— and the robes that glow,

    Round the limbs of the sons of pride.

And what we get —and what we give,

    We know —and we know our share.

We're not too low the cloth to weave[11]—

    But too low the cloth to wear.

        We're low, we're low, etc.

We're low, we're low —we're very, very low,

    And yet when the trumpets ring,

The thrust of a poor man's arm[12] will go

    Through the heart of the proudest king!

We're low we're low —our place we know,

We're only the rank and file[13],

We're not too low —to kill the foe,

But too low to touch the spoil[14].

We're low, we're low, etc.

【注释】

1. lot: 命运。

2. bless ...with...: 给，赐予。

3. 'Tis: It is。在此It指上一行的Our place。

4. bread to grow: 倒装。正常词序是：to grow bread。

5. hell: 地狱。在此形容深深的矿井。

6. deigns:（降低自己身份）屈就。

7. plastic power: 创造性力量。

8. lordling:（低级的）贵族。

9. Then prostrate fall: 倒装。正常词序是：Then (we) fall prostrate.

10. silken flow: 丝绸般的布料。

11. the cloth to weave: 倒装。正常词序是：to weave the cloth。

12. The thrust of a poor man's arm: 穷人臂膀的冲刺。

13. rank and file: 士兵，普通群众。

14. spoil: 战利品。

【译文】

下层人民之歌

我们低下，我们低下，我们非常非常低下，

要多低下，有多低下。

富人高贵——是因为我们使他们高贵——

6. Class and Social Justice (1)

我们是悲惨的人群！

我们是悲惨的人群，悲惨的人群！

我们是悲惨的人群！

我们耕种庄稼——我们非常非常低下，

我们挖掘肮脏的泥土，

我们让土地长出金黄的稻谷，

让山谷长出馨香的草料。

我们的地位我们知道——我们非常低下，

比地主的脚还低下：

种植小麦——我们不低下，

但是吃面包，我们太低下。

我们低下，我们低下……

向下，向下我们走——我们非常非常低下，

走到地狱般的矿井的深处。

但是我们挖出最令人骄傲的宝石，

在暴君的王冠上闪耀；

无论什么时候他缺少——他不介意

把重担强加在我们肩上，

我们低下，税收不能投票，

但是缴税，我们并不低下。

我们低下，我们低下……

我们低下，我们低下——我们知道，仅是下等人，

但由于我们的创造力，

老爷们脚下的蓝图得以成长，

变成宫殿、教堂、高塔——

然后匍匐——在富贵人家的大堂，
　　畏缩在富贵人家的门前，
修建高墙，我们不低下，
　　但进入厅堂，我们太低下。
　　　　我们低下，我们低下……

我们低下，我们低下——我们非常非常低下，
　　然而从我们的手里，绸缎布料
被生产——华丽的服装闪耀，
　　穿在纨绔子弟的身上。
我们的付出——我们的收获，
　　我们知道——知道应得的份额。
织布制衣，我们不低下——
　　但穿衣戴帽，我们太低下。
　　　　我们低下，我们低下……

我们低下，我们低下——我们非常非常低下，
　　但是当号角吹响，
穷人的臂膀将会冲上去刺杀，
　　刺进最傲慢的国王的心脏！
我们低下，我们低下——知道自己的位置，
　　我们仅是人民大众，
杀死敌人——我们不低下，
　　但获得战利品，我们太低下。
　　　　我们低下，我们低下……

6. Class and Social Justice (1)

【赏析】

欧内斯特·琼斯（Ernest Jones 1819—1869），英国19世纪宪章运动诗人。他出身于贵族家庭，但是后来与家庭决裂，成为宪章运动的领导人之一。宪章运动是1832—1848年间爆发的英国工人运动，在此期间英国全国总工会（1834）和伦敦工人协会（1836）相继成立。他们起草了六条主张，后来称为"人民宪章"。1939年他们召开宪章大会，提交百万签名的第一人民宪章，但遭到国会驳回。大会被解散，领导人被抓捕，大罢工也被镇压。1840年他们成立了全国宪章协会，并于1842年和1846年提交第二和第三人民宪章。这个运动逼迫英国政府做出让步，于1846年取消了"谷物法"，1847年出台了"十小时工作法"。琼斯的多数短诗都是为宪章运动所写，供民众在集会和示威活动中歌唱。

《下层人民之歌》的主题在题目中已经不言自明：它是关于贫苦大众悲惨命运的悲歌，控诉这个社会的不公正、不道德。我们知道，劳动人民是历史的推动者、社会财富的创造者。在诗中，劳动人民包括农民、工人、士兵：农民耕种土地，使大地长出金黄的庄稼，使山谷长出馨香的草料。矿工寻找宝藏，挖掘出最令人骄傲的宝石。建筑工人用石头和灰浆建筑起富丽堂皇的宫殿、教堂、庄园。纺织工人将棉花织成布匹，然后用布匹制成锦袍。士兵保卫国家，英勇杀敌，给人民以安宁的生活。劳动人民干着非常有价值的工作，可以说没有他们的劳动，世界将不会这样美丽。

然而，劳动人民所得到的回报与他们的贡献不相匹配。他们处于社会的底层，用诗歌的话说，"我们低下，我们低下，我们非常非常低下"；我们"仅是下等人"，并且"我们"知道我们在社会中的"位置"，那就是"比地主的脚还低"。相比于这些富人，劳动人民的确是处于任人践踏的地位。诗歌所反映的是19世纪英国社会的贫富分化：有些人天生高贵、天生富有，而另一些人却天生低下、天生贫穷。

诗歌还凸显了社会分配的不公正性。劳动人民的所得，没有真正体现他们劳动的价值，更谈不上给创造财富的人们以应有的回报。劳动人民只能劳动、不能分享劳动成果的事实，在诗中以一种反讽的口吻被凸显出来："种植小麦——我们不低下，但是吃面包，我们太低下"——这样的逻辑暴露了它背后的剥削和压迫的实质，也暴露了这种财富分配方式的荒唐和不公。"我们低下，税收不能投票，但是缴税，我们并不低下。"劳动人民只有缴税的命，而没有任何政治权利，发言权都掌握在那些高高在上的贵族手中。

诗歌的每一部分结尾都以这种方式揭露资本主义社会对贫苦大众的压迫：劳动人民只能修豪宅，不能住豪宅；只能织布制衣，不能享用锦衣厚袍；只能上战场卖命，不能分享战利品。但是在诗歌最后，诗人暗示这些穷苦大众既能够杀敌，也能够革命。他们既然能够杀死敌国的国王，当然也能够杀死自己国家里压榨他们、剥削他们的贵族。这是诗人对压迫者和剥削者发出的警告：如果这样的压迫和剥削继续下去，那么下一个倒下的将是你们。革命的日子就不远了。

【思考题】

1. What aspects of life are enumerated to show the working class to be a "miserable lot"? What details in the poem show that the working class are exploited?

2. What details show that the upper class are parasites and there is inequality and unequal distribution of wealth? What irony is expressed in "We're far too low to vote the tax /But we're not too low to pay"?

3. What possible consequence is suggested by the lines "The thrust of a poor man's arm will go /Through the heart of the proudest king!"?

4) John Clare Helpston[1] c. 1820

By John Mole

With their golden notebooks

they stop to watch him carting hay;[2]

the embossed enclosures[3]

of the carriages they step from

wait to bear them home.

They'll celebrate the dignity of labour

from safe seats, the prospects[4]

they return to, stable[5] their horses,

hear the harness loosed and jingling

like coins of the realm.

It will have been a profitable day

to do nothing about it, besides

what is there to be done?

Conscience sleeps[6] in the sun,

the poor being always with us.

He watches the future drive off[7]

in its shining hatch-backs[8]

down Heritage Lane[9]

then, seized by love and anger,

takes up his pen to write.

【注释】

1. John Clare: 约翰·克莱尔，英国19世纪的农民诗人。Helpston: 海珀斯顿，克莱尔的故乡。像彭斯一样，他曾经红极一时，吸引了大批人来海珀斯顿参观。

2. they stop to watch him carting hay: 他们停下来观看他把草料装进车里。they: 指从城里来的富人。

3. embossed enclosures: 雕花的密闭空间。在此指马车里面。

4. prospects: 前景。在此指他们的生活。

5. stable: [动词]拴马入马厩。

6. Conscience sleeps: 良心睡着了。参观者看到了贫穷和辛劳，但是并没有为之所动。

7. He watches the future drive off: 他看着未来驾车走了。He指John Clare。future指那些参观者。他们被称为未来，是因为他们代表这一种像样的生活。

8. hatch-backs: 马车（或汽车）的掀盖式后背。

9. Heritage Lane: 文化遗产巷。人们没有试图改变贫穷，而是仅仅将此变为了文化遗产。

【译文】

约翰·克莱尔，海珀斯顿，1820

他们带着金边的笔记本，
停下来看他往车上装草料；
他们从中下来的
雕花幔帷的马车，
等着运送他们回家。

从安稳的座位,他们

将盛赞劳动的尊严,

盛赞他们将回归的

生活,将把马拴回马厩,

听到马具卸下,叮当声

就像那个世界的硬币。

这将是一个收获颇丰的日子,

即使什么都不做,况且

有什么可做的?

良心在阳光下睡着了,毕竟

穷人一直都在我们身边。

他看着未来赶马车走了,

车的掀盖式后背闪闪发光,

驶入了文化遗产巷,

然后,在爱和愤怒的情绪中,

他拿起了笔,写作。

【赏析】

约翰·摩尔(John Mole 1941—) 当代英国诗人和爵士乐演奏者。著有《爱之马》(*The Love Horse*, 1974)、《从对面的房屋》(*From the House Opposite*, 1979)、《喂湖》(*Feeding the Lake*, 1981)、《依靠光》(*Depending on the Light*, 1993)等诗集。他的早期诗歌流畅易读、机智且能量丰富,后期诗歌主题扩大,用想象直面社会和政治议题,挑战有问题的人类行为。

《约翰·克莱尔,海珀斯顿,1820》一诗是根据英国19世纪乡村诗人克莱尔的生平撰写的诗歌,它不仅揭露了英国社会的贫富差异,而且抨击了英国社会对底层人民苦难的冷漠无情。约翰·克莱尔（John Clare 1793—1864）受到当时社会的关注，是因为他的"农民诗人"身份。一般来讲，农民不是诗人，而诗人也不是农民，两者属于互不沾边的群体。按照阶级属性来讲，农民属于平民阶级，诗人属于中产或贵族阶级。但是在克莱尔身上，两者却合二为一，这引起了许多人的好奇。

克莱尔出生于北安普顿郡（Northamptonshire）的海珀斯顿，在圈地运动造成的极端贫困中长大。他早年失学，7岁给人放牛。他家里没有藏书，只从父母口中学会了一些民间歌谣，后来，他开始模仿诗人詹姆斯·汤姆逊（James Thomson 1700—1748）写作风景诗。1820年，他出版了第一部诗集《农村生活和风景的诗歌》（*Poems: Descriptive of Rural Life and Scenery, by John Clare, a Northamptonshire Peasant*），获得了巨大成功。在诗集题目中，克莱尔的农民身份被出版商凸显了出来。"农民诗人"在当时可能就是一个卖点，是一个奇观，可以引起某种轰动效应。

诗歌正是选取了1820年这个时间节点，这时，克莱尔出版第一部诗集获得成功，他成为公众关注的对象。在诗歌中，英国各地的富人、追星族、花花公子、作家、慈善家纷纷来到克莱尔居住和生活的海珀斯顿，来参观他干农活的样子。他们乘坐浮雕装饰的马车而来，手里拿着金边的笔记本，一边观看他往车上装草料，一边记录着他的奇特的生活。正如传记作家罗杰·塞尔斯（Roger Sales）所说，在海珀斯顿这个偏远落后的小村庄，克莱尔几乎被来访者所包围，"熙熙攘攘的人们乘坐的马车一直开到他的门前，每个人似乎都想从他的文学行动中得到一点什么。"

然而，这些富人仅仅是来参观的，在满足了好奇心之后，他们所看到的贫穷和落后没有在他们心里留下任何印迹，更没有刺激到他们的良心，以至于采取什么行动，为这里的穷苦民众做一点什么。在诗歌中，他们又回到了他们的"安稳的座位"，驾着马车回到了他们的生活。他们可能会认为这一天很有收获，至少明白了"劳动的尊严"，但是他们同时也认为没有必要采取行动，因为"穷人一直都在我们身边"，可以说见惯不怪了。诗歌评论

6. Class and Social Justice (1)

道，他们的"良心在阳光下睡着了"。

在诗歌中，克莱尔看到那些闪闪发光的马车远远离去，心里充满了愤怒，因此提起笔奋笔疾书。后来，他又陆续出版诗集《村子里的歌手》(1821)、《牧人日历》(1827)和《农村缪斯》(1835)，但都不成功，销售量很小。为了维持生活，他在农村常年当雇工和长工。由于贫困、劳累和郁郁不得志，他的精神逐渐失常。1837年被送入疯人院。1841年从疯人院逃跑，身无分文，徒步旅行80英里，饥饿时以路旁的野草充饥。1841年年底，克莱尔再次进入疯人院，在那里度过了人生最后的23年。

而事实上，克莱尔的生活和他的村庄的确没有什么改变。人们仅仅是把这里变成了国家"文化遗产"（Heritage），一个供人们参观和了解历史的地方。因此那些闪闪发光的马车似乎开进了"文化遗产巷"。

【思考题】

1. Why does John Clare the poet attract visitors? What do the visitors come to Helpston to see? Why does a farmer poet become a curiosity to them?
2. Are the visitors moved to action by what they see? What does the phrase "Conscience sleeps" suggest about these visitors?
3. Why is a poet angry when he sees the future of the farm moving in the direction of Cultural Heritage?

5) Tom Palin at Cinderloo[1]

By Jean Atkin

the rain blowing in as we gather

sixpence a day lopped off[2] a weekly wage

of fifteen bob,[3] a sixpence out the mouths

of our kids & pray for help on Sundays.

So we grip our sticks & walk to Donnington Wood

& strip the furnace plugs at Old Park Ironworks[4]

& on to Lightmoor, Dawley, Horsehay[5]

when down come the Yeomanry & Constables[6]

& hem us in[7] on the cinder hills & back us up

so up we goes[8] slipping & cramming our boots into slag

& the shouting starts *We'll have our wages*

If we're to fight for it, we're all together

iron is durable[9]

below us the Peace Officers arrest & thrash our boys

so we throw down the slag & stone from off the cinder hills

we rain a rain of iron & rage[10]

a rain of sixpences & hunger

& Tom runs down with some mates & looses our prisoners

& then the Yeomen open fire—

a rain of iron & power

a rain of wealth[11]

6. Class and Social Justice (1)

their bullets hunt[12] us off the cinder hills

the women tumbled on the trampled children

& William Bird is dead at eighteen

& Thomas Gittins gone

& our Tom will face the rope[13].

iron is durable

the rain blowing into the crowd by the gibbet

& our lad stands to his end

& someone sings out

Farewell Tom

& the executioner lifts the cap[14] he's put over Tom's face

so Tom looks up & sees. He nods.

They put the cap back on.

And then he swings[15].

【注释】

1. Cinderloo: 辛德卢。这个名字模仿了滑铁卢（Waterloo），拿破仑曾经在滑铁卢被英军击败。这个名字暗示工人的反抗在此（cinder hill）遭到了惨败。
2. lopped off: 被砍掉。
3. a weekly wage / of fifteen bob: 每周15英镑的工资。bob:[俚语]英镑。
4. Old Park Ironworks: 老公园炼铁厂。
5. Lightmoor, Dawley, Horsehay: 地名，在炼铁厂周边。
6. Yeomanry & Constables: 军队和警察。这是19世纪的称呼。第二段的Peace Officers指治安官、警官。

7. hem us in: 把我们围拢。

8. so up we goes: 因此我们向上撤退。we goes应该是we go，说明工人受教育少，语言不规范。

9. iron is durable: 钢铁才持久。意思是：意志如钢，才能取得最后胜利。

10. a rain of iron & rage: 雨一样的铁与怒。工人们扔下去的石头和矿渣，代表了他们的愤怒与钢铁意志。

11. a rain of wealth: 雨一样的财富。指子弹保护的是财富。

12. hunt: 猎捕。在此可译为"赶走"。

13. the rope: 绞刑。

14. the cap: 面罩。绞刑犯行刑时戴的面罩。

15. swings: 悬挂，摇摆。行刑后犯人挂在绞架上摇摆。

【译文】

汤姆·帕林在辛德卢

雨打风吹，我们聚集，
十五英镑一周的工资被砍掉
六便士，从孩子的口中夺走
六便士，在星期天乞求帮助。
我们抓起棍棒，赶到唐林顿森林，
拔掉老公园炼铁厂的高炉插头，
来到莱特摩尔、多利、霍斯赫。
这时，警察和军队也赶来了，
将我们围在矿渣山，逼着我们后退，
因此我们踉跄向上，鞋子陷入矿渣，
开始高呼，我们要我们的工资，
即使我们要为此战斗，所有人在一起。

6. Class and Social Justice (1)

钢铁才持久

治安警察在下面拘押和抽打我们的人，
因此我们从矿渣山上扔石头和矿渣，
我们扔下雨一样的铁与怒，
雨一样的六便士和饥饿，
汤姆带了几个兄弟冲下去解救工友，
军队向他们开枪——
雨一样的铁与力，
雨一样的财富，
他们用子弹将我们赶下了矿渣山，
女人们踢到了被踩踏的儿童，
威廉·博德死了，他才十八岁，
托马斯·基廷斯死了，
汤姆·帕林将面临绞刑。

钢铁才持久

雨打风吹，吹进绞刑架周围的人群，
汤姆昂首挺胸，视死如归，
有人高喊，汤姆永别了，
刽子手将盖在他脸上的帽子揭开，
汤姆抬起头，看了看，点了头，
他们又把帽子盖上，
然后他就被挂了起来。

【赏析】

吉恩·阿特金（Jean Atkin 1953—   ），苏格兰诗人，现居什罗普郡（Shropshire），为该郡的第一任"山中行吟诗人"（Troubadour of the Hills），著有《上次以后没有失落》（*Not Lost since Last Time*，2013）、《时间如何在田野中》（*How Time Is in Fields*, 2019）等诗集。2021年，她与一批英国艺术家、作家、历史学家成立了一个纪念小组，在文化遗产基金（Heritage Lottery）的资助下举办了一系列活动，纪念1821年2月发生在英国泰尔福德（Telford）的工人抗议事件："辛德卢起义"。据说有3000人参加这次起义，包括一些妇女和儿童，但起义遭到了泰尔福德军警的镇压，造成两人死亡，多人受伤。

《汤姆·帕林在辛德卢》一诗讲述的，简单地说，就是一次工人罢工遭到了军队和警察镇压的故事。故事发生在英国的一座炼铁厂的矿渣山，工人们由于不满资本家克扣薪水，开始对工厂实施破坏，拔掉工厂的电源，等等。他们正要去找资本家理论，警察和军队到来了，将他们赶上了矿渣山。但是他们下定决心，战斗到底，即便是流血牺牲，也要维护自己的权益。他们朝下面的军警扔矿渣和石块，用诗歌的话说，他们扔下的不仅仅是矿渣和石块，还有他们的愤怒、饥饿和被克扣的工资。

由于有工友被抓捕和殴打，汤姆·帕林和几个小伙子冲下去救人，警察便无情地朝他们开火。正如诗歌所说，射出来的不仅仅是子弹，还有财富和权威。子弹将示威者从矿渣山上赶了下来，妇女儿童相互踩踏，威廉·博德和托马斯·基廷斯相继殒命，前者仅仅18岁。汤姆·帕林被捕，并且被判处死刑。他大义凛然，昂首挺胸，走上了刑场，走上了绞刑架。前来为他送行的民众唱起了永别歌，刽子手把蒙在他脸上的黑布揭开，汤姆与大家最后道别，然后就被吊了起来。

这个故事是英国工人运动史上的一个典型的故事，即工人为维护自己的权利而进行的抗争。在英国18世纪工业革命之后，大机器生产大幅度提高工作效率，但同时也制造了贫困和贫富差异，制造了大批被剥夺土地、靠出卖劳动力为生的产业工人。在19世纪初，恩格斯和马克思先后来到英国调研资本主义制度和工人阶级状况，写下了著名的《英国工人阶级状况》和《资本论》。他们在书中一方面反映了英国资本主义原始积累阶段对工人阶级的剥削和压榨，另一方面也反映了工人阶级作为无产阶级经受的贫困和社会财富分配的不公。

然而，工人阶级的权利是一点一点争取来的，可以说是流血牺牲所换来的，而不是统治阶级的赐予。诗歌中被镇压的工人和被绞刑处死的工人都在这个过程中起到了一定的作用。统治阶级掌握着国家机器，掌握着军队、警察和法律，正如诗歌所说，"钢铁才持久"，它当然比赤手空拳、用自己身体去进行抗争的工人更强大，更有耐受力。工人阶级是以肉身与钢刀钢枪抗争，最终的结局可以想象。

诗歌题目中的"辛德卢"是对"滑铁卢"的模仿，1815年，法兰西帝国的皇帝拿破仑在比利时的滑铁卢被英军打败，丢盔弃甲，死伤无数。"辛德卢"不是一个地方，它与"滑铁卢"联系在一起，暗示了英国工人在矿渣山经历了一次滑铁卢式的惨败和大屠杀。

【思考题】

1. What causes the so-called Cinderloo Uprising? Why is it called Cinderloo? What special meaning is conveyed by the term?

2. What happens during the confrontation between the workers and the police? Why is this conned as a conflict between "sixpence and hunger" on the one hand and "wealth" and "power" on the other? What is the meaning of the line "iron is durable"?

3. Has Tom Palin who is executed in the end really committed a crime? What can we see in this episode of English working-class movement?

7

Class and Social Justice (2)
阶级与社会正义（2）

7. Class and Social Justice (2)

在19世纪，虽然马克思和恩格斯的著述在英国出版，费边运动（Fabian Movement）也传播了社会主义思想，但是工人阶级和下层人民并没有引起传统的英国社会学学界的重视。随着工人运动的发展、工人阶级的抗争，情况在20世纪逐渐得到了改变。哈蒙德夫妇（J. L. & B. Harmmonds）、霍布斯伯姆（Eric Hobsbawm）、汤姆森、霍加特（Richard Hoggart）等著名社会学家著书立说，下层人民的困境才使得进入社会学的学术视野。

随着英国社会的民主化，贵族作为不劳而获的剥削阶级逐渐被社会所唾弃。特别是在第一次和第二次世界大战期间的文学作品中，贵族常常因为"原罪"而产生一种负罪感，逐渐放弃头衔和财产。一方面人人平等的思想逐渐深入人心，社会等级逐渐消除，社会变得更加扁平化；另一方面，社会保障制度的建立，逐渐消除了下层社会的赤贫现象，减少了社会阶层之间的对立，减少了18—19世纪曾经出现的骚乱、暴乱、罢工等现象。

但是，"工人阶级"作为一个阶级并没有消失。直到20世纪80年代，英国还爆发了煤矿工人大罢工，以抗议撒切尔政府关闭煤矿、开除工人、减少福利等不得人心的措施。在大学里，"工人阶级"作为一个社会现象，逐渐进入了文化研究的视野，成为学术研究的对象。人们发现工人阶级不仅具有不同的经济地位、社会地位，而且具有不同的思维、不同的志趣、不同的文化水平和文化品位。与中产阶级相比，他们逛不同的酒吧，读不同的报纸，住不同的社区，去不同的地方旅行，在英国社会中他们形成了一个特殊的"亚文化"（subculture）。

理查德·霍加特在《识字的用途》（1957）一书中将工人阶级的被剥夺状态与他们的文化水平和表达能力联系起来，认为他们的社会地位从某种意义上讲与他们的教育水平低下有关。虽然霍加特在书中以描述事实为主，但是可以看出，他认为工人阶级以其不同特征，区别于中产阶级和其他社会阶层，并且这些社会阶层之间的矛盾和冲突依然存在。

比如，在《"他们"与"我们"》一章中，他说："大多数群体从排他性中，从区分非'我们'的外来人的感觉中，获得一定的力量。"对于工人阶级来说，排他性增加了他们自身的群体感、凝聚力和归属感。"他们"和"我们"暗示了一种社会的分裂、一种二元对立，与男性与女性、白人与黑人、帝国与殖民地的二元对立相类似。在工人阶级的眼里，世界被分成了"他们"和"我们"。

但是，这两个世界并不是平等的，霍加特的阶级身份决定了他将工人阶级视为"我们"，将那些位高权重的人（people at the top）和高高在上的人（high-ups）视为"他们"。这些位高权重的人包括政府，当局，警察，老板，给你发失业金、遣你上战场、犯错时抓住你、罚款和处理你、说话"金腔金调"的人。他说这种"对立"就是"乡村中'农民与大户人家'对立关系在现代都市的翻版"。虽然这些高高在上的人并不明确究竟是谁，它仅仅是一个笼统的概念，但是它泛指"官方"，指一个总体上讲"不可信任"（mistrust）的群体。

在另一方面，"我们"则是"他们"管理、监视、挤压，得不到法律公正的人。"我们"常常是有技能或没有技能的体力劳动者，"经常被称为做'苦力'的和其他户外体力活儿的人"，包括司机、管道工、修鞋匠、理发师、汽车修理工，等等。"我们"居住在杂乱拥挤的工人社区，没有多少空间和隐私。"我们"贫穷，收入很少，入不敷出，还时常可能失业。"我们"有病可能自己扛着，就医可能等待更久。"我们"没有文化，改不了方言口音，说话可能更粗俗。

虽然"我们"处于社会底层，生活有更多的困难，但是"我们"有着强烈的自尊和人格尊严，即所谓的人穷志不穷。"我们"内部有一种"团结"，有一种集体感，而对非"我们"的人，对"我们"群体之外的"他们"敬而远之。"我们"有事也不找"他们"，谁也不

7. Class and Social Justice (2)

欠谁，井水不犯河水。甚至那些基层的办事人员，虽是"我们"的一员，但也是"他们"的帮凶。"我们"排斥和拒绝"他们"的居高临下和屈尊俯就的态度（patronage）。受伤的自尊使"我们"远离那些高高在上的人，尽量保持一种独立。

霍加特高中毕业时获得政府奖学金上了大学，大学毕业后又做了一名大学教授，可以说是从"我们"的世界，到了"他们"的世界，成为"他们"的一员。也许他的"社区"没有自动地对他产生一种"敌意"，但是他能够感觉到一些异样。他的这个经历深刻地影响了一位与他情况相似的诗人托尼·哈里森（Tony Harrison），在哈里森的诗歌里，这种向"他们"靠拢的"自我提升"被他的社区视为一种"背叛"。

1) The Community Charge[1], How Will It Work for You?

By Jane Burn

How will it affect six heads in a poor house?

Don't Register, Don't Pay, Don't Collect.

It does not matter what you earn or own —

a duke would pay the same as a dustman.

Buckingham Palace[2] as much as your nan.

Our mum, taking us four kids to Barnsley[3],

shouting at them at the Town Hall,[4] how

am I meant to pay for all of these?

Fuck the working classes, Thatcher[5] thought.

To those that stood and marched and fought,

raised placards, BREAK THE TORY POLL TAX[6] —

thank you.

To those, battered to the ground by Thatcher's thugs —

thank you.

To the APTUs,[7] speaking for those who had no voice —

to the ones who helped us see that we had a choice,

thank you.

It was like every Christmas come at once

when we knew that we'd won, then she said

We're leaving Downing Street[8]

and we knew ding dong, that the witch[9] was dead.

Thatcher, you wore

7. Class and Social Justice (2)

a tyrant's crown.

Thatcher, you're going

to hell.

Thatcher, you failed

to learn our strength.

Thatcher, you're going

down.

【注释】

1. Community Charge: 社区税。在1990年由撒切尔夫人的政府开征。该税收引起了极大争议，因为它不分富人和穷人，全部按人头征收。所以也称为"人头税"(Poll Tax)。
2. Buckingham Palace: 白金汉宫，英国女王的宫殿，位于伦敦。
3. Barnsley: 巴恩斯利，英国南约克郡的一个镇。
4. Town Hall: 市政厅。them指其中的官员。
5. Thatcher: 撒切尔夫人，英国首相（1979—1990）。主张"自由经济"，反对"福利国家"，因此她不喜欢工人阶级，视他们为蛀虫。
6. TORY POLL TAX：保守党的人头税。Tory: 托利党，即保守党。
7. APTU: Anti-Poll Tax Union。反人头税组织。
8. We're leaving Downing Street: 我要离开唐宁街。We：在口语中有时也表示"我"。Downing Street: 唐宁街，英国首相府所在地。
9. witch: 巫婆。指撒切尔夫人，她于2013年去世。

【译文】

社区税，对你有何影响？

它对一个贫穷的六口之家有何影响？

不要登记，不要支付，不要收取。

不管你挣多少或者有多少，

税赋相同，亿万富翁和清洁工，

白金汉宫和你的保姆。

母亲带着我们四个孩子来到巴恩斯利，

对着市政厅高喊，你们要我

怎么为这些多孩子支付？

去他妈的工人阶级，撒切尔骂道。

那些站起来、游行、反抗，举起

砸碎保守党人头税牌子的人们，

感谢你们。

那些被撒切尔的流氓打伤的人们，

感谢你们。

那些为无声者发声的"反人头税组织"成员，

那些帮助我们看到我们还有选择的人们，

感谢你们。

当我们得知赢了，那就像所有

圣诞节都到来了一样欢乐。后来她说

她离开唐宁街，辞职不干了，

而我们知道叮咚一声，巫婆死了。

撒切尔，你戴着

暴君的王冠。

撒切尔，你将

下地狱。

撒切尔，你不了解

我们的力量。

7. Class and Social Justice (2)

撒切尔，你将

下去。

【赏析】

珍妮·伯恩（Jane Burn 1971— ），英国当代诗人，著有《弗利特》（*Fleet*, 2018）、《恐惧吧》（*Be Feared*, 2021）等诗集。其诗歌作品发表在《里亚托桥》（*The Rialto*）、《雷达之下》（*Under the Radar*）等期刊上，也发表在"文化议题"（Culture Matters）和"无产者诗歌"（Proletarian Poetry）网站。她有泛性和自闭倾向，关注社会问题、关注底层、关注生态，获得过多个诗歌大赛奖，包括2021年的"威尔士诗歌大赛奖"（Welsh Poetry Competition）。

《社区税，对你有何影响？》一诗表达了英国下层人民对撒切尔政府推出的一项税收的愤怒。1990年的社区税（Community Charge）是英国税收制度的一项重大改革。由于它按人头征税，取代了原来的家庭税（Domestic Rate），故也被称作"人头税"。它规定英国18岁以上的成年人（包括居住在英国的外国公民），除了中学生、长期住院或接受护理者、精神病患者、在慈善和非营利机构供职人员、国际组织代表及其家属、服刑犯人以外，均须缴纳人头税。对由于某些原因（如低收入、领取养老金、残疾等）无力承担全部税款的人，则可给予部分减免。

该项税制改革于1989年4月1日首先在苏格兰实行，1990年4月1日在英格兰和威尔士全面推开，但是遭到了数百万英国人的抵制。正如诗歌所说："不要登记，不要支付，不要收取。"在人头税开征的前一天，大约有20万英国人聚集在伦敦的特拉法尔加广场，表达他们的抗议。但是这场和平示威很快演变成为20世纪英国最严重的骚乱，至少造成490人受伤。在伦敦西部的富人区，抗议者烧毁数十辆豪华汽车，汽车残骸横七竖八，上流阶层的住宅区显然变成了历史上罕见的"战场"。骚乱至少造成了1000万英镑的损失，对英国法律秩序是一个沉重的打击。

这些骚乱的参与者大多是英国当代的"超贫阶层"和外国移民青年，许多是未受教育的、"嬉皮士"一样的青年。他们一无所有，当然也一无所失。从某种意义上讲，他们也是"撒切尔主义的阴暗面"——撒切尔所倡导的竞争更加激烈的社会的失败者。对于他们来说，该项税收没有考虑支付能力："亿万富翁和清洁工"赋税相同，这个逻辑是荒唐的。从表面上看，按照人头无差别征税似乎合理，每个人都享受了社区服务，如垃圾清运、警察巡逻、公共设施维修，等等，因此每个人都应该交税，但是它没有考虑到，这有可能使底层人民的生活陷入困难。

反人头税的暴乱充分说明被撒切尔主义抛弃的人们已经愤怒到何种程度。他们破坏的目标是英国社会里炫富的富人的财产，他们发泄的是对这个国家的"雅皮士"阶层的仇恨，采取暴力行动的，恰恰是那些认为自己受到不公正对待的人们。但是，撒切尔夫人在人头税问题上固执己见，不肯让步，最终导致英国议会于1991年通过了对她的不信任案，迫使她下台，人头税随即被废除。正如诗歌所说，当人们听到这一消息，他们感到就像圣诞节到来一样欢乐。同时，人们对撒切尔夫人的仇恨也被充分表达出来，2013年当她逝世时，人们反对为她举行国葬。反人头税组织"黑衣党"声称，如果举行国葬，他们将在特拉法尔加广场悬挂撒切尔夫人的假人像以示抗议。这也就是为什么诗歌最后称她为"暴君""巫婆"，希望她"下地狱"。

【思考题】

1. Why is community charge dubbed by its opponents as "poll tax"? Why does it hurt the poor people and cause so much anger among them?

2. What is the philosophy behind the poll tax? What does the Tory party represent?

3. What kind of emotion is expressed in the last few lines? Is Prime Minister Thatcher really a witch or a tyrant?

7. Class and Social Justice (2)

2) The Spaces Left Bare

By Matt Duggan

The only human figures to pass on these walls

are the shadows in opposing rooms,

those reflections

during the summer months

bounce from the ceiling like ghosts[1] dressed in black suits.

Air is stale and needs recycling

windows gleam with no visible fingerprints,

immaculate laminated tiles[2]

underfloor heating[3]

the spaces are left bare.

...

Where beneath the plush gothic balcony[4]

a homeless man sleeps in the open air

at night, the room lights up for no one

then fades as dusk wakes the clock[5];

where guests[6] will never reserve or stay.

【注释】

1. reflections/during the summer months...like ghosts: 夏季的人影……像幽灵。说明这些房子只有夏季才有人住,其他季节是空着的。

2. laminated tiles: 压层的瓷砖。laminated:压层,是一种先进工艺。

3. underfloor heating: 地暖。一种先进的供暖设备。

4. gothic balcony: 哥特风格的阳台。在西班牙比较流行。

5. dusk wakes the clock: 黄昏将钟唤醒。意思是黄昏时分敲钟。

6. guests:（租住那些房子的）客人。

【译文】

被闲置的空间

在这些墙上经过的人，

只是对面房间里的影子。

那些映射的影子，

在夏季的时节，

从天花板跳下，像穿黑西装的幽灵。

空气有一股陈旧味儿，需要更新。

窗户铮铮亮，没有手指印。

压层的瓷砖，洁白无瑕，

暖气在地板下，

这些房间被闲置。

……

而在它豪华的哥特式阳台下，

一个无家可归者在露天过夜，

房间里灯火通明，却无人享用，

在傍晚敲钟时分，灯火消失。

这里客人永远不会预订和下榻。

【赏析】

迈特·达根（Matt Duggan 1971—　），英国当代诗人，著有《反乌托邦38.10》（*Dystopia 38.10*，2015）、《木蛀虫》（*Woodworm*, 2019）、《每人都在等待明天》（*Everyone Is Waiting for Tomorrow*, 2021）等诗集。获得过2015年Erbacce Prize诗歌奖。他的诗歌主题常常是底层问题，具有左翼政治观点。

《被闲置的空间》一诗所涉及的问题是无家可归（Homeless）。在西班牙的巴萨罗那，政府为了发展旅游业，吸引外国游客，把许多房屋改造成为旅游公寓，导致房租上涨，许多无力支付的人群变相被驱逐。这些公寓在旅游季节可能有人居住，但是在一年的大多数时间是闲置的。与此对照的是，许多人没有住处，不得不流落街头。达根曾经旅居西班牙，见证了这一讽刺性的想象。诗歌中的无家可归者露宿在一家豪华酒店外，虽然酒店的房间空置，但是那里没有他们的栖身之所。

"无家可归"，简单地说，是指露宿街头，住在废弃的建筑物、拥挤的避难所，或者其他不适合人类居住的地方。无家可归是一个全球性的现象，不光是在西班牙。无家可归的主要原因是贫穷，可能还包括慢性健康状况、家庭暴力和系统性不平等其他因素。在美国，被迫露宿街头的人，有相当数量是极度贫穷的群体，包括少数族裔，失业者，有吸毒、酗酒或精神疾病的人。根据《2020年美国无家可归者年度评估报告》，美国2020年的无家可归者人数达58万，男性比例高于女性，少数族裔占比高达65%，18岁以下的占比达18%。

2019年新冠疫情暴发以后，纽约的流浪汉人数激增，街道上到处都能看见或坐或躺的无家可归者，许多人还在垃圾箱里翻找食物。据慈善组织统计，2021年2月，栖身在纽约市收容所里的人已超过2万，创下历史新高。与此同时，当地的乞讨、盗窃、抢劫等事件也有激增的趋势。有慈善组织表示，疫情对纽约市的冲击巨大，当地经济遭受重创，许多公共服务陷入停滞，因此救助无家可归者的工作也困难重重——无论是帮这些人重新适应社会，还是让城市的日常运转进入正轨，都将是一个漫长的过程。

但是，西方发达国家并不是因为房屋不足以提供给所有人，而是房屋的分配存在问题。有许多房屋空置或者被用以炒作，而且富人和穷人的生活形成了鲜明的对比。洛杉矶海滨的威尼斯海滩是一个著名景点，那里有大量高级公寓，聚集着包括好莱坞影星在内的中高收入人群。然而，在海边人行道和停车场旁，无家可归者的帐篷和临时住所，从零星几个逐渐增加到连成一片，扩张到了停车场的另一侧。两相对比，形成了一道"靓丽"的风景。诗歌利用了一个类似的对比，把需求与空置所形成的一对矛盾充分地凸显出来，用一个反讽使读者更加感受到社会分配的不公正。

【思考题】

1. What kind of rooms are left empty in this city? What do the details of gleaming windows, laminated tiles, and underfloor heating suggest about those rooms?

2. Why are the buildings left empty in this city? What policy causes this to happen?

3. What kind of contrast is presented between the space-rich and the space-poor? What kind of social injustice is protested against?

7. Class and Social Justice (2)

3) Peace

By Martin Hayes

the mechanics[1] sought peace while stuck under those 140,000-mile vans

trying to clean and replace oil filters and carburettors[2]

so that those vans could be rolled out of their workshop

as good as new

the mechanics sought peace while staring into the bikes[3] that had been brought into

their workshop

dying

staring into their engines while their burnt and red fingers twisted back the revs[4]

resting their ears as close to those engines as they could possibly get

just so they could hear and feel the illnesses of those bikes

inside their guts[5]

as their fingers twisted away and turned at the caps on those engines

trying to heal them

the mechanics

who lived in rooms within rented flats filled with men who also sought peace

sharing their lives with men who washed cars

and moved the contents of offices into other offices for less than the cost of a burrito[6]

per hour

men who propped themselves up on their pillows at night seeking peace

by drinking cans of cheap beer and eating kebabs[7]

skyping[8] their families far away in other

countries

men who got up at 5 am every morning feeling rejuvenated

to march at the sun and swallow the universe[9]

putting up scaffolding or delivering boxes

for men who weren't anywhere near

the men that they were

the mechanics sought peace under those 140,000-mile vans

because they didn't have a fig tree to sit under like Buddha[10] did

the mechanics who tried to heal those dying bikes with their fingers and hearts

because they didn't have a woman to hold at night

the mechanics who couldn't afford anything more

other than to exist in their rooms within rented flats

filled with other men all seeking the same type of peace that eagles gliding

through the immense sky feel

【注释】

1. mechanics: 汽车修理工。

2. filters and carburettors: （汽车发动机的）过滤器和化油器。

3. bikes: 摩托车。相当于motorbikes。

4. the revs: （发动机的）转动。

5. guts: 内脏。指修理工在内心感觉到、体会到问题的所在。

6. burrito：墨西哥玉米饼。

7. kebabs: 土耳其烤肉串。

8. skype: [即时通信软件]天空视通。

9. swallow the universe: 吞下宇宙。指精神饱满，气吞山河。

10. Buddha: 佛祖。释迦牟尼曾经在菩提树下得道，从而获得了灵魂的安宁。

7. Class and Social Justice (2)

诗人暗示：工人们认真工作、忍受贫穷，同样是为了获得心灵的宁静。

【译文】

心静

修理工爬在14000英里的货车下，追求的是心静，

他们尽力清洁和更换机油滤清器和化油器，

以使它们能在开出车间时，

像新的一样。

修理工追求的是心静，他们检查那些被送到车间来的摩托车，

几乎报废，

检查引擎的内部，他们被油浸泡得红红的指头回转引擎，

将耳朵尽可能贴近引擎，

这样他们能够听到和感到摩托车的毛病，

内部毛病，

他们的手指不停地扭动，转动引擎的盖子，

竭力把它们修复。

修理工

住在出租公寓的房间里，里面还住着其他追求心安的人们，

与他们共同生活的人有洗车工，

有搬运工，将物件从办公室搬到办公室，一小时报酬

买不到一个玉米饼。

他们晚上爬在枕头上，支撑着自己，追求的是心静，

喝着廉价灌装啤酒，吃着土耳其肉串，

用skype与家人视频通话，

远隔重洋，

他们每天早晨五点起床，精神饱满，
迎着朝阳，气吞宇宙。
搭起脚手架，或将快递物品
送到与他们生活完全不同的人
手中。

修理工追求的是心静，爬在14000英里的货车下，
因为他们不像佛祖，可以坐在菩提树下。
修理工尽力用手指和心灵修复几乎报废的摩托，
因为他们晚上没有女人拥抱，
修理工支付不起更多，
只有在出租公寓的房间里，
与其他追求心静的人们在一起，
雄鹰在天上飞翔时感到的那种心静。

【赏析】

马丁·海伊斯（Martin Hayes 1966—　），美国当代诗人，著有《当我们曾经几乎像人》（*When We Were Almost Like Men*, 2015）、《我们的手曾经代表的东西》（*The Things Our Hands Once Stood for*, 2018）、《吼》（*Roar*, 2021）等诗集。他关注搬运工，曾经在这个行业工作多年。他是当代英国诗人中唯一严肃对待劳工议题的诗人，他批评这个员工仅被视为"帮手"的疯狂的社会，仅是老板赚钱的工具。

《心静》一诗涉及的问题是外籍劳工，以及他们在国外打工和生活的艰辛。外籍劳工是跨境流动的劳动者、客居异国他乡的外籍工人。他们中只有少部分是坐办公室的白领，多数人是做底层工作的蓝领，包括清洁工、送货员、厨师、修理工、护士、出租车司机等。海伊斯本人就在国外做过快递员，深知外籍劳工生存的不易。诗歌中的那些工人是汽车修理工，他们在修

7. Class and Social Justice (2)

理厂做着非常肮脏、劳累、当地人不愿做的工作。他们为汽车做保养,更换机油,修复问题引擎。他们满身油污,从早到晚,可是挣来的是微薄的薪水。同快递员和搬家工一样,他们工作一小时的工资买不到一个墨西哥饼。

为了改善生计而迁移的现象,估计同人类历史本身一样古老。但在全球化的今天,跨国移民的数量很可能是史无前例的,全世界约有2500万名之多。每一天、每一小时,都有庞大的人群和金钱在流动。以阿联酋的迪拜为例,在机场的"星巴克"倒咖啡的女青年可能是菲律宾人或尼日利亚人;在卫生间拖地的可能是尼泊尔人或苏丹人;高速路上向迪拜市中心疾驰的出租车司机,可能来自巴基斯坦或斯里兰卡,或印度南部的喀拉拉邦。

非洲和中美洲的一些国家,可能放任国民偷渡他国做工;东南亚的一些国家,或有中介公司开辟半官方的外劳输出;印度则有遍布全球的"劳力行",一条龙地培训和压榨本国信息技术劳工。截至2013年,新加坡540万常住人口中有近130万外籍劳工。他们多数人往往孤身一人来到新加坡谋生,主要从事建筑业、低端制造业、服务业以及家庭帮佣等薪酬和社会地位都相对较低的工作。大多数底层外籍劳工都是到异国他乡的寻梦人,希望能够靠自己的劳动,为家人带来更多的工资和更好的生活。

在这些外籍劳工中,拿到永久居留证/绿卡是少数的幸运儿,大多数都知道他们只是临时工人和临时居民。他们的居住条件往往都很差,在公司宿舍与工友合住,或以其他方式凑合,有时候甚至将合租公寓内的地板当成大通铺。在诗歌中,与汽车修理工住在一起的有建筑工、洗车工、快递员和搬家工人,他们许多人挤在一起,居住条件并不比迪拜的外籍劳工好多少。他们起早贪黑,白天干着体力劳动,晚上回到出租屋吃一口廉价食物、喝一口廉价啤酒。他们没有家人陪伴,只有偶尔与家人通一下视频电话。

尽管这样,人权团体发现,侵犯外籍劳工权益的现象,如欠薪、危险的工作环境、恶劣的住宿条件、被非法扣留护照等还是常常发生。在新加坡,克扣、拖延发放工资,因工伤取消工作准证等苛待外籍劳工的乱象并不罕见。过去几年,不乏外籍劳工爬上高层建筑讨薪或采用其他非理性甚至违法手段表达诉求的事件。但是这些外籍打工族只得顺从听话，否则就会被遣返：对有些不法雇主而言，要是不知感恩的外来工人在这里搅事，就会把他们踢回贫穷的老家去。

外籍劳工所寄身的社会，其等级分隔不亚于19世纪工业时代的美国，而且许多划分方式也大致相同：按种族，按阶级，按国籍，或按英语流利程度。在迪拜，专业人员和管理者基本来自欧美、澳大利亚和新西兰，都是挣钱多到无法被归入"打工族"的白人。他们可以凭借高薪把全家人接来，可以开大越野车、住豪华高层公寓或景观别墅。为他们做饭、看孩子、扫街、在商场服务、在药房拿药、在冰场开整冰车、在炽烈阳光下修建摩天大楼的，则是打工族——换句话说，就是推动迪拜发展，同时把工资寄回遥远家园的那些人。

在诗歌中，虽然这些外籍劳工的报酬没有体现他们劳动的价值，但是他们在工作中仍然是一丝不苟、认真负责。汽车修理工将几乎报废的汽车修复如新，将他们的身体贴在摩托车的引擎上，以便听到里面的问题。他们这样做不是因为他们得到了相应的报酬，而是因为他们觉得那样才对得起他们的良心。诗人将这些工人的工作态度比喻为佛教的"心静"，就他们的工资而言，他们没有必要认真，没有必要努力，但是像佛祖在菩提树下祈祷一样，像雄鹰在天空飞翔一样，他们追求的是自己内心的"宁静"。

【思考题】

1. What kind of workers are described in the poem? Where do they come from? What kind of salary do they earn?

2. What kind of attitude to work do they have? What examples does the poem give to illustrate this?

3. What does "peace" in the title mean? In what sense can it be compared to the peace Buddha once sought under a fig tree?

4) Two Years from Retirement, My Neighbor Contemplates Canada

By Kyle Dargan

We meet at our leaning wall of cinder

blocks that separate his yard from mine. [1]

We've promised to right it plumb[2]

every year. Up till now, all talk—no rebar,

no mortar. $50 an hour. Good money.

Damn good money, he seconds[3].

Arthritis now a hymn sung

by the choir[4] of his bones, I measure

his gait's music as he climbs

four short notes[5] back into his house

to retrieve the papers.

He brings back a dittoed leaflet

and a map of the northern territory

speckled with throbbing circles,

bull's-eyes. Those are the job sites—so many,

one must wonder what is Canada

building, or how it is that they lack

enough carpenters[6] of their own.

My neighbor has faith that journeywork

in Canada will mean an escape

from the undocumented Spanish boys[7]

and their non-union, below-code labor[8]

which he blames for his paychecks

being unsteady, brittle these days.

I don't bother explaining globalism[9]

to him—as if I understand it,

as if it threatens my livelihood

the same way it threatens his.

Good money—the lingua franca[10]

in this age of quick growth, panoramic

decay. Our world becoming old world.

The new world just a flimsy Babel[11]

tower. My neighbor must go build it

so he may one day drop his power-drill

or bequeath it to me instead of his son

who builds websites, his son who will live

beyond us—a citizen of this shrinking

earth where no one will need to know

the leagues[12] of salty blood, salty water

marking a Mexican from a Spaniard.

Our sleeping globe, it dreams this

one dream of expansion everlasting.

【注释】

1. cinder / blocks that separate his yard from mine: 隔开我们院子的炭灰墙。这里暗指罗伯特·弗洛斯特的《修墙》一诗。

2. right it plumb: 把它（墙）扶正、扶直。right: [动词]把……直立起来。plumb: 垂直地。

7. Class and Social Justice (2)

3. seconds: [动词]支持，赞成。

4. choir: 合唱队。比喻他生病的骨头，动起来就会疼痛。

5. notes: 音符。在此相当于steps。比喻他爬阶梯时呻吟，就像爬音阶。

6. carpenters: 木工。在此指建筑工人。美国的房屋多是木头房屋，因此建房需要木工。

7. undocumented Spanish boys: 没有登记的墨西哥人。指非法入境的墨西哥工人，美国工人常常责备他们抢走了自己的饭碗。

8. their non-union, below-code labor: 没有工会保护的、工资低于法定工资的劳工。code指劳工法的条文。

9. globalism：全球化。相当于globalization。

10. lingua franca: 世界语。Good money（高工资）被比喻为高速增长的代名词或"世界语"。

11. Babel: 巴别塔。《圣经》中的巴别塔由于建塔者的语言被上帝搅乱而没有完成，因此是没有建成的塔。在此指邻居的梦想。

12. leagues: 等级，级别。leagues of salty blood（咸血的等级）可能指血液的含盐（钠）度。血液是咸的，因为含有钠。钠是生命和健康都不可缺少的元素。

【译文】

离退休还有两年，我的邻居考虑去加拿大

我们在倾斜的煤渣砖墙边见面，
这堵墙将我们的院子隔开，
我们每年都承诺把墙修好，扶正，
但时至今日，只有空谈——没有钢筋，
没有灰泥，50美金一小时，大钱。
真他妈的大钱，他赞同道。

关节炎现在就是他的骨头
像合唱队一样唱出的赞歌，
在他爬上四级台阶，回屋去取
那些文件时，我数着
他的脚步所踏出的音阶。
他取来了一份复印的宣传册
和一张北方领土的地图，
上面布满了抽痛的圆圈，
靶心一样。那些地点都有工作——
那么多，人们不禁会问，加拿大
在修些什么？或者为什么
他们缺少本土的木工？
我的邻居相信，在加拿大
做零工意味着他可以远离
那些没有合法证件的拉美年轻人，
以及他们不受工会保护的廉价劳动力。
他认为，是他们造成了
他的工资在近期不稳定、断档。
我不想劳神给他解释全球主义——
好像我自己懂得似的，
好像它威胁我的饭碗，
就像威胁他的饭碗一样。
大钱——在这个快速增长、
全面衰败的时代它就是世界语。
我们的世界正在变成旧世界。
新世界还仅是一个脆弱的巴别塔。
我的邻居必须去建设它，以便

7. Class and Social Justice (2)

有一天他可以扔下冲击钻，

把它传给我，而不是他的儿子，

后者建设的是互联网，将生活在远离

我们的世界——是一个不断萎缩的

世界的公民，不需要知道

咸血和咸水的等级，

把墨西哥人与西班牙人区分开来，

我们睡梦的世界，它做着这一个

永远扩张的梦。

【赏析】

凯尔·达根（Kyle Dargan 1980— ），美国当代诗人，著有《听》（*The Listening*, 2004）、《一束饥饿》（*Bouquet of Hungers*, 2007）、《多言癖痴呆》（*Logorrhea Dementia*, 2010）、《诚实引擎》（*Honest Engine*, 2015）等诗集。他执教于华盛顿特区的美国大学，关注贫富差异问题和黑人问题，获得过赫斯顿/莱特遗产奖（Hurston/Wright Legacy Award）等奖项。

诗歌《离退休还有两年，我的邻居考虑去加拿大》描写了一个美国体力劳动者在新的情况面前感到焦虑和无所适从的故事。他的职业是木工，也可以说是建筑工人，但是他的工作变得越来越不稳定，工资呈现下降的趋势，但是他并不明白这到底是什么原因。随着年龄的增长，他的身体出现了各种各样的问题，包括关节炎，走路不太方便，特别是上下楼梯都很费劲，然而他的工作也面临威胁，外来务工者日益增多，因此他考虑到加拿大去务工。

在诗歌叙事人看来，这位邻居对现状的认知是有一定偏差的。他认为工作不好找、工资不稳定，都是因为拉丁美洲裔移民造成的，他怪罪"那些没有合法证件的拉美年轻人，以及他们不受工会保护的廉价劳动力"。也就是说，他认为这些外籍劳工抢了他们这些本地人的饭碗，通过出卖廉价劳动力，他们扰乱了本地的就业市场，因此他决定去加拿大找工作，以逃离这些大量涌入的外籍劳工。

其实，诗歌暗示，这位邻居所面临的不单是外籍劳工问题，而是全球化带来的一些普遍性的问题。全球化鼓励资本、货物和人员的全球流动，从而在全球范围内形成一种地区的分工和合作。各个国家和地区都可以充分发挥自己的优势，同时又相互之间形成一种合作和互补的关系。这种态势将造成产业的高端和低端之分。高科技、金融、设计等技术密集型产业将形成产业链的上游，而制造业、原材料等劳动密集型产业将构成产业链的下游。

也就是说，这个邻居作为体力劳动者并不明白人们所说的"全球主义"或者"全球化"，"我不想劳神给他解释全球主义"。在这个新的理念之下，他所从事的工作将逐渐被转移到其他国家，转移到劳动力成本较低的地方。他的工作受到了威胁，并不是因为有外籍劳工，而是因为经济结构发生了变化。诗歌使用了"新世界"的比喻，来说明全球化给有些职业带来的变化。美洲曾经被比喻为"新世界"，因为相对于欧洲而言，那里有许多机会。但是全球化的到来，"我们的世界正在变成旧世界"。老一代的工人逐渐被新一代的高科技从业者所代替。

这个"新世界"就是互联网的世界，即一个新的"巴别塔"，构建起通往天堂的新的梦想。作为体力劳动者，他的饭碗在这个新世界中将是被挤压和被淘汰的行业。试想由于AI（人工智能）的发展，出租车行业可能被自动驾驶替代，翻译行业可能被机器翻译替代是一样的。邻居的手艺将不可能传给他的儿子，因为在这个新世界中它不再有用。他的儿子是"新世界"和互联网的建设者，而不是大楼的建设者。在这个未来的世界里，下一代可能也不太在乎谁是墨西哥人，谁是西班牙人；不太在乎人的肤色和种族，因为他们都是网络的居民。

邻居在退休前还在为生计而奔波，说明体力劳动者的生存的确受到了经济转型的挤压。相对于年轻一代，他的技艺和思想都落后了，赶不上形势了。诗歌开头的情景令人想起了美国诗人罗伯特·弗洛斯特的著名诗歌《修墙》。在弗洛斯特的诗歌中，邻居坚持要修墙，因为他认为墙可以保护他的财产。尽管他们两人一个种植苹果，一个种植松树，都不会越界，墙是多余的，但是他还是坚持要修墙。在弗洛斯特看来，这个坚持传统思维的邻居就像是"石器时代的野人"。在目前的全球化时期，诗歌中这个邻居的情况也有点类似。他落后了，他的传统的技艺和思想都落后了。墙没有也不可能把外国人隔离在边境之外，他本人也在考虑去国外打工。作为体力劳动者，受到挤压的不仅仅是他自己，还有那些来自国外的移民劳工，当然邻居不一定意识到这一点。

【思考题】

1. Why is the neighbor unable to repair the wall in the yard? What kind of job does he do? Why is he considering to go to work in Canada?

2. Who are the "Spanish boys" mentioned in the poem? Why does the neighbor blame them for his own unsteady paychecks and unemployment?

3. What does the narrator mean by "the old world" and "the new world"? What kind of "globalism" is happening in his time?

5) Widening Income Inequality

By Frederick Seidel

I live a life of appetite and, yes, that's right,

I live a life of privilege[1] in New York,

Eating buttered toast in bed with cunty fingers on Sunday morning.

Say that again?

I have a rule—

I never give to beggars in the street who hold their hands out.

I woke up this morning in my air-conditioning.

At the end of my legs were my feet[2].

Foot and foot stretched out outside the duvet looking for me!

Get up. Giddyup.[3] Get going.

My feet were there on the far side of my legs.

Get up. Giddyup. Get going.

I don't really think I am going to.

Obama is doing just fine.

I don't think I'm going to.

Get up. Giddyup. Get going.

I can see out the window it isn't raining[4].

So much for the endless forecasts, always wrong.

The poor are poorer than they ever were.

The rich are richer than the poor.

7. Class and Social Justice (2)

Is it true about the poor?

It's always possible to be amusing.

I saw a rat[5] down in the subway.

So what if you saw a rat[5].

I admire the poor profusely.

I want their autograph.

They make me shy.

I keep my distance.

I'm getting to the bottom of the island[6].

Lower Broadway comes to a boil[7] and City Hall is boiling.

I'm half asleep[8] but I'm awake.

At the other end of me are my feet

In shoes of considerable sophistication

Walking down Broadway in the heat.

I'm half asleep in the heat.

I'm, so to speak, wearing a hat.

I'm no Saint Francis[9].

I'm in one of my trances.

When I look in a mirror,

There's an old man in a trance.

There's a Gobi Desert[10],

And that's poetry, or rather rhetoric.

You see what happens if you don't make sense?

It only makes sense to not.

You feel the flicker of a hummingbird

It takes a second to find.

You hear a whirr[11].

It's here. It's there. It hovers, begging, hand out.

【注释】

1. privilege: 特权。

2. my feet: 我的脚。叙事人将社会底层比喻为他的脚。

3. Giddyup: 相当于Get you up.

4. it isn't raining: 没有下雨。可能暗示：没有出现什么问题。

5. a rat: 一只老鼠。可能指社会底层。

6. the island: 岛屿。指纽约的曼哈顿。

7. comes to a boil: 开始沸腾。也指人的感情激动。

8. I'm half asleep: 我半睡半醒。也许暗示：他对贫穷毫不在意，漠然视之。

9. Saint Francis: 圣·弗朗西斯（1181—1226）。意大利修道士，弗朗西斯教会的创始人，也是贫穷宣教运动的领袖，坚持贫穷和慈善活动，产生了巨大影响。

10. Gobi Desert: 戈壁滩。叙事者的自我画像，说明脸上沟壑纵横，同时也可能指极端冷漠。

11. a whirr: 呼呼声。指蜂鸟的声音。对他来说，贫穷这个问题仅仅是嗡鸣，不是大事。

【译文】

收入差距在扩大

我过着有滋味的生活，是的，不错，

我过着有特权的生活，在纽约，

7. Class and Social Justice (2)

星期天早晨，在床上，用手指拿着黄油面包吃。
再说一遍？
我有一个原则——
我从来不对大街上伸手要钱的乞丐施舍。

今天早晨我在空调房间中醒来，
我的脚在我的双腿的尽头。
脚与脚伸出羽绒被在寻找着我！
起来，起来，动起来。
我的脚在我的腿的那一头。
起来，起来，动起来。

我真的不觉得我会起来，
奥巴马现在状况不错，
我觉得我不会起来。
起来，起来，动起来。
我能看到窗外没有下雨，
没完没了的预报可以停止了，总是错的。

穷人比他们从前更穷，
富人比穷人更富，
这是真的吗？
它总有可能是一个笑话。
我在地铁里看到了一只老鼠，
看到老鼠又怎么样呢？

我非常羡慕穷人，
我想得到他们的签名。
他们让我害羞，

我离得远远的。

我马上就到这个岛的底部,

百老汇下街沸腾了,市政厅沸腾了。

我一半睡着了,半睡半醒。

我身体的另一头是我的脚,

穿着见多识广的老练的鞋。

在热浪中沿着百老汇行走,

我在热浪中半睡半醒。

可以说,我戴着一顶帽子。

我不是圣·弗朗西斯,

我处于一种昏睡状态。

当我朝镜子看去,

我看到了一个昏睡的老人。

那里有戈壁滩,

那就是诗歌,或者是修辞。

你明白胡说八道是什么样子了吧?

胡说八道才能让人明白。

你感到一只蜂鸟飞过,

只需一秒钟就可以找到。

你听见了嗡嗡声,

在这里,在那里,它在空中,伸出手,乞讨。

【赏析】

弗雷德里克·赛德尔（Frederick Seidel 1936— ），美国当代诗人,著有《最后的解决方案》（*Final Solutions*, 1963）、《日出》（*Sunrise*, 1979）、

7. Class and Social Justice (2)

《我的东京》（My Tokyo, 1993）、《宇宙三部曲》（The Cosmos Trilogy, 2000—2002）、《乌加布加》（Ooga Booga, 2006）等诗集。获得过美国国家图书评论家奖（National Book Critics Circle Award）等多项图书奖。

《收入差距在扩大》一诗涉及的问题，正如题目所示，是贫富差异。诗歌中的叙事人是一个富人，他居住在纽约的空调房间里，过着"有滋味的生活"和"有特权的生活"。他衣食无忧，星期天可以睡懒觉，在床上吃早餐。但是他也是一个冷漠的富人，他的原则是不给街上乞讨的人一分钱。

在美国，贫富差距非常严重，财富越来越往"金字塔"顶端集中。2021年的数据显示，美国最富有的10%的人口的平均收入，超过了其余90%的人口的平均收入的9倍；最富有的1%人口的平均收入则是这90%人口的39倍；最富有的0.1%人口的平均收入可达这90%人口的196倍。2021年，美国亿万富翁的总净资产增加了1.8万亿美元。最富有的1%美国人拥有的财富增加了约4万亿美元，增量超过了最贫穷的50%美国人拥有的财富总和。

诗歌着重渲染了富人的冷漠。诗中的这位富人将穷人比喻为他的脚，在他无所事事，无所作为，睡着懒觉的时候，他的脚在身体的另一头，伸出了被子，叫他起来，叫他去做点有用的事情。"起来，起来，动起来。"然而，对这样的呼唤，他无动于衷，置之不理。"我真的不觉得我会起来。"他不但不采取任何行动，而且对穷人的状况熟视无睹。"我在地铁里看到了一只老鼠，看到老鼠又怎么样呢？"他所谓的"非常羡慕穷人"就是一句反话，而实际上，他视他们为"老鼠"，竭力与他们保持着距离。

在现实中，尽管有数百万美国人入不敷出，美国大公司首席执行官的薪酬方案一如既往地"慷慨"。许多大公司高调宣布给高管减薪，但几个月后又悄悄将薪水调高。据统计，大公司首席执行官的收入在2020年上涨了16%，但普通工人的薪酬仅上涨了1.8%，中等收入者拥有的房产、股票、私营商业等资产不断收缩。

据美国人口普查局公布的最新数据显示，美国贫困率数据5年来首次出现上升。2020年的贫困率从2019年的10.5%上升至11.4%，这意味着美国贫困人口比去年新增330万，达3720万。而这其中，美国少数族裔受到的冲击最大，凸显出美国根深蒂固的系统性、结构性种族主义问题。非洲裔美国人的贫困率从2019年的18.8%升至2020年的19.5%，升幅在调查的各族裔中最高。根据美联储此前发布的《2020年美国家庭经济状况报告》，在家庭收入、住房、银行信贷、就业、教育等方面，非洲裔族群均落后于白人，也低于美国社会的平均水平。

根据经济学原理，如果反映贫富差距的"基尼系数"超过了0.5，社会就会发生动荡，严重时会发生骚乱，甚至革命。然而，诗歌中这位富人置这些警告于不顾。他向窗外望去，他说窗外并没有"下雨"，暗示外面并没有什么动荡。"没完没了的预报可以停止了，总是错的。"他不但不相信为富不仁会引起革命，而且还继续拒绝慈善。他说，"我又不是圣·弗朗西斯"，暗示他不是慈善家，仅仅是一个脸上沟壑纵横的老人。面对贫穷，"我半睡半醒"，"我处于一种昏睡状态"。最后，他把社会的呼声比喻为蜂鸟的嗡鸣，"在这里，在那里"，到处都是，它们都伸出了手，在空中乞讨。

诗歌出版的2016年是奥巴马执政的最后一年，那时，相对于十年前美国中等收入家庭拥有超过44%的房地产资产，这一数据降至38%。美国的富人更富，穷人更穷。美国精英的自由主义理想正在崩塌，这也导致了特朗普将"政治正确"抛到了脑后，依靠民粹主义获得了大选的胜利。诗歌为我们画了一幅为富不仁的讽刺画像。我们跟着这位富人的轨迹，早晨起来后，从他的公寓，进到地铁车站，再来到下曼哈顿的金融区，一路看到了贫穷的情景和社会的"沸腾"。然而我们也充分感到了他对下层人民的蔑视，以及他内心表现出的极度冷漠。诗人赛德尔继承了父亲的矿山企业，是标准的富二代，毕业于哈佛大学。在诗中，他在批评像他一样的富人的同时，是否也有一点自嘲的意思呢？不得而知。

7. Class and Social Justice (2)

【思考题】

1. What kind of person is speaking in the poem? What kind of life is he living? What attitude does he have towards the poor people?
2. Why is he unwilling to help the beggars in the street? What does the speaker mean by saying "he is half asleep" or he is an "old man in a trance"?
3. What kind of comparison is he making by the examples of rat and hummingbird? What does the speaker suggest by ignoring the "raining" in the city and the "boiling" in the Town Hall?

8

Gender and Women (1)
性别与女性（1）

8. Gender and Women (1)

女权主义和女权运动产生和发展最早出现在欧洲的国家。早在1694年，英国女性主义作家玛丽·艾斯泰尔(Mary Astell)在《致女性的严肃建议》(*A Serious Proposal to the Ladies*)中就提议建立一所女子学校，让女性受到同等的教育。她在书中还提出了许多超前的女性主义思想：女人不一定要承认丈夫高于自己；单身女人不必服从男权；受过教育的妇女应避免家庭奴役；女人的生活目标不应当只是为了结婚；应当建立妇女自己的社区，过一种摆脱男人的生活，等等。

1792年，英国思想家玛丽·沃斯通克拉夫特（Mary Wollstonecraft）把启蒙主义思想应用到女性问题上，写下了《为女权辩护》（"A Vindication of the Rights of Woman"）一文，呼吁给予女性平等的权利。沃斯通克拉夫特在文中提出了三个观点：一、男女根本没有差别，女性之所以弱于男性，完全是由环境和教育造成的，是社会化的产物。二、男女彼此相倚，男女地位不平等将阻碍社会的进步。三、男女应该接受同等的教育，应该提高妇女的素质，使其具有和男子同等的就业机会，摆脱无知、劳苦和对男人的屈从，促进社会进步。这篇文章后来被视为19世纪女权运动的最重要的文献之一。

到玛丽·沃斯通克拉夫特的时代，人权的概念在西方已有100余年的历史，但人权概念在这个历史时期内并没有适用于女性。英国哲学家约翰·洛克（John Locke）在17世纪就曾经提出了天赋人权、自由平等的口号，然而在强调保障个人的权利的同时，洛克让家庭内部关系保留了父权制特征——家族统治和等级制。18世纪启蒙运动的思想家们也存在着同样深刻的内在矛盾：卢梭（Jean-Jacques Rousseau）在强调人人平等的同时，却认为女人生来就应该服从男性，不具备公民权，不属于享受个人平等权利的对象。

1791年，法国大革命的妇女领袖奥兰普·德古热（Olympe de Gouges）发表《女权与女公民权宣言》，开宗明义地宣布"妇女生来就是自由人，和男人有平等的权利"。她领导的妇女俱乐部要求

"平等、自由、博爱"理念同样运用于女性，不应对男女区别对待。然而，两年后她和她的女性同事们被推上了断头台，妇女俱乐部被禁止活动，法国重回"男性共和国"。同时在美国，社会活动家阿比盖尔·亚当斯（Abigail Adams）和作家玛丽·奥提斯·沃伦（Mary Otis Warren）给美国早期领导人华盛顿和杰弗逊提议将男女平等和女性权利写进美国宪法，但是也没有成功。

西方社会对女性主义思想的接受非常缓慢，社会对女性的偏见很难改变。在玛丽·沃斯通克拉夫特发表《为女权辩护》一文之后，她遭到了男权主义者的嘲讽，甚至有人写了《为动物权辩护》（"A Vindication of the Rights of Brutes"）。从题目我们可以看出，后者是对前者的讽刺性模仿，它的意图不是真正要为动物争取权利，而是讽刺女性争取权利就像动物争取权利一样可笑。

虽然女性地位在19世纪没有任何改变，但是女权思想得到了普及和传播，并且随着社会生产模式的改变，女性权利问题日益凸显。在英国的工业革命过程中，由于农业和手工业逐渐衰退，下层妇女为了生计不得不走出家庭，进入劳动力市场。在最早的纺织工厂中，女工的人数占据多数，"男主外，女主内"的性别分工模式开始瓦解，女性的经济地位在提升。然而，不平等的性别关系仍没有改变，并且女性在工厂受到了各种歧视。妇女每天工作十几个小时，得到的工资却低于男性。

另一方面，中上层妇女由于不用从事生产活动，被彻底排斥在经济活动之外。她们的父亲或丈夫在资本主义的发展过程中迅速富裕起来。家庭对于他们来说只是一个温馨、宁静的避难所，在竞争激烈的、物质主义的世俗社会中，为他们提供一种安全感。因此，他们竭力维护传统父权制的家庭特点，严格要求妇女做贤妻良母，对丈夫尽心尽责。他们声称"女人的位置在家庭"，女人应该做"家中天使"。因此，虽然中上层妇女锦衣玉食，她们却被牢牢地禁锢在家庭里，丧失了一切社会功能，成为丈夫单纯的陪衬、玩物或生育工具。

在《阁楼上的疯女人》一书中，桑德拉·吉尔伯特（Sandra Gilbert）和苏珊·古巴尔（Susan Gubar）研究了19世纪英美著名女作家简·奥斯汀、玛丽·雪莱、勃朗特姐妹、乔治·艾略特、艾米丽·狄金森等，发现社会对女性成为作家存在诸多偏见。人们认为女性应该做诸如洗衣、做饭、相夫教子等事情。她们最终成为作家是承受了社会的巨大压力、付出比男性作家更大的努力，才得到了社会的认可。

1) Mirror

By Sylvia Plath

I am silver and exact. I have no preconceptions[1].

Whatever I see, I swallow immediately.

Just as it is, unmisted[2] by love or dislike.

I am not cruel, only truthful —

The eye of a little god, four-cornered.[3]

Most of the time I meditate on the opposite wall.

It is pink, with speckles. I have looked at it so long

I think it is a part of my heart. But it flickers[4].

Faces and darkness separate us over and over.

Now I am a lake. A woman bends over me.

Searching my reaches for what she really is.[5]

Then she turns to those liars[6], the candles or the moon.

I see her back, and reflect it[7] faithfully

She rewards me with tears and an agitation of hands[8].

I am important to her. She comes and goes.

Each morning it is her face that replaces the darkness.

In me she has drowned a young girl[9], and in me an old woman

Rises toward her day after day, like a terrible fish.

8. Gender and Women (1)

【注释】

1. preconceptions: 先入之见，偏见。

2. unmisted: [动词] 使模糊。mist意思是"雾"。

3. The eye of a little god, four-cornered: 一位小神的眼睛，四方形。指镜子。

4. flickers: 闪烁。

5. Searching my reaches for what she really is: 寻遍我的每一个区域想找到她真正的自己。reaches:（河流）流域，（湖泊）区域。

6. those liars: 那些说谎者。指后面的蜡烛和月亮。它们说谎，是因为它们都要依靠夜晚，因此无法看清楚。它们创造的气氛可能给人一种错觉。

7. it: 它。指前面提到的what she really is.

8. an agitation of hands: 手的晃动或摇动。常指愤怒时的动作。

9. drowned a young girl: 淹死了一个年轻女孩。这个女性长期以来照镜子，从年轻到老，那个年轻的女孩已经不可能再回来，因此这里比喻她被淹死在湖（镜子）中。

【译文】

镜子

我是银色的，很准确，我没有先入之见。
我看见什么，就将它吞下。
仅仅是原貌，不被爱与恨所左右。
我不残忍，仅仅是真实——
一个小神的眼睛，四方形。
多数时候我就看着对面的墙沉思，
它是粉色的，有斑点。我看了如此久，
我想它已是我心灵的一部分。它闪烁，

面庞和黑暗一遍遍将我们分开。

现在我是一个湖，一个女人弯腰看着我，
上下打量我，寻找她的真实容貌。
然后她转向了那些说谎者，蜡烛或月亮。
我看她又回来了，就真实地反映了她，
可她却对我报以眼泪和拳头。
我对她很重要，她去了又来，
每天早晨都是她的脸驱逐了黑暗，
在我的水中她淹死了一个少女，而一天天升起的
是一个老妪，像一条可怕的鱼。

【赏析】

西尔维娅·普拉斯（**Sylvia Plath 1932—1963**），美国"自白派"诗歌的杰出代表，著有小说《钟形罩》（*The Bell Jar*, 1963）和诗歌集《巨像》（*The Colossus*, 1960）、《爱丽儿》（*Ariel*, 1965）、《冬树》（*Winter Trees*, 1971）等。在20世纪50—70年代，"自白派"诗歌曾经在美国流行，吸引了许多读者，也吸引了众多有才华的年轻诗人加入其行列。然而，由于自白派诗人多写抑郁症和自杀经历，写个人及家庭的痛苦（甚至是"乱伦"），因此后来被批评为"炫耀痛苦"或以"家丑外扬"来赢得同情。有人甚至作打油诗讽刺道：自白派诗人"以严肃的口吻告诉你，/如果诗人要得到灵感，/第一步就是抹脖子；/区分诗歌优劣的方法，/如区分绵羊与山羊，/就是自杀"。

《镜子》一诗并非以上意义上的"自白诗"，里边既没有自杀，也没有乱伦。如果说它是一种"自白"，那么这种"自白"体现为一个女性内心活动的外溢。诗人的女性身份和女性心理在诗歌中充分表现出来，给予诗歌一个审视生活的特殊视角，将诗歌的情感深入女性的心灵深处，去探讨那里的

8. Gender and Women (1)

爱与憎、喜怒哀乐、酸甜苦辣。

诗歌的主题是时间与生命的关系。从某种意义上讲，女性对于时间的流逝更加敏感。从30岁开始，她们就会深切地感到年龄的增长。青春流逝、红颜难驻，可能是每一个"奔4"或"奔5"的女性都会发出的感慨。诗中的镜子就见证了一位女性的成长，见证了她从一位亭亭玉立的少女，逐渐变为一位老妪，"像一条可怕的鱼"。

诗人为什么对年龄如此焦虑？如果我们翻阅诗人的生平，我们会发现《镜子》一诗创作于1961年，时年诗人29岁，非常年轻。但是，那时她已经是两个孩子的母亲，生育、家务、对文学事业的追求，都给她的形象增添了不少岁月的痕迹。婚姻的问题和丈夫的外遇，给她作为女性的自信予以了沉重打击。一般来讲，初为人母的感觉可能就是：我不再年轻。

在西方，女性一般不愿提及自己的年龄，问女性的年龄，与问男性的收入一样，是粗鲁和唐突的。人们一般会说女性小于她们的年龄，以显得有礼貌。然而，镜子不一样，它讲究诚实，它很客观，很准确，没有任何偏见，不为个人好恶所左右。因此，人们可能会说它很"残酷"，有时还会给它带来麻烦。其实，全诗正是镜子的独白，表达了它对这种状况的困惑和迷茫。

在诗的后半部分，镜子被比喻为一面湖水。那位女子想在湖面寻找真实的自己，但是显然她的"真我"并不令她满意。她更乐于接受"蜡烛"和"月亮"的谎言。湖面的"真实"所得到的回报是眼泪和拳头、悲伤和愤怒。这可能是诗人在这里拷问的真正问题：女性应该接受真实的"我"呢？还是自欺欺人？在这里，诗歌非常形象地刻画出一个女性的心理状态。毕竟，甜蜜的谎言可以胜过残酷的真实。

从另一个角度来看，真也好，假也好，美丽是为了谁？为丈夫？为男友？为其他男性？对于诗人这样一个相当独立的女性，对于一个在丈夫出轨的痛苦中挣扎的妻子来说，也许这才是该诗所拷问的真正问题：女性是否应该对自己的容貌如此在乎？女性是否应该如此去迎合男权社会对她们的期待？

【思考题】

1. Why does the mirror in the monologue describe itself as truthful not cruel? What does "preconceptions" in the first line mean?
2. In what sense is the mirror like a lake? Why are the "candles and the moon" called liars? Why do people like to see an improved image of themselves, not the truth?
3. What is the poem's theme? Is its anxiety over the passing of time typical of women?

8. Gender and Women (1)

2) Bloody Men

By Wendy Cope

Bloody[1] men are like bloody buses—

You wait for about a year

And as soon as one approaches your stop

Two or three others appear.

You look at them flashing their indicators[2],

Offering you a ride.

You're trying to read the destinations,

You haven't much time to decide.

If you make a mistake, there is no turning back.

Jump off, and you'll stand and gaze[3]

While the cars and the taxis and lorries[4] go by

And the minutes, the hours, the days.

【注释】

1. Bloody: [英国俚语]该死的。有时仅用于加强语气而没有实际意义。

2. indicators:指示器。在此指汽车的转弯灯、停靠灯。

3. Jump off, and you'll stand and gaze:这句话的语法结构是一个固定结构，即 Do sth., and you will..., 意思是"一旦……，就……"。

4. lorries: [英国英语]卡车，运货汽车。美国人称之为truck。

【译文】

该死的男人

该死的男人就像该死的巴士——
你都等了大约一年时间，
而当一辆靠近你的车站，
其他两三辆也随之出现。

你看它们正在闪着停靠灯，
让你搭乘同行。
你竭力辨认着那些终点站，
你没有多少时间作决定。

如果你上错车，就无法回头。
一旦下车，你会站在那里发呆，
轿车，的士，卡车川流不息，
分秒，时日，岁月匆匆逝去。

【赏析】

  温迪·柯普 (Wendy Cope 1945—)，英国当代诗人，著有《为金斯莱·艾米斯做可可》(*Making Cocoa for Kingsley Amis*, 1986)、《捻你大指》(*Twiddling Your Thumbs*, 1988)、《河女》(*River Girls*, 1991)、《严肃的关切》(*Serious Concerns*, 1992)。她毕业于牛津大学历史系，后来，在伦敦的一所小学任教。S. 阿米蒂基（Simon Armitage）和R. 克洛福特（Robert Crawford）在《企鹅1945年以来的英国和爱尔兰诗歌选》(*The Penguin Book of Poetry from Britain and Ireland since 1945*, 1998)中称温迪·柯普为英国最受欢迎的诗人之一，其诗集曾经是畅销书。

8. Gender and Women (1)

《该死的男人》一诗从女性的角度描写了恋爱和婚姻的烦恼。作为一个女人，主人公似乎总是在等待适合的男性向她靠拢，与她接触，进而与她相爱。这种心态在现代都市的女性中非常普遍。像童话中所描写的公主一样，她希望白马王子尽快地到来，像对待公主一样把她娶回家。

然而，诗人并没有用童话来比喻现代女性的这种心理状态，而是用了一个具有现代气息，同时又具有反讽意义的比喻：公共汽车。被等待的男性并不是王子，而是一个普通的男人；他的交通工具也不是"白马"，而是"公共汽车"。所有这些细节都提醒我们，这不是一个浪漫的爱情故事。

对于女性来说，婚姻是"终身大事"。古今如此，东西亦如此。在青春的时期，一个女性年轻貌美，婀娜多姿，可能会有许多的机会，也可能会面临许多的选择。就像乘公共汽车一样，往往两三辆车同时到来，她不知道该上哪一辆。然而，在这个时期，在这种情况下，女性往往会感到迷茫：不知所措，无所适从，因为任何一个选择都会对一生的幸福产生重要影响。又像乘公共汽车一样，每一辆车都会把你带到不同的地方。

一旦上错了车，就会造成难以回首的后果。这就是所谓的"上错花轿，嫁错郎"，可能也无法补救。走出婚姻对女性同样是一件痛苦的事情。有些人可能会有解脱和"解放"的感觉，但多数离婚的女性可能会更加迷茫。她会站在那里发呆，感到时间在她身边分分秒秒地流逝，可能此生再也没有机会。诗歌最后这个"时光流逝"的意象可能对女性比较有刺激性，因为时光的流失意味着青春的离去、美貌的凋谢。此所谓：岁月匆匆，容颜难驻。

整首诗使用了一个主干比喻，从开头扩展到结尾，成为诗歌的主干构架。交通的川流不息与时光的不停流逝形成了一个副比喻，与主干比喻相互辉映。值得注意的是，在主人公对"男性"的抱怨声中，我们不仅感到她的命运之悖逆，同时也感到她的思维之愚笨，因为任何一个想依靠男性来提升自己的女性都是可笑的，她的结局也肯定是不妙的。对于一个女性主义者来说，"干得好不如嫁得好"的想法是荒唐可笑的，婚姻不是女性的全部，女性应该努力实现自己的价值，掌握自己的命运。也许，这正是柯普这首诗的意义所在。

【思考题】

1. In what sense are men and buses alike for the woman? Why are they called bloody?

2. Why does the woman consider men as vehicles to happiness? What is the poet's attitude to this kind of idea?

3. What does the poem mean by saying at the end that the cars and the days go by at the same time?

3) Helen of Troy Does Countertop Dancing[1]

By Margaret Atwood

The world is full of women

who'd tell me I should

be ashamed of myself

if they had the chance.

Quit dancing.

Get some self-respect[2]

and a day job.

Right. And minimum wage,

and varicose veins, just standing

in one place for eight hours

behind a glass counter

bundled up[3] to the neck, instead of

naked as a meat sandwich.[4]

Selling gloves, or something.

Instead of what I do sell.

You have to have talent

to peddle a thing so nebulous

and without material form[5].

Exploited[6], they'd say. Yes, any way

you cut it, but I've a choice

of how,[7] and I'll take the money.

I do give value.

Like preachers, I sell vision,

like perfume ads, desire

or its facsimile. Like jokes

or war, it's all in the timing.

I sell men back their worse suspicions[8]:

that everything's for sale,

and piecemeal. They gaze at me and see

a chain-saw murder just before it happens,[9]

when thigh, ass, inkblot, crevice, tit, and nipple

are still connected.

Such hatred[10] leaps in them,

my beery worshippers! That, or a bleary

hopeless love. Seeing the rows of heads

and upturned eyes, imploring

but ready to snap at my ankles,

I understand floods and earthquakes, and the urge

to step on ants[11]. I keep the beat,

and dance for them because

they can't. The music smells like foxes,

crisp as heated metal

searing the nostrils

or humid as August, hazy and languorous

as a looted city[12] the day after,

when all the rape's been done

already, and the killing,

and the survivors wander around

8. Gender and Women (1)

looking for garbage

to eat, and there's only a bleak exhaustion.

Speaking of which, it's the smiling

tires me out the most.

This, and the pretence

that I can't hear them.

And I can't, because I'm after all

a foreigner[13] to them.

The speech here is all warty gutturals[14],

obvious as a slab of ham,

but I come from the province of the gods

where meanings are lilting and oblique.

I don't let on to[15] everyone,

but lean close, and I'll whisper:

My mother was raped by a holy swan[16].

You believe that? You can take me out to dinner.

That's what we tell all the husbands.

There sure are a lot of dangerous birds[17] around.

Not that anyone here

but you would understand.

The rest of them would like to watch me

and feel nothing[18]. Reduce me to components

as in a clock factory or abattoir.

Crush out the mystery.

Wall me up alive

in my own body.

They'd like to see through me,

but nothing is more opaque

than absolute transparency[19].

Look—my feet don't hit the marble[20]!

Like breath or a balloon, I'm rising,

I hover six inches in the air

in my blazing swan-egg of light.

You think I'm not a goddess?

Try me.

This is a torch song.

Touch me and you'll burn.

【注释】

1. Helen of Troy: 特洛伊的海伦。在荷马史诗《伊利亚特》中,她是斯巴达王后,号称世界第一大美女,被特洛伊的王子拐走,从而引起了旷日持久的特洛伊战争。Countertop Dancing: 桌面舞蹈。就是脱衣舞。

2. Get some self-respect: 有一点自尊吧。因为她的职业被认为没有自尊。

3. bundled up: 包裹起来。指衣服穿得多。

4. naked as a meat sandwich: 像夹肉三明治一样赤身裸体。因为她是一个脱衣舞小姐。

5. without material form: 没有物质形态。脱衣舞卖的不是商品,而是幻象。因此没有物质形态。

6. Exploited:被剥削。她的职业被认为是被剥削的那种。

7. I've a choice / of how: 后面省略了I am exploited。这是上下文连接常常碰到的语言现象。

8. their worse suspicions: 他们的更糟的怀疑,即爱也是可以出售的。

8. Gender and Women (1)

9. a chain-saw murder just before it happens: 分尸谋杀之前的状态。意思是她还是完整的一个人,而来看脱衣舞的人可能仅仅看到某些部位,仿佛是在肢解她。

10. hatred: 仇恨。因为她不卖真爱,玩世不恭,可能有人憎恨这样的女人。

11. the urge / to step on ants: 踩死蚂蚁的冲动。在下面目不转睛看着她的男人们可能产生的冲动。

12. looted city: 特洛伊城。在荷马史诗中,旷日持久的特洛伊战争因海伦而起,以特洛伊城遭到劫掠而告终。

13. foreigner: 外国人。海伦是希腊人,在亚洲西部的城邦国家特洛伊,她就是一个外国人。

14. all warty gutturals: 古希腊人称自己为"希腊人"(Hellean),称所有其他人为"野蛮人"(Barbarian)。所谓的野蛮人就是不会说希腊语的人,因为在希腊语中barbar就是说话叽里咕噜的意思。

15. let on to: 向……透露,告诉秘密。

16. raped by a holy swan: 在荷马史诗中,海伦的母亲丽达(Leda)被变成天鹅的众神之首宙斯(Zeus)强奸,生下海伦和她的姐姐克吕泰涅斯特拉(Clytemnestra)。姐妹两人都做了希腊城邦的王后。

17. birds: 鸟。指宙斯,因为他强奸丽达时变形为一只天鹅。在此也暗示嫖客。

18. feel nothing: 没有感觉。那些去看脱衣舞的人都是抱着一种玩的心态,没有人会动感情。

19. absolute transparency: 绝对的透明。跳脱衣舞的人是透明的,因为不穿衣服。但是恰好是这种透明,背后藏着一种不透明(opaque)。

20. marble: 大理石桌面。也就是跳脱衣舞的舞台。

【译文】

特洛伊的海伦跳脱衣舞

世界上充满了这样的女人，
她们如果有机会，
就会告诉我，
我应该对自己感到羞耻。
不要跳舞啦，
要有一点自尊，
找一个白天的工作。
对，而且中等收入，
静脉曲张，仅仅
在一个地方站八小时，
在玻璃柜台后面，
穿得严严实实，而非
裸露得像夹肉三明治。
卖手套或者其他东西，
而不是卖我卖的东西。
你得有天赋
才能卖如此模糊的东西，
连物质形态都没有。
被剥削，她们说。是的，
不管你怎么说，我有
我的选择，我还会收钱。

我提供了价值，
像牧师一样，我卖的是幻象，

8. Gender and Women (1)

像香水广告,卖欲望

或者它的复制品。像笑话,

或者战争,全靠时机正确。

我把男人的怀疑卖回给他们:

任何东西都可以出售,

一件一件地卖。他们看着我,

看到的是分尸案发生前的状况,

大腿、屁股、墨迹、裂口、乳头、乳房,

仍然连在一起。

醉醺醺的崇拜者,这样的仇恨

正在他们心中形成,或者是一种

朦胧无望的爱。看见一排排人头,

仰望的眼睛,祈求,

但也随时会在脚边斥责,

我理解了洪水和地震,以及

踩死蚂蚁的冲动。我踩着节奏,

为他们跳舞,因为

他们不会。音乐的气味儿像狐狸,

像金属烧热了一样脆,

刺激鼻孔,

像八月一样潮湿,雾蒙蒙,懒洋洋,

像一座城市被劫掠之后,

强奸和杀戮

都已经完成,

幸存者四处游荡,

寻找垃圾吃,

一片精疲力竭的凄凉。

说到这里，只有赔笑，

让我最为厌倦。

这厌倦，装着

没有听见他们说什么。

我的确不能听懂，因为毕竟

我就是一个外国人。

这里的话全是哇啦哇啦的鸟语，

像一块火腿般明白无误。

而我来自神的国度。

语意更有节奏，更加模糊。

我不是对谁都说，

你靠近点，让我轻声细语：

我母亲曾被神圣的天鹅强奸。

你相信吗？你可以带我出去吃饭。

我对所有的丈夫都这么说，

外面肯定有不少危险的鸟。

不是这里的所有人，

但是你将会理解我，

其他人都只想观看我，

不会有什么感觉，将我拆解成部件，

像在时钟工厂或者屠宰场。

除掉所有神秘。

把我活活地禁闭

在我的身体里吧。

他们都想看透我，

但是绝对的透明，

比什么都看不透。

看吧——我的脚不在大理石上！

我正在上升，像气息或气球，

我在空中飘浮，离地六英寸，

一团天鹅蛋似的燃烧的光，

你认为我不是女神？

试一下吧。

这首歌是火炬，

碰我一下，你就会燃烧。

【赏析】

玛格丽特·阿特伍德（Margaret Atwood 1939— ），加拿大当代著名的诗人和小说家，被誉为"加拿大文学女王"。著有《圆圈游戏》（*The Circle Game*, 1964）、《该国动物》（*The Animal in That Country*, 1968）、《苏珊娜·穆迪的日记》（*The Journals of Susanna Moodie*, 1970）、《焚毁之屋的早晨》（*Morning in the Burned House*, 1995）等十多部诗集。获得过加拿大总督文学奖、加拿大勋章、英国布克奖、法国政府文学艺术勋章等多项大奖。

《特洛伊的海伦跳脱衣舞》一诗涉及的问题是女性的被剥削地位问题。诗中的海伦是荷马史诗《伊利亚特》中的斯巴达王后，也是古希腊的绝色美人。她与特洛伊王子帕里斯的私奔，被理解为特洛伊战争的诱因。莎士比亚称她的美貌"启动了千艘战舰"。特洛伊战争持续十年之久，双方两败俱伤，最终希腊联军通过"木马"之计攻陷了特洛伊城。

诗歌中的故事发生在特洛伊战争之后，可以说是荷马史诗的续写。希腊联军除了洗劫城池外，并没有接回他们的王后海伦，而是视之为荡妇，弃之如敝屣。海伦为了生计沦为了脱衣舞女郎。至此，也许我们可以理解，诗歌所写的，与其说是历史，还不如说是以古讽今。

脱衣舞是西方社会常见的现象，是靠出卖色相赚钱的行业。从业女郎地位低下，被人唾弃，受人歧视。在诗歌中，有很多人明白告诉海伦她应该对自己的所作所为感到耻辱，劝告她找一个正经的工作，卖什么都可以，比如卖鞋袜、手套，等等，做白天做的工作。站柜台，而不是跳脱衣舞。然而，这些人并没有意识到，她也是这个社会的受害者和被剥削者。

虽然那些到脱衣舞现场消费的人，用醉醺醺、色眯眯的眼睛望着她，恨不得在她靠近时抓她的脚，但是在他们眼里，她不是一个人，仅仅是手臂、大腿、胸脯、乳头，等等，就是一具被肢解的尸体。他们希望得到的是她的身体，而不是要为她付出什么爱。她仅仅是消费的对象，满足的是他们的欲望，仅此而已。

但是，诗歌的目的并不是要谴责脱衣舞女海伦的堕落，而是让她这样的受害者发声，讲述她们的故事，从而体现她们自己的主体性。诗歌叙事人海伦对她自己的职业有另一种理解，这种理解从某种意义上讲构成了她对这种不公平现象的反抗。她认为她卖的仅仅是幻象，没有任何物质形态。她什么也没有给出去，但是她还可以收钱，这是天才才能做的工作。

从她的话语中，也许有人会认为她不但不以为耻，反而以此为荣，有点厚颜无耻。但是如果我们继续听她的辩解，我们会意识到，她不但谴责男性对女性的剥削，而且还企图报复男性："我卖给男人们的是他们最害怕的疑惑：即什么都可以卖。"男人们希望得到的是真爱，而正是这一点，他们从她这里得不到。因此他们对她又充满了仇恨，恨不得杀死她，像踩死一只蚂蚁。

海伦的职业是一个危险的职业，她必须强装笑脸，忍受辱骂。但是她已经无所谓，因为她本来就是外国人，根本听不懂那些消费者的语言。在西方的脱衣舞女郎，多数是外国人，来自受压迫的家庭。海伦本人就是被强奸的结果，是受害者的后代。她的母亲曾经被变成天鹅的宙斯强奸，然后生下了她和她的姐姐克吕泰涅斯特拉。

诗中的听话者是对她感兴趣的顾客，也是有妇之夫。面对这样一只"危险的鸟",海伦并没有惧怕,而是用主动出击的方式去吓唬他:"你可以带我出去吃饭。"海伦已经不再是西方男性心目中理想的"家中天使"或者顺从的乖乖女。她是一个具有魔力的"女神",她展示了自己可以在空中停留的魔力,像"天鹅蛋似的燃烧的光"飘浮空中。在听了她的话之后,那位顾客是否还敢带她去吃饭?那又是另一个问题。

【思考题】

1. What irony is created when the mystic Helen of Troy is presented as a strip-tease dancer? Is the poem an alternative reading of history or just a writing of a modern phenomenon?
2. What unashamed justifications has Helen made for her profession? Are her reasons also an ironic comment on the modern male-dominating society?
3. Why does the male gazers hate her? What can she offer them and what can she not offer? Why is it possible to interpret the gazers as conquerors in "a looted city"?
4. Why does Helen reveal her divine origin? What does it suggest about herself and about her work?

4) Planetarium

By Adrienne Rich

Thinking of Caroline Herschel (1750—1848)
astronomer, sister of William; and others.

A woman in the shape of a monster[1]
a monster in the shape of a woman
the skies are full of them

a woman   'in the snow
among the Clocks and instruments
or measuring the ground with poles'

in her 98 years to discover
8 comets

she whom the moon ruled[2]
like us
levitating into the night sky[3]
riding the polished lenses

Galaxies of women, there
doing penance for impetuousness[4]
ribs chilled
in those spaces   of the mind

An eye,[5]

8. Gender and Women (1)

      'virile, precise and absolutely certain'[6]

      from the mad webs of Uranusborg[7]

          encountering the NOVA[8]

every impulse of light exploding

from the core

as life flies out of us[9]

      Tycho whispering at last

      'Let me not seem to have lived in vain'[10]

What we see, we see

and seeing is changing

the light that shrivels a mountain

and leaves a man alive

Heartbeat of the pulsar

heart sweating through my body

The radio impulse

pouring in from Taurus[11]

      I am bombarded yet   I stand

I have been standing all my life in the

direct path of a battery of signals

the most accurately transmitted most

untranslatable language in the universe

I am a galactic cloud so deep   so invo-

luted that a light wave could take 15

years to travel through me　　And has taken　　I am an instrument in the shape of a woman trying to translate pulsations into images　　for the relief of the body[12] and the reconstruction of the mind.

【注释】

1. woman in the shape of a monster: 像怪物一样的女人。在传统的男权社会，女人一般相夫教子，做科学家不应该是她们的选择，因此女科学家就被视为怪物。

2. whom the moon ruled: 被月亮控制的她。因为月亮有阴晴圆缺，就像人有各种情感变化。

3. levitating into the night sky: 飘进了夜空。暗示她去世了。

4. doing penance for impetuousness: 为鲁莽而忏悔。似乎女性做科学家是一种"鲁莽"，因此需要"忏悔"。

5. An eye: 赫歇尔幼年患眼疾，一只眼睛失明。

6. 引文是丹麦天文学家第谷·布拉赫（Tycho Brahe，1546—1601）形容自己天文工作的句子，同样适合赫歇尔。

7. Uranusborg：[德语]天王星。赫歇尔帮助其兄长发现了天王星。

8. NOVA: 新星。赫歇尔本人发现了8颗彗星。

9. life flies out of us: 生命飞离我们。暗示死亡。

10. 引文来自第谷的遗言（whispering at last）。第谷于1572年11月11日发现仙后座中的一颗新星，当然没有虚度人生（lived in vain）。

11. Taurus: 金牛座。

12. for the relief of the body: 为了身体的宣泄。科学工作不是为了名利，而是一种身体的宣泄，自身的需求。

8. Gender and Women (1)

【译文】

天文馆

纪念卡罗琳·赫歇尔（1750—1848）天文学家，
威廉·赫歇尔的妹妹，以及其他。

像怪物一样的女人，
像女人一样的怪物，
太空中非常多。

一个女人"在雪中，
在天文钟和仪器中间
用标杆测量地面。"

在她98岁的生命中，
发现了八颗彗星。

被月亮掌控的她，
像我们一样，
上升并进入了夜空，
骑着擦亮的远望镜镜头。

女人像星河一样多，
在那里为鲁莽而忏悔，
肋骨凉了，
在太空中，心灵的太空。

一只眼睛

"浑雄、准确、绝对肯定"
来自天王星的疯狂的网络，

　　　　　巧遇那颗新星。

光的每一脉冲，从核心

迸发出来，
在生命离开我们之时。

　　　第谷临终低声道，
　　　"不要让我虚度人生。"

我们看见的，我们看见了，
看见就是改变，

那光可以使一座山萎缩，
使一个男人存活，

脉冲星的心跳，
心通过我的身体跳动。

这个射电脉冲
从金牛座传来，

把我击中，然而我没有倒下，

我一生都站在这样的信号
首当其冲的地方，
它是宇宙中传输最准确的、
最不可转换的语言。
我是一朵星云，如此深邃，
如此复杂，一束光要花15年
才能从我穿越，而且的确花了。
我就是一台女人形状的仪器，

竭力将脉冲转换成形象，

为了身体的宣泄，

为了心灵的重建。

【赏析】

阿德利安·里奇（Adrienne Rich 1929—2012），美国20世纪女性主义诗人和批评家，著有《钻石切割者》（*The Diamond Cutters and Other Poems,* 1955）、《儿媳妇的快照》（*Snapshots of a Daughter-in-Law: Poems 1954—1962,* 1963）、《潜入沉船》（*Diving into the Wreck: Poems 1971—1972,* 1973）、《时间的力量》（*Time's Power,* 1989）等诗集。她还著有《血、面包和诗歌》（*Blood, Bread, and Poetry,* 1986）等批评著作，揭露男权社会的不平等和不公正，书写女性的受压迫地位。

《天文馆》一诗以英国女性天文学家卡罗琳·赫歇尔的生平为例，呈现了女性的成就在历史上无法获得承认的不公正现象。赫歇尔的兄长威廉·赫歇尔（William Herschel）是英国天文学家，出生于德国汉诺威，后来为逃避兵役而移居英国，在英国成为一名乐诗和作曲家。后来，由于他不同意父母安排妹妹卡罗琳从事女仆职业，遂将妹妹卡罗琳接到英国，安排她做自己的助手。兄妹俩一人作曲，一人演唱，创造了很好的音乐发展前景，但同时威廉对天文学也产生了浓厚兴趣，他自学天体物理，阅读文献，自制望远镜，开展天象观测，卡罗琳也协助兄长开展了这一爱好。

虽然他们没有受过天文学的专业训练，但是他们非常执着。他们放弃了音乐和演出的工作，专心致志地从事天文学研究。虽然有人讥笑他们用自制望远镜观测天象，但是他们坚持不懈地追求，打磨了400多片望远镜镜片，制作出当时最先进的望远镜。在18世纪，天文学界只知道太阳系的前六颗行星，而不知道还有天王星、海王星和冥王星。赫歇尔兄妹通过不断努力，终于明白无误地发现了天王星，将人们对太阳系的认识向前推进了一步，因此得到了英国皇家学会的认可，受到了国王乔治三世的表彰，获得了国王赐予的年金。

　　但是，诗歌暗示，在这个巨大的成就背后，有卡罗琳的重要贡献。在她98岁的人生历程中，她不仅帮助其兄长从事观测和资料整理工作，而且独自发现了八颗彗星，三个星云：她自己也是一名天文学家。诗歌想象她在去世后升入了天空，在她一生观测的天空中，找到了自己的归宿。在那里，赫歇尔加入了其他的女性，"像怪物一样的女人，像女人一样的怪物"。太空的星座多以神话人物命名，男性神话人物多是英雄，而女性神话人物多是怪物或妖女。

　　这一细节暗示了西方社会历来对女性的歧视，甚至在天文学中也不例外。升天后的赫歇尔在太空发现，"女人像星河一样多，/在那里为鲁莽而忏悔。"女性的工作就是生儿育女、相夫教子，从事天文学之类的工作就是大逆不道，因此她们死后应该为她们的"鲁莽"而忏悔。但我们应该承认的是，卡罗琳·赫歇尔的天文学成就不但与其兄比肩，而且可与发现仙后座的天文学家第谷媲美。用第谷的话说，她也没有虚度（她的）人生。

　　在诗歌第二部分，卡罗琳·赫歇尔本人变成诗歌的叙事人，她在向我们叙说她一生的追求。来自金牛座的每一束光、每一个脉冲，都冲着她袭来，就好像她一生都站在这些信号的首当其冲的位置，而它们是宇宙中最晦涩，最不可翻译的信号。而现在她变成一片星云，她如此之大，以至于一束光要花费15年时间才能穿越她，她想让我们知道她就是一个女人形状的"工具"，不断地将脉冲变成图像。

　　"工具"是卡罗琳本人曾经使用过的词，她说她仅仅是兄长的一个"工具"，一切都归功于其兄。在她的时代，社会期待女性低调、谦恭、退让，卡罗琳的"工具"说实际上抹掉了她自己的贡献，凸显了其兄的功劳，这也迎合了社会的期待。更加可怕的是，作为女性，社会的期待已经内化到了她的内心，实际上她不知不觉地认可了男权社会的偏见。

8. Gender and Women (1)

【思考题】

1. What is the difference between the narrator of the first part (Lines 1—25) and the narrator of the second part (Lines 26—45)? What different stories are told in the two parts?
2. What does Caroline Herschel discover when she dies at the age of 98, "levitating into the night sky" and joining the "galaxies of women there"?
3. What achievements has she made during her lifetime? In what sense can she be compared to the Danish astronomer Tycho?
4. Why is she often considered just as "sister of William"? What does she say and mean about her own astronomical work when she says "I am an instrument"?

5) Siren[1]

By Louise Glück

I became a criminal when I fell in love.[2]

Before that I was a waitress.

I didn't want to go to Chicago with you.

I wanted to marry you, I wanted

your wife to suffer.

I wanted her life to be like a play

in which all the parts are sad parts.

Does a good person[3]

think this way? I deserve

credit for my courage—

I sat in the dark on your front porch.

Everything was clear to me:

if your wife wouldn't let you go

that proved she didn't love you.

If she loved you

wouldn't she want you happy?

I think now

if I felt less I would be

a better person[4]. I was

a good waitress,

I could carry eight drinks.

I used to tell you my dreams.

8. Gender and Women (1)

Last night I saw a woman sitting in a dark bus—

in the dream, she's weeping, the bus she's on

is moving away. With one hand

she's waving; the other strokes

an egg carton[5] full of babies.

The dream doesn't rescue the maiden.

【注释】

1. Siren: 塞壬，希腊神话中的海妖，在荷马史诗《奥德赛》中，她们是半人半鸟，在大海上唱歌，吸引海员。海员着迷，在接近她们的过程中，会失去对船的控制，触礁身亡。在此海妖被用来比喻勾引男人的第三者。

2. I became a criminal when I fell in love：我因恋爱而成为罪人。叙事人就是题目所说的"海妖"或者第三者。

3. good person：暗示她因情感失去了理智，变成一个坏人。一般指第三者。

4. if I felt less I would be / a better person: 暗示如果没有被感情所困，她会是一个更好的人。

5. egg carton: 装鸡蛋的纸盒。

【译文】

塞壬

我一坠入爱河就变成了罪人，
之前我是一名女招待。
我不愿意跟你去芝加哥，
我想嫁给你，我要
你妻子痛苦。

我想把她的生活变成一出戏，

所有部分都是悲剧。

一个好人会这样想吗？

我的勇气值得表扬——

我坐在你黑暗的门廊里，

对于我，一切都很清楚：

如果你的妻子不愿意放弃，

那就说明她不爱你。

如果她真的爱你，

难道她不愿意你幸福吗？

我现在认为，

如果我没那么多情感，我会

是一个更好的人。我曾经

是一个很好的女招待，

我能够一次端八杯饮料。

我曾经告诉你我的梦想，

昨晚我看见一个女人坐在公共汽车里——

在这个梦中，她在哭，她坐的公共汽车

在离开，她的一只手在挥，另一只

抚摸着鸡蛋盒，里边全是婴儿。

梦没能拯救这个女人。

【赏析】

路易斯·格吕克（Louise Glück 1943—2023），美国当代女诗人，2020年诺贝尔文学奖获得者，著有《沼泽上的房屋》（*The House on Marshland*, 1975）、《阿拉拉特》（*Ararat*, 1990）、《野鸢尾》（*The Wild Iris*, 1992）、

8. Gender and Women (1)

《草场》（*Meadowlands*, 1996）、《阿弗诺》（*Averno*, 2006）等诗集。她曾经师从"自白派"诗人麦克辛·库明（Maxine Kumine），其诗歌有"自白"特征，但是其诗歌的女性主义关切也非常明显。

《塞壬》一诗来自《草场》，是对荷马史诗《奥德赛》的一个故事情节的改写。在这部荷马史诗中，古希腊英雄俄底修斯离开了妻子、离开了家，随希腊联军征战特洛伊。战争结束之后，他的返程路途碰到了神灵的阻挠，经历了许多艰难险阻。最终，他花了十年时间才成功地回到了他的故乡伊萨卡岛，与他的妻子团聚。

格吕克的《塞壬》一诗将这个故事搬到了现代，将人物置换为现代人。诗中也有一位男士，他也是有妇之夫，但他已经不再是俄底修斯式的大英雄，而是现代都市的一个普通白领。他没有惊天动地的英雄业绩，仅仅是一个挣钱吃饭的工薪族。诗歌中的塞壬是与他交往的年轻女性，是一个想通过婚姻改变自己命运的女孩，即我们常说的第三者。

在《奥德赛》中，塞壬是人首鸟身的海妖，她们一共三只，在暗礁上歌唱，吸引路过的船上的海员。当船员受到诱惑接近她们时，船只就会触礁，导致船毁人亡。据说塞壬的歌声美妙无比，无人能够抵挡其诱惑，俄底修斯在回家途中，曾经碰到塞壬。他下令所有船员用蜡堵住耳朵，下令手下将他自己绑在桅杆上，以阻止他被海妖诱惑。因此，在诗歌中，塞壬就是勾引男人的第三者的化身。

《塞壬》一诗可以说就是一个第三者的自白。她曾经是女招待，爱上了一个有妇之夫。她说，"我一坠入爱河就变成了罪人"。诗歌从某种意义上讲，就是对第三者的心理分析。格吕克本人有过两次婚姻，最终都以失败告终。她体验过丈夫离家出走和婚姻破裂的痛苦，也痛恨第三者的不道德行为。诗歌中那位女招待深知自己的行为是一种罪孽；她也深知她的个人选择有问题，但是她坚持错误，不能自拔。

第三者的目标是把原配妻子赶走，取而代之。她常常故意把事情弄得很糟，"我想把她的生活变成一出戏，/所有部分都是悲剧"。她想让原配妻子成为这个悲剧的主角,使她爱的所有人都在这个悲剧中受苦受难。她以搅局、添乱、破坏的方式来达到她的目的。"一个好人会这样想吗?"这个思路正确和符合逻辑吗?当然,恋爱中的人常常没有逻辑,智商倒退到少年和幼儿时代。她的主要观点是,原配妻子维持无爱婚姻是自私的。如果她希望他幸福,她就应该放手。如果她还爱他,她就应该让他去追求幸福、得到幸福。但是第三者从来不会去想:她是否能够真正给他幸福?或者他们的结合是否又是一个错误?

这位第三者曾经有她的梦,盲目地幻想着美好未来。但是,当她发现与她交往的大男人并没有要娶她的意思,或者不能下决心走出最后一步,她的这个美梦最终完全破碎。她看不到什么希望,在她的破灭的梦中,她看见自己坐上了汽车,含着眼泪挥手道别,但是她已经怀上了对方的孩子,因此插足他人婚姻的真正的受害者还是第三者自己。

【思考题】

1. What kind of mythical figures are siren? What kind of modern women are they made to symbolize?
2. What kind of story is told in this poem? What parallel is there between this story and that of the Homeric epic *Odyssey*?
3. What does the dream at the end imply about the outcome of the story? What distortions of mind has the affair brought to the woman?

9

Gender and Women (2)
性别与女性（2）

9. Gender and Women (2)

性别问题在英国19世纪的浪漫派诗歌中有诸多反映。威廉·布莱克在《阿尔比昂女儿们的幻象》（*Visions of the Daughters of Albion*）中，通过乌苏恩的口提倡性自由，放弃传统的父权制对女性贞洁的限制，允许女性大胆追求幸福和自我满足。布莱克将女性受到的压迫与美洲黑奴受到的压迫联系起来，乌苏恩是一个女性，同时也是一个黑奴，她受到的是双重禁锢。然而，将追求性解放和性满足的主张放到一个女性黑奴口中，也许迎合了当时的大众对黑奴女性的想象，这可能也反映出布莱克的某种局限。

19世纪的人们对女性的认识实际上还很传统。据凯特·米利特（Kate Millett）在《性政治》（*Sexual Politics*）中所说，当时的社会仍然存在着传统遗留下来的仇女或厌女倾向。女性要么被视为温柔善良的"家中天使"，要么被视为充满危险的"浪荡女"或"妖女"。如果我们看华兹华斯"露西组诗"（*Lucy Poems*），那么我们会发现露西就是一个被理想化的女性化身：她在家中温暖的壁炉旁"转动纺车"；她像"鸽泉边"的一朵"紫罗兰"，远离闹市的喧嚣，独自绽放；她似乎拥有永恒的美丽，"凡间的年代不能触碰"。

然而，如果我们翻阅拜伦的《唐璜》（*Don Juan*），那么我们就会看到女性被塑造成另一种形象。唐璜的大多数浪漫经历都不是他追求的结果，而是他被追求的结果。他总是一个被动的受害者，而不是一个主动的加害者。而女性，从朱丽亚和海盗的女儿，到土耳其女苏丹和俄罗斯女沙皇叶卡捷琳娜，要么充满了危险的魅力，要么位高权重。两者对男性的自我都形成了一种威胁。

这种将女性描写为威胁和妖女的倾向在济慈的《拉米亚》（*Lamia*）和柯尔律治的《克里斯特贝尔》（*Christabel*）中都有所体现。这些女性主人公往往外表美丽动人，但最终却是一条"美女蛇"。济慈的《没有怜悯的美女》（*La Belle Dame Sans Merci*）继承了中世纪的歌谣传统，讲述了一个骑士被"妖女"蛊惑，不能自拔，最终为情所困，而死于野外。这样的故事在神话、童话和歌谣中被无数次重复，从而形成了一种常规的关于女性的刻板文学想象。

直到19世纪中叶，英国的女性权利问题才被真正认真对待。维多利亚时期的著名诗人丁尼生（Lord Alfred Tennyson）在《公主》（"The Princess"）一诗中，描写了一座女性学校，提倡为女性提供平等的教育。1869年，英国著名哲学家和社会学家约翰·斯图亚特·穆勒（John Stuart Mill）发表了《论妇女的屈从》（"The Subjection of Women"），论述了"解放妇女除了促进妇女得到福利之外，也是为人类增添幸福的先决条件"。穆勒在文中提出男女在法律上应该享有平等的权利，呼吁给予妇女财产权、就业权和投票权。这篇文章被称为19世纪世界女权运动的《圣经》。

在19世纪，英国的选举权一直因财产资格的限制而局限于贵族。劳动阶层男性和妇女被排斥在选民的范围之外。英国妇女运动与政治民主化运动相辅相成，促成了1832年、1867年、1884年的三次议会改革，逐渐消除了选举制度中的财产资格的限制，使选举权逐渐由贵族扩大到工业中产阶级和成年男性，并最终在1918年扩大到英国女性。

1949年，法国女性哲学家西蒙娜·德·波伏娃（Simone de Beauvoir）在《第二性》中，从生理、心理、经济、文化、历史的角度对女性的性别特性、女性的性属、女性的社会地位做了详细的分析，并且有史以来第一次提出女性的性别不是由生理决定的，而是由社会建构的："女人不是生来就是女人，而是形成的。"她在书中用大量事实证明，女性虽然占人类数量的一半，但是在历史上一直是受压迫的对象。与男性相比，女性就是次要的性别，是附属于男性的"第二性"，是男性的"他者"。

波伏娃广泛地运用了"他者"概念来说明她的观点。她首先认为，"他者"这个范畴自古有之，"同意识一样古老，在最原始的社会，在最古老的神话，都可以发现'自我'和'他者'的二元性表达方式"。比如，在善与恶、吉与凶、左与右、上帝与魔鬼这些具有鲜明对比的概念中，在阴与阳、日与月、昼与夜这些成双成对的概念中，都有女性因素的存在。也就是说，恶就是善的他者，阴就是阳的他者。同样，女性就是男性的他者。

波伏娃认为，"他异性是人类思维的基本范畴"。任何一组概念，如果没有相对照的他者（the Other），就根本不可能成为此者（the One）。因此，定义和区分女人的参照物是男人。两性关系逐渐被定位为充实与亏空、力量与温柔、主动与被动、理性与感性、光明与黑暗、逻辑与混乱等二元对立关系，而性别之间的不平等也逐渐被理论化、制度化。

1) The Victory

By Anne Stevenson

I thought you were my victory
Though you cut me like a knife
When I brought you out of my body
Into your life.

Tiny antagonist, gory[1],
Blue as a bruise[2]. The stains
Of your cloud of glory
Bled from my veins.

How can you dare, blind thing,
Blank insect eyes?
You barb[3] the air. You sting
With bladed cries.

Snail[4]! Scary knot of desires[5]!
Hungry snarl! Small son.
Why do I have to love you?
How have you won[6]?

【注释】

1. antagonist, gory: 对手，血淋淋的。如果母亲将生产比喻为一场战斗，那么对手自然就是婴儿。

9. Gender and Women (2)

2. bruise: 青肿，伤痕。刚出生的婴儿身上往往有淤青痕迹。

3. barb: [动词] 刺伤。[名词]（铁丝网的）刺，倒刺。说明婴儿哭声很刺耳。

4. Snail: 蜗牛，行动迟缓的人。在此比喻婴儿。

5. knot of desires: 欲望疙瘩。婴儿没有思维，只有本能欲望。因此它根据身体基本需要发出哭声，表示想要吃喝拉撒。

6. won: 胜利，获胜。说明诗歌的确在用战斗比喻生产。

【译文】

胜利

我想你就是我的胜利品
虽然你像刀一样割裂我
当我从身体里将你生出
让你来到生命之中。

小小对手，满身是血
像创伤般发蓝，血迹，
你的像云彩般的荣耀
它却来自我的血管。

仍未睁眼的东西，茫然
昆虫般的眼睛？你怎敢？
你刺穿空气。你的
哭喊像刀片般刺痛我。

蜗牛！可怕的欲望疙瘩！
饥饿的哭喊！宝贝儿子。
我为什么要爱你？
你是怎么获得的胜利？

【赏析】

安妮·斯蒂文森（Anne Stevenson 1933—2020），美国当代诗人，著有《生活在美国》（*Living in America*, 1965）、《足够的绿》（*Enough of Green*, 1977）、《反转》（*Reversals*, 1970）、《虚构者》（*The Fiction Maker*, 1985）、《另一幢房屋》（*The Other House*, 1990）等。她出生于英国，在美国长大，毕业于密歇大学，后来回到英国，以教书为业，曾任职于格拉斯哥大学。她的关于西尔维娅·普拉斯的传记《苦涩的名声》（*Bitter Fame*）试图为诗人泰德·休斯正名，曾引起学界的争议。

斯蒂文森的题材主要来自大自然，来自诗人生活的南威尔士的山峦和草场。她的诗歌充满了大自然的色彩和气息，但同时也是对自然现象的感慨。然而，斯蒂文森也是一位女性诗人，她的作品自然带有女性意识和女性写作的印记。对她来说，女性主义与其说是给予自由的哲学，倒不如说是自我束缚的绳索。她更倾向于接受一种非教条化的旨在"提高觉悟"的女性主义。她对性别的关注常常被超越、替代为一种"双性同体"的想象。她在一诗中写道："通常/ 我不会问/ 我是男还是女/ 当我融入这个天意的安排/ 不管它怎样描述/ 我感到最快乐。"

《胜利》一诗就是一首描写女性经验和女性意识的诗歌。诗中描写的女性经验是生育，那种既痛苦又快乐的复杂感受。对于这位女性来说，生育就像是一场战斗：它需要流血，需要忍受痛苦，需要使出浑身解数。诗歌正是使用了这样一个比喻，并且将这样一个比喻用到了恰到好处，使读者感觉到母亲生育的艰难，她的付出是一个没有经历生育的人所无法想象的。

如果生育是战争，那么对手是谁呢？诗歌告诉我们，对手就是那个"仍未睁眼的东西"，那个只会哭闹的"欲望疙瘩"。母亲的感觉是它"像刀一样割裂我"，它的哭喊"像刀片般刺痛我"。它虽然满身是血，但却像一个勇敢的、负伤的士兵，那血迹就是它的军功章。这个情节使人想起史蒂芬·克雷恩的小说《勇敢的红色勋章》。对于一个士兵来说，身上的血迹就

9. Gender and Women (2)

是勇敢的标志，就是"红色勋章"。

一般来讲，当孩子最终出生，母子一切平安，一位新任母亲都会有大功告成的感觉，或者像诗中所说，有一种"胜利"的感觉。然而，诗中这位母亲的感觉却不然。她的战斗还没有结束，宝贝儿子的哭声就是对她的命令：他需要喂奶，需要照顾，母亲只得服从。如果生育是一场母亲与儿子的战斗，那么诗歌中这位母亲最终是失败者，而不是胜利者。她最终屈服于儿子的哭喊。

说到这里，我们应该意识到诗歌的语气有一定的复杂性，它反映了一个母亲爱恨交织的复杂心情。我们不能简单地把这位母亲的话视为抱怨，这位母亲也没有简单地把这个孩子视为"敌人"。如果说她有抱怨的话，那么这个抱怨也带有一种甜蜜、一丝戏谑，像玩笑一样。也许她说她不理解"为什么要爱你"，但是她的确有一种爱。当她说她不能理解孩子在这场力量悬殊的对决中为什么成为胜利者，这里面也充满了一种爱。其实，不是不理解，而是爱让她将胜利拱手相让。

【思考题】

1. What victory is the speaker describing? What combat is being suggested? Is the metaphor appropriate?

2. Why does the baby antagonist emerge in "your cloud of glory"? In what sense has he won?

3. What mixed feeling towards the baby is expressed? What do words like "bladed cries" and "scary knot of desires" suggest?

2) In Celebration of My Uterus

By Anne Sexton

Everyone¹ in me is a bird.

I am beating all my wings.

They² wanted to cut you³ out

but they will not.

They said you were immeasurably empty

but you are not.

They said you were sick unto dying

but they were wrong.

You are singing like a school girl.

You are not torn.

Sweet weight,⁴

in celebration of the woman I am

and of the soul of the woman I am

and of the central creature and its delight

I sing for you.⁵ I dare to live.

Hello, spirit. Hello, cup⁶.

Fasten, cover. Cover that does contain.

Hello to the soil of the fields⁷.

Welcome, roots.

Each cell has a life.

There is enough here to please a nation.

9. Gender and Women (2)

It is enough that the populace own these goods.

Any person, any commonwealth would say of it,

"It is good this year that we may plant again

and think forward to a harvest.

A blight[8] had been forecast and has been cast out."

Many women are singing together[9] of this:

one is in a shoe factory cursing the machine,

one is at the aquarium tending a seal,

one is dull at the wheel[10] of her Ford,

one is at the toll gate[11] collecting,

one is tying the cord of a calf[12] in Arizona,

one is straddling a cello in Russia,

one is shifting pots on the stove in Egypt,

one is painting her bedroom walls moon color,

one is dying but remembering a breakfast,

one is stretching on her mat in Thailand,

one is wiping the ass of her child,

one is staring out the window of a train

in the middle of Wyoming and one is

anywhere and some are everywhere and all

seem to be singing, although some can not

sing a note.

Sweet weight,

in celebration of the woman I am

let me carry a ten-foot scarf,

let me drum for the nineteen-year-olds,

let me carry bowls for the offering

(if that is my part).

Let me study the cardiovascular tissue[13],

let me examine the angular distance of meteors,

let me suck on the stems of flowers

(if that is my part).

Let me make certain tribal figures

(if that is my part).

For this thing the body needs

let me sing

for the supper,

for the kissing,

for the correct

yes.

【注释】

1. Everyone: 婴儿。

2. They: 医生。在作者就诊时,医生判断其子宫患病,需要切除。

3. you: 子宫。即题目中的Uterus。

4. Sweet weight: 甜蜜的重物,即子宫。

5. I sing for you: 我为你歌唱。you即子宫。

6. cup: 奖杯。之所以子宫被比喻为奖杯,可能是因为其形状相似。

7. the soil of the fields: 原野中的土壤。子宫被比喻为土壤,是因为它们都可以孕育。

8. blight: 瘟疫。这是暗示作者因病就医,但是后来没有确诊,警报被解除。

9. Many women are singing together: 许多女性共同歌唱。她们与作者一起

9. Gender and Women (2)

庆祝。

10. wheel: （汽车的）转向盘。相当于steering wheel。

11. toll gate: 收费站。

12. tying the cord of a calf: 将小牛的脐带系上。暗示接生。

13. cardiovascular tissue: 心血管的组织。

【译文】

歌颂子宫

每一个在我身体里都是鸟，
我拍打我所有的翅膀。
他们要把你切除，
但是他们不会。
他们说你完全空旷，
但是你不是。
他们说你病入膏肓，
但是他们弄错了。
你像一个女生一样歌唱，
你没有破裂。

甜美的重量
庆祝我是一个女人，
庆祝我作为一个女人的灵魂
庆祝中心的家伙和它的欢乐，
我为你歌唱，我敢于活着。
你好，灵魂，你好，奖杯。
系紧，盖住，包容的皮囊。

你好，原野里的土壤，

欢迎，在此扎根。

每一个空间都包含生命，

这足以让一个国家高兴。

人民拥有这些东西就足够了。

任何人，任何联邦都会说，

"很好，我们今年又可以播种了，

可以展望收成。

虽然预报有瘟疫，但已经排除。"

许多女性都为此而歌唱：

一个在鞋厂诅咒机器，

一个在海洋馆喂养海豚，

一个紧握她的福特车的转向盘，

一个在收费站门前收费，

一个在亚利桑那接生牛犊，

一个在俄罗斯弹奏大提琴，

一个在埃及整理炉上的火锅，

一个在用月色油漆卧室的墙，

一个在死亡前记起了早餐，

一个在泰国躺在垫子上伸展，

一个在为婴儿擦屁股，

一个在火车上注视窗外，

火车正穿越怀俄明州，一个

在任何地方，有些在所有地方，

所有人似乎都在歌唱，虽然有些

不会唱一个音符。

甜美的重量，

庆祝我是一个女人，

让我戴上十英尺长的围巾，

让我为十九岁少女而击鼓，

让我拿起饭碗乞讨施舍，

（如果那是我的角色）。

让我研究心血管的细胞组织，

让我观察流星之间的直角距离，

让我吮吸鲜花的茎，

（如果那是我的角色）。

让我扮演某些部落的人物，

（如果那是我的角色）。

为了这个身体所需要的东西，

让我歌唱，

为了晚餐，

为了亲吻，

为了正确，

是的。

【赏析】

安妮·塞克斯顿（Anne Sexton 1928—1974），美国20世纪"自白派"诗人，著有《去疯人院及一半回归》（*To Bedlam and Part Way Back*, 1960）、《我所有可爱的人》（*All My Pretty Ones*, 1962）、《变形记》（*Transformations*, 1971）、《死亡笔记》（*The Death Notebooks*, 1974）、《可怕地划向上帝》（*The Awful Rowing Toward God*, 1975）等诗集。塞克斯顿的诗歌多以自己的生活为题材，特别是写那些痛苦和难以启齿的经历，如抑郁症、离婚、生

子、自杀、精神病院、幼年时被性侵，等等。

《歌颂子宫》一诗的起因是1966年她被诊断出子宫癌，医生建议她做子宫切除手术。虽然后来证明可能是误诊，手术并未实施，但这个事件对她产生了重大影响，使她对子宫、生育、女性特质、女性自我、国家、人类延续等都产生了思考。

在给诗人罗伯特·布莱（Robert Bly）的信中，她说："前天他们要我做子宫切除手术，但是昨天我到波士顿找了一位大专家，保住了它，也保住了我体内的女性灵魂的一部分。"在诗歌中，诗人并没有写手术，也没有写为此进行的治疗，而是写她为拥有子宫而感到的自豪。诗人为自己的子宫可以保守治疗而欢欣鼓舞，她说医生的诊断出现了错误，她的子宫是健康的、充实的、没有问题的，因此，她要为此而歌唱。

子宫是女性身体的特有器官，可以说它是女性的自我的反映，是女性之所以成为女性的关键因素。因此，诗歌将它视为女性"作为一个女人的灵魂"，视为女性的"中心的家伙"。女性用这个器官孕育子女，它为人类的永世延续而生，因此子宫可以被视为土壤，它为幼苗提供滋养，它使幼苗茁壮成长。一个国家、一个民族是由它的人民构成，而人民的出生依赖于女性的子宫，诗歌充分凸显了女性的价值，以及她们对一个国家的存在所起到的非常重要的作用。这就是为什么诗人要为她的子宫而歌唱。

如果诗人身体中的癌症是一场虚惊，警报已经解除，"虽然预报有瘟疫，但已经排除"，那么，这又是一个值得庆幸、值得歌唱的情况。为此，诗歌想象各行各业的女性都在歌唱，各个不同国家的女性都在庆祝。即使是那些平时完全不会唱歌的女性也在歌唱，"一个/在任何地方，有些在所有地方，/所有人似乎都在歌唱，虽然有些/不会唱一个音符"。这个大合唱显示了全世界女性的团结和统一。

在这个过程中，我们看到了女性在各行各业的生活片段，她们不仅为人类养育后代，"为婴儿擦屁股"，而且也在各行各业为社会的发展做贡献：他们在鞋厂做工，在海洋馆训练海豚，在大街上开车，在音乐厅演奏，在收

9. Gender and Women (2)

费站收费，等等。最后，诗歌为女性祈祷，祈祷她们的社会担当。女性在社会上扮演了不同的角色，她们可能是医生，可能是天文学家，可能是演员，因此诗歌也是为她们对社会做出的贡献的歌唱。

【思考题】

1. Why does the speaker want to celebrate her uterus? What importance does it have for a woman?
2. Why is the uterus compared to the soil of the fields? In what sense are they are alike?
3. Why does the speaker list women from all over the world? What function does this chorus perform in the poem?

3) Morning Song

By Sylvia Plath

Love set you going like a fat gold watch[1].
The midwife slapped your footsoles, and your bald cry
Took its place among the elements[2].

Our voices echo, magnifying your arrival. New statue.
In a drafty museum,[3] your nakedness
Shadows our safety.[4] We stand round blankly as walls.

I'm no more your mother
Than the cloud that distills a mirror to reflect its own slow
Effacement at the wind's hand.[5]

All night your moth-breath
Flickers[6] among the flat pink roses. I wake to listen:
A far sea moves in my ear.

One cry, and I stumble from bed, cow-heavy[7] and floral
In my Victorian nightgown.[8]
Your mouth opens clean as a cat's. The window square

Whitens and swallows its dull stars.[9] And now you try
Your handful of notes[10];
The clear vowels rise like balloons[11].

9. Gender and Women (2)

【注释】

1. fat gold watch: 胖胖的金表。指婴儿胖胖的，在肚子里成长，到时间就会出生，像倒计时的表一样准时。

2. the elements: 要素（土、水、气、火四要素）。在此指自然环境，自然。

3. New statue. /In a drafty museum: 新雕塑，指婴儿。在穿风的博物馆，指医院。这两个比喻都比较特别，可能是因为雕塑一般是大理石，像婴儿皮肤一样光滑。医院长长的走廊，可能使诗人想起了某个博物馆。

4. your nakedness /Shadows our safety: 你的赤裸给我们的安全投下了阴影。赤裸即没有遮挡，因此不安全。

5. the cloud that distills a mirror to reflect its own slow / Effacement at the wind's hand: 一片云，凝结出一面镜子，来映照自己/ 在风的吹拂中缓缓消逝的身影。意思是，婴儿一旦产生，他就不再是母亲的一部分，因此母亲就可以消失了。这个比喻有点复杂，但基本意图是将母亲与婴儿的关系比喻为云和雨的关系：正如水面见证一片云的消失，婴儿也将见证母亲的消失。

6. Flickers: 闪烁，时隐时现。在此指呼吸的节奏。

7. cow-heavy: （身体）像奶牛一样沉重。指女性生产后的感觉。

8. floral /In my Victorian nightgown: 穿着维多利亚式睡衣，满身是花。形容睡衣带花。

9. The window square /Whitens and swallows its dull stars: 窗户的方框/ 正在变白，吞没其间的淡淡星辰。意思是从室内望去，窗外的天空正在变白，其间闪烁的星星渐渐消失。这表示天快亮了。

10. notes: 音符。婴儿的哭啼声。

11. balloons: 气球。指音符上升的样子。

【译文】

晨歌

爱使你走得像一只胖胖的金表。
助产士拍拍你的脚掌,你光秃秃的哭声
在天地间便占有了一席之地。

我们的声音呼应,放大了你的到来,一尊新雕像。
在穿风的博物馆里,你的赤裸
给我们的安全投下了阴影。我们像墙壁般伫立四周。

我成为你的母亲,无非像是一片云,
它凝炼出一面镜子,来映照自己
在风的吹拂中缓缓消逝的身影。

整个夜晚,你飞蛾般的呼吸
在扁平粉红的玫瑰间忽隐忽现。我醒来谛听:
远方的大海在我耳中涌动。

一声哭啼,我便翻身下床,笨重如奶牛,
披着维多利亚式睡衣,身上全是花朵。
你张开的嘴,像猫嘴一样干净。窗户的方框中

正在泛白,吞没其间的淡淡星辰。此刻你试着唱起
你那数量有限的音符;
清澈的元音,像气球一样升起。

9. Gender and Women (2)

【赏析】

《晨歌》一诗写普拉斯的女儿芙蕾达（Frieda）出生的经历。时间是1960年4月1日凌晨5：40左右，这是平时普拉斯写作的时间，她很多诗歌，尤其是后期的诗，都写于凌晨四五点至孩子醒来之间。黑夜向白昼的过渡对于她来说蕴含着特别的意味，昼夜分界常常给她一种恐慌。

诗歌的地点是医院：助产士拍打孩子的脚掌，孩子发出第一声啼哭；家人像围墙般站在四周，他们的惊叹交织着孩子的哭声，将孩子的降生放大为天地间的宏大事件；孩子的赤裸显得很无助、很脆弱，从而削弱了大人们的安全感。在这些描写中，我们看到女性所特有的洞察力：婴儿像一尊雕塑，医院像一座博物馆。诗人之所以产生如此的感觉，是因为她经常光顾博物馆，对博物馆的冰冷和空旷的环境十分熟悉。也许婴儿稚嫩的皮肤使她想起了大理石雕塑的质感，医院的空旷的厅堂和穿堂风都有一种博物馆的感觉。

诗歌题目中的"晨歌"是婴儿的哭声。对于一般人来说，那是刺耳的尖叫，然而对于母亲来说，那是悦耳的音乐。诗歌中最精彩的描写就是母爱：孩子轻声地睡着，呼吸轻柔，像飞蛾一般，同时也像远处大海传来的波涛声。对于母亲来说，听孩子的睡声是一种享受。然而孩子一醒，母亲就醒。孩子的啼哭就是她的警报，孩子张开的嘴等待她去喂。虽然母亲自己的身子仍然笨重，仍然在产后恢复，但是她的心情就像睡衣上的花朵一样灿烂。孩子的每一声啼哭都是音符，像气球一样轻柔地上升的音符。从这些细节，我们可以看到一个母亲的伟大，一种母爱的伟大。也许它是女性与生俱来的本能，同时更是一种由母爱催生的责任感和使命感。

然而，诗歌也并非完全是母爱的颂歌，它暗含着一些更加微妙的，甚至是灰暗的预兆。诗歌的开头似乎很自然：爱情孕育了婴儿，它在母亲腹中长大。从胎动开始它就一直像时钟一样不停地生长着。然而，这个比喻，腹中婴儿像胖胖的金表，却偷偷地将人生时间化、刻度化，它不仅数着婴儿诞生的时间，同时也数着她一生的岁月，过一分少一分，过一秒少一秒。医院房间的四壁"茫然地"(blankly)望着婴儿的降生:茫然也许意味着"光秃秃的",没有墙纸,但是它也可能显示另一种心情:冷漠。

另外,博物馆的比喻突出了医院的阴冷的空旷感。普拉斯曾经在诗中记录她的流产经历,对逝去的小生命表达痛苦的惋惜:"你紧攥的洋娃娃似的小拳已经松开"(《国会山原野》)。在流产的阴影笼罩下,医院成了阴冷的博物馆:"空荡荡的,我回想着最轻的脚步声,/没有雕像的博物馆,立柱、门廊、大厅一应俱全"(《不孕的女人》)。

生育对于普拉斯是一个很特别的感觉。在诗中,她将母亲比作一片云,在风中不断吹散,变成雨降落到地面消失。这种失落感被黑格尔描写为:"孩子的出生便是父母的死亡"。在孩子降生、与母体分离那一刹那,正如她的丈夫泰德·休斯写道,就是对父母的放逐:"你已经把我们放逐。/一些星星闪耀着穿过。我们俯身/看你,犹如表演之后无须点亮的/面具,高高挂起。"(《致六个月大的F. R.》中的F即Frieda。)

最后,医院窗户的方框逐渐泛白,说明白昼正在到来,然而被"吞没其间的淡淡星辰"让人觉得有一些意外。这可以理解为:黎明的星辰逐渐暗淡消失。但是"吞没"所暗示的暴力与正在描写的母爱有一点不太协调。这是否暗示了普拉斯最终携孩子一并自杀呢?我们不得而知。最后,孩子的哭啼像音符,"清澈的元音,像气球一样升起"。这不免让人想起在诗人去世前曾作的《气球》一诗:"你的小弟弟/正把他的气球/弄得像猫一样吱吱乱叫。"

1961年,普拉斯准备出版诗集《爱丽尔》时,将《晨歌》排为第一首,将《饲养蜜蜂过冬》排在最后一首。由于后者以"它们体味到了春天"结束,因此诗人似乎是以"爱"字开始,以"春"字结束。然而,休斯在出版诗集《爱丽尔》时改变了普拉斯原来的顺序并作了一些增删,试图使这些诗歌成为"一套神话的诸多章节"。《晨歌》所反映的也许就是普拉斯生活的一个小小章节。

9. Gender and Women (2)

【思考题】

1. Why is the baby fetus described as a "gold watch"? Why is the baby's "nakedness" described as a shadow over our safety?
2. Why does the speaker think the baby's birth is the end of the mother's role? Does it really mean that the mother can disappear like a "cloud"?
3. What does the "Morning Song" in the title mean? Why is it so musical to the mother while not so to other people?

4) The Mother

By Gwendolyn Brooks

Abortions will not let you forget.

You remember the children you got that you did not get,

The damp small pulps[1] with a little or with no hair,

The singers and workers that never handled the air.

You will never neglect or beat

Them[2], or silence or buy with a sweet.

You will never wind up the sucking-thumb[3]

Or scuttle off ghosts[4] that come.

You will never leave them, controlling your luscious sigh,

Return for a snack of them, with gobbling mother-eye.[5]

I have heard in the voices of the wind the voices of my dim killed children.

I have contracted. I have eased

My dim dears at the breasts they could never suck.

I have said, Sweets,[6] if I sinned, if I seized

Your luck

And your lives from your unfinished reach[7],

If I stole your births and your names,

Your straight baby tears and your games,

Your stilted or lovely loves, your tumults, your marriages, aches, and your deaths,

If I poisoned the beginnings of your breaths,

Believe that even in my deliberateness I was not deliberate.

9. Gender and Women (2)

Though[8] why should I whine,

Whine that the crime was other than mine?—

Since anyhow you are dead.

Or rather, or instead,

You were never made.

But that too, I am afraid,

Is faulty: oh, what shall I say, how is the truth to be said?

You were born, you had body, you died.

It is just that you never giggled or planned or cried.

Believe me, I loved you all.

Believe me, I knew you, though faintly, and I loved, I loved you

All.

【注释】

1. pulps: 肉团。指未出生的婴儿。
2. Them: 他们。指（堕胎后）失去的婴儿。
3. wind up the sucking-thumb: 结束吮拇癖。wind up：结束。
4. scuttle off ghosts: 驱赶幽灵。
5. Return for a snack of them, with gobbling mother-eye: 回来用狼吞虎咽的母亲眼睛，"快餐一顿"他们。显然这里是在用饱口福来比喻饱眼福。
6. Sweets: （堕胎后）失去的婴儿。
7. unfinished reach: 没有完成的旅程。指他们没有得以出生。
8. Though: 不过，不然。

【译文】

母亲

堕胎将让你终生难忘,
你记得你得到的孩子,你没有拥有
湿漉漉的肉团,几乎没有毛发,
没有接触过空气的歌手和工人。
你永远不会忽略他们,抽打他们
或用糖果,让他们安静下来,
你永远不会把吮吸器收起来,
或者驱赶鬼魂的到来。
你永远不会离开他们时屏住甜美的呼吸,
回来时用母亲贪婪的眼睛饱餐他们一顿。

在风声中,我听到了我那些未出生的孩子的声音,
我寒战,我把我模糊的孩子
轻轻靠在他们永远不会吮吸的胸前。
我说,宝贝,如果我犯了罪,如果
我将你的幸运,
你的生命从你未形成的状态夺走,
如果我偷走了你的出生,你的名字,
你的婴儿眼泪,你的游戏,
你的恋爱,你的捣乱,你的婚姻,你的痛苦、死亡,
如果我毒害了你最初的呼吸,
请相信,即使在故意中,我也不是故意的,
不然为什么我哭喊,
哭喊这罪行不是我的?——

9. Gender and Women (2)

既然你都已经死去,

或的确,或相反,

你从来没有出生过。

但是那,恐怕,也是错误的:

哦,我说什么呢,真相如何说呢?

你出生了,你有身体,你死了。

仅仅是你没有笑过、哭过、计划过。

请相信我,我爱你们所有人。

请相信我,我模糊的知道你,我爱,我爱你们

所有人。

【赏析】

　　格温德林·布鲁克斯(Gwendolyn Brooks 1917—2000),美国20世纪黑人女诗人,第一个被任命为美国桂冠诗人的黑人诗人(1986)。著有《布朗兹维尔的一条街》(*A Street in Bronzeville*, 1945)、《吃豆人》(*The Bean Eaters*, 1960)、《在麦加》(*In the Mecca*, 1968)、《下船》(*To Disembark*, 1982)等诗集。她的诗歌常撰写种族歧视,以及非洲裔美国人的生活经历和受压迫地位。

　　《母亲》一诗没有涉及种族议题,而是撰写一般的女性经历,这个经历给她造成的痛苦,让她刻骨铭心:"堕胎将让你终生难忘"。那些被取出来的肉团,有些还有头发,都曾经是生命。他们可能长大成人,成为工人、农民或者歌手,然而他们的生命已经终止。

　　在西方,堕胎是一个有争议的话题,它涉及两个相互矛盾的权利,即女性的个人权利和婴儿的生命权利。如果你把胎儿视为生命,那么堕胎就是谋杀,但是如果你把怀孕生育视为女性的个人权利,那么禁止堕胎就是对女性权利的侵害。在许多国家,尤其是天主教国家,堕胎是违法的,有些女性被

迫到其他国家去寻求手术。即使在没有禁止堕胎的国家，开展这一业务也是危险的：医院常常受到攻击，医生常常受到威胁，甚至遭到谋杀。但是，禁止堕胎也有它的尴尬，比如，强奸的受害者能否堕胎？如果不能，那么它势必造成更多的、更麻烦的社会问题。

在诗歌中，诗人并没有涉及这些权利问题，它涉及的问题可以称为堕胎后遗症，即女性在堕胎后受到了刺激，或受到了良心的追问，或受到了自我的谴责。诗歌将那些没有出生的孩子展现在我们面前，设想他们可爱的模样和成长的经历。他们可能淘气，可能吮吸手指，可能害怕鬼魂。做母亲的也可能用糖果让他们安静，可能用威胁离开让他们停止哭闹，但是这一切都已经不再可能发生。他们在"出生"那一刻，生命已经被夺走。即使照顾他们会花费时间和精力，这样的机会已经永远失去了。

堕胎的婴儿是否算是出生？这也是一个争议的问题。诗歌显然在这个问题上犹豫不决，或者说无所适从。"既然你都已经死去，/或的确，或相反，/你从来没有出生过。"两个"或"字迫使读者思考怀孕和出生的界限到底在哪里？在怀孕那一刻，生命就已经开始，但是它什么时候才是出生呢？或者终止这一过程算是合法的吗？如果可以终止，在什么时候才是允许的呢？这些都是难以确定的问题。"你出生了，你有身体，你死了。/仅仅是你没有笑过、哭过、计划过。"

总之，诗歌充满了自责、悔恨和无法补救的痛苦。虽然叙事人极力为她的决定做解释，但是话语中还是充满了负罪感。她说我"夺走"了你们的运气，"偷走"了你们的出生和姓名，"毒害"了你们最开始的呼吸，以及你们应该拥有的一生幸福。这些带引号的词汇都可以暗示我们这个行为是一个罪行，遭受的损失是严重的和不可挽回的。虽然她坚称自己不是故意的，否则她就不会发出痛苦的嚎叫；虽然她宣称她爱他们，"爱你们所有人"，但是作为读者，我们还是可以感觉到，相比最后的结果，她的宣称显得很苍白、很反讽。

9. Gender and Women (2)

【思考题】

1. Why does the speaker as the mother of unborn babies imagine their childhood and their growing-up? Are the what-might-have-beens able to be restored? What kind of feeling is a speaker trying to express?
2. Why does the speaker describe herself as sinner or even criminal? What has she stolen from those babies?
3. What justifications is the speaker offering for her action? Why is the "truth" so difficult to express in words?

5) To a Daughter Leaving Home

By Linda Pastan

When I taught you

at eight to ride

a bicycle, loping along[1]

beside you

as you wobbled[2] away

on two round wheels,

my own mouth rounding

in surprise when you pulled

ahead[3] down the curved

path of the park,

I kept waiting

for the thud

of your crash[4] as I

sprinted to catch up[5],

while you grew

smaller, more breakable

with distance,

pumping[6], pumping

for your life, screaming

with laughter,

the hair flapping

behind you like a

handkerchief waving

goodbye.

【注释】

1. loping along: 大步向前慢跑。
2. wobbled: 摇摆，晃动。
3. pulled / ahead: 向前行驶，向前骑。
4. the thud / of your crash: 摔倒时的"砰"声。thud: 砰的一声，重击声。
5. catch up: 赶上。
6. pumping: 上下往复行动，用泵抽。

【译文】

致离家的女儿

当你八岁时，

我教你如何

骑自行车，

在你身边慢跑

你在两个轮上

摇晃着离去

我在惊恐中

张开了嘴，你

骑上了公园里

弯曲的道路，

我等待着

你摔倒之时

发出的砰声

奔跑着追赶。

这时你的身影

随距离增加

越变越小、越脆,

蹬踏着、蹬踏着

追赶你的生命

欢笑着尖叫。

在你身后

头发飘起

像一张手帕

挥舞着道别。

【赏析】

琳达·帕斯坦（Linda Pastan 1932—　），美国当代诗人，曾当选马里兰州桂冠诗人（1991—1995），著有《不完美的天堂》（*The Imperfect Paradise*, 1988）、《伪装的英雄》（*Heroes in Disguise*, 1991）、《狂欢节的夜晚：1968—1998新诗选》（*Carnival Evening: New and Selected Poems 1968—1998*, 1998）、《最后的叔叔》（*The Last Uncle*, 2002）、《旅行的光》（*Traveling Light*, 2011）等诗集。获得过包括迪伦·托马斯诗歌奖在内的诸多大奖。她善于观察生活，并运用生活中的现象，探讨其中的深意，揭示其背后的哲理。

《致离家的女儿》从一位母亲的角度，描写了教女儿学骑自行车的经历，但实际上诗歌借此讨论成长和人生，以及母亲对孩子的成长所持有的一种矛盾心态。一般来讲，我们一生的成长要经历几个阶段，而在每一个阶段又总有一些经历使我们终生难忘，比如考上大学的时候，参加工作的时候，

9. Gender and Women (2)

第一次拿工资的时候，等等。也许，学会骑自行车，从不会到学会的转变，也是这样一种经历：它给我们带来的兴奋和激动，都会深深地印在我们的记忆中。

在诗歌中，女儿在车上摇摇晃晃，母亲在车后跟着奔跑，提心吊胆，甚至胆战心惊。一不留神，她就会摔倒，可能会摔疼，也可能会摔伤。但是不久她就掌握了要领，虽然摇摇晃晃，但是基本能够保持平衡。这时，她径直向前骑去，远远地把母亲抛在身后。弯曲的道路引起母亲的担忧，而刚刚学会骑车的新手却执意向母亲道别。

诗歌中的这位母亲看到女儿成长时的心情是复杂的。一方面，她希望女儿快快长大，盼望她能够早日成人，能够独自踏上人生的道路，保持平衡，追赶生命，不怕摔倒，但是另一方面，女儿一旦长大，她就将离开母亲，独自去闯荡自己的生活。这是一个做母亲的人所舍不得的。因此，整首诗形成了一个贯穿始末的比喻。骑自行车成为驾驭生活的象征，弯曲的道路成为生活历程的象征，离开母亲的帮扶成为成人的象征。

另外，诗歌也暗示了女儿离开家庭、去迎接新生活时的激动心情：她体验着欢乐，也体验着挑战，可能更多的还是兴奋。她尖叫着，但这是欢乐的尖叫，就像人们在过山车上所体验的那种刺激。她的道路可能是曲折的，她可能摔跟头，但前边的道路也是令人期待的。诗歌以小见大，从平凡的生活经历中看到了人生的哲理。

唐朝诗人孟郊在《游子吟》一诗中写道："慈母手中线，游子身上衣。临行密密缝，意恐迟迟归。"母亲在儿子远行之前为其缝制衣裳，担心其远行后多年不能回家，从而产生出一种依依不舍的离别之情。《致离家的女儿》大概也表现了类似的感情。

【思考题】

1. What parallels exist between a child learning to ride bicycle and a young person sallying forth in life?

2. What contradictory feelings does the parent have about the child's learning bicycle skills? Why are the feelings contradictory or ambiguous?
3. Is a child who is enjoying the ride aware of the parent's feelings? What does learning bicycle have to do with "leaving home" in the title?

10

Ecology and Environment (1)
生态与环境（1）

10. Ecology and Environment (1)

"生态"一词由"家"（eco）和"学问"（ology）构成，它暗示地球是生活在其上的所有生命的家。在18世纪人们发现，这些所有生命形态在一个特定的地方会形成一个相互依存的网络。它们不分高低贵贱，都在这个网络中起着一定的作用：它们相互支撑、互为食物，形成一个生态整体，人们称之为"自然经济体系"（The economy of Nature）。

"生态学"（ecology）一词是德国动物学家恩斯特·海克尔（Ernst Haeckel）在1866年首先使用的。他说："生态学是关于自然系统的一整套知识：它考察动物与其有机和无机环境的全部关系。"生态学暗示了一种整体性思维，认为所有生命形态相互联系，构成一个网络，对这个网络的任何一个部分的损害就是对整体的损害。在19世纪90年代，美国生态活动家艾伦·斯瓦洛（Ellen Swallow）在推动绿色生活的过程中借用该词，从此它进入了公众的认知。

19世纪初的浪漫主义运动代表了一种"自然崇拜"，也代表了对工业化和城市化的一种质疑。华兹华斯的《湖区指南大全》（*A Complete Guide to the Lakes*）是与地质学家家赛季维克合作的结果，它将湖区视为一个"自然经济体系"，提倡"关爱湖区的脆弱的生态系统"，反对"大规模旅游业"对湖区造成的危害。

除了将自然视为整体性的生态系统外，浪漫主义诗人还重视动物的保护。柯尔律治的《古水手吟》讲述了一个杀死动物受到天谴的故事。诗中的古水手在毫无理由的情况下射杀了信天翁，在很大程度上他就是人类的缩影。他射杀信天翁所使用的弓箭一方面是人类赖以生存的工具，另一方面又代表了工业革命所带来的具有毁灭性的技术。他不是一个具体的人，他就是人类；他对信天翁的射杀在某种意义上象征着工业社会对自然的破坏，他受到的天谴就是自然对人类的可怕报复。诗歌就是"一个破坏生态的寓言"。

19世纪的素食主义应该在动物权利的历史大背景中去理解。雪莱在《麦布女王》（*Queen Mab*）中，描写了一个纯洁的女孩被麦布女王（仙女）带到太空，看到了世界的过去、现在和未来。人类以往的罪恶、残忍和暴力的历史，就包括了人类的肉食习惯，这个习惯与残暴、侵略性联系在一起。雪莱预言未来的社会将摒弃肉食：人类将"不复屠杀面对面看着他的羊羔，/ 恐怖地吞噬那被宰割的肉，/ 似乎要为自然律被破坏复仇，/ 那肉曾经在人的躯体内激起所有各种腐败的体液，并在/ 人类心灵中引发出各种邪恶欲望、虚妄信念、憎恶"。

雪莱的《为自然饮食一辩》（*A Vindication of Natural Diet*），与奥斯沃尔德（John Oswald）的《自然的呐喊》（*A Cry of Nature*）和李特森（Joseph Ritson）的《论忌食动物肉》（*An Essay on Abstinence from Animal Food, as a Moral Duty*）一样，在当时都是一种激进的政治思想。肉食与动物权利、人性、贫富差异、饥饿、狩猎、印度教思想、奴隶贸易等其他政治议题相联系。汤姆·佩恩的《人权》、玛丽·沃斯通克拉夫特的《为女权辩护》也是出自同样的逻辑，都是平等和自由思想的一种表现。

动物是生态系统的一个重要环节，如果站在生态角度思考问题，那么我们就必须去掉以人为中心的思维。20世纪的生态学家利奥波德在《像山一样思考》（"Thinking like a Mountain"）一文中认为，人们总是想杀死郊狼保护羊群。但是如果你从山的角度思考问题，就不会这样想。因为羊群太多，草就会被吃光，水土就会流失，生态就会损毁。因此狼的存在是自然保持平衡的一个重要因素。

这就是为什么20世纪的生态意识或环境意识的发展与动物保护运动联系紧密。在20世纪50年代，雷切尔·卡森（Rachel Carson）出版了《寂静的春天》（*The Silent Spring*）一书，批评美国农业生产滥用农药DDT，威胁了鸟类的生存。她认为长此以往，鸟群将从地球消失，地球的春天将不再有鸟语花香。

10. Ecology and Environment (1)

1) The Sea-Elephant

By William Carlos Williams

Trundled from

the strangeness of the sea—

a kind of

heaven—

Ladies and Gentlemen![1]

the greatest

sea-monster ever exhibited

alive

the gigantic

sea-elephant! O wallow

of flesh were

are

there fish enough for

that

appetite stupidity

cannot lessen? [2]

Sick

of April's smallness

the little

leaves—

Flesh has lief of you[3]

enormous sea—

Speak!

Blouaugh! (feed

me)[4] my

flesh is riven—

fish after fish into his maw

unswallowing

to let them glide down

gulching back

half spittle half

brine

the

troubled eyes—torn

from the sea.

(In

a practical voice) They

ought

to put it back where

it came from.[5]

Gape.

Strange head—

told by old sailors[6]—

rising

10. Ecology and Environment (1)

bearded

to the surface—and

the only

sense[7] out of them

is that woman's

Yes

it's wonderful but they

ought to

put it

back into the sea where

it came from.

Blouaugh!

Swing—ride

walk

on wires—toss balls

stoop and

contort yourselves—

But I [8]

am love. I am

from the sea—

Blouaugh!

there is no crime save

the too-heavy

body

the sea

held playfully[9]—comes

to the surface

the water

boiling

about the head the cows

scattering

fish dripping from

the bounty

of ....and spring

they say

Spring is icummen in[10]—

【注释】

1. Ladies and Gentlemen: 女士们，先生们。解说员的话。诗歌的场景应该是海象表演的现场。

2. that / appetite stupidity /cannot lessen: 愚蠢也无法减少的胃口。正常的表达方式是that appetite (which) stupidity cannot lessen。

3. lief: 乐意地、欣然。Flesh has ...of you: 肉体（很乐意）拥有你（大海）。

4. Blouaugh!: 噜噜噜。海象的叫声。似乎在说"喂我"（feed me）。

5. They / ought / to put it back where it came from: 它们从哪里来，就应该放回哪里去。这是一个观众的话。在看表演时，她觉得这些动物不应该被关在人类修的池子里。

6. told by old sailors: 海员们常常讲（的故事）。在历史上，海象并不被人类了解，只有海员偶尔见过。

10. Ecology and Environment (1)

7. sense: 意义，道理。

8. I: 指海象。这又是海象在说话。

9. body / the sea / held playfully: 大海嬉戏地握住的身体。主题词和从句中间省略了which。

10. icummen in: [中古英语] a-coming in，来自一首中世纪的田园歌曲《夏天正在到来》（*Sumer Is Icummen In*）。诗人将它改写为Spring is icummen in。

【译文】

海象

缓慢地移动，
来自陌生的大海——
一种
天堂——

女士们，先生们！
有史以来，
最大的海洋怪物，
活体展示

巨型
海象，哦，摇摆，
肉乎乎，
有

足够的鱼，
满足
那胃口吗？呆傻

不减胃口

厌恶
四月的渺小,
树叶
稀少——

身体很乐意你,
茫茫大海——
说话!
噜噜噜!(喂

我)我的
身体被带离——
一条条鱼进了它的嘴,
没有吞咽,

让它们滑进去,
掉回深渊,
一半唾液,
一半海水,

那双
困惑的眼睛——从
大海而来,
(用

实际的声音)他们

应该
把它放回大海,

10. Ecology and Environment (1)

它来的地方

张口。
怪异的头——
老水手曾经讲过——
抬起来,

长长胡须,
伸出水面——而
来自他们的
唯一道理

就是那个女人的
好,
好极了,但是他们
应该

把它放归
大海,那是
它来的地方。
噜噜噜!

荡秋千——骑行,
走
钢丝——抛球,
行礼,

卷曲起来——
但是
我是爱。我来自

大海——

噜噜噜！
没有罪，只是
身体，
太沉重，

在大海中
嬉戏——浮出
水面，
水

沸腾，
在头周围，海牛
播撒
鱼，水淋淋

从大海
的……春天，
他们说，
春天正在到来。

【赏析】

  威廉·卡洛斯·威廉姆斯（William Carlos Williams 1883—1963），美国现代派诗人，著有《献给要它的人》（*Al Que Quiere,* 1917）、《春天及一切》（*Spring and All,* 1923）、《早期殉道者》（*An Early Martyr,* 1935）、《沙漠音乐》（*The Desert Music,* 1954）、《通往爱的旅程》（*Journey to Love,* 1955）、《来自布鲁格尔的绘画》（*Pictures from Brueghel,* 1962）。威廉姆斯擅长写意象诗，他的《红色手推车》《十三种方式看乌鸦》都是耳熟

10. Ecology and Environment (1)

能详的名篇。

《海象》一诗写美国20世纪20年代的水族馆的海象表演。海象来自大海，现在生活在水池中。它身体肥胖，走路一摇一摆，食量巨大，不咀嚼就往肚里吞咽。饲养员让它表演各种各样的动作，面对观众，它被要求进行荡秋千、骑行、走钢丝、顶球等高难度动作，引起观众阵阵惊呼。而做完每一个动作后，饲养员都会给他喂食。只有一个女士高呼："把它放归大海，/它来的地方。"

海象的正常生存环境是大海，从前只有海员见过，讲述过它们的故事。但是，随着人类的发展和技术的进步，人们有了更多的能力和手段征服自然，因此，海象这样的稀有动物才进入水族馆，变成了演员，成为人类赚钱的工具。诗歌是对动物饲养的商业化开发的批判。它暗示利用动物的表演赚取利润的做法，是人类对动物的剥削。这种行为是靠剥夺动物的自由，把它们强行移出它们的生存环境而得以实现的。这不但可能会缩短动物的寿命，而且还会严重影响它们的正常繁殖，影响物种的传宗接代和永世延续。

动物权利保护主义者认为，动物拥有在一个自然的环境中过完整生活的天赋权利，剥夺它是不道德的。动物权利运动的先驱彼得·辛格（Peter Singer)在《动物解放：我们对待动物的新伦理》（1975）中认为，人类应当把道德应用的范围扩展到所有的动物，尊重动物的生存与发展权利。人的利益和动物的利益同等重要；人们应该像对待人类一样给动物平等的福祉，应当尊重和关心动物的权利和价值。

从某种意义上讲，威廉姆斯的《海象》就是动物权利的一种宣誓，它在动物权利保护运动之前半个世纪就已经把动物权利问题摆在我们面前，强调动物的生存权和自由权。人类利用动物赚取利益的商业行为只体现了自己的利益，是以人类为中心思考问题的典型例子。而事实上，人只是地球生物圈自然秩序的一个部分，人类与其他生物密不可分，都是一个相互依赖的系统的有机构成要素。两者均相互依存、相互制约、协同进化。因此，保持生态系统的整体价值，也是人类在环境保护中改变从前的"人类中心主义"的思想的前提。

【思考题】

1. How many voices can we hear in the poem? When and where is the story set?
2. What kind of life is the sea elephant living? What is it doing to entertain the spectators?
3. What reactions do we hear from the spectators? Why does the woman say "They ought to put it back where it came from"?

10. Ecology and Environment (1)

2) Plea for a Captive

By W. S. Merwin

Woman with the caught fox

By the scruff[1], you can drop your hopes:

It will not tame though you prove kind,

Though you entice[2] it with fat ducks

Patiently to your fingertips

And in dulcet[3] love enclose it

Do not suppose it will turn friend,

Dog[4] your heels, sleep at your feet,

Be happy in the house,

                    No,

It will only trot to and fro[5],

To and fro, with vacant eye,

Neither will its pelt improve

Nor its disposition, twisting[6]

The raw song of its debasement

Through the long nights, and in your love,

In your delicate meats tasting

Nothing but its own decay

(As at first hand I have learned)

                    Oh

Kill it at once or let it go[7].

【注释】

1. scruff: 后颈部。

2. entice: 引诱。

3. dulcet: 悦耳的。常常形容声音。在此指用悦耳的声音呼唤，以表达爱意。

4. Dog: [动词]跟着。比喻像狗一样跟着。

5. to and fro: 来回地，往复地。trot: 小跑。

6. twisting: 扭曲，转动。在此指痛苦地哼唱。

7. let it go: 放了它。let go:[短语] 放手。

【译文】

为被捕者恳求

抓住狐狸后颈往前拖的女人，
你可以放弃你的希望：
它不会驯服，即使你善待它，
即使你用肥鸭引诱它，
耐心地引诱它来到你手边，
用迷人的爱拥抱它，
不要以为它会变成朋友，
跟在你身后，睡在你脚边，
在屋里很快活，

     不，

它只会在屋里跑来跑去，
跑来跑去，两眼茫然，
它的毛皮不会有丝毫改善，
它的品性也不会，它只会

10. Ecology and Environment (1)

因屈辱而哼出原始的悲歌，
彻夜不停，不会从你的爱、
从你喂它的肉食中品尝出
任何味道，除了自身的灭亡
（正如我第一手了解的那样）
        哦，

要么放了它，要么立即杀了它。

【赏析】

  W. S. 默温（W. S. Merwin 1927—2019），美国20世纪诗人，超现实主义诗人的代表。著有《两面神的面具》（*A Mask for Janus*, 1952）、《熔炉中的醉汉》（*The Drunk in the Furnace*, 1960）、《活动靶子》（*The Moving Target*, 1963）、《虱》（*The Lice*, 1967）、《拿梯子的人》（*The Carrier of Ladders*, 1970）、《树中之雨》（*The Rain in the Trees*, 1988）和《旅行》（*Travels*, 1993）等诗集。他早期诗集主要写家庭、朋友和早期记忆。后来他学习罗曼司语，翻译了法国和西班牙的中世纪诗歌。对于他来说，诗歌不是一个可以设计和规划的图案，而是一个不可预测、不可复制的回响：由一系列预言性词句构成，回应着呼吸的节奏。后期的默温主要居住在夏威夷，阅读佛经和中国古代经典，关注夏威夷的历史和生态灾难所危及的生命。

  《为被捕者恳求》一诗描写动物的天性和人类对动物天性的干预。诗歌中这位女士极力想把一只狐狸培养成宠物，使它像狗和猫一样，"跟在你身后，睡在你脚边，/ 在屋里很快活"。为此，她给它提供了食物、舒适的家，给它以人类的关爱、照顾，等等。但是令人失望的是，狐狸对此并不感到满足，相反它总是"在屋里跑来跑去，/ 跑来跑去，两眼茫然"，总是感到那么悲伤："因屈辱而哼出原始的悲歌"。应该说，这位女士并不明白动物真正需要什么，她不明白她的"爱"实际上对狐狸已经造成了一种伤害。

人类总是以自我为中心来思考问题，有时候会把自己的思维强加给世界或其他生命形式。不错，人类是高级动物，具有其他动物不具备的理性思维，但是生命形式是多种多样的，它们的存在形式和需求都是不同的，因此，人不能以人类的思维来对其他生命形式进行生搬硬套。如果一件事情对人类来说是好的，那么对于其他生命形式不见得就是好事，反之亦然。诗歌中这位女士的意图是好的，她为狐狸提供了上等的食物，为它提供一个舒适的居住环境，但是这些对于狐狸来说都不是最重要的。

诗歌充分呈现了这个"好心人"的无知，她并没有意识到她的"好意"对狐狸造成了伤害。如果狐狸的野性被祛除了，那么它就不再是狐狸了：它仅仅是狗或猫一样的宠物。另外，狐狸是群居动物，如果失去了同伴，那么它也就失去了生存环境，最终等待它的就是死亡。应该说，这位女士剥夺狐狸的自由的行为构成了一种非法拘禁，这使它生不如死，无异于判处了它的死刑。

在《野性的呼唤》中，美国小说家杰克·伦敦讲述了一只猎犬听到了同伴在野外的嚎叫，从而产生了共鸣，离开文明和舒适，加入野外的同伴的故事。这说明自由驰骋对于这类动物来说是多么重要和不可缺少，因为这是它们生存的方式，剥夺了它就等于剥夺了它的生命。另外，匈牙利诗人裴多菲有一首诗叫《自由》，其中说"生命诚可贵，爱情价更高，若为自由故，两者皆可抛"。虽然它说明自由对于一个人来说是多么的重要，但是我们也可以将它运用到动物身上。如果我们从这首诗的角度来看这只狐狸，我们就更能够理解，为什么这只被当作宠物养起来的狐狸，在舒适的和有保障的环境中，没有感到幸福和舒适，反而感到痛苦和悲伤。因此，诗歌说"要么放了它，要么立即杀了它"。因为拘禁比杀了它还要残忍。

诗歌表面上是一个"恳求"，即为不能表达自己思想的动物申诉和请愿，为"无声"的动物"发声"，但实际上它是对人类的霸权行径的一种控诉。所谓的"驯服"实际上就是对动物的"征服"，迫使动物服从人类的意愿，或者服务于人类需求。从这个意义上讲，这只狐狸就是被人类胁迫、拘

10. Ecology and Environment (1)

禁和利用的非人类的象征。该诗不仅仅是在为一只被捕的狐狸抗议，也是对人类行为的反思，对这些行为和思维模式给生态环境和生物多样性带来的后果的反思。它可以被理解为一首具有更加广泛意义的生态诗歌。

【思考题】

1. What does "captive" in the title mean? Does it apply to the fox in the poem?
2. Why does the fox feel unhappy even if it is well fed and has got a good home? What is the most important for the fox if it is not food and shelter?
3. What are the feelings of the fox in confinement according to the poem? By accusing the woman of being self-centred, is the author also guilty of anthropocentricism?

3) The Call of the Wild

By Gary Snyder

The heavy old man in his bed at night
Hears the Coyote[1] singing
       in the back meadow.
All the years he ranched and mined and logged[2].
A Catholic.
A native Californian.
   and the Coyotes howl in his
Eightieth year.
He will call the government
Trapper[3]
Who uses iron leg-traps on Coyotes,
Tomorrow.
My sons will lose this
Music[4] they have just started
To love.

≈ ≈ ≈ ≈ ≈ ≈

The Government finally decided
To wage the war   all-out. Defeat
    is Un-American.
And they took to the air,
Their women beside them

10. Ecology and Environment (1)

    in bouffant hairdos[5]

    putting nail-polish on the

    gunship cannon-buttons.

And they never came down,

    for they found,

    the ground

is pro-Communist. And dirty.

And the insects side with the Viet Cong[6].

So they bomb and they bomb

Day after day, across the planet

    blinding sparrows

    breaking the ear-drums of owls

    splintering trunks of cherries

    twining and looping

    deer intestines[7]

    in the shaken, dusty, rocks.

All these Americans up in the special cities in the sky[8]

Dumping poisons and explosives[9]

Across Asia first,

And next North America,

A war against earth.

When it's done there'll be

    no place

A Coyote could hide.

              Envoy

I would like to say

Coyote is forever

Inside you.

But it is not true.

【注释】

1. Coyote: 郊狼。
2. ranched and mined and logged: 经营农场，采矿和伐木。表示这位加利福尼亚人曾经从事过的几个职业。
3. Trapper: 政府雇用的专门捕杀动物的人。
4. Music: 音乐。在此指郊狼的叫声。如果你喜欢它，那么它的叫声就是音乐。
5. bouffant hairdos: 向外膨起的发型，爆炸式发型。
6. Viet Cong: 越共。
7. intestines: 消化系统。
8. special cities in the sky: 特别的天空之城。指美军的轰炸机。
9. poisons and explosives: 毒药和炸药。美国在越战期间投下了数万吨橙剂（Agent Orange），其中含有剧毒二噁英，造成了严重的生态和健康后果。

【译文】

野性的呼唤

老人夜里沉甸甸地睡在床上，
听到郊狼的叫声，
      从后窗传来。

10. Ecology and Environment (1)

这些年他一直在种植，采矿，伐木。
天主教徒。
加州本地人。
  郊狼的嚎叫充满了
他生命的第80年。
他要给政府的捕狼员
打电话
他们将用铁夹子夹郊狼，
明天。
我的儿子们将失去
这音乐，他们刚刚
喜欢上它。

≈ ≈ ≈ ≈ ≈ ≈

政府最终做出决定
开战，全面开战。失败
  不是美国的风格。
他们飞到空中，
女人陪伴身旁，
  顶着爆炸式发型，
  指甲油染上了
  武装直升机的机炮按钮。
他们绝不降到地面，
  因为他们发现
  地面
支持共产党，并且垃圾遍地。
昆虫都与越共一条战线。

因此，他们轰炸再轰炸
一天又一天，轰炸全世界
  麻雀的眼睛被弄瞎了，
  猫头鹰的耳朵真裂了，
  樱花树干炸成了碎片，
  梅花鹿的肠子，
  缠绕环绕
  在被震憾、满是尘灰的岩石上。

所有在那特别的空中都市的美国人，
投下毒药和炸药，
一开始投到亚洲，
后来又投到北美，

一场针对地球的战争，
在战争结束后，将没有
  地方

可以供郊狼藏身。

      使者，
我想说的是，
郊狼永远都在
你的内心。

但是那并不真实。

10. Ecology and Environment (1)

【赏析】

加里·斯奈德（Gary Snyder 1930— ），美国20世纪"垮掉的一代"代表，也是美国20世纪生态诗人的代表。著有《抛石路面》（*Riprap*, 1959）、《神话与文本》（*Myths and Texts*, 1960）、《偏远乡村》（*The Back Country*, 1967）、《龟岛》（*Turtle Island*, 1974）、《留在雨中》（*Left Out in the Rain*, 1986）等诗集。他一生为环境保护而呼吁，试图用印第安文化、亚洲文化和佛教文化来为自然代言。

《野性的呼唤》一诗通过具体的事例，对某些美国人的自私自利，对美国政府大肆破坏自然的行径进行了强烈的谴责。题目中的"野性的呼唤"指郊狼的叫声，一个美国老人不喜欢这个叫声，声称打扰了他的睡眠，因此向政府部门投诉，要求捕杀郊狼。但是这个老人所讨厌的郊狼嚎叫，对诗人的两个儿子来说就是音乐，是美妙动听的天籁。真所谓：一个人的毒药是另一个人的美食。

具有讽刺意味的是，这个老人的一生依靠大山获得他的生计，他在农场、矿山和伐木企业工作。他也是天主教教徒，是加利福尼亚本地人，这些本应该使他热爱大山，热爱动物，但事实恰恰相反。他的抱怨促使政府部门将启动残忍手段对付郊狼，他们将用铁夹子捕捉这些动物。一旦郊狼被夹住，要么它的腿被夹断，要么它因痛苦而死。这位老人完全以自我为中心思考问题，他的心里只有自己的权利，没有郊狼的权利，这是标准的人类中心主义思想。

如果捕杀郊狼是美国政府对自然的局部战争，那么越南战争就是它对自然"全面开战"的象征。作为隐喻，越南战争展示了美国政府对自然的傲慢和破坏的程度。在越南，他们使用飞机对地面进行狂轰滥炸，他们不但用这种方式对付地面的越南共产党，而且也对付地面的动物和昆虫，因为他们发现动物和昆虫都与越共站在一起。

因此，他们使用了最恶毒的手段——橙剂，来对付这些敌人。"橙剂"

是一种清除草和落叶的毒剂，喷洒之后树叶会掉落，树木变得光秃，从而死去。在越南战争中，美国为了消灭藏身森林的越南共产党员，曾经使用飞机向越南的森林喷洒了数万吨橙剂。这不但损毁了森林，污染了土壤，造成了新生儿畸形，癌症发生率飙升等严重后果，而且对环境造成了不可修复的破坏。

诗歌说，从越南到世界其他地方，美国政府对地球发起了"全面战争"。他们发动的战争遍布世界各地，他们向地面投下无数的炸弹和毒药。年复一年，日复一日，他们狂轰滥炸，炸死了鸟，炸断了树，炸裂了土地，破坏了生态。美国政府对地球的战争不仅仅是针对越南共产党，他们还表现出一种人类中心主义的傲慢和狂妄。他们高高地坐在飞机上，坐在舒适的环境中，有女人陪伴。炸毁了那些生物和植物，他们没有一点内疚。他们还表现出一种种族主义的傲慢和狂妄，无视地面上的亚洲人和动物，杀死他们就如同踩死一只蚂蚁。诗歌说，在战争结束后，美国的郊狼将不再有藏身之地。

【思考题】

1. What does the title of the poem mean apart from the howl of the Coyote? Why is the howl of Coyote unbearable to the Californian while it is music to others?

2. Why are American army's actions in the Vietnam war described as "a war against earth"? What are the environmental consequences of their bombing?

3. What image of American soldiers does the poem portray? What kind of people or what kind of thinking is the poem criticizing?

4) Parliament[1]

By Carol Ann Duffy

Then in the writers' wood[2],

every bird with a name in the world

crowded the leafless trees,

took its turn to whistle or croak.

An owl grieved in an oak.

A magpie mocked. A rook

cursed from a sycamore.

The cormorant spoke:

Stinking seas

below ill winds. Nothing swims.

A vast plastic soup[3], thousand miles

wide as long, of petroleum crap.

A bird of paradise wept in a willow.

The jewel of a hummingbird[4] shrilled

on the air.

A stork shawled itself like a widow.

The gull said:

Where coral was red, now white, dead[5]

under stunned waters.

The language of fish

cut out at the root.

Mute oceans. Oil like a gag
*on the Gulf of Mexico.*⁶

A woodpecker heckled.
A vulture picked at its own breast.
Thrice from the cockerel, as ever.
The macaw squawked:

                Nouns I know—

*Rain. Forest. Fire. Ash.*⁷
Chainsaw. Cattle. Cocaine. Cash.
Squatters. Ranchers. Loggers. Looters.
Barons. Shooters.

A hawk swore.
A nightingale opened its throat
in a garbled quote.
A worm turned in the blackbird's beak.
This from the crane:
What I saw—slow thaw
*in permafrost;*⁸ *broken terrain*
of mud and lakes;
peat broth; seepage; melt;
methane breath.

A bat hung like a suicide.
Only a rasp of wings from the raven.
A heron was stone; a robin blood
in the written wood.

10. Ecology and Environment (1)

So snow and darkness slowly fell;

the eagle, history, in silhouette,

with the golden plover,

and the albatross

                        telling of Arctic ice

as the cold, hard moon calved[9] from the earth.

【注释】

1. Parliament: 议会。暗指英国中世纪诗人乔叟的长诗《百鸟的议会》(*The Parliament of Fowls*)。
2. the writers' wood: 作家的森林。作家都描写过鸟，如果作家构成一片森林，那么森林中肯定有无数的鸟。
3. plastic soup: 塑料汤。形容大海充满了塑料垃圾。
4. The jewel of a hummingbird: 宝石一样的蜂鸟。这是一种比喻的说法，又如：the jewel of summertime, the jewel of June等。jewel指珍贵的物品。
5. coral was red, now white, dead: 珊瑚曾经是红色，现在为白色，死了。一般来讲，珊瑚活着时是红色。
6. Gulf of Mexico: （美国南部）墨西哥湾。这里曾经发生严重的原油泄漏事件。
7. Rain. Forest. Fire. Ash: 雨，森林，火，灰烬。暗示森林大火的生态灾难。
8. slow thaw / in permafrost: 冻土缓慢融化。permafrost: 永久冻土。
9. calved: [动词]（冰川）崩塌，（小牛）出生。在此两种意思都有。

【译文】

议会

然后在作家的森林，

世界上凡有名字的鸟，
聚集在没有树叶的林中，
轮流鸣叫或者抱怨。
猫头鹰在橡树中悲悯。
喜鹊在嘲笑。白嘴鸦
在榕树中咒骂。
鸬鹚说：

     臭气熏天的大海，
其上还有凶风。没有鱼游动。
一盆塑料汤。千万英里，
又宽又长，充满油污。

天堂鸟在柳树中哭泣。
蜂鸟像宝石，在空中
尖叫。
白鹳披上披风像寡妇。
海鸥说，
珊瑚曾经红色，现在是白色，
在惊愕的海水中死了。
鱼的语言
被连根斩断。
沉默的大海。油污像抹布，
塞住了墨西哥湾的口。

啄木鸟责问。
秃鹫梳着胸前的毛。
小公鸡连叫三声，像往常一样。
金刚鹦鹉咯咯说：

10. Ecology and Environment (1)

　　　　名词我知道——
雨，森林，火，灰烬，
电锯，牛群，可卡因，现金，
擅自占地者，农场主，伐木工，劫掠者，
巨商，打猎者。

鹰隼开始咒骂。
夜莺打开了嗓子，
断章取义地引用。
蚯蚓在黑鸟的嘴里扭动。
白鹤如是说：
我看见的是——冻土
慢慢融化；烂泥和湖底
破裂的地面；
泥炭沼泽；渗漏；溶解；
甲烷沼气。

蝙蝠悬挂像自杀。
乌鸦的翅膀发出锉磨声。
苍鹭呆木像石头。知更鸟流血，
在书写的森林。
雪和黑夜慢慢地降临。
鹰，历史，像剪影一样，
与金色的珩
和信天翁，
　　　　诉说着北极的冰，
此时冰冷的月亮像小牛一样从地球诞生。

【赏析】

卡罗尔·安·达菲，英国当代著名诗人，2010年当选"桂冠诗人"，其诗歌主要写当代英国，包括教育、移民、女性、贫穷、战争、环境等议题，鞭挞不平等的社会现象，为底层和受压迫者鸣不平，不管是人，还是动物和植物。

《议会》一诗中的"议会"不是西方国家议员议政的议会，而是鸟的议会。这个议会举行的地方不是议会大楼，而是"作家的森林"。但是在这个"作家的森林"中，树上已经没有树叶，环境显然发生了巨变。因此发言的鸟都没有好脾气，没有好听的话，它们悲伤、责备、抱怨、讽刺、诅咒、哭泣、尖叫。

这些鸟包括猫头鹰、喜鹊、白嘴鸦、鸬鹚、天堂鸟、蜂鸟、白鹳、海鸥、啄木鸟、秃鹫、小公鸡、金刚鹦鹉、鹰隼、夜莺、黑鸟、白鹤、蝙蝠、乌鸦、苍鹭、知更鸟、珩和信天翁。它们济济一堂，各自述说着它们见证的环境问题：（1）海洋污染：海水臭气熏天，没有鱼类，就像一锅塑料汤，还有原油泄漏造成的污染带。海底的珊瑚已经死了，从红色变成了白色，油污像抹布一样塞住了墨西哥湾的嘴，看到这一切，海水震惊。（2）森林面积萎缩：雨林被大火焚烧，树木变成了灰烬，不仅如此，伐木的电锯损毁森林，养牛放牧蚕食森林，开办农场，开发狩猎场，种植可卡因，赚取大利润，都对森林造成了无尽伤害。（3）全球变暖：冻土融化，土壤龟裂，湖泊干涸，污水渗漏，形成沼泽，形成泥炭汤，熔化物发出沼气，臭气熏天，极地冰盖崩塌。显然这是诗人在借鸟的口述说我们目前面临的环境灾难。

在诗歌最后，我们看到和景象不是抱怨，而是死亡。蝙蝠悬挂，像是自杀；乌鸦已经飞不起来；苍鹭已经变成石头；知更鸟在流血；珩和信天翁都在告诉我们有更大的灾难，而天上的月食也预示一场灾难的即将到来。

诗歌从某种意义上讲是对中世纪诗人乔叟（Geoffrey Chaucer）的致敬，乔叟曾经写过一首长诗《百鸟的议会》。他的鸟讨论的问题不是环境，而是

10. Ecology and Environment (1)

婚姻：即一只母鹰应该嫁给三只求婚的鹰中和哪一只。由此问题，引出了阶级、性别、婚姻观、价值观等问题的讨论。虽然达菲诗歌的话题变了，但是其中的构思和寓言没有变。如果其中有一些幽默的成分，那也是一种黑色幽默，它上演的是一场环境恶化的悲剧。它拷问的是，大自然都在抱怨，而人类呢？难道我们仍然熟视无睹和麻木不仁吗？

【思考题】

1. Which famous English poet does the poem parody? What different story does this poem tell?
2. What environmental problems are the birds complaining about? What metaphor or figure of speech is the poem using to describe those environmental problems?
3. How many kinds of bird are mentioned in the poem? What threats do the environmental problems pose to their survival?

5) Move

By Alicia Ostriker

Whether it's a turtle who drags herself
Slowly to the sandlot, where she digs
The sandy nest she was born to dig

And lay leathery eggs in, or whether it's salmon[1]
Rocketing upstream
Toward pools that call, *Bring your eggs here*

And nowhere else in the world, whether it is turtle—green
Ugliness and awkwardness, or the seething
Grace and gild of silky salmon, we

Are envious, our wishes speak out right here,
Thirsty for a destiny like theirs,
An absolute right choice

To end all choices. Is it memory,
We ask, is it a smell
They remember,

Or just what is it—some kind of blueprint
That makes them move, hot grain by grain[2],
Cold cascade above icy cascade[3],

Slipping through

10. Ecology and Environment (1)

Water's fingers[4]

A hundred miles

Inland from the easy, shiny sea?

And we also—in the company

Of our tribe

Or perhaps alone, like the turtle

On her wrinkled feet with the tapping nails[5]—

We also are going to travel, we say let's be

Oblivious to all, save

That we travel, and we say

When we reach the place we'll know

We are in the right spot, somehow, like a breath

Entering a singer's chest, that shapes itself

For the song that is to follow.

【注释】

1. salmon: 鲑鱼。俗称三文鱼。该鱼的习性非常特别，在文学作品中多有书写。它们在河流出生，游到大海长大，然后再回到河中产卵，最终死在出生地。它们为什么这样做，怎样找到自己的出生地，无人知晓。

2. grain by grain: 在一粒一粒沙上（向前挪动）。指海龟上岸下蛋，在沙滩上缓慢爬行。

3. cascade above icy cascade: 穿过一个个激流（向前游动）。指鲑鱼为了产子，克服重重困难，从大海游向河流上游。

4. Water's fingers: 水的手指。形容浪花弯曲，像手指。

5. the tapping nails: 轻拍的指甲。在此指海龟的指甲。

【译文】

移动

无论是海龟拖着她的身子，
缓慢地来到那块沙地，然后
挖一个沙窝，她生来就是

为了挖坑并在其中下蛋，还是
鲑鱼顺流而上，
游向那些水池的呼唤，把鱼子

带到这里，而非别处，无论是海龟
绿色的丑态和笨拙，还是
鲑鱼丝绸般的优雅和光彩夺目，

我们都羡慕，我们的希望在此表达，
渴望它们一样的命运，
用一个绝对的选择

终结所有选择，我们要问，
是否记忆，是否一种气味，
它们记住了？

或者是什么——某种蓝图，
使它们在热沙上一点点移动，
在冷水中穿越一个个瀑布，

从水流的手指间
穿行向前，
从平滑、闪光的大海

10. Ecology and Environment (1)

向内陆洄游一百英里？
我们也一样——要么与部落
成员一起，

或者特立独行，像海龟
皱皮的爪和轻拍的指甲——
我们也正在踏上归途，我们说让

我们忘记一切，仅仅记住
我们在途中了；我们说
当我们到达时，不知怎的，

我们就知道那是正确的地方，
像呼吸进入歌者的胸膛，
为即将唱出的歌而成形。

【赏析】

艾丽西亚·奥斯特莱克（Alicia Ostriker 1937—　），美国当代女诗人，著有《等待光明》(*Waiting for the Light*, 2017)、《老妇人、郁金香和狗》(*The Old Woman, the Tulip, and the Dog*, 2014)、《在神启餐厅及其他诗歌》(*At the Revelation Restaurant and Other Poems*, 2010)、《七十歌集》(*The Book of Seventy*, 2009)、《火山系列》(*The Volcano Sequence*, 2002)等诗集。

《移动》一诗通过海龟和鲑鱼的出生和成长过程，写出了大自然的神秘和奥妙。海龟往往出生在沙滩，生长在大海。在自己长大并生育时，它们又会回到沙滩，寻找它们自己出生的地方来下蛋产子。同样，鲑鱼也是一种出生在湖泊或河道，生长在大海的鱼类。当它们到了生育之时，它们也会回到它们出生的地方去产子。不管回到出生地的路途有多少艰难险阻，它们都在所不惜。鲑鱼需要顺流而上，甚至跳跃台阶，但是这些都阻拦不了它们回归的决心，最后，它们产子的地方就是它们死亡的地方，那就是它们的归宿。

通常，人类自认为可以通过理性和科学穿透大自然的任何奥秘，科学和进步让人们产生了许多盲目的自信。但是人类并不知道，大自然仍有许多领域是无法理解和无法穿透的，人类至今也没有弄清楚海龟和鲑鱼是如何记得它们出生地的。是记忆，还是气味，还是有其他的信号在指引它们？这些奥秘都有待科学探索来发现和回答。但是它们仅仅是大自然的奥秘中很小的一部分，就像冰山的一角，而大部分可能就在我们的视野以外，超越了我们的认知，不能为我们掌握和理解。也就是说，理性之光所照亮的自然，仅仅是它很小的一部分，而很大的一部分仍然处于黑暗之中，它的"暗恐"将让人类敬畏，海龟和鲑鱼的现象就是其中之一。

在第二部分，诗歌将这种神秘的现象运用于人类，认为人类从某种意义上讲也是大自然的一部分，受到了自然力量的控制。像海龟和鲑鱼一样，人类也向着那个已经既定的目标前行，也许没有什么理由，也不需要什么理由。他们没有什么选择，因为不顾一切地"前行"是终结一切选择的选择。只有到了那个地方，那个"应许之地"，人类才知道他们到了，他们才知道那就是"正确的地方"。大自然的安排是神秘的、不可理解的，我们没有必要去弄清楚。我们只需要像海龟和鲑鱼一样顺应自然，那样我们总会到达。

【思考题】

1. What is special about the life cycles and reproduction habits of turtle and salmon? Can science explain the mystery?

2. What does the poem intend to show with the examples of turtle and salmon? What parallel with humans does the poem suggest?

3. What is built into human nature which we can't hope to change according to the poem?

11

Ecology and Environment (2)
生态与环境（2）

11. Ecology and Environment (2)

我们目前的生态危机的根源在哪里？学界对这个问题的回答莫衷一是，但有一个共识是，这个危机与我们人类的活动有关。从历史角度来看，人类与自然和谐关系的解体始于欧洲的工业化。我们可以英国为例，来看看大机器生产和动力革命是如何让英国的环境逐渐遭到破坏的。

首先，蒸汽机的使用大大提高了生产力和生产效率。在伦敦，大约100座蒸汽机在不停运转，英国人建了世界上最大的工厂，即所谓的"英国磨坊"（Albion Mill），它的蒸汽机动力在当时是世界第一，相当于200匹马力。同时，英国人在纺织行业陆续发明了飞梭、珍妮纺纱机、缪尔纺纱机等。机器的运用使纺织行业突破了手工工场的生产方式，实现了大规模生产。1771年，英国建立了第一座蒸汽机的棉纱厂，雇用了600名工人。随后，类似的纺纱厂在英国如雨后春笋般出现。

机器的应用给英国工业带来了疯狂的活力。诗人威廉·布莱克在其作品《弥尔顿》（*Milton*）中写道，英国为生产"拿破仑战争"所需的武器和弹药，开足了冶炼厂和制造厂的马力："泰晤士河在钢铁制造的重压下呻吟。"布莱克还在长诗《四佐亚》（*Four Zoas*）中记载，伦敦郊外的砖窑的火光点燃了夜空，为工业革命的基础设施生产建筑材料。那些"被迫在火焰中劳作，不分白天与黑夜"工人在哀号："啊，主啊，难道你没有看见我们的痛苦吗？/在这些火焰中不停地劳作？铁石心肠的监工/还讥笑我们的悲伤。"

煤炭已经不能满足这些生产活动对能源的巨大需求，人们将目光投向了伦敦郊外的山丘，以及那里生长的树木。布莱克在《弥尔顿》中也描写了那些山丘上生长的古老"橡树林"（Oak Grove）被大量砍伐的情景："萨里郡的山丘火光冲天，像熔炉中的缸砖……，黑暗在熔炉的入口闪烁，一堆烧焦的灰烬。"纺织厂、炼钢厂、机器制造厂、制革厂、酿酒厂等的运转，其烟囱不停地冒出黑烟，污染了英国的空气和河流。这些工厂的运转消耗了大量煤炭和木材，对自然资源也是一个极大的消耗。

布莱克曾经把伦敦那些大大小小、烟囱冒烟的工厂称为"魔鬼磨坊"（Satanic mills），它们的黑烟污染了空气，熏黑了建筑，引发了呼吸疾病。在《伦敦》（"London"）一诗中，布莱克描写了圣保罗大教堂等著名中世纪建筑被蒙上了一层黑黑的烟尘。他把"齿轮"（wheels）视为"魔鬼磨坊"的突出特征：一个个相互咬合、转动的齿轮，形成了大机器生产的标志性形象。在长诗《耶路撒冷》（*Jerusalem*）中，他描绘了这些工厂的齿轮机械地转动的情景。"我看到残忍的工厂／由无数的轮盘构成，轮盘套着轮盘，／独断专行的齿轮迫于强力，相互驱动。"布莱克表达了他对大机器工业的非人性本质的批判。

克里斯托弗·梅恩斯（Christopher Manes）在《自然与沉默》一文中认为，18世纪的科学主义和理性主义使"自然"从有灵魂的生命形式沦落为一种没有生命的物质存在，从而加速了人类对自然的无节制的开发和利用。林·怀特（Lynn White）在《我们生态危机的历史根源》一文中，将目前的生态危机的思想根源追溯到《圣经》以及基督教的人类中心主义思想。

华兹华斯的《劝与答》（"Expostulation and Reply"）中所提倡的放下书本，走进自然，暗示了对现有的知识体系和认知方式的拒绝。诗歌中提到的自然"力量"就像康德所说的"自在之物"（Ding an sich）一样，无法被理性认知。面对这些自然奥秘，诗歌提倡一种"明智的被动"（wise passiveness）态度。因此，诗歌构成了华兹华斯对书本知识的批判，"对理性、科学、人文学的知识获取方式的批判"。

这个知识体系的核心之一就是人类中心主义，生态批评致力于改变人类的自我中心意识，还自然以某种意义上的主体地位。济慈的

11. Ecology and Environment (2)

《秋颂》（"To Autumn"）描绘了果实累累的丰收景象，苹果压弯了枝头，葡萄接满了藤架，葫芦和坚果膨胀得溜圆。秋天女神躺在田野埂间，看着收割下的庄稼，看着榨酒机中流出汁液，被花香所陶醉。秋天的音乐在落日时分也鸣奏起来，河水滔滔，飞虫啾啾，羊群咩咩，燕子欢歌。然而在整个景象中，没有人的踪影，济慈自己没有出场。在自我隐退之后，诗歌突出了秋天本身，她的优美、和谐、丰饶，在充满了感性的语言中和盘托出，仿佛我们伸手便能够触摸到秋天的质感。自我的隐退与自然的凸显，使秋天变成了《秋颂》的真正主角，从而颠覆了以人为中心的思想范式。

1) Nuclear Family[1]

By Craig Santos Perez

7

In the beginning, Izanagi and Izanami[2]
stood on the bridge of heaven and stirred the sea
with a jeweled spear until the first island was born.
Then one day, men who claimed to be gods
said: "Let there be atomic light[3]," and there was
a blinding flash, a mushroom cloud, and radiating
fire. "This will end all wars,"[4] they said.
"This will bring peace to the divided world."

6

In the beginning, Áłtsé Hastiin and Áłtsé Asdzą́ą́[5]
ascended from the First World of darkness
until they reached the glittering waters
of this Fourth World, where the yellow snake,
Leetso,[6] dwelled underground.
Then one day, men who claimed to be gods
said: "Let there be uranium," and they dug
a thousand unventilated mines. They unleashed
Leetso and said: "This will enrich us[7] all."

5

In the beginning, Lowa[8] spoke the islands

11. Ecology and Environment (2)

into being and created four gods to protect
each direction. The first people emerged
from a wound in Lowa's body.
Then one day, men who claimed to be gods
said: "Let there be thermonuclear light,"
and there were countless detonations[9]. "Bravo!"
They exclaimed, "This is for the good of mankind."

4

In the beginning, Fu'una transformed
the eyes of Puntan into the sun and moon,[10]
and his back into an island. Then her body
transformed into stone and birthed my people.
Then one day, men who claimed to be gods
said: "Let there be a bone seeker," and trade winds
rained strontium 90[11] upon us, and irradiated ships
were washed in our waters. And they said:
"This is for national security."

3

In the beginning, Wold created earth from mud.
Then his younger brother, Coyote, carried
a woven basket full of the first people to the Great Basin[12].
Then one day, the men who claimed to be gods
said: "Let there be plowshare," and the desert
cratered, and white dust snowed upon the four corners.
And they said: "This is for peaceful construction[13]."

2

"The militarization of light[14] has been widely acknowledged as a historical rupture that brought into being a continuous Nuclear Age, but less understood is the way in which our bodies are written by these wars of light.[15]" —Elizabeth DeLoughrey, "Radiation Ecologies and the Wars of Light" (2009)

1

In the beginning, there was no contamination.
Then the men who claimed to be gods said:
"Let there be fallout[16]," and our lands and waters
became proving grounds, waste dumps,
and tailings. "Let there be fallout," and there was
a chain reaction of leukemia, lymphoma,
miscarriages, birth defects, and cancer.[17]
"Let there be fallout," and there was this toxic
legacy, this generational and genetic aftermath,
this fission of worlds. "Let there be fallout,"
and there is no half-life of grief when
a loved one dies from radiation disease.

0

Let there be the disarmament of the violent nucleus
within nations. Let there be a proliferation of justice
and peace across our atomic cartographies: from
Hiroshima and Nagasaki to the Marshall Islands.[18]
From the Navajo and Shoshone Nations to Mororua,
Fangataufa, In Ekker, Kiritimati, Maralinga, Amchitka,
Malan, Montebello Islands, Malden Island, Pokhran,

11. Ecology and Environment (2)

Ras Koh Hills, Chagai District, Semipalatinsk, Novaya Zemlya, Three Mile Island, Chernobyl, Punggye-ri, and Fukushima.[19] Let there be peace and justice for the downwinders, from Utah to Guam[20] to every irradiated species.

【注释】

1. Nuclear Family: 核心家庭/核弹家族。诗歌题目在玩弄人们熟悉的"核心家庭"概念。

2. Izanagi and Izanami: 伊奘诺尊和伊邪那美。日本的创世神话的神。两人是夫妻，也是兄妹。

3. Let there be atomic light: 这是对基督教《圣经·创世记》中上帝的话语的仿写。上帝说："让光出现，就有了光。"

4. "This will end all wars"："这将会结束所有战争。"这是美国政客的谎言，诗歌讽刺他们自以为是基督教上帝。

5. Áłtsé Hastiin and Áłtsé Asdzáá: 北美印第安人的一支纳瓦霍人的创世神话中的亚当和夏娃，即人类祖先。

6. Leetso: [印第安语]黄色魔鬼。指铀（uranium），制造原子弹的原料。美国在科罗拉多高原上开设了许多铀矿（unventillated mines），开采铀原料。这种原料被纳瓦霍印第安人称为"黄色魔鬼"。

7. enrich us: 使我们富有。enrich: 使富有，提升丰度。该词在此一语双关。

8. Lowa: 太平洋岛屿的创世之神。

9. countless detonations: 无数的爆炸。据说美国人在马绍尔群岛上进行过64次核试验。

10. Fu'una transformed / the eyes of Puntan into the sun and moon: 其中Fu'una和Puntan是关岛查莫罗人的创世神话中的大神，两位是兄妹。

11. strontium 90: 锶90。制造核武器的原料。

12. the Great Basin: 大盆地。位于美国内华达、犹他等州。Wold和Coyote显然是印第安神话中的人物。

13. peaceful construction: 和平建设。美国在大盆地的建设与军事有关，并非和平建设。

14. The militarization of light: 光的军事化。

15. our bodies are written by these wars of light: 我们的身体被光战所撰写。

16. fallout: 泄漏。常常用于描述核泄漏。

17. leukemia, lymphoma, /miscarriages, birth defects, and cancer: 白血病、淋巴瘤、流产、出生缺陷、癌症。都是核泄漏造成的后果。

18. from/Hiroshima and Nagasaki to the Marshall Islands: 从广岛和长崎到马绍尔群岛。后者是南太平洋的一个群岛，美国殖民地。

19. From the Navajo and Shoshone Nations to Mororua...: 从纳瓦霍人和肖肖尼人的国度（印第安原住民部落），到莫罗鲁阿、方加陶法环礁（法属波利尼西亚），因埃克（阿尔及利亚），圣诞岛（基里巴斯），马拉林加（澳大利亚），阿姆奇特卡岛（美国），马兰（巴基斯坦），蒙特贝罗岛（澳大利亚），莫尔登岛（独立岛，基里巴斯，英军军事基地），波克兰（印度），拉斯岛山、查盖丘陵地（巴基斯坦），塞米巴拉金斯克（哈萨克斯坦），新地岛（俄罗斯），三哩岛（美国），切尔诺贝利（乌克兰），丰溪里（朝鲜），福岛（日本）。这些都是诗歌所说的"核爆炸地貌"（atomic cartographies）。

20. from Utah /to Guam 从犹他州到关岛。犹他州是美国的核基地，关岛是美国在太平洋的军事基地。

【译文】

核弹家族

7

太初,伊奘诺尊和伊邪那美站在
太空的天桥上,用宝石装饰的标枪
搅动大海,第一个岛屿诞生了。
后来有一天,自称为神的人说:
"让那里有核光。"瞬间,就有
刺眼闪光、蘑菇云、辐射性大火。
"这将终结一切战争。"他们说。
"这将给分裂的世界带来和平。"

6

太初,阿尔茨·哈斯丁和阿尔茨·阿斯扎,
从第一世界的黑暗升起,直到
他们到达第四世界的闪光大海,
那里有一条黄色的蛇,名叫
里索,居住在地下。
后来有一天,自称为神的人说:
"让那里有铀。" 瞬间,他们就
开凿了成千上万的不通风的矿,
释放了里索,说"这将提升所有人的丰度"。

5

太初,洛瓦用话语创造了岛屿,
创造了四个天神来保护

每个方向,最早的人类诞生了,
从洛瓦身体上的伤口中出生。
后来有一天,自称为神的人说:
"让那里有热核原子光。"瞬间,就有
无数的爆炸。"喝彩!"
他们高喊,"这是为了人类的福祉。"

4

太初,弗乌那将朋坦的眼睛
变成了太阳和月亮,
把他的背变成了岛屿,然后她的身体
变成了石头,生下了我的同胞。
后来有一天,自称为神的人说:
"让那里有寻找骨头的人。"瞬间,季风
将带锶90的雨到了我们头上,将受到
辐射的船吹到了我们水域,他们说:
"这是为了国家安全。"

3

太初,沃尔德用泥土创造了大地,
然后他的弟弟柯约特用竹篮
把最早的人类带到了大盆地。
后来有一天,自称为神的人说:
"让那里有梨头。" 瞬间,沙漠
就坑坑洼洼,白色灰尘降到了四个角落。
他们说:"这是为了和平建设。"

2

"光的军事化已经被广泛承认是一个历史断裂,这个断裂开启了不间断的核

11. Ecology and Environment (2)

弹时代，但是还没有被人们认识的是，我们的身体是如何被这些光战所书写。"——伊丽莎白·德洛福利《辐射生态和光战》(2009)

1

太初，那里没有污染，
然后自称为神的人说：
"让那里有核泄漏。"瞬间，
土地和水成了试验场、废料场、
尾渣场。"让那里有核泄漏。"瞬间，
就有了白血病、淋巴瘤、
流产、出生缺陷、癌症。
"让那里有核泄漏。"瞬间，就有了
辐射后遗症、代际和基因遗传、
世界的分裂。"让那里有核泄漏。"
瞬间，就有了半生的悲痛，
因为亲人死于核辐射疾病。

0

让那里有裁军，减少国家拥有的
暴力性核武库，让和平和正义扩散，
覆盖核爆炸的地貌，从广岛和长崎
到马绍尔群岛。从纳瓦霍和
肖肖尼民族到莫罗鲁阿、方加陶法环礁、
因埃克、圣诞岛、马拉林加、阿姆奇特卡岛、
马兰、蒙特贝罗岛、莫尔登岛、波克兰、
拉斯岛山、查盖丘陵地、塞米巴拉金斯克、
新地岛、三哩岛、切尔诺贝利、
丰溪里、福岛。让那里有和平与正义，

还给核爆炸受害者，从犹他州

到关岛，还给所有被辐射的物种。

【赏析】

克雷格·桑托斯·佩雷斯（Craig Santos Perez 1980— ），来自关岛的美国诗人，他的主要诗集包括《来自未合并的领土》四部曲（*From Unincorporated Territory [Hacha,2008]*，*[Saina, 2010]*，*[Guma, 2014]*，*[Lukao, 2017]*）和《栖息地的门槛》（*Habitat Threshold*, 2020）等。获得过美国图书奖（American Book Award）等奖项。他是关岛土著查莫罗人（Chamorro），目前在夏威夷大学执教。他特别关注全球变暖对于太平洋岛屿的巨大危害，也关注太平洋岛屿的本土文化和殖民历史。

《核弹家族》一诗写美国在本土和南太平洋岛屿上所进行的多次核试验，以及全球的核爆炸对地球的环境所造成的严重污染。首先，它将南太平洋岛屿和美国本土的印第安人保留地描述为一个世外桃源，那里有独立发展起来的部落文化，那里有独特的创世神话，它们似乎独立于世界文化和历史之外。这些独特文化已经成为这些岛屿和保留地上的居民的思维和文化的一部分。

但是，这些文化在西方殖民者到来后，特别是第二次世界大战期间美国人进入之后，发生了改变。西方人把他们的文化和语言带到了这里，强加在这些土地之上。当地文化的连续性被西方的入侵彻底摧毁，这里的历史和文化逐渐被西方的文化、宗教、语言所替代。在诗歌中，西方人自称是上帝，将他们的意志强加于这些领土的自然和人民，其傲慢与偏见跃然纸上。他们就像《圣经·创世记》中那位万能的神，他们的话就是至高无上的圣谕。他们具有从无到有的神力，像魔术师一样，指哪儿哪儿就发生改变，指哪儿哪儿就出现他们想要的东西："'让那里有核光。'瞬间，就有/刺眼闪光、蘑菇云、放射性大火。"诗歌的小节编号模拟了核爆炸的倒计时，不是0—7，而

11. Ecology and Environment (2)

是7—0。

西方人在太平洋岛屿和印第安人保留地上的胡作非为包括以下几个方面：一、商业开发、土地开发、矿藏开采，掠夺这些岛屿的资源；二、城市建设、军事基地建设，破坏当地的生态；三、核试验、核泄漏、酸雨，污染当地的环境，造成新生儿畸形、成年人癌症率上升的严重后果。据统计，美国在南太平洋岛屿总共进行了60多次核试验，他们把这些岛屿当成试验场，全然不顾当地居民的福祉和身体健康，给当地人的身体和环境都造成了巨大的损害。

然而，这些西方人却振振有词地说，这些都是"为了世界和平""为了人类的福祉""为了国家安全""为了和平建设"。其实，他们真正给这些领土的居民带来的，只有"白血病、淋巴瘤、流产、出生缺陷、癌症"，当然还有"辐射后遗症、代际和基因遗传、世界的分裂"，还有"试验场、废料场、尾渣场"。

我们可以看到，诗歌的内容涉及太平洋岛屿和印第安人的文化、殖民历史、生态灾难，以及东西方关系。通过骇人听闻的历史事件，诗歌揭露了西方国家对太平洋岛屿和美洲印第安人的殖民掠夺，对当地文化和历史的毁灭，对当地生态和环境的破坏。通过揭露这些罪行，诗歌呼吁世界摈弃核武器和核试验，还受害者以公平和正义。

这些受害者不仅仅是太平洋岛屿的居民和美洲印第安人，而且还有世界各地的遭到核攻击和核泄漏污染的"核爆炸地貌"的居民，这些地方包括三哩岛、新地岛、福岛、丰溪里、波克兰、查盖丘陵地等，它们位于美国、俄罗斯、日本、朝鲜、印度、巴基斯坦等国的广阔地域。

【思考题】

1. What creation myths are presented in the poem? What "historical rupture" appears when those who "claimed to be gods" arrive?

2. What do those self-proclaimed gods do in Japan, in the Pacific islands and in the North American Indian territories? What health consequences do their actions leave the mankind?

3. How many of those "atomic cartographies" do you recognize? What is meant by "peace and justice for the downwinders"?

2) Last Snowman

By Simon Armitage

He drifted south

down an Arctic seaway

on a plinth of ice, jelly tots[1]

weeping lime green tears

around both eyes,

a carrot for a nose

(some reported parsnip),

below which a clay pipe

drooped from a mouth

that was pure stroke-victim[2].

A red woollen scarf trailed

in the meltwater drool[3]

at his base, and he slumped

to starboard, kinked,

gone at the pelvis.

From the buffet deck

of a passing cruise liner

stag and hen[4] parties shied

Scotch eggs and Pink Ladies[5]

as he rounded the stern.

He sailed on between banks

of camera lenses

and rubberneckers[6],

past islands vigorous

with sunflower and bog myrtle

into a bloodshot west,

singular and abominable[7].

【注释】

1. jelly tots: 彩色糖。在此指雪人的眼睛。

2. stroke-victim: 中风受害者。指雪人嘴被扭曲。

3. meltwater drool: 像流口水一样的融化水。drool: 口水。

4. stag and hen：（苏格兰）男人和女人。

5. Scotch eggs and Pink Ladies：苏格兰蛋和红粉佳人酒。前者是一种半熟水煮蛋，包在绞肉中，裹上面包糠油炸；后者是一种鸡尾酒。

6. rubberneckers: 伸长脖子的围观者，看热闹的人。

7. abominable：指abominable snowman，即喜马拉雅雪人，一种半人半熊的动物。

【译文】

最后一个雪人

它沿着北极水道，

向南漂浮，

在冰的底座上。

糖果般的眼睛，

流淌灰绿色的眼泪，

双眼模糊。

11. Ecology and Environment (2)

胡萝卜鼻子

（有人说是防风鼻子）

鼻子下面，黏土烟斗

叼在扭曲的嘴里，

纯粹是中风的结果。

一条红色羊毛围巾垂下，

在底座流口水似的雪水中，

浸透。雪人重重地

倒在右舷，身体扭曲，

胯下部分已经消失。

一艘游轮由此驶过，

在冷餐餐厅里，

男男女女聚集，

回避苏格兰煮蛋和粉红佳人酒。

雪人从船尾经过，

继续前行。夹道欢迎，

相机镜头、

伸长脖子的围观者。

它漂过了生机勃勃的岛屿，

岛上有向日葵和香杨梅，

漂向充血的西部，

特立独行，像雪人一样。

【赏析】

西蒙·阿米蒂奇（Simon Armitage 1963— ），英国当代著名诗人，2019年当选为英国桂冠诗人，获得了大英帝国勋章（CBE）诗歌贡献奖。著有《陡直上升！》（*Zoom!*, 1989）、《小孩》（*Kid*, 1992）、《火柴书》（*Book of Matches*, 1993）、《死海诗歌》（*The Dead Sea Poems*, 1995）等。曾经获得福沃德诗歌奖（Forward Prize）等多个诗歌大奖。

《最后一个雪人》一诗的话题涉及全球变暖，在2010年的英国全国诗歌日（10月4日），它被当时的桂冠诗人卡罗尔·安·达菲收集到《卫报》的20首关于气候变化的系列诗歌之中。全球变暖的一个严重后果就是冰川融化、极地冰盖崩塌、海面上升。诗歌题目所暗示的是在全球变暖后，世界将不再有雪花，不再有冰川，因此也不再有雪人。

在诗歌开篇，我们看到一个在浮冰之上的雪人，通过北极水道向南漂浮。它是人们所熟悉的那种雪人：眼睛是彩色糖果，鼻子是胡萝卜，嘴里叼着烟杆，脖子上围着红色围巾。在这个过程中，它的身体由于气温升高而逐渐融化，向下坍塌，下半身已经没有了。

在向南漂浮的过程中，它遇到了一艘游轮。在经过游轮的船尾时，它看见船舱中的人们在举行欢乐派对，男男女女在品尝苏格兰煮蛋和红粉佳人鸡尾酒，并没有人意识到它的存在，也没有人意识到它所暗示的危机。

作为最后一个雪人，在经过其他地方时，它吸引了人群的围观。大批记者前来报道，摄影师前来拍照。它俨然成了一个明星，一个具有轰动效应的现象。然而，它所暗示的危机仍然没有被人们所理解，也没有被媒体和公众所认识。他们对待最后的雪人的态度，就像他们对待明星一样，仅仅将之视为一个现象，一个具有轰动效应的事件。

最后，雪人漂过了热带的岛屿，那里长满了向日葵和香杨梅，漂向了血红的西方。"血红"一词一般用来描写一个人在激动时青筋暴露、血性方刚的状态。可以说它将气候变暖与人类活动的疯狂联系起来。在最后一行，雪人变成了生活在青藏高原的极寒环境中的"雪人熊"（abominable snowman），但是如果把这种雪人熊放到血红的西部，显然它无法生存。这个典故也说明全球变暖所影响的不仅仅是人类，还有生活在寒冷环境中的动物。

11. Ecology and Environment (2)

【思考题】

1. What does the "last" snowman mean? Does it mean the last of this year? Or does it suggest an environmental apocalypse?
2. What does the snowman witness on its journey from the Arctic to the warmer climates of the earth? What does its increasing deformation symbolize?
3. What are the reactions of people when they see this last snowman? Why is a snowman compared to the abominable snowman or yeti?

3) Doppler Effect[1]

By Arthur Sze

Stopped in cars, we are waiting to accelerate
along different trajectories[2]. I catch the rising
Pitch[3] of a train—today one hundred nine people
died in a stampede[4] converging at a bridge;
radioactive water trickles underground
toward the Pacific Ocean; nickel and copper
particulates contaminate the Brocade River[5].
Will this planet sustain ten billion people?[6]
Ah, switch it:[7] a spider plant leans toward
a glass door, and six offshoots dangle from it;
the more I fingered the clay slab into a bowl[8],
the more misshapen it became; though I have
botched *this*, bungled *that*, the errancies
reveal it would not be better if things happened
just as I wished;[9] a puffer fish inflates on deck;
a burst of burnt rubber rises from pavement.

【注释】

1. Doppler Effect: 多普勒效应。声波频率根据波源移动而变化的现象，即波源接近时频率升高，波源离开时频率降低。
2. trajectories: 轨道，弹道。在此指方向。different trajectories暗示环境状况可

11. Ecology and Environment (2)

能向不同方向发展，也暗示人类在环境问题上面临不同选择。

3. rising / Pitch: 上升的音高。指火车接近时汽笛声越来越大。

4. stampede: 踩踏。诗歌中的细节，如发生在一座桥边，可能暗示北京密云的踩踏事件，但是死亡人数不是109，而是37。

5. Brocade River: 锦江。可能指成都的锦江。

6. Will this planet sustain ten billion people? 这个地球能支撑100亿人吗？到此为止，诗歌列举的问题都是人们担心的生态问题。

7. switch it:（收音机）换台。

8. I fingered the clay slab into a bowl: 我将泥坯做成一只碗。

9. it would not be better if things happened/ just as I wished: 即使事情像我希望那样发生，它也不会比现在更好。这是对先前谈的对生态担忧的一种否定：即无论人类怎样努力，都无法改变现状。

【译文】

多普勒效应

在停下的车里，我们等待着
驶向不同的方向，我听到了一列火车
渐进的汽笛声——今天一百零九人
在踩踏中身亡，人群拥向一座桥时
发生；放射性污水渗入地下，
流入了太平洋；镍和铜的微粒
污染了锦江；
这个星球能否承载一百亿人吗？
啊，换台：一株吊兰爬到了
玻璃门上，六个分支垂了下来；
我越是想将软泥捏成一只碗，

它就越是不成形。虽然我

这也弄糟,那也弄错,但错误率

显示,即使情况按我的希望发展,

也不会好多少。在甲板上,河豚膨胀。

在人行道上,塑料爆燃。

【赏析】

施加彰(Arthur Sze 1950—),第二代华裔美国人,毕业于加州大学伯克利分校,曾任美国诗人协会会长,受中国古典诗歌美学影响深远。1972年之后定居新墨西哥的圣塔菲。著有《杨柳风》(1972)、《两只乌鸦》(1976)、《眩惑》(1982)、《河流,河流》(1987)、《群岛》(1995)、《流动的红蛛网:1970—1998诗作》(1998),以及新出炉的英译汉诗集《丝龙》(2001)。曾获丽拉·华里斯读者文摘作家奖、亚裔美国人文学奖(1999)、印第安艺术基金会奖(1999)、美国国家图书奖(1996)等奖项。

《多普勒效应》一诗写人类在面临环境问题时所产生的不同理解。众所周知,不同视角会导致人们对同一事物的理解不同,就像声学中的多普勒效应(Doppler effect)一样。多普勒效应是奥地利物理学家及数学家克里斯蒂安·约翰·多普勒(Christian Johann Doppler)于1842年所发现的一种声学现象:即声和光的波长因为波源或观测者的相对运动而产生变化。如果观测者处于运动的波源前面,那么波被压缩,波长变短,频率变高;但是如果观测者处于运动的波源后面,那么波长变长,频率变低。波源的速度越高,所产生的效应越大。

诗歌一开始,车被堵在路上的诗人听到了一列火车由远及近,声波的变化显然让他想到了多普勒效应。然后,他打开收音机,前后听到了两组新闻报道。第一组包括:人群进入一座桥时相互拥挤,发生了踩踏事件,造成

11. Ecology and Environment (2)

了109人死亡；受到放射污染的废水渗入了地下，流入了太平洋；镍和铜的微粒污染了锦江的河水；世界人口总量将达100亿，地球能够承载这么多人口吗？

这些新闻让他感到压抑，因此他换了一个台，听到了第二组新闻：吊兰靠在玻璃门上，六个分支挂了下来；有人在介绍制陶的经验，说我越是想把软泥胚子制作成一只碗，它就越不像样；虽然我这也不行，那也犯错，但是错误率显示，按照我的意志行事，情况也不会更好；河豚在甲板上膨胀，一堆塑料在人行道上爆燃。

这两组新闻事件在意义上和性质上都有所不同，前一组涉及大事和危机，后一组涉及小事和个人经验。这与多普勒效应联系在一起，相当于处于运动的波源前后的两种不同的感受。关注大事和危机的人对世界的感受，与不关注这些事情，仅仅沉溺于个人经验的人的感受是不同的。如果新闻受众处于危机首当其冲的位置，那么他们受到的影响较大，紧迫感就更大。但是如果他们处在远离危机的位置，那么他们受到的影响就会较小，紧迫感就较小。

诗歌所涉及的环境问题有核污染、工业污染、人口爆炸，都是由人类活动造成，然而人类活动也包括养花卉、制陶、吃河豚、骚乱等，这些可能对环境的影响微乎其微。两种视角、两种理解之间的矛盾是我们现实生活中对待环境问题的两种态度。我们可能不能说清谁对谁错，因为它们仅仅是观测角度不同的结果。我们不能说前者杞人忧天，也不能说后者目光短浅。就像在多普勒效应中，感觉差异是真实的，是必须承认的。

然而，在两组新闻中，第二组似乎是对第一组的回应，而回应的关键可能是那句"即使情况按我的希望发展，也不会好多少"。施加彰曾经在美国国家图书奖的获奖致辞中说："我们现在比任何时间都需要诗歌，面对如此脆弱的生态系统和人类中心主义带给自然的伤害，诗歌，尤其是生态主题的诗歌需要承担更大的责任。"但是，他并不赞同人类试图掌控自然，人为和强势地干预自然："我越是想将软泥捏成一只碗，它就越是不成形。"诗歌明确表达了他的这种态度。

【思考题】

1. What environmental problems are listed in the first part of the poem? What problem is highlighted apart from environmental pollution?
2. What examples are given in the second part to show the futility of human efforts to avert environmental disasters?
3. What is "Doppler effect"? How is it illustrated by the examples of environmental problem?

11. Ecology and Environment (2)

4) World

By A. R. Ammons

Breakers at high tide shoots[1]

pray over the jetty boulders[2]

that collects in shallow chips, depressions,

evening[3] the surface to run-off level:

of these possible worlds of held water

most can't outlast the interim tideless

drought, so are clear, sterile, encased with

salt: one in particular, though,[4] a hole,

providing depth with little surface

keeps water through the hottest day:

a slime of green algae extends into that

tiny sea, and animals tiny enough to

world there breed and dart and breathe and

die: so[5] we are here in this plant-created oxygen

drinking this sweet rain, consuming this green[6].

【注释】

1. Breakers: 浪花。shoots: 激流。
2. boulders: 巨石、岩石。
3. evening: [现在分词] 拉平。动词原型为even。
4. though: 但是。这里是一个转折：前面的巨石上的海水在阳光下被晒干，而在此处却形成了一个很深的洞穴,不但海水晒不干,而且在里面形成了一个别样的世界。

5. so: 同样。相当于In this manner。显然将自然界与人类世界进行比拟。
6. green: 绿色。在此指绿色的果实。

【译文】

世界

海浪在涨潮时涌起,

在乌黑发亮的石头上祈祷,

石头的凹槽和浅坑收集海水,

使其表面变成水平的平面:

在这些蓄水坑的世界里,

多数都挨不过潮汐间的

干旱,因此清晰,贫瘠,凝结了

海盐:但其中之一是一个洞,

洞深而口小,即使在最热的

天气中,也能保持水量充盈:

一抹绿色的水藻延伸其中,像

小型的大海,大小适合的动物

在其中产子、飞奔、呼吸、死亡,

我们也一样,在此呼吸着植物给的氧,

喝着甜雨给的水,吃着这绿色果实。

【赏析】

  A. R. 埃蒙斯(A. R. Ammons 1926—2001),美国20世纪诗人,著有《天体》(*Sphere: The Form of a Motion*,1974)、《长满树木的海岸》(*A Coast of Trees*，1981)、《垃圾》(*Garbage*，1993)、《强光闪耀》(*Glare*，1997);《胡思与胡说》(*Bosh and Flapdoodle*, 2005)。曾获得包括美国国家图书奖（National Book Award）和美国国家图书评论家奖（National Book Critics Circle Award）等多项诗歌奖。

《世界》一诗写海边的一块巨石，以及它的一个洞穴中存在的另一个世界。诗歌一开始写防波堤上这块巨石在涨潮时被海水淹没，巨石表面变成了一个平面。然后潮水退去，巨石上坑坑洼洼的地方都充满了海水，每一个坑洼中都生活着没有随潮水退回大海的生物。因此每一个坑洼都是一个世界，但是这些世界常常非常浅，经太阳暴晒，不久便会干涸，因此不会持久。

然而，有一个洞穴不同，它洞口狭小，洞里深邃，因此，即便太阳暴晒，也不会把它晒干。在这个神秘的洞中，生活着海藻类植物，也生活着微小的适合其中生长的海洋生物。它们在洞中繁衍、呼吸、畅游，构成了一个世外桃源，一个世界之外的微观世界。诗歌暗示，这个微观世界与洞外的自然世界可能大致是相同的，看到这样一个微观世界，也许我们能够更好理解我们生活的世界。

地球上的微观世界非常众多，这些世界平时不为人们所注意。它们常常由微生物构成，只有在显微镜下才能看见，因此它们常常处在一般人的认知范围之外。然而，在地球之外，还有比地球更大的宏观世界，即太空和外太空。这些宏观世界也常常处于一般人的认知范围之外，需要受过专门训练的人用望远镜才能看到。诗歌的题目"世界"不是指我们生活的、看得见的世界，而是指我们世界之外的这些微观和宏观世界。

我们通常所说的"自然"可能仅仅指我们看得见的世界，但是自然应该也包括这些看不见的微观和宏观世界。它们构成了我们世界的上下两个维度，这两个维度说明自然不仅仅是我们曾经所理解的大江大河、高山流水，自然比我们的认知范畴要大得多！由于不能完全被人类把握和理解，它们体现出一种神秘，其"暗恐"迫使我们对自然产生出一种敬畏。

【思考题】

1. What does the "world" of the title refer to? What creatures inhabit this world?

2. How is the fathomless hole formed in the rock? Why is it not noticeable normally?

3. What parallel can be drawn between this world and the world we inhabit?

11. Ecology and Environment (2)

5) Ice Would Suffice[1]

By Risa Denenberg

How swift, how far

the sea

carries a body from shore.

Empires fail, species are lost,[2]

spotted frogs

and tufted puffins forsaken.

After eons[3] of fauna and flora, hominids[4] have stood

for mere years

baffled brains atop battered shoulders.

In a murky blanket of heavens

an icy planet[5]

made of diamond spins.

Our sun winks like the star

it was

billions of years ago,[6] without ambition.

We bury bodies in shallow dirt[7], heedless of lacking space

or how long

our makeshift[8] planet will host us.

【注释】

1. Ice Would Suffice: 冰就已经足够。来自罗伯特·弗洛斯特的诗歌《火与冰》("Fire and Ice"),诗人在诗中问:世界将如何结束?答案是火与冰。

2. species are lost: 灭绝的物种。指后面的斑点蛙和海鹦。

3. eons: 亿万年、永世。动物和植物在这个世界生存了亿万年。

4. hominids: 人类,人科动物。与其他动植物相比,人类生存才区区几十万年。

5. icy planet: 冰冷的星球。离恒星较远的星球没有温度,因此也没有生命。

6. like the star / it was / billions of years ago: 像数亿年前的那颗星。暗示太阳数亿年来都没有变化。

7. shallow dirt: 浅土。浅埋尸体,以便未来升天。因此后面称地球为临时星球。

8. makeshift: 临时的,权宜的。地球是人类临时的居住地,因为基督徒相信死后会升天。

【译文】

冰就已经足够

多么迅速,多么遥远呀,
大海
将一具尸体带离了海岸。

帝国衰亡,物种灭绝,
青蛙斑斑点点,
海鹦一簇簇地被遗弃。

11. Ecology and Environment (2)

植物动物永世存续，相比之下，人类
仅有数年历史，
其困惑的大脑长在备受打击的肩上。

在太空的墨黑的空间里，
旋转着一颗
由钻石构成的冰冷的行星。

我们的太阳像星星般眨眼，
数亿年来，
它一直如此，没有太多野心。

我们浅埋尸体，不知道空间不足，
或这个临时星球
还能养育我们多久？

【赏析】

丽莎·邓农伯格（Risa Denenberg 1950—　），美国当代诗人，著有《距太阳的平均距离》（*Mean Distance from the Sun*, 2014）、《旋风》（*Whirlwind*, 2016）、《微不足道的信仰》（*Slight Faith*, 2018）等诗集。职业是家庭护士，在堕胎关怀、艾滋病关怀、疼痛缓解、临终关怀等领域提供服务。她说这些经历，即对疾病、苦难、死亡的见证，"构成了我热爱诗歌的基石"。

《冰就已经足够》一诗的题目让人想起了美国诗人罗伯特·弗洛斯特的著名诗歌《火与冰》。弗洛斯特在诗歌中讨论了世界的末日，回答了"导致世界毁灭的将是火还是冰"的问题。"冰就已经足够"就来自该诗的最后一句："我对仇恨有足够了解，可以说要毁灭世界，冰也很好，并且足够。"

《冰就已经足够》一开始描写葬身大海的人，他们可能因海难或其他事故而殒命，但其尸体很快就会被海水冲走，消失在茫茫大海之中，没有留下任何痕迹。诗歌的视野逐渐开阔、逐渐扩大，从个体到人类，再到人类建立的文明和国家。我们发现，死亡和灭绝对于所有这些都没有任何区别。帝国从兴到衰，民族从诞生到消失，历史上有很多这样的例子。它们有些留下了痕迹，有些已经杳无踪迹。

以此类推，物种也是一样。在我们的地球上，生活着亿万个物种，但是每天都有许多物种陨灭，诗歌中所提到的斑点蛙和海鹦仅仅是其中的两个例子。自然界的动物和植物已经存在了上亿年，而相比之下，人类仅是后生和新来者，因此对死亡和灭绝这样的现象仍然感到困惑，感到无法理解。

最后，诗人将视角拉得更远。从太空中回望地球，我们看到的是一颗冷冻的星球，像一颗小小的钻石，在墨黑的宇宙中旋转着。太阳也像过去数亿年一样，没有什么变化，也没有对变化的渴望。也许宇宙的时间与人类的时间有着巨大的差异，但是对于它们来说，生与死、兴与衰可能都一样。地球不会永恒，太阳也不会永远光明。当我们面对死亡，埋葬死者的时候，也许我们没有必要为未来而烦恼，也没有必要杞人忧天，去拷问这个临时的星球，还能承载我们多久？

【思考题】

1. Why should we understand death as a common phenomenon? Why shouldn't we be sentimental about empires' fall and species' extension according to the poem?

2. Why should we look at the changes in this world from a wider perspective? For example, from the outer space or across a history of ions?

3. Why is the worry about death and heaven meaningless once we look at the matter this way? What end of the world should we expect according to the title?

12

Aging and Senility (1)
老龄化与衰老（1）

12. Aging and Senility (1)

人口老龄化是指人口生育率降低和人均寿命延长所导致的总人口中年轻人口数量减少、年长人口数量增加，从而导致的老年人口比例的相应增长。它有两个含义：一是指老年人口相对增多，在总人口中所占比例不断上升；二是指社会人口结构呈现老年化状态。根据1956年联合国《人口老龄化及其社会经济后果》确定的划分标准，当一个国家或地区65岁及以上老年人口数量占总人口比例超过7%时，则意味着这个国家或地区进入老龄化。1982年维也纳老龄问题世界大会确定，60岁及以上老年人口占总人口比例超过10%，意味着这个国家或地区进入老龄化。

在20世纪末，世界人口寿命发生了巨大变化。平均预期寿命在1950年的基础上延长了20年，达到66岁，预计到2050年将再延长10年。寿命增长以及21世纪上半叶人口的迅速增长，意味着60岁以上的人口将从2000年的大约6亿增加到2050年的将近20亿，预计全球划定为老年的人口所占比例将从1998年的10%增加到2025年的15%。在发展中国家，这种增长幅度最大、速度最快，预计今后50年里，这些国家的老年人口将增长三倍。

目前的人口结构变化在21世纪中叶将造成老年和年轻人口各占一半的现象。就全球而言，2000年至2050年期间，60岁以上的人口所占比例预计要增加1倍，由10％增加到21％，而儿的比例预期将下降三分之一，即从30％下降至21％。在若干发达国家和转型期经济国家，老年人人数已超过儿童人数，而且出生率已降到更替水平以下。在某些发达国家中，在2050年年底以前，老年人人数将比儿童人数多出1倍以上。每71名男性平均对100名女性的比例预计也会增加到78名。

人口老龄化的趋势大体上是不可倒转的。由于发展中国家的人口老龄化速度比发达国家快得多，相对来说发展中国家没有太多时间调整以适应人口老龄化的后果。而且，发展中国家的人口老龄化是发生在比发达国家更低的社会经济水平之上。今天，世界的中位数年龄为26岁。人口最年轻的国家是也门，其中位数年龄为15岁，最年老的国家是日本，其中位数年龄是41岁。到2050年，预期世界中位数年龄将会增多约十岁，到达36岁。

老年人口本身也在老龄化。世界上增长最快的年龄组是最老的一组，其年龄为80岁或以上。他们目前是以每年3.8%的速度增长，占老年人总数的十分之一以上。到21世纪中点有1/5的老年人将是80岁或以上。大多数的老年人是妇女，因为女性的预期寿命高于男人。在2000年，60岁以上的老人中，妇女比男人多6300万人，妇女为男人两倍至五倍。

人口老龄化的影响是深刻的，对人类生活的所有方面都会产生重大的后果和效应。在经济领域，人口老龄化将对经济增长、储蓄、投资与消费、劳动力市场、养老金、税收及世代间转接产生冲击。在社会层面，人口老龄化影响了保健和医疗保障、家庭组成及生活安排、住房与迁徙。在政治方面，人口老龄化会影响投票模式与代表性。

"可能支助比"（PSR），即每个65岁或更老的人可以得到多少个15—64岁的人支助，可以为我们显示人口老龄化的巨大冲击。正在工作的人群所能承担的负担越来越大。在1950年至2000年之间，可能支助比从每个65岁或更老的人有12个工龄降至9个工龄的人。到21世纪中叶，预期可能支助比将下降至每个65岁或更老的人有4个工龄的人。可能支助比对社会保险计划，特别是传统的由目前工作的人支付当下的退休者的福利的制度，有重大的影响。

2002年联合国在马德里举行的第二次老龄问题世界大会，通过了《2002年老龄问题国际行动计划》，目标在于呼吁各国改变态度、政策和做法，确保全世界所有人都能够有保障、有尊严地步入老年，并作为享有充分权利的公民参与社会事务。该计划建议按照下列三个优先方向做出安排：老年人与发展；促进老年人的健康和福祉；确保有利的和支助性环境。老年人生活保障的程度大部分取决于在这三个方向取得的进展。

12. Aging and Senility (1)

1) All the World's a Stage (from As You Like It, Act II, Scene vii)

By William Shakespeare

All the world's a stage,
And all the men and women merely players;
They have their exits and their entrances;
And one man in his time[1] plays many parts,
His acts[2] being seven ages. At first the infant,
Mewling and puking in the nurse's arms;
And then the whining school-boy, with his satchel
And shining morning face, creeping like snail[3]
Unwillingly to school. And then the lover,
Sighing like furnace,[4] with a woeful ballad
Made to his mistress' eyebrow. Then a soldier,
Full of strange oaths, and bearded like the pard,
Jealous in honour,[5] sudden and quick in quarrel,
Seeking the bubble reputation
Even in the cannon's mouth. And then the justice,
In fair round belly with good capon lin'd[6],
With eyes severe and beard of formal cut,
Full of wise saws and modern instances[7];
And so he plays his part. The sixth age shifts
Into the lean and slipper'd pantaloon,
With spectacles on nose and pouch on side;
His youthful hose, well sav'd, a world too wide[8]

For his shrunk shank; and his big manly voice,

Turning again toward childish treble, pipes

And whistles in his sound. Last scene of all,

That ends this strange eventful history,

Is second childishness and mere oblivion;

Sans teeth, sans eyes, sans taste, sans everything.

【注释】

1. in his time: 一生中。相当于in his lifetime。

2. acts: 表演，（戏剧的）幕。一般戏剧有五幕，但是人的一生有七幕。

3. creeping like snail: 像蜗牛一样爬动。形容小学生不愿意上学。

4. Sighing like furnace: 像熔炉一样叹息。熔炉一般用鼓风机保持火力。

5. Jealous in honour: 对荣誉嫉妒。在荣誉上，寸土不让。

6. with good capon lin'd: 句子词序有所调整，正常词序是：lin'd with good capon。line: [动词]给加衬里。

7. modern instances: 现代案例。作为法官，他了解许多先例，以此作为判案的依据。

8. a world too wide: 太宽的世界。指裤子。

【译文】

整个世界就是一个舞台（《皆大欢喜》第二幕第七场节选）

　　整个世界就是一个舞台，
男男女女只是其中的演员；
他们都有退场和登场；
人生在世将扮演多种角色，

12. Aging and Senility (1)

他的表演有七个时期。起初是婴儿，
在奶妈怀里哭闹流口水；
然后是哭嚷的学童，背上书包，
朝阳般的脸庞，一步一挪如蜗牛，
勉勉强强去上学。然后是恋人；
唉声叹气如炉灶冒烟，编一曲悲歌
歌颂情人的蛾眉。然后，当了士兵；
奇怪的誓言不绝于口，胡须像豹子，
珍惜荣誉，行动敏捷，动辄争吵，
追求像泡沫一样的虚名，
哪怕对着炮口。然后，做了法官；
大腹便便，填满了阉鸡的脂肪，
目光严厉，胡须修剪得齐整，
满嘴智慧的格言和现代的范例；
他就是如此扮演角色。第六个时期
变成穿拖鞋的又瘦又傻的老头！
鼻上托着眼镜，腰边挂着钱包；
年轻时保存的长袜，套在干瘪小腿上，
宽大又晃荡；男子汉的大嗓门
现在变成尖声的童音，
声调如风笛和口哨。最后一场，
将结束这一奇怪与多事的历史，
仅是二度的童年，茫然的遗忘；
没有牙齿，没有视力，没有口味，没有一切。

【赏析】

　　《整个世界就是一个舞台》来自莎士比亚的戏剧《皆大欢喜》(*As You Like It*)第二幕第七场,剧中的公爵被篡位之后,带着他的随从来到了阿登森林,在那里开始了他们的野外田园生活。在他的随从中,一位叫杰奎斯的感叹他在森林中碰到的一个穿彩衣的"小丑"具有非凡的哲理,看着怀表就能说出一套关于"时光易逝"的箴言:"照这样一小时一小时过去,我们都会越变越老,越老越不中用。"然后,杰奎斯看到了一位来要饭的陌生人(罗兰爵士的儿子奥兰多)自己饥饿,还不忘其随从——上了年纪的亚当。"双重劳瘁——他的高龄和饥饿——累倒了他,除非等他饱餐之后,我绝不接触一口食物。"想到在这个世界上,还有比他们更悲惨的人,杰奎斯发表了"世界如舞台"这一著名的演说。

　　在《整个世界就是一个舞台》中,杰奎斯将人生分为七个时期,包括啼哭的婴儿、不愿上学的孩童、苦苦思念的恋人、荣誉至上的军人、大腹便便的法官、老态龙钟的老人、被完全遗忘的死亡!当然,杰奎斯就是莎士比亚的面具,是他的传声筒。我们看到,他的"老年"是第六个时期,这时人变成了精瘦的老头,穿着拖鞋,鼻子上架着眼镜,腰上系着钱袋。他年轻时省下来的长袜套在他干瘪的腿上,宽松晃荡,他浑厚的男性嗓音又变成了尖利的童声,像是风笛和哨子的响声。也就是说,在坎坷人生的最后阶段,在古怪多事的人生的最后一场,人将迎来第二个童年,孩提时代的再现。这个时期也将通向人生的最后一个阶段,即全然的遗忘:"没有牙齿,没有视力,没有口味,没有一切。"

　　也就是说,在莎士比亚看来,人到老年时就会有明显的身体的变化:体型不再健硕,视力不再清晰,嗓音也不再浑厚,看上去颤颤巍巍、老态龙钟。同时也可能像孩子一样幼稚,仿佛回到了童年。正如杰奎斯所羡慕的小丑在"时光易逝"的箴言中说:"我们都会越变越老,越老越不中用。"

　　其实,人生"七时期"的说法有点烦琐,后来,其他诗人在借用这个说

12. Aging and Senility (1)

法时，对其进行了修订和合并。18世纪的亚历山大·蒲柏（Alexander Pope）在《论人》（*An Essay on Man*）中将人生分为孩童、青年、成年以及老年这四个阶段，老年是对人生的反思和救赎阶段："念珠和祈祷的经书，是晚年的玩具。/仍如往常一样，喜欢华而不实的饰品；/直到，疲惫地睡去，可怜的一生收场。"（第280—282行）

【思考题】

1. What parallels are there between a person's life and a play? Does the "seven ages" accurately describes a person's lifetime?

2. Why is the last stage of a person's life described as a "second childishness" or childhood? Does "a world too wide for his shrunk shank" accurately describe old age?

3. What does "sans teeth, sans eyes, sans taste, sans everything" mean? What does "mere oblivion" mean to a person?

2) Ode: Intimations of Immortality (Excerpt)

By William Wordsworth

The Child is Father of the Man;

And I could wish my days to be

Bound each to each by natural piety.[1]

1

There was a time when meadow, grove, and stream,

The earth, and every common sight,

   To me did seem

   Apparelled in celestial light,[2]

The glory and the freshness of a dream.

It is not now as it hath been of yore[3];—

   Turn wheresoe'er I may,

   By night or day,

The things which I have seen I now can see no more.

2

   The Rainbow comes and goes,

   And lovely is the Rose,

   The Moon doth with delight

Look round her when the heavens are bare,

   Waters on a starry night

   Are beautiful and fair;

  The sunshine is a glorious birth;

12. Aging and Senility (1)

But yet I know, where'er I go,

That there hath past[4] away a glory from the earth.

3

Now, while the birds thus sing a joyous song,

    And while the young lambs bound

      As to the tabor's sound,[5]

To me alone there came a thought of grief[6]:

A timely utterance gave that thought relief,

And I again am strong:

    The cataracts blow their trumpets from the steep;

No more shall grief of mine the season wrong;[7]

I hear the Echoes through the mountains throng,[8]

The Winds come to me[9] from the fields of sleep,

    And all the earth is gay;

      Land and sea

    Give themselves up to jollity,

      And with the heart of May

    Doth every Beast keep holiday;—

      Thou Child of Joy,

Shout round me, let me hear thy shouts, thou happy

    Shepherd-boy!

4

Ye blessed Creatures, I have heard the call

    Ye to each other make;[10] I see

The heavens laugh with you in your jubilee;

    My heart is at your festival,

My head hath its coronal[11],

The fulness of your bliss, I feel—I feel it all.

　　Oh evil day! if I were sullen[12]

　　While Earth herself is adorning,

　　This sweet May-morning,

　　And the Children are culling

　　　On every side,

　　In a thousand valleys far and wide,

Fresh flowers;[13] while the sun shines warm,

And the Babe leaps up on his Mother's arm:—

　　I hear, I hear, with joy I hear!

—But there's a Tree,[14] of many, one,

A single Field which I have looked upon,

Both of them speak of something that is gone[15]:

　　The Pansy at my feet

　　Doth the same tale repeat:

Whither is fled the visionary gleam?

Where is it now, the glory and the dream?

【注释】

1. 引自华兹华斯自己的另一首诗《我心飞扬》(*My Heart Leaps Up*)。其主要意思是："儿童乃是成人之父。"

2. Apparelled in celestial light: 包裹在神圣的光中。apparell: [动词]包裹。

3. of yore：从前。此行的意思是：现在不如从前。这是"成人不如儿童"命题的另一种表述。

4. past：正常拼写为passed。此行是倒装句，正常词序是：a glory there hath

past away from the earth（有一种光辉已从世界消失）。

5. As to the tabor's sound：仿佛是应着小鼓的节奏。

6. a thought of grief: 一种悲伤情绪。其原因就是"有一种光辉已从世界消失"。

7. No more shall grief of mine the season wrong: 倒装句，正常词序是：grief of mine shall no more wrong the season。

8. I hear the Echoes through the mountains throng: 句子词序有所调整，正常词序是：I hear the Echoes throng through the mountains。

9. The Winds come to me: 轻风拂面。在华兹华斯诗歌中，"清风拂面"常常是"灵感到来"的意思。

10. I have heard the call/ Ye to each other make: 句子词序有所调整，正常词序是：I have heard the call /（which）Ye make to each other。

11. coronal: 花冠。带上花冠在此表示欢乐。

12. sullen: 忧郁，郁闷。在万物欢腾之时，诗人却感到郁闷。也指前面提到的"一种悲伤情绪"。

13. the Children are culling... / Fresh flowers: 谓语和宾语相隔较远，其间有不少插入语。

14. a Tree: 这棵树非常特别，它不仅被大写，而且让诗人想起了"光辉消失"。它肯定不同寻常，有人怀疑是法国大革命的"自由树"。

15. speak of something that is gone: 都述说着光辉已经消失。这还是先前的那个主题的变奏。

【译文】

永生颂（节选）

儿童乃是成人之父；
我希望我一生的日子

被自然崇拜始终相连。

1

曾几何时,草地、树林、溪流,

整个大地,每个平常景象,

对我来说似乎

都披着神圣的光,

披着荣耀,梦的清新。

只是现在已非从前;——

我环顾四周,

白天或黑夜,

昔日之所见,现在再也见不到。

2

彩虹来来去去,

玫瑰依然可爱,

月亮欢快地

环视四周,天空寥廓无垠,

星夜的湖海

美丽而动人;

初升的太阳辉煌灿烂;

但我知道,无论到哪里,

有一种光辉已从世界消失。

3

现在,鸟儿们正在欢唱

羊羔们正在蹦跳

像应和着手鼓的节奏。

12. Aging and Senility (1)

唯独我心中升起了忧伤：

一句话及时到来，缓解了忧郁，

于是我再次坚强：

瀑布自悬崖吹起它们的号角；

我的忧郁岂能伤害这个季节；

我听见回声在群山间流荡，

轻风拂面，来自沉睡原野，

大地一派欢欣；

大地和海洋

完全沉醉在欢乐之中。

怀着五月的心情，

每一头牲畜都像过节一样：——

你，欢乐之子，

在我身边呼喊吧，让我听你的喊声，你幸福的

牧羊少年。

4

福赐的万物，我听见

你们在彼此呼唤；我看到

宇宙与你们一起尽情欢笑；

我的心加入了你们的欢庆，

我的头顶戴上了花冠。

我感到了你们的全部幸福——我全然感到。

哦，不幸的日子！如果我悲苦

而大地正在装点

甜美的五月的清晨，

孩子们正在摘取

鲜花,在四面八方,

在一千个广阔的山谷;

阳光温暖,

婴儿在母亲的怀里蹦跳:——

我听见,我听见,我快乐地听见了!

——但有一棵树,众树中的一棵,

还有我曾见过的一片原野,

它们都诉说着某种丧失:

脚边的三色堇

重复着同样的故事:

那梦幻的光辉到哪里去了?

那荣耀和梦境现在在哪里?

【赏析】

威廉·华兹华斯（William Wordsworth 1770—1850）,英国浪漫派诗人,19世纪桂冠诗人,著有《抒情歌谣集》（*Lyrical Ballads*,1798,与柯尔律治合作）、《诗集》（*Poems*,1807）、《序曲》（*The Prelude*,1850）等。他曾经充满了改革理想,但在巴黎见证了法国大革命,回到英国后,他的思想发生了急剧转变,遂隐居英格兰北部湖区,寄情山水,在大自然里寻找慰藉。

《永生颂（节选）》写人的感受力随年龄增长而衰退的现象。所谓的感受力就是指我们感知世界的能力,它在童年时期似乎最敏感、最强烈,在那时世界显得光辉灿烂、美妙动人。然而,随着年龄的增长,这种感受力会下降,甚至会丧失,同样的世界可能失去光泽,似乎被蒙上了一层浮灰,显得灰暗。华兹华斯所描写的是我们每个人都可能会有的经历,在我们的记忆中,朝霞曾经是那样艳丽,面包曾经是那样美味,然而现在那种感觉已经没有了。这就是为什么序诗说，"儿童乃是成人之父"。

　　诗歌可以被视为一首悲歌或哀歌，它哀悼的是我们曾经拥有，但现在已经失去的东西。"曾几何时，草地、树林、溪流，整个大地，每个平常景象，对我来说似乎都披着神圣的光，披着荣耀，梦的清新。只是现在已非从前；——"诗歌充满了忧伤，哀叹着一个灿烂世界的消逝，"世界的光辉"已经不复存在。诗歌的口气中充满了悲哀、不解和无奈，其悲伤的根源可能与诗人自身的诗学困惑有关，而不是对人生衰落的哀叹。华兹华斯的诗歌源泉主要来自童年，在《永生颂》创作之时，他已经步入中年，因此很可能感到他诗歌的源泉正在干涸。诗歌不断地提问："那梦幻的光辉到哪里去了？那荣耀和梦境现在在哪里？"

　　我们的节选来自诗歌第1—4节，它曾经是一首独立的诗歌。后来华兹华斯感到意犹未尽，又加上了后面的第5—11节。后面部分借鉴新柏拉图主义来解释感受力衰退的原因。新柏拉图主义认为，灵魂来自上帝，带着天堂的荣耀和光辉来到人间，然而在人间成长的过程中，那荣耀和光辉会逐渐消失。因此人生就是一个衰落的过程，童年、青年和成年的成长过程就是一个遗忘的过程，天堂在我们的记忆中越来越模糊，离我们越来越远。童年好比清晨的太阳，霞光烂漫；进入白天之后，金色的阳光变成了灰色的白昼，失去了它原有的灿烂。

　　诗歌对人生的认识显得非常悲观。人生不是成长，而是衰落。人生是"沉睡""遗忘""监狱"等，这些观点都可能给人一种低沉消极的印象。但是诗歌并没有在消沉中结束，而是从衰退中寻找到力量。诗人认为，虽然我们离天堂更远，虽然我们的感觉更迟钝，但是岁月给了我们更多的智慧。诗歌开头的那种低落和悲观情绪逐渐被驱散，逐渐被一种积极和乐观的情绪所取代。"尽管那一度辉煌耀眼的明辉，已经永远从我的视野里消退，尽管什么都无法挽回，鲜花往日的荣光，绿草昔年的明媚，但我们将不会悲伤。"诗歌最终在一种积极的欢歌中重新站立起来。诗歌呼吁大自然重新欢乐起来：百鸟歌唱，羔羊跳跃，尽享五月的春光！

【思考题】

1. Why are all creatures in jubilee and all the earth gay? What season is described?

2. What "thought of grief" comes to the poet's mind and is bothering him? What is that glory that has passed away from the earth? What is that "visionary gleam"?

3. Why does the poem say "The child is father of the man"? What does the child lose when he grows into a man?

12. Aging and Senility (1)

3) Ulysses[1]

By Alfred Tennyson

It little profits that an idle king,

By this still hearth, among these barren crags,

Matched with an aged wife, I mete and dole

Unequal laws unto a savage race,[2]

That hoard, and sleep, and feed, and know not me.

I cannot rest from travel; I will drink

Life to the lees.[3] All times I have enjoyed

Greatly, have suffered greatly, both with those

That loved me, and alone; on shore, and when

Through scudding drifts the rainy Hyades[4]

Vexed the dim sea. I am become a name;[5]

For always roaming with a hungry heart

Much have I seen and known—cities of men

And manners, climates, councils, governments,

Myself not least, but honored of them all—

And drunk delight of battle with my peers,

Far on the ringing plains of windy Troy[6],

I am a part of all that I have met;

Yet all experience is an arch wherethrough

Gleams that untraveled world whose margin fades

Forever and forever when I move.

How dull it is to pause, to make an end,

To rust unburnished, not to shine in use!

As though to breathe were life![7] Life piled on life

Were all too little, and of one to me

Little remains;[8] but every hour is saved

From that eternal silence, something more,

A bringer of new things; and vile it were

For some three suns[9] to store and hoard myself,

And this gray spirit yearning in desire

To follow knowledge like a sinking star,

Beyond the utmost bound of human thought.

This is my son, mine own Telemachus,

To whom I leave the scepter and the isle[10]—

Well-loved of me, discerning to fulfill

This labor, by slow prudence to make mild

A rugged people, and through soft degrees

Subdue them to the useful and the good.

Most blameless is he, centered in the sphere

Of common duties, decent not to fail

In offices of tenderness, and pay

Meet[11] adoration to my household gods,

When I am gone. He works his work, I mine.

There lies the port; the vessel puffs her sail;

There gloom the dark, broad seas. My mariners,

Souls that have toiled, and wrought, and thought with me—

That ever with a frolic welcome took

12. Aging and Senility (1)

The thunder and the sunshine, and opposed

Free hearts, free foreheads—you and I are old;

Old age hath yet his honor and his toil.

Death closes all; but something ere the end,

Some work of noble note, may yet be done,

Not unbecoming men that strove with Gods[12].

The lights begin to twinkle from the rocks;

The long day wanes; the slow moon climbs; the deep[13]

Moans round with many voices. Come, my friends,

'Tis not too late to seek a newer world.

Push off, and sitting well in order smite[14]

The sounding furrows; for my purpose holds

To sail beyond the sunset, and the baths

Of all the western stars,[15] until I die.

It may be that the gulfs will wash us down;

It may be we shall touch the Happy Isles[16],

And see the great Achilles[17], whom we knew.

Though much is taken, much abides; and though

We are not now that strength which in old days

Moved earth and heaven, that which we are, we are—

One equal temper of heroic hearts,

Made weak by time and fate, but strong in will

To strive, to seek, to find, and not to yield.

【注释】

1. Ulysses: 尤利西斯。古希腊称奥德修斯（Odysseus）。在荷马史诗《伊利亚特》中，他是希腊联军中的一员，特洛伊木马的献计者。在荷马史诗《奥德赛》中，他在海上漂泊十年，最终回到希腊城邦伊萨卡（Ithaca）。

2. It little profits that an idle king...I mete and dole/ Unequal laws unto a savage race: 没有什么好处……我，一个闲散的国王，对一个野蛮民族实施不公平的法律。profit: [动词] 有利润，有好处。mete and dole: 给予，施以，发放。

3. drink / Life to the lees: 将生活一饮而尽。the lees: 杯子的底部。

4. Hyades: 海厄迪斯，毕宿星团。它们的出现会带来雨水。

5. I am become a name: 我已经变成了一个名字。意思是：时间久了，人们已经忘记他实际的英雄行为了。

6. Troy：特洛伊，位于今天的土耳其。据荷马史诗《伊利亚特》记载，希腊军队攻打十年，才用木马计攻破特洛伊。

7. As though to breathe were life：好像呼吸就是生命。意思是：待在家里，无所事事，就不算是生活。或者说不做出惊天动地的事情，就算是白活。

8. and of one to me/Little remains: 句子语序有所调整，正常词序是：and little of one（life）remains to me。

9. For some three suns: 经过大约三年时间。suns: 太阳，在此指年。

10. the isle: 伊萨卡岛（Ithaca），尤利西斯做国王的地方。

11. Meet: 适合的。

12. men that strove with Gods: 与神摔跤的人。形容英勇无畏之人，尤利西斯等人对自己的称谓。

13. the deep: 大海。

14. smite: 划（船）。

15. the baths / Of all the western stars: 希腊神话中，地球四周有护城河或海洋，星星落下时会坠入。

16. the Happy Isles: 福岛，（死后进入的）乐土。

17. Achilles: 阿喀琉斯，特洛伊战争中最伟大的希腊勇士。后因为脚跟中箭而死亡。尤利西斯等人相信他已经在乐土。

12. Aging and Senility (1)

【译文】

尤利西斯

这没什么好处:我,一个闲散的君主,
安居家中,在这嶙峋的岛国,
与年老的妻子厮守,颁布实施
不公平的法律,治理野蛮的民族,
他们居家不出、睡、吃,不理解我。

我不能停下我的周游;我要把
生命之杯一饮而尽。我一生获得过
巨大享受,承受过巨大痛苦,
有时与爱我的伙伴一起,有时也
独自一人;在岸上,也在海上,
穿过滔滔激流,当毕宿星团
带来雨水。我已经变成一个名字;
由于如饥似渴地周游世界,
我见识了许多——异族的城池,
风俗、气候、委员会、政府,
也了解了我自己,备受他们尊敬——
在遥远而多风的特洛伊战场,
与同伴一起陶醉于作战的乐趣。
我是自己全部经历的一部分;
但所有经历都只是一座拱门,
尚未游历的世界在门外闪耀,其边界
随着我一步步前进,也不断后退。
停留,或终止,多么沉闷啊,

蒙尘生锈，而不在使用中发亮！
仿佛呼吸就能算是生命。几次生命
堆起来也不多，何况我唯一的生命
已所剩无几。从永恒的沉寂中
抢救的每个小时，都是一种收获，
都会带来新意。可恶的是
我深居简出度过了三年时光，
而我年迈的灵魂却渴望着
追求知识，像追求沉没的星辰，
直至人类思想极限的边界之外。

这是我儿子，亲爱的忒勒玛科斯，
我给他留下了我的权杖和岛国，
他是我的所爱，决心履行职责，
以耐心和谨慎的态度去教化
一个粗野的民族，以温和的步骤
驯化他们，使他们善良而有用。
他是无可挑剔的，置身于
常规的责任中，行为得体，
不会忽视温柔事务，在我离去后，
对家族的保护神表示崇敬。
他和我将各司其职，各不耽误。

海港就在那里，船只已经扬帆，
大海一片黑暗。我的水手们——
与我一同辛劳、工作、思想的人，
曾同样欢迎雷电和阳光，用自由的
心与头来对抗——你们和我都老了

12. Aging and Senility (1)

但老年仍有老年的荣誉、老年的工作。

死亡将终结一切，但在终点之前，

我们还能够完成崇高的事业，

以配得上与神摔跤的人的称谓。

礁石上的灯塔已经开始闪光，

长长的一天将尽，月亮缓缓升起，

大海在四面用无数声音呻吟。来吧朋友，

探寻更新的世界，现在仍为时不晚。

启程吧！一排一排地坐下，划破

喧嚣的海浪，我的目标是

驶向日落之处，驶过西方星斗

沐浴之地，不到死亡不罢休。

也许，天边的深渊会把我们吞噬，

也许，我们将到达乐土福岛，

见到伟大的、我们熟知的阿喀琉斯。

尽管许多已去，但剩下的还很多；

虽然我们的力量已不如当初，

不能改天动地，但我们仍是我们——

英雄的心构成的共同气质，尽管

被时间和命运削弱，但意志仍坚强，

去奋斗、探索、发现，绝不屈服。

【赏析】

阿尔弗雷德·丁尼生（Alfred Tennyson 1809—1892），英国19世纪桂冠诗人，著有《抒情诗集》（*Poems, Chiefly Lyrical*, 1830）、《洛克斯利庄园》（"Locksley Hall", 1842）、《公主》（*Princess*, 1847）、《纪念诗集》（*In Memoriam*, 1850）、《国王田园诗》（*Idylls of the King*, 1859）等。他的

诗歌以抑扬顿挫、委婉动听著称，是传统格律诗歌的精品。诗人奥登称"他在英国诗人中具有最敏感的听觉"。

《尤利西斯》一诗通过重述荷马史诗的英雄故事，写出了一个老骥伏枥、壮心不已的人物形象。尤利西斯是荷马史诗《奥德赛》的主人公奥德修斯（Odysseus），在罗马帝国时期他被称为尤利西斯。在特洛伊战争期间，尤利西斯献木马计，以里应外合方式攻破特洛伊城，结束了这场历时十年的战争。然后，他率领同伴从特洛伊回国，但是在途中受到了海神波塞冬的阻挠。他们历尽千辛万苦，在海上漂泊十年后终于返回故土伊萨卡，与儿子忒勒玛科斯一起，杀死纠缠他妻子、挥霍他家财的求婚者，最终合家团圆。

丁尼生的《尤利西斯》在时间上始于荷马史诗的故事之后。这时的尤利西斯已经白发苍苍，但是他却决心再次出海，去探索未知的世界。全诗是尤利西斯即将再度扬帆远航时所做的一篇别离演说。他意气风发，慷慨激昂，面对妻儿、朝臣和追随他去搏击风浪的老水手们，他倾吐肺腑之言。在这篇洋洋洒洒的别离演说中，他的英雄气魄与豪迈气质酣畅淋漓地呈现在我们面前。

在第一节，尤利西斯对众人说，囿于一个封闭的岛国，当"一个闲散的君主"，过着风平浪静、不温不火的安逸生活，是一件多么空虚无聊的事情，他决心要将"生命之杯一饮而尽"，再次体验人生的痛苦和欢乐。对他来说，生活在于质量，而不是数量；生命在于强度，而不是长度。他将昔日的荣耀踩在脚下，决心向未知的世界进发，向自己的极限挑战，将生命的创造潜能发挥到极致。

生活在维多利亚时代的丁尼生，虽然怀有浪漫主义的情结，却非常关注迅速发展着的自然科学，并把天文学和地质学看作自己的"可怕的缪斯"。"可怕"不是恐惧，而是科学的新发现强烈地撼动了他原有的世界观。"发现"的狂喜使他躁动不安的心灵渴望有更多的"发现"，于是探索未知世界的冲动主宰了他的灵魂，而"探索"也成为全诗的主题。

英雄征服世界的过程，其实也是一个自我发现、自我锤炼、自我征服的过程，而人对未知世界的探索和对人自身的探索是一个永无止境的进程。但

12. Aging and Senility (1)

即便如此，诗人借尤利西斯之口说道："停留，或终止，多么沉闷啊，/蒙尘生锈，而不在使用中发亮！"诗人希望将短暂生命的每一瞬间都燃烧得璀璨辉煌。仅仅呼吸不能算是生命，人活着就应该为理想而奋斗。

在第四节，尤利西斯对即将同他一道出海的水手们进行了最后的勉励。"黑暗的大海""雷电"象征着前方莫测的凶险，而这对真正的水手却是一种吸引、一种宴飨、一种呼唤。英雄不会衰老，衰老的只是外表。在死神面前，那颗改天换地的心显得分外年轻。灯塔开始闪烁，大海发出欢迎，尤利西斯一声令下："启程吧！"众水手划破奔腾的海浪，驶向太阳沉没的地方。老英雄的抱负丝毫不减当年，俨然一种"明知山有虎，偏向虎山行"的精神，一种"春蚕到死丝方尽，蜡炬成灰泪始干"的执着。这次起航不是参加战争，而是探寻生命的意义，是对人的无限潜能的拓展。这次远征完全彰显了人的胆识与智慧，充满了对人的力量的盛赞。这是一次自我放逐，更是一次自我实现。诗的结尾尤其铿锵有力："去奋斗、探索、发现，绝不屈服。"

《尤利西斯》借英雄之口抒发了一种不服老和不服输的精神，这与诗人一生的诗歌事业和奋斗历程具有高度的吻合。他的生命意识与自强不息的抗争精神，其"老骥伏枥、志在千里"的精神得到公众，甚至首相罗伯特·皮尔（Robert Peel）的赞赏。

【思考题】

1. What are Ulysses's exploits during and after the Trojan war? Does Tennyson's story have an origin in Homeric epics?
2. What is drawing Ulysses and his men into exploration "beyond the sunset" and through the arch of untraveled worlds?
3. What in these heroes are made weak by time and age and what still remains? What does Ulysses mean by "follow knowledge like a sinking star"? What spirit does he exhibit?

4) Growing Old

By Matthew Arnold

What is it to grow old?

Is it to lose the glory of the form,

The luster of the eye?

Is it for beauty to forego her wreath[1]?

—Yes, but not this alone.

Is it to feel our strength—

Not our bloom only, but our strength—decay?

Is it to feel each limb

Grow stiffer,[2] every function less exact,

Each nerve more loosely strung?

Yes, this, and more; but not

Ah, 'tis not what in youth we dreamed 'twould be!

'Tis not to have our life

Mellowed[3] and softened as with sunset glow,

A golden day's decline.

'Tis not to see the world

As from a height, with rapt prophetic eyes[4],

And heart profoundly stirred;

And weep, and feel the fullness of the past,

The years that are no more.

12. Aging and Senility (1)

It is to spend long days

And not once feel that we were ever young;

It is to add, immured [5]

In the hot prison of the present, month

To month with weary pain.

It is to suffer this,

And feel but half, and feebly, what we feel.

Deep in our hidden heart

Festers [6] the dull remembrance of a change,

But no emotion—none.

It is—last stage of all—

When we are frozen up within, and quite

The phantom of ourselves,

To hear the world applaud the hollow ghost

Which blamed the living man. [7]

【注释】

1. forego her wreath: 放弃花环。比喻生命不再年轻。

2. limb /Grow stiffer: 四肢变得僵硬。这是老年时期常见的现象。

3. Mellowed: 使成熟，使圆润，使丰美。这是对老年的正面描写。

4. prophetic eyes: 先知的眼睛，预言家的眼睛。这也是对老年的正面描写。

5. immured: 关闭，监禁。

6. Festers: 溃烂，化脓。该句是倒装句，正常词序是：The dull remembrance of a change festers deep in our hidden heart。

7. hollow ghost / Which blamed the living man: 责备活人的那个空心鬼。

【译文】

变老

变老是什么感觉？
难道是失去外形的荣光，
双目的光辉？
难道是美丽放弃了花环？
是的，但也不仅如此。

难道是感觉力量衰竭？
不仅外貌，还有力量——衰竭？
难道是感觉四肢
更僵硬，功能更减退，
神经更松弛？

是的，是它，更多。但是
啊，它不是我们年轻时梦想那样！
它不是使生命
成熟和温柔，像夕阳余晖，
金色的一天的结尾。

它不是从一个高峰
看世界，像预言家凝神关注，
内心深深震撼；
泪奔，感觉到过去的充实，
那些逝去的岁月。

而是度过漫漫长日，
一丝感觉不到我们曾经年轻；

12. Aging and Senility (1)

而是像在囚禁在
当前这炎热的监牢,
一月一月地增添痛苦。

而是经受这样的苦难,
一半感到,隐隐感到我们的情感。
在我们内心深处
有一个变化的记忆在溃烂,
但没有情感——没有。

而是——在这最后阶段——
当我们内心已经冰封,变成了
我们自己的魅影,
听到世界在为这个空心鬼魂欢呼,
而鬼魂却在责备那个活人。

【赏析】

马修·阿诺德（Matthew Arnold 1822—1888）,英国维多利亚时期的诗人和批评家,曾经创作了《被抛弃的人鱼》《多佛海滨》《吉卜赛学人》等经典诗歌,撰写了《批评文集》（两卷本）（*Essays in Criticism* Ⅰ & Ⅱ, 1865, 1888）、《文化与无政府状态》（*Culture and Anarchy*, 1869）、《文学与教条》（*Literature and Dogma*, 1873）等著作,主张阅读经典,用经典作为尺度来衡量和判断当今的文学;主张在宗教衰落的时代,用文学代替宗教行使道德教化的作用;主张用文学经典作为文化,支撑西方主流价值不受下层文化的侵蚀。这些观点对20世纪的文学批评和文化批评产生过重大影响。

《变老》一诗描写每一个人变老时都要经历的一些变化。它探讨变老的感受,以及衰老开始时,人们将发生怎样的改变。一般人将变老视为一些身体上的变化，它显而易见，而且不以人们的意志为转移，比如我们不再有从前的力量、敏捷、美貌、青春等。正如诗中所说，我们失去了"外形的荣光，双目的光辉"，也失去了青春的财富。

但是，诗人认为身体的变化仅仅是变老的一个部分，更大的变化是心灵的变老。在这个过程中，人们会感到一种凄凉和无聊，一种死之将至的恐惧，即"金色的一天的结尾"。老人身体仍然活着，但精神已死。他看待生活的方法和态度，与年轻时完全不同。他不是向前看，而是向后看，完全生活在记忆之中。正如诗中所说，老年并不是人们通常理解的老年，不是站在生命的巅峰鸟瞰这个世界，没有获得一种成熟给予的智慧，而是躲藏在心里，感到一种无趣和无聊，日复一日地等待着时光的重复。人们的灵魂曾经闪亮，而现在却成了一根摇晃的蜡烛，等待着最后的熄灭。

在诗中，老年被视为一个监牢，被囚禁的我们无法再享受生活的快乐，只有在离开这个世界时，我们才能从这个监牢中逃脱。在人生的最后阶段，我们似乎仅仅是我们自己的一个魅影，从前那个鲜活的人已经没有了踪影。该诗的口气的确显得悲观，但是它是在回应同时代诗人罗伯特·勃朗宁在诗歌《拉比·本·埃兹拉》（"Rabbi Ben Ezra"）中所描绘的那幅夕阳红的老年图景："跟我一起变老吧！最好的还在后面，生命的最后阶段，第一阶段就是为它而造。"

虽然如此，但是如果我们以更积极的心态看待暮年，也许我们不会陷入如此的悲观情绪。人们想什么，就将成为什么。如果人们成天想着孤独，那么他们就将变得孤独。老年不是我们身体的衰老，而是我们心态的衰老。如果我们能够选择更加积极、更加快乐地活着，那么我们的老年将更有意义。

【思考题】

1. What is the method the poem uses in its attempt to define old age? What common misconceptions do people entertain about old age?

12. Aging and Senility (1)

2. Why is decayed glory of outer form and decayed strength not all about old age? What is the difference between "mellow" and "decay"?
3. What feelings will one have when one feels "the fullness of the past"? Why is old age described as "the hollow ghost" to "the living man" it once was?

5) I Look into My Glass

By Thomas Hardy

I look into my glass,

And view my wasting skin[1],

And say, "Would God it came to pass

My heart had shrunk as thin!"[2]

For then, I, undistrest[3]

By hearts grown cold to me,

Could lonely wait my endless rest

With equanimity.[4]

But Time, to make me grieve,

Part steals, lets part abide;

And shakes this fragile frame at eve

With throbbings of noontide[5].

【注释】

1. wasting skin: 枯萎的皮肤。wasting: [现在分词] 动词原型为waste (使荒芜)。
2. Would God it came to pass/ My heart had shrunk as thin: 但愿上帝让此发生，即我的心同样萎缩。it代表后面的句子。came to pass: 发生。
3. undistrest：未使苦恼。正常拼写为：undistressed。
4. With equanimity：平静地，镇静地。
5. noontide: 正午。比喻青壮年。与前面的傍晚（eve）或老年形成对照。

12. Aging and Senility (1)

【译文】

我看向镜中

当我看向镜中,
看见自己形容憔悴,
我说:"但愿上天让我的心
也像这样枯萎!"

因为那样,人心对我冷漠,
我也不再忧伤,
我将可以独自而平静地
等待永远的安息。

但时间让我悲戚,
它偷走一半,剩下一半,
摇曳着这个脆弱的黄昏之躯,
用搏动的正午之心。

【赏析】

托马斯·哈代(Thomas Hardy 1840—1928),英国诗人和小说家。著有《还乡》(*The Return of the Native*, 1878)、《卡斯特桥市长》(*The Mayor of Casterbridge*, 1886)、《德伯家的苔丝》(*Tess of the d'Urbervilles*, 1891)和《无名的裘德》(*Jude the Osbcure*, 1895)等近20部长篇小说。因《无名的裘德》讲述表亲婚恋,遭到舆论的攻击,因此哈代放弃了小说写作,转向了诗歌创作,共创作8部诗集,共918首,还有三卷诗剧《列王》(*The Dynasts*)。

《我看向镜中》一诗的内容和表达的情感很简单:诗人在镜中看到自

己的模样，受到了很大刺激，完全不能接受。他没有想到他的身体已经枯萎和消瘦到如此程度。看到这些，他的心凉透了，好像只能顺从自然，听之任之，孤独地等待死亡。我们可以看到，诗人以镜子为门，进入自我。在虚与实的对望中，诗人心生的怨尤，更多的是为了达到某种平衡，即"如果我的心也像这样枯萎"，也就不会再发出这般哀叹之声。诗人的意念因此而趋于平静，得以在"孤独"的心无旁骛中等待"永远的安息"。

但是诗歌也将身与心分离开来，认为身与心的衰老并不同步。现实有着时间的狡狯，它只是偷走了诗人的身体和容颜，却留下了他的精神和意念。在身体衰退的同时，他的心灵并未衰退，而是保持了相当的活力。即时间会让一个人的"外在"渐渐衰老，却不给他的心灵以同步的机会。摇曳着这个脆弱的黄昏之躯，用搏动的正午之心"——用我们的俗话说就是"人老心不老"。在心灵的活力企图发挥作用的同时，诗人感到力不从心，他的身体已经支撑不了心灵的欲望。他的好似壮年心灵的激动，摇曳着他晚年的脆弱的身体。他人老志不老，感到无限的痛苦。这种感觉会让人心生对时间嗔怪，同时又会生发出对时间更多的依依不舍。

没有一颗心是随着身体的衰败而衰老的。在老年时期，他仍然胸怀宏大志向，但是遗憾的是他已经无力将这些志向付诸实施。虽然"老骥伏枥，志在千里"，但是他不得不服老。在客观上，我们终将会像落叶归于尘土，但在主观上，每一颗正在跳动的心都可以说是年轻的。在这个巨大的反差中，时间朝着两个方向相背而行。博尔赫斯说："时间也会分岔。"镜中的人，在虚幻和真实之间不停地切换，就像电影里的蒙太奇，亦如诗歌中的突然分行。《我看向镜中》应该是一首挽歌——对于生命、对于时间、对于爱。

12. Aging and Senility (1)

【思考题】

1. What is bothering the speaker in the poem? What does the looking glass show of him?

2. What does he mean by "part steals, lets part abide"? What is he complaining about?

3. What is the speaker's reason for asking God to shrink his heart as well? Why does the speaker want to synchronize the physical and spiritual growth?

13

Aging and Senility (2)
老龄化与衰老（2）

13. Aging and Senility (2)

老年人的健康状况一般随年龄增加而恶化，需要长期照顾的老年人总数也会增多。"父母支助比"，即85岁以上的人口与50—64岁的人口的比例，显示一个家庭可能必须向其最老的成员提供支助的状况。就全球而言，在1950年每100个50—64岁的人有少于2个85岁以上的人。到2000年，这一比例提高至4个，预计到2050年将达到11个。

在人均收入较高的国家，老年人参与工作的参与率往往较低。在较发达国家，在经济上活跃的60岁以上的男人占21%，而在较不发达国家，经济活跃的男人则占50%。在较发达国家，老年妇女有10%是经济活跃的，而较不发达国家则是19%。较不发达国家的老年人较大程度地参与劳动力市场，主要是由于退休计划的覆盖面有限，所提供的收入相对来说较少。

按照联合国《2002年老龄问题国际行动计划》，各个国家为应对社会老龄化应该在以下几个方面采取行动。第一，改革养老金制度，包括以下措施：（1）采用多支撑结构，增加覆盖面，结合由私人管理和私人集资的、按规定交款的储蓄计划，和在自愿基础上为那些愿意在老年得到更多保护的人建立的退休预备金；（2）给基金管理人员更多的决策自主权；（3）为革新市场工具提供机会；（4）在改善劳动市场灵活性的同时，使养老金可以随人流动。

第二，改革退休制度，提高退休年龄和取消鼓励提前退休。提高退休年龄对失业问题的影响，可在改革养老金制度的同时进行劳动市场的改革，提高劳动市场的灵活性，在一定程度上抵消上述影响。然而，歧视年长工人，尤其是在招聘、晋升和培训等方面的歧视性待遇，会造成耻辱和社会排斥。要消除这种歧视观念，需要创造一种包容的气氛，使老年人可以融入发展的主流。

必须对劳动市场进行改革，以应对人口老龄化所带来的挑战，抓住其中的机会。开放劳动力市场，需要特别注意劳动力减少、生产率、移徙等问题的影响，以及和较年长工人适应新工作环境的问题。

劳动市场还需解决较年长工人的需要，今后他们将成为劳动大军的一个重要组成部分。重新定岗、重新组织劳动分工和提供灵活的工作环境，满足那部分工人的愿望，可能是劳动力老化的有效对策。

人口的历史性大流动表明，尽管不可能完全解决问题，但国际移徙可以在抵消人口老龄化和劳动力不足的多方面后果上起到重要作用。人口移徙是一种跨国现象，它使处理移徙问题，使之对输入国和输出国都有利成为一个全球性的问题。输出和输入劳动力的国家之间通过双边或区域合作做出正式安排，可使所有各方都从中受益，因为这种安排既解决了输出国的失业问题，又解决了输入国劳动力供应不足的问题。

第三，合理安排公共卫生支出。本区域人口的迅速老龄化，增加了公共卫生的支出，从而使健康保险成为解决老年人卫生保健需要资金来源的有效手段。很多国家的卫生保健支出，或者由政府承担，或者由个人自己承担。促进健康一生，将是老年健康生活的一个关键因素。

第四，改革养老制度，或老年人看护制度。生育率下降到更替水平乃至以下所产生的一个重要影响，是对家庭造成的照顾老年人的压力。这一人口结构的变化，可能形成一种2—2—4的家庭结构，即中年夫妇必须抚养他们的两名子女和四位父母。这种家庭结构将迫使现在和今后几代人寻找照看老龄父母的其他安排。可采取一些社会和财政政策，鼓励子女为照顾老年人承担责任，配合由国家建立养老机构，以及营造有利于私营部门和非营利性组织提供这方面服务的环境。

第五，关注老年贫困问题。由于多方面的原因，老年人时常陷于贫困，而农村老年人，特别是老年妇女的贫困现象，往往更为严重，因为不论是正式的还是非正式的社会保险基本上都不存在。迅速的城市化现象促使很多年轻人迁往城市，造成了老年人孤立无援的现象。在这一背景下，老龄化中的贫困问题在今后几十年里可能会进一步恶化，突出了有组织的社会赡养和照看老年人的必要。

  2019年11月，中共中央、国务院印发了《国家积极应对人口老龄化中长期规划》。2021年5月11日，第七次全国人口普查结果显示，中国60岁及以上人口占比超18%，人口老龄化程度进一步加深。

1) Affirmation

By Donald Hall

To grow old is to lose everything.
Aging, everybody knows it.
Even when we are young,
we glimpse it sometimes, and nod our heads
when a grandfather dies.
Then we row for years on the midsummer
pond,[1] ignorant and content. But a marriage,
that began without harm, scatters
into debris on the shore[2],
and a friend from school drops
cold on a rocky strand.
If a new love carries us
past middle age, our wife will die
at her strongest and most beautiful.[3]
New women come and go. All go.
The pretty lover who announces
that she is temporary
is temporary. The bold woman,
middle-aged against our old age,
sinks under an anxiety[4] she cannot withstand.
Another friend of decades estranges himself
in words that pollute thirty years[5].

13. Aging and Senility (2)

Let us stifle under mud at the pond's edge

and affirm that it is fitting

and delicious to lose everything[6].

【注释】

1. we row ... on the midsummer/ pond: 在夏季的池塘泛舟。诗歌将人生比喻为在池塘中泛舟。
2. debris on the shore: 岸边的残片。形容婚姻已经破碎。
3. die/ at her strongest and most beautiful：诗人的第二任妻子的确在中年去世。
4. sinks under an anxiety：在焦虑中崩溃。这里有诗人第三任妻子的影子。
5. words that pollute thirty years：污染了三十年（友谊）的话。
6. delicious to lose everything：失去所有很有味道。有反讽的意味。

【译文】

确认

变老就等于失去一切。

老龄化，人人都知道。

即使我们在年轻时，

有时也有所了解，祖父去世，

我们会把头低下。

然后我们会在夏季的池塘中

荡起双桨，无知而满足。但是

婚姻，即使开始顺利，也会

破碎，在岸边留下残片，

一个同学触礁倒下，

倒在寒冷的死亡里。

如果一段新的恋情

陪我们度过中年，妻子

会在最佳、最美丽的年龄离去。

新的恋情断断续续，都会过去。

那个漂亮的女人

称她仅仅是暂时结合，

也的确如此。那个大胆的女人

中年嫁给老年，

在无法忍受的焦虑中崩溃。

另一个多年的朋友疏远了，

说的话毁掉了三十年友情。

让我们窒息在池塘边的泥土里吧，

并且确认失去一切

是合适的，过瘾的。

【赏析】

唐纳德·霍尔（Donald Hall 1928—2018），美国现代诗人，美国国会图书馆第14任诗歌顾问（即为"美国桂冠诗人"，2006），从1952年至今他一共出版23部诗集，包括《流放与婚姻》（*Exiles and Marriages*, 1955）、《黑暗房屋》（*The Dark Houses*, 1958）、《屋顶上的虎皮百合》（*A Roof of Tiger Lilies*, 1964）等。2010年，时任美国总统奥巴马在白宫授予霍尔"美国国家艺术奖"，颁奖词称霍尔"激励了美国人，让美国更加重视诗歌"。

1972年霍尔的第一段婚姻以失败告终，就在他离婚后生活低迷时，女诗人简·凯尼恩（Jane Kenyon）出现在了他生活中。婚后，凯尼恩治愈了霍尔，作为诗人，两人经常一起讨论、朗诵诗歌，一起为庞德而着迷。在后来的回忆中，霍尔说，是凯尼恩让自己"回到了语言之地"，成为一个真正的诗人。1994年，共度23年时光的妻子查出白血病，一年多后去世，在巨大的悲痛中，霍尔写下了诗篇《彩床》（"The Painted Bed"）。

《确认》一诗写于2015年，此时诗人已近耄耋之年，对于生命、时光与年纪有了更深的理解与感悟。在诗歌中，他探讨自然法则中最残酷的一条：变老。"变老就等于失去一切。/老龄化，人人都知道。"儿时他失去了祖父，他仿佛明白了"失去"的意义。但是在之后的很长一段时间，在他的前半生，生命似乎还是幸福和快乐的。诗歌将这些快乐时光比喻为泛舟池塘。年轻时人们尽情享受生活，不知"失去"的意义。所谓"年轻"实际上存在于每个瞬间，就像仲夏池塘上的奋力划船、在嶙峋岸滩上的冒险，手捧玫瑰向一位美丽女士的求婚，等等，这些隐藏在生命中的幸福瞬间，便是年轻。

但是，随着年龄增长，随着身体变得迟钝，皮肤变得松弛，身体与精神状态渐渐成为一个老人时，一个人才会深切体会到"变老就等于失去一切"的真谛。"失去"不仅仅指死亡，有时也指失去家庭、失去婚姻、失去朋友：在诗歌中，一段婚姻的结束，另一端婚姻的开始，妻子在重压中崩溃，朋友在流言中疏离，等等，都是"失去"的含义。这一切都是人生中不可避免的经历，就像一个恋人曾经所说，她与他的交往是暂时的，因此"失去"也就是不可避免的。

但是，到了耄耋之年，诗人才真正认识到，"失去"是人生的一部分，没有必要因此而愠怒。人生的无数经历使他认识到，时光的流逝是不可避免的，最佳的方式是接受现实。也就是说，要"确认失去一切，/是合适的，过瘾的"。也许是因为生命的每个历程都是真实和有趣的。

【思考题】

1. What similarities is the poem trying to establish between a person's lifetime and the boat trip on the pond?
2. What "eventful history" is found in retrospect in that trip? Does this eventful history support the view expressed in line 1?
3. What attitude to life is expressed by "fitting and delicious" in the final two lines? What does the title mean in this context?

13. Aging and Senility (2)

2) Forgetfulness

By Billy Collins

The name of the author is the first to go

followed obediently by the title, the plot,

the heartbreaking conclusion, the entire novel

which suddenly becomes one you have never read, never even heard of,

as if, one by one, the memories you used to harbor

decided to retire to the southern hemisphere of the brain[1],

to a little fishing village where there are no phones.

Long ago you kissed the names of the nine muses[2] goodbye

and watched the quadratic equation pack its bag,[3]

and even now as you memorize the order of the planets[4],

something else is slipping away, a state flower perhaps,

the address of an uncle, the capital of Paraguay[5].

Whatever it is you are struggling to remember,

it is not poised on the tip of your tongue

or even lurking in some obscure corner of your spleen[6].

It has floated away down a dark mythological river

whose name begins with an L[7] as far as you can recall

well on your own way to oblivion[8] where you will join those

who have even forgotten how to swim and how to ride a bicycle.

No wonder you rise in the middle of the night

to look up the date of a famous battle in a book on war.

No wonder the moon in the window seems to have drifted

out of a love poem that you used to know by heart.

【注释】

1. southern hemisphere of the brain: 大脑的南半球。
2. nine muses: 九位缪斯。在希腊神话中，缪斯是主管艺术的女神，九位缪斯各管一门艺术。
3. quadratic equation: 二次方程式。pack its bag: 打包走人，离开。
4. the order of the planets: 行星的顺序。指太阳系的八大行星，即水星、金星、地球、火星、木星、土星、天王星、海王星。
5. Paraguay：巴拉圭，南美洲国家。其首都是亚松森（Asuncion）。
6. spleen：脾脏。西方传统认为这个器官掌管"忧郁"的情绪。
7. river/ whose name begins with an L: 指遗忘河，即Lethe。
8. oblivion: 遗忘。指死亡。

【译文】

失忆

作者的名字最先遗忘，

然后紧跟着是题目、情节、

令人心碎的结尾、整部小说。

它突然变成你从未阅读、从未听说的作品。

仿佛你的记忆，一个接一个，

决定退居你大脑的南半球，

13. Aging and Senility (2)

退居到一个没有通电话的渔村。

很久以前,你就告别了九位缪斯,
见证了二次方程式打包离开,
甚至在现在你按顺序记忆行星时,

又有东西遗忘了,也许是一种花,
或叔叔的地址,或巴拉圭的首都。

无论你竭力回忆的是什么,
它也没有来到你的舌尖,
也没有躲藏在你的抑郁的角落。

它已经顺着一条神秘河流流走,
河流的名字以L开头,再也记不起,

你在忘却的路上走了很远,加入了
那些忘记怎么游泳、怎么骑车的人的行列。

难怪你会半夜起床,查阅
关于战争的书,找著名战役的年代。
难怪窗外的月亮似乎是从你曾经
熟记的那首诗中漂出。

【赏析】

比利·柯林斯(**Billy Collins 1941—**),美国当代诗人,2000年当选美国桂冠诗人,曾经为美国中学生编撰《诗歌180》,提倡一天读一首诗歌。他的诗集包括《九匹马》(*Nine Horses*, 2002)、《在家里独自航行》(*Sailing Alone Around the Room: New and Selected Poems*, 2001)、《野餐,闪电》(*Picnic, Lightning*, 1998)、《溺水的艺术》(*The Art of Drowning*, 1995)、

《关于天使的问题》(*Questions About Angels*, 1991)、《震惊巴黎的苹果》(*The Apple That Astonished Paris*, 1988)、《视频诗歌》(*Video Poems*, 1980)、《扑克脸》(*Poker Face*, 1977)。

柯林斯的诗歌通俗易懂，很容易被大众接受。他曾经说，"诗歌就像是你想让别人阅读的日记"。它不是一种规划或布局，而是一种发现，"开始的内容"与"发现的内容"可能完全不同。《失忆》（1991）一诗把"失忆"现象进行了具象化，即失忆的发生从小处到大处，从你读过的一本书、书的题目和情节，到你学过的数学知识、二次方程式、巴拉圭的首都、太阳系的行星，等等，一件件一桩桩，慢慢地离去。

诗人对失忆的过程做了许多有趣和形象化的比喻：那些曾经记忆的东西，似乎从大脑的北半球转移到了大脑的南半球，进入那里的一个渔村，那里甚至没有电话；你想要回忆的东西就像在你的舌尖，但就是说不出来；它躲在你的脾脏的某个角落，或者已经漂流进了"遗忘河"。我们知道，失忆是衰老的象征，是身体老去的症状。如果记忆丧失，那么我们就应该知道，我们离生命的终点不远了。"遗忘河"是古希腊神话中冥界的河流，诗人"失忆"如此严重，他连这条河流的名字都想不起来，只能用他的首字母L来代替。古希腊人认为，过了这条河，人们将忘记此生的一切，正式进入死亡和全然的遗忘（oblivion）。诗歌说，到那时，你将忘记如何游泳，如何骑自行车。

从诗艺上讲，该诗的一大特点是它的语言的具象化。它不是抽象的思辨，也不是用惊人的数据来吓唬人们，而是用婉转的口气，将失忆的现象娓娓道来：你半夜起床去查阅一次重要战役发生的日子，看到窗户中月亮从你曾经读过的一首爱情诗中漂浮出来。

为什么诗歌如此饱满、引发共鸣？因为它道出了人类普遍的处境，经历—记忆—衰老—失忆—死亡。失忆的感觉常常是，你努力想回忆，却回忆不起来。由于发觉自己失忆过多，以至于偶然想起似乎快要遗忘的某物，就要赶快查证；以至于偶然碰见熟识的某物，也要搜肠刮肚引申出与之相关的

13. Aging and Senility (2)

记忆。

衰老和失忆相伴而行。或许局部地被时间冲淡并不算衰老伴随着的失忆，可是时间确实是在走的，它带走的岁月累积得多了，就是衰老。"失忆"的可怕程度远不及"衰老"和"死亡"。所以终极指向，还是"死亡"。面对这样的人生结局，诗人并非战战兢兢或泪流满面，亦没有自以为是或豪言壮志。他只是泰然处之地叙述这一系列事件的发生以及感受。他在把读者引入一个个场景，让读者自己去体验，揣摩出自己的感情。由于讲出了人类命题，所以非常容易产生共鸣。

【思考题】

1. What examples are offered by the poem to show the coming of "forgetfulness"? What do people forget first? Does memory fail first of all with novels they read?

2. What different expressions are employed to mean "forgetfulness"? What figures of speech are used in those expressions?

3. What does the poem suggest in the last two lines? Is the "moon in the window" really coming from the poem?

3) Lines on Retirement, after Reading Lear[1]

By David Wright

for Richard Pacholski

Avoid storms. And retirement parties.
You can't trust the sweetnesses your friends will
offer, when they really want your office,
which they'll redecorate. Beware the still
untested pension plan. Keep your keys. Ask
for more troops than you think you'll need. Listen
more to fools[2] and less to colleagues. Love your
youngest child the most, regardless.[3] Back to
storms: dress warm, take a friend, don't eat the grass,
don't stand near tall trees, and keep the yelling
down—the winds won't listen, and no one will
see you in the dark. It's too hard to hear
you over all the thunder. But you're not
Lear, except that we can't stop you from what
you've planned to do. In the end, no one leaves
the stage in character[4]—we never see
the feather, the mirror held to our lips[5].
So don't wait for skies to crack with sun. Feel
the storm's sweet sting invade you to the skin,
the strange, sore comforts of the wind. Embrace
your children's ragged praise and that of friends.

13. Aging and Senility (2)

Go ahead, take it off, take it all off.

Run naked into tempests. Weave flowers

into your hair. Bellow at cataracts[6].

If you dare, scream at the gods. Babble as

if you thought words could save. Drink rain like cold

beer. So much better than making theories.[7]

We'd all come with you, laughing, if we could.

【注释】

1. Lear: 莎士比亚的著名悲剧《李尔王》的主人公。李尔王听信大女儿和二女儿的甜言蜜语，将遗产全给了她们，而且反感小女儿的诚实，剥夺了她的继承权。后来，他知道真相后，为此追悔莫及。从某种意义上讲，《李尔王》是一个关于年老昏庸的故事。

2. fools: 弄臣。在莎剧中，弄臣常常在国王身边插科打诨，他们往往被允许批评国王，说真话。

3. Love your/ youngest child the most, regardless: 暗指《李尔王》中的情节。

4. leaves/ the stage in character: 体面地离开舞台。莎翁曾经将世界比喻为舞台，将人生比喻为演戏。

5. held to our lips：伸到我们嘴边或眼前。年老之后，人们往往看不到眼前的东西。

6. cataracts: 瀑布。在此指倾盆大雨。

7. So much better than making theories: 比建构理论强多了。接受现实，要比空想更好。

【译文】

退休，读《李尔王》有感

献给理查德·帕霍尔斯基

躲避暴风雨吧，躲避退休的聚会。
你不能相信那些朋友的甜言蜜语，
他们其实是想要你的办公室，
并要重新装修它。要注意那些
未经测试的退休方案，把钥匙留着。
要获得比你想象的军队人数更多。
要多听弄臣的话，而不是同事的话。
无论如何要喜欢最小的孩子。再回到
暴风雨吧，多穿一点，带个朋友，不要吃草。
不要站在大树旁，吼叫时声音放低——
风听不见，黑暗中没人看得见，雷鸣中
也很难听见。不过，你也不是李尔王，
只是我们无法阻止你去完成你计划
要做的事情，到头来，谁都不会
体面地离开舞台——我们从来看不见
羽毛，因为镜子举到了我们嘴边。
因此不要等天空拨云见日，要感受
暴风雨的牙齿咬进你皮肉的滋味，
感受风提供的奇特的、痛苦的安慰。
要拥抱儿女、朋友们虚情假意的赞扬。
上前去吧，把一切脱掉，都脱掉。
赤身裸体冲进风暴。在头发中
插上花朵，对着倾盆大雨怒吼。

如果你敢的话，咒骂那些神。唠叨吧，

就当唠叨能拯救你。喝雨水吧，

像喝啤酒一样。这比杜撰理论强多了！

如果可能，我们会欢笑着加入你的行列。

【赏析】

大卫·莱特（David Wright 1920—1994），英国诗人，出生于南非，7岁时患病，致使失聪。14岁时回到英国，后毕业于牛津大学。著有《道德故事》(*Moral Stories*, 1954)、《聋人独白》(*Monologue of a Deaf Man*, 1958)、《傍晚的亚当》(*Adam at Evening*, 1965)等13部诗集。他还著有自传《聋人：个人陈述》（*Deafness: A Personal Account*, 1969）。

《退休，读<李尔王>有感》是一首关于退休的诗歌。叙事人试图给一个即将退休的人士提供咨询和忠告，帮助他分析退休的场景、退休后将发生什么、面临什么困难、应该如何应对、什么是最好的选择，等等。诗歌题目告诉我们，退休前阅读莎士比亚戏剧《李尔王》会有帮助，在这出著名的戏剧中，李尔王即将退位，他将三个女儿叫到身边，把自己的财产分配给他们。大女儿和二女儿以甜言蜜语骗取了李尔王的信任，但是小女儿讲了一句大实话，即她只能给父亲她部分的爱。然而这却激怒了李尔王，他剥夺了她的财产，将她远嫁法国。虽然大女儿和二女儿信誓旦旦，要将全部的爱献给父亲，但是她们在李尔王最需要关爱和帮助的时候，却抛弃了他。只有说出真话的小女儿守护在他的身边，支持他。李尔王对大女儿和二女儿失望至极，冲进了暴风雨，身边只有弄臣和亲信。

诗歌将这出悲剧解读为一部退休剧，认为到了退休的年龄，人们的思维可能在衰退，有时候辨不清真伪，分不清好坏，可能做出错误的选择和判断。但同时诗歌也认为，世态炎凉，人走茶凉的情况也是存在的。在退休的聚会上，朋友可能甜言蜜语，但是他们真正想要的可能是你的办公室。退休金可能充满了不确定性，没有经过测试，它可能存在风险。诗歌建议退休者要多听逆耳的忠言，而非同事们说的好听的假话，要给自己建立更多的保护，而不至于受到伤害，不要急于交出权力，要把住自己的钥匙。

诗歌给退休人士的另一个忠告是把心态放平，不要轻易发飙，不要像李尔王那样冲进暴风雨，向狂风怒吼，因为没有人会听，没有人会注意。虽然人们无法阻止你做这些疯狂的事情，但是你不是李尔王，也不是任何国王，不要把自己太当回事。退休的模样都不好看，就像退场的模样一样不好看，因此心态要平和，不要抱怨，不要有落差，要接受自然规律。

诗歌建议退休人士要以积极的心态迎接新生活，要在逆境和困难中看到好的一面。那样，风暴的拍打也是甜蜜的，狂风的吹打也是安逸的。要拥抱孩子和朋友的批评，接受他们带刺儿的表扬。当然，如果真的感到不爽，真的有怨气，那么像李尔王那样脱光衣服，赤身裸体地冲进暴风雨，发泄一下也未尝不可。你可以低吟，也可以咒骂，把雨水当成啤酒畅饮，在头发中插入一朵花，只要快乐就行。叙事人说，到那时，我们也会加入你的疯狂。

【思考题】

1. What inspiration does the poem draw from Shakespeare? What lesson can King Lear give to those who retire?

2. What should one guard against at the retirement party according to the speaker? Why is it inappropriate to feel hurt or to yell loud complaints?

3. What attitude should one adopt and what is the right course of action?

13. Aging and Senility (2)

4) Warning

By Jenny Joseph

When I am an old woman I shall wear purple

With a red hat which doesn't go, and doesn't suit me.

And I shall spend my pension on brandy and summer gloves[1]

And satin sandals, and say we've no money for butter.

I shall sit down on the pavement when I'm tired

And gobble up samples in shops[2] and press alarm bells

And run my stick along the public railings

And make up for the sobriety of my youth.[3]

I shall go out in my slippers in the rain

And pick flowers in other people's gardens

And learn to spit.

You[4] can wear terrible shirts and grow more fat

And eat three pounds of sausages at a go[5]

Or only bread and pickle for a week

And hoard pens and pencils and beermats and things in boxes.

But now we must have clothes that keep us dry

And pay our rent and not swear in the street

And set a good example for the children.

We must have friends to dinner and read the papers.[6]

But maybe I ought to practice a little now?

So people who know me are not too shocked and surprised

When suddenly I am old, and start to wear purple.

【注释】

1. summer gloves: 夏天的手套。显然不是生活必需品，而是一种奢侈品。

2. gobble up samples in shops: 在商店里大吃免费品尝的样品。一般人都不会这样做，不体面。

3. make up for: 补偿。sobriety of my youth: 我年轻时的清醒。在此意思是循规蹈矩。

4. You: 此人应该是作者的丈夫。

5. at a go: 一次。

6. But now we must have clothes that keep us dry...read the papers: 但是现在我们必须穿得体的衣服……读报纸。这些都是一个负责任的人应该做的事情，是正常生活的内容。clothes that keep us dry: 让我们保持干燥的衣服。意思是得体的衣服。

【译文】

警告

当我变成老太，我就穿紫色衣服。
戴上不搭配、不适合我的红帽子。
用养老金买白兰地喝，买夏季手套、
丝绸凉鞋，然后说没钱买吃的。
我走累了，就在人行道上坐下。
在商店里，我就大吃样品，按响报警器，
用拐杖划过公共场所的栏杆，

13. Aging and Senility (2)

以此来弥补年轻时的循规蹈矩。
我将穿着拖鞋在雨中乱跑，
到别人家的花园采摘花朵，
并且学会随地吐痰。

你可以穿可怕的衬衫，长得更胖一点，
吃香肠一次吃掉三磅，
或者一个星期全吃面包和咸菜，
用纸箱收集钢笔、铅笔、啤酒杯垫之类的东西。

但是现在我们得穿得体的服装，
得交房租，不得在大街上爆粗口，
得为孩子们树立一个好榜样。
我们得请朋友吃饭，得读书看报。

但是也许现在我也应该练习一下呢？
那样，当我突然老了，穿起紫色衣服，
那些认识我的人才不会感到太过惊愕。

【赏析】

珍妮·约瑟夫（Jenny Joseph 1932—2018），英国当代诗人，皇家文学会成员（Fellow of the Royal Society of Literature）。著有《没有期待的季节》（*The Unlooked-for Season*, 1960）、《下午的玫瑰》（*Rose in the Afternoon*, 1974）、《思想的心》（*The Thinking Heart*, 1978）等诗集。她常常使用寓言、神话、戏剧独白来呈现日常世界，揭露其安逸之中的并不那么浪漫的一面。

她的《警告》一诗，据BBC的一项调查显示，是20世纪最受欢迎的诗歌之一，表达了一种"藐视衰老的欢乐"。人们常说，老年人是反转的儿童。

儿童可能比较任性，要什么就必须有什么，如果不满足，就可能大哭大闹。另外，儿童可能还比较叛逆，你要他做什么，他就偏不做什么；你让他向东，他就非要向西。从某种意义上讲，老年人可能也有这样的倾向，俗称倚老卖老。

诗中的主人公是中年人，生活的各种规矩和责任束缚着她。她不敢越雷池一步，她无法放开手脚，随心所欲或自由自在地生活。因为她要给下一辈树立榜样，她要有责任感。正是这些榜样意识和责任感，形成了中年的困境。但是，诗歌的叙事人一直渴望一种自由自在的生活，渴望从目前的束缚中解放出来。因此，退休和老年也许就是这个自由生活的开始。

诗歌想象到老年时，你可以不再考虑什么是得体：你可以穿紫色衣裙，戴红色礼帽。在西方文化中，紫衣配红帽类似我国文化的红配绿，这两种颜色在一般人看来是不搭配的。到年老时，你可以把养老金都用来买酒喝，买生活非必需品，如夏季手套、丝绸凉鞋、等等，而不是买面包奶油。到这个年龄，你就可以不再需要像成年人那样，谨小慎微或理智地安排自己的生活，而是可以随心所欲。一句话，可以任性：累了，你就在大街上坐下来；饿了，你就在商店里大吃免费的品尝品；看到警报器，你就去按；下雨了，你就穿着拖鞋外出；看到别人的后花园，你就进去摘花；在任何地方，你都随地吐痰。不仅如此，你还可以长胖，一次吃三磅香肠，把收集钢笔、铅笔、啤酒杯垫等毫无用处的东西当成爱好。

最后，诗人告诉我们，等她老了之后，她才可以做这些奇葩的事情，因为人们把老人视为小孩儿，不会有人去指责他们。好像老了之后，你就属于另外一个世界了。但是现在她还不能这样，现在她还得按规矩办事。

诗歌中洋溢的叛逆和崇尚自由的精神在诗歌创作的20世纪60年代受到人们的广泛欢迎。第二次世界大战之后的英国，国力衰退，经济下滑，人们生活质量不如从前。但是在精神上，人们不想再受到禁锢，不愿迎合社会，更希望展示个性，解放自我，无拘无束。受到这首诗歌的启发，美国于1998年成立了国际性的女性组织：红帽会（The Red Hat Society），在短短的20年

13. Aging and Senility (2)

间，它已在超过30个国家成立了20000多个分会。社团会员在参加活动时，都会像诗中所描绘的那样：穿紫衣、戴红帽。

【思考题】

1. What kind of old age is the speaker looking forward to? Why do the things old people do often look ridiculous?
2. Why do old people believe they have the license to behave in an unusual way? What is the attitude of people who see their behaviors?
3. What is the normal and decent way of life for people in their prime according to the speaker? What is the so-called respectability?

5) Silence

(for Ann)

By Anthony Thwaite

This silence, with you[1] away —
These silences, day after day —
Silence itself, pure and cold and grey —

Once[2] I welcomed it, heard
Nothing but peace, even a bird
Disturbing it. Without a word

Silence welcomed me,[3] took
Me in friendliness, shook
Melancholy out, thrust a book

Into my hands, so that I read
Hungrily of what lay ahead
Not thinking of the dead.

Alone,
Silence lies along the bone,
Grey, cold as a stone.

【注释】

1. you: 应该是诗人刚刚去世的妻子。

13. Aging and Senility (2)

2. Once: 曾经。诗歌中间部分是回忆过去，那时寂静不是问题，而是受欢迎的。

3. Silence welcomed me: 寂静欢迎我。在接下来的诗行中，寂静被拟人化了。

【译文】

寂静

（致安妮）

这片寂静，你走了——
这些寂静，日复一日——
寂静本身，纯净冰凉灰暗——

我曾经欢迎它，听到
它的安宁，甚至有鸟叫，
也如此。没有用语言，

寂静欢迎我，友好地
接纳我，驱逐抑郁之感，

把书放在我手里。我
饥饿地往下阅读，
没有想到死亡之事。

茕茕孑立。
寂静刺骨锥心，
灰暗、冰凉，像石头。

【赏析】

安东尼·斯威特（Anthony Thwaite 1930—2021），英国诗人和批评

家，在日本的东京大学工作过三年。回国后，他先后任职于BBC电台、《新政治家》杂志、《碰面》杂志的文学编辑部。他的《诗歌选集》（*Selected Poems 1956—1996*）于1997年出版，除此以外，他出版了《今日诗歌：当代英国诗歌批评指南 1960—1996》（*Poetry Today: A Critical Guide to British Poetry 1960—1996*），在批评界产生过重大影响。他是诗人菲利普·拉金的遗产管理人，编辑出版了拉金的著作。1992年，他获得了大英帝国勋章（OBE）。

《寂静》一诗的主题是孤独。它写妻子安妮去世之后，诗人生活发生的巨大变化。从前，寂静是一种幸福，令人渴望，令人向往，但是现在"你走了"之后，这种寂静已经变得冰凉和灰暗。可以说，它是那么难熬，那么安静，让人不可忍受。

曾几何时，诗人非常欢迎这种寂静。寂静给他一种内心的宁静，他可以捧着一本书，如饥似渴地阅读。寂静似乎也欢迎诗人，用友好的态度对待他，并且驱赶了所有的阴郁和不快。在寂静中，他不会想到死亡，也不会想到任何不祥之兆。

然而，妻子安妮的死亡改变了这一切，寂静不再带来内心的宁静，而是像石头一样灰暗和冰凉。它带来的只是一种孤单，它如此冰凉，它可以刺骨。诗歌描写的是我们熟知的老年孤独，特别是一个老人失去老伴儿之后的孤独感。一般来讲，夫妻多年生活在一起，已经是你中有我，我中有你，他们不能分离。然而，当夫妻一人离去，另一半将受到沉重打击，就像他的一部分被夺走了一样。

【思考题】

1. What does the "silence" in the title mean? Does it have a special meaning for old people?

2. What is the difference between youth and age in their attitude to silence?

3. Is it appropriate to compare silence to a stone? Why or why not?

14

Philosophy of Love
爱的哲学

14. Philosophy of Love

爱情是文学的永恒主题，可以说，爱情的主题与文学的历史一样长。爱情诗在西方的传统很悠久，可以追溯到古希腊和古罗马。古希腊的荷马史诗就与爱情相关，《伊利亚特》所记载的是希腊联军为了夺回被特洛伊王子拐走的斯巴达王后海伦而征战特洛伊的故事；《奥德赛》所记载的是伊萨卡王后为等待参加特洛伊战争的丈夫奥德修斯的回归而坚守十年的故事。古希腊女诗人萨福可以说就是西方爱情诗的鼻祖，她的爱情诗甚至在今天仍然为人们所阅读和欣赏。

古罗马的维吉尔的《埃涅阿斯纪》看上去是关于罗马帝国建国的史诗，但实际上它涉及主人公埃涅阿斯在爱情和建国使命之间的抉择。中世纪的但丁所写的《神曲》也与爱情有关。看上去该诗写的是从地狱经炼狱到达天堂的历程，但是真正吸引但丁来到天堂的那股力量，来自他已经去世的初恋贝雅特丽齐（Beatrice）。也就是说，但丁将人间的爱升华为神圣的爱，从而写就了一部感人的神曲。

欧洲中世纪的爱情诗主要来自十四行诗的鼻祖、意大利诗人彼得拉克，他开创了一个系列十四行诗的传统。彼得拉克的系列十四行诗献给一个叫海伦的女孩儿，讲述他向她求爱的故事，呈现其中的酸甜苦辣。后来，这个传统传到了英国和法国，16—17世纪的英国诗人托马斯·怀厄特、亨利·哈沃德、斯宾塞、锡德尼、莎士比亚都受到过彼得拉克传统的影响。法国16世纪的皮埃尔·龙沙（Pierre Ronsard）也模仿彼得拉克写了许多爱情十四行诗。

爱情诗来自欧洲大陆，特别是来自法国和意大利，可能是因为欧洲大陆阳光充足，气候温暖宜人，更加能够激起激情。而在英国，雨水多、天气阴，人们更加内敛，不利于火热的爱情的萌发。但是，十四行诗作为一种文类，内容太短小、形式太局限，一首根本无法完整表达诗人的感情。因此与欧陆诗人一样，英国诗人也不只是写单首十四行诗，而是写十四行诗系列。

在英语诗歌传统中，文艺复兴时期可以说是爱情诗的开始。莎士比亚的系列十四行诗既是爱情诗的典范，也是爱情诗的一个特例：它歌颂的不是爱情，而是友谊！著名的第18首将歌颂对象比喻为夏日的阳光，极尽溢美之词赞扬其美貌，但这个歌颂对象是一个青年才俊。不仅如此，诗歌同时也颂扬诗歌自身的魔力："只要人类有眼睛，眼睛能识字，/这就将永存，并且给你以生命。"也就是说，诗歌可以使爱人获得永恒。

在彼得拉克的传统中，爱情诗往往描写没有得到回馈的爱情。恋爱对象往往是社会地位高，甚至是已婚的贵妇，由于这种爱情是高不可攀的，因此爱情诗往往写绝望的爱情。但是没有得到满足的欲望和痛苦，往往也给人灵感，使人有内容书写，而沉浸在幸福爱情的人相对来说，可能就没有那么多需要表达的感情。

爱情诗有不同模式和不同种类。有些与中世纪的骑士传统有一定的关系，骑士周游世界，降妖伏怪，勇敢善战，往往是为某个贵妇争得荣誉。有些可能也与童话中的英雄救美的故事有一定关系。公主总是面临危险，陷入恶人的圈套，或者被魔鬼囚禁，只有白马王子能够解救她。在经历千辛万苦之后，他们最终走到了一起，终成眷属。

但是，爱并不完全指男女之爱，它也指父母之爱、兄弟姐妹之爱、朋友之爱。我们在这里说的是广义的爱。莎士比亚十四行诗一共有154首，前面120多首都是写给一个男性朋友的，它们看上去像是爱情，但实际上是友情。英国著名诗人丁尼生也写过一系列"纪念诗篇"，里边也充满了爱，诗歌读上去也很像是爱情诗，但是它们实际上也是歌颂友谊的！英语诗歌传统中写父爱、母爱、兄弟姐妹之爱的诗篇也不少。在英文中，爱并不是特指男女之爱，它是一个更广义的词，涵盖的意义更加丰富。

本节标题中的"爱的哲学"来自雪莱的一首同名诗。在诗中，雪莱说："阳光在亲吻大地，月光在亲吻大海，但是如果没有你的吻，这些都没有意义。"《爱的哲学》的确是写爱情，但是同时它也是写

14. Philosophy of Love

人间的一切爱，爱情似乎仅是一个比喻。他说："泉水与河流交融，河水与海水交融，风在天空中交融，世间万物交融相会，是神圣的规律。"世间万物不是横眉冷对，而是相互友爱、相互关心，"爱"使它们和谐，使它们共生。也许这就是雪莱所说的爱的哲学。

1) To —

By Percy Bysshe Shelley

One word is too often profaned
 For me to profane it,[1]
One feeling too falsely disdain'd[2]
 For thee to disdain it;

One hope is too like despair
 For prudence to smother,
And Pity from thee more dear[3]
 Than that from another.

I can give not what men call love;
 But wilt thou accept not
The worship the heart lifts above[4]
 And the Heavens reject not—

The desire of the moth for the star,
 Of the night for the morrow,
The devotion to something afar
 From the sphere of our sorrow?

【注释】

1. One word is too .../ For me to profane it: 其中的be too...to...是短语，意思是：太……以至于不……

14. Philosophy of Love

2. One feeling too falsely disdain'd: 句子省略了动词is。

3. And Pity from thee more dear: 句子同样省略了动词is。

4. The worship the heart lifts above: 先行词worship后面省略了which，后面部分是定语从句。

【译文】

致——

有一个字被人过分亵渎，
　　我不能再亵渎它；
有一种感情太被人蔑视，
　　你不会再蔑视它；

有一种希望和绝望太相似，
　　谨慎之人也不忍压制；
来自你的心灵的怜悯
　　比别人的更和蔼可亲。

我不能给你人们常说的爱，
　　但是，你能否接受
真心呈给的、上帝也不会
　　拒绝的虔诚崇拜——

那就是飞蛾对星光的向往，
　　黑夜对黎明的渴望，
从充满了愁苦的星球，
　　对远在天边的光明的追求。

【赏析】

雪莱（Percy Bysshe Shelley 1792—1822），英国19世纪著名的浪漫派诗人，著有《解放的普罗米修斯》《西风颂》《云雀颂》等诗歌名篇。雪莱是一个反对压迫、追求自由的斗士。在牛津大学读书时他写下了《无神论的必要性》（The Necessity of Atheism），因此被学校开除。然后他带着一位女孩私奔，因为女孩的父亲逼迫她去上学。雪莱认为这是对她的"迫害"，从而上演了"英雄救美"的一幕。这位叫女孩哈丽特，后来成了他的第一任妻子。婚后，他去爱尔兰发放传单，反对英国对爱尔兰的殖民统治。在伦敦，他投身各种反对强权的活动中，成为激进政治哲学家葛德汶的门徒。

他认为婚姻也是一种压迫性的制度，无爱之婚姻是一种不道德行为。因此他与葛德汶的长女玛丽产生婚外恋情，并携之私奔法国，致使妻子哈丽特自杀。回到伦敦后，法庭认为他不道德，拒绝给予他孩子的监护权。在绝望之中，他与玛丽结婚并远走他乡，在瑞士和意大利度过了他短暂的余生。

《致——》是一首献给朋友之妻的爱情诗。在意大利的比萨城，雪莱夫妇与一批旅居意大利的英国人，包括诗人拜伦，建立了深厚的友谊，形成了著名的"比萨社交圈"。雪莱特别喜欢爱德华·威廉斯和其妻子珍妮。这是一位曾经在印度服役的退伍军官，其妻子漂亮优雅、魅力四射。雪莱对她怀有仰慕之情，写下了若干优美的抒情诗献给她，这首《致——》就是其中的一首。1822年7月8日，雪莱与威廉斯驾驶名为"唐璜"的小艇出海，从莱格霍恩（Leghorn）前往位于莱里奇（Lerici）的夏季别墅，途中遭遇风暴，造成了船翻人亡。

诗歌前两段主要说明雪莱对珍妮充满的爱，但是这种爱不能称之为"爱情"，因为爱情太俗气，它常常被"亵渎"、被"玷污"。另外，由于是朋友之妻，他对她的爱几乎没有抱有希望，因此这种希望几乎就是"绝望"。然而虽然几近绝望，这种爱仍然无法抑制。他虽谨慎行事，但"慎重也不忍心[将爱]窒息"。我们可以看到雪莱的这种感情的强烈程度。

14. Philosophy of Love

  诗歌后两段旨在定义他对她的感情：既然这种感情不是爱情，那它又是什么呢？雪莱说，它就像信徒对上帝的爱，是一种虔诚，一种去除了肉欲的爱。她就像一颗明星，他就像一只飞蛾，他的感情就像"飞蛾对星光的向往，/ 黑夜对黎明的渴望"。在这里雪莱将他对珍妮的爱上升到了宗教的高度，使人想起了但丁在《天堂篇》中见到贝雅特丽齐的那一时刻：那是一个纯粹的时刻，一个去除了杂念的时刻，充满了崇敬，但又洁白无瑕。这就是《致——》一诗所要达到的效果。

【思考题】

1. What special feeling is the poem trying to describe? What method is it using to define this feeling?
2. Why is the feeling described as both hope and despair? Why is the poet unable to use the word "love"?
3. Can man and woman have pure friendship or Platonic love? Or in this case, is it only possible for a man to have chivalric love or "devotion to something afar"?

2) The Selling of a Soul

By Sorley MacLean

A poet struggling with the world's condition,
Prostitution of talents[1] and the bondage
With which the bulk of men have been deceived,
I am not, I think, one who would say
That the selling of the soul would give respite[2].

But I did say to myself, and not once,
That I would sell my soul for your love
If lie and surrender were needed.
I spoke this haste without thinking
That it was black blasphemy and perversion[3].

Your forgiveness to me for the thought
That you were one who would take a poor creature
Of a little weak base spirit
Who could be sold, even for the graces[4]
Of your beautiful face and proud spirit.

Therefore, I will say again now,
That I would sell my soul for your sake
Twice, once for your beauty
And again for that grace
That you would not take a sold and slavish spirit.

14. Philosophy of Love

【注释】

1. Prostitution of talents: 出卖才能。这是诗中提到的"世界现状"的一种表现。prostitution：卖淫，滥用。
2. give respite: 延缓，缓解。在此指缓解"世界现状"所造成的痛苦和不幸。
3. blasphemy and perversion: 亵渎神灵和违反常情。"出卖灵魂"是对神灵的亵渎和一种反常的行为。
4. graces: 恩宠，魅力。

【译文】

出卖灵魂

我乃同世界现状抗争的诗人，
反对出卖天赋，反对奴役，
多数人仍然被蒙在鼓里，
我想，我还不至于会相信
出卖灵魂能够缓解痛苦。

但我的确说过，还不止一次，
我将出卖灵魂，为了爱你，
如果你的爱需要我撒谎和放弃。
我匆出此言，未加思索，
不料它是邪恶的亵渎和堕落。

原谅我拥有如此荒唐的想法，
以为你能接受一个可怜虫
和他软弱卑微的灵魂，这灵魂
可以被出卖，即使是为了

你美丽容颜与高傲灵魂的恩宠。

因此，我现在再次宣布
我要出卖灵魂，为了你，
出卖两次，一次为你的美丽，
一次为你的高傲，那绝不接受
出售过的奴性灵魂的高傲。

【赏析】

索利·麦克林（Sorley MacLean 1911—1996），苏格兰盖尔语(Gaelic)诗人，生于北部的拉阿瑟岛（Isle of Raasay）。第二次世界大战中，他在北非服役，三次负伤。1943年他出版了第一本用盖尔语写成的诗集，对推动盖尔语在苏格兰文学创作中的复兴起到了重要的作用。晚年他居住在西部岛屿斯盖岛（Isle of Skye）上。他的诗歌全集《从林地到山脊》（*From Wood to Ridge*, 1989）收集了他1932—1977年创作的诗歌，在这些诗歌中，他描写风景和爱情，哀叹苏格兰历史和20世纪欧洲发生的战争。

《出卖灵魂》是一首爱情诗，但它也不是一首传统意义上的爱情诗。它不描写海誓山盟、白头到老；它不描写爱人的傲慢和失恋的痛苦；它也不规劝爱人珍惜时光，及时行乐。它的题目倒使人想起了歌德的《浮士德》。浮士德博士把灵魂卖给了魔鬼，以换取24年的人生享受，包括爱情的满足和无穷无尽的知识和财富。

在这首诗里，恋人出卖灵魂也不是因为堕落。相反，他是一个正直的人。他与世界上的一切不公平进行抗争，反对奴役，反对堕落。他出卖灵魂只是为了爱。他像现代的浮士德，为了满足爱情而不惜一切代价。

在诗歌的开始，恋人认为，针对世界上的种种丑恶，出卖灵魂是于事无补的。因为这不会减少人们的痛苦，也不能消除世间的邪恶。因此，他不会以出卖灵魂的方式去拯救这个世界。但是，紧接着，他笔锋一转，指出了一

14. Philosophy of Love

个例外。他宣称如果是为了她的爱，他倒愿意去做一次大胆的尝试，卖掉他的灵魂。

作为恋人，他不顾一切地去赢得爱情也许体现了一种真情。对于一位女性来说，这也许代表了一种难得的忠诚，因为只有爱到了深处，才会为爱去献出一切。虽然用这样的方法表达爱显得有些极端，但是从某种意义上讲，它反映了恋人迫切的心情和他对爱的忠贞不渝，以及他为了爱宁愿牺牲一切的决心。

但是，说完此话之后，他突然又意识到他的誓言还可能有另一种解读。那就是说，如果她接受了一个出卖灵魂的人，那么她本人也可能受到玷污。因为高贵的灵魂不可能接受另一个堕落的灵魂。因此，即便他为了她出卖灵魂，也不可能得到她。在此，恋人的口气中有一种无言的抱怨：那就是，如果她横竖都不能接受他，她的态度是否有点过于傲慢？

最后他宣称，即使如此，他也要为爱出卖灵魂。此举不为回报，不为自我满足，只为赞美她的美貌，只为衬托她的高贵。这里，恋人执意要"出卖灵魂"的举动似乎有一点变味。与其说他在这里是赞美她的"高贵"，倒不如说是抱怨她"高傲"。其中所带有的那一点讽刺暗示了此举是否值得。

这首诗在内容上有着反叛的精神，在形式上也使用了非传统的自由诗。它虽然每一小节分为五行，但是基本上没有押韵，在节奏上也没有遵循严格的格律。因此它在形式和内容上有一个相互的照应。

【思考题】

1. What example or what tradition is the speaker following in "selling" his soul? What is the difference here in this poem?

2. What dilemma is the speaker trying to present in stanza 2? Why is a purpose destroyed exactly by the means?

3. In what sense is the woman's rejection praised, not condemned? Is "proud spirit" in stanza 3 a praise or a complaint?

3) When You Are Old

By William Butler Yeats

When you are old and grey and full of sleep,
And nodding by the fire, take down this book,[1]
And slowly read, and dream of the soft look
Your eyes had once, and of their shadows deep;

How many loved your moments of glad grace,
And loved your beauty with love false or true[2],
But one man loved the pilgrim soul[3] in you,
And loved the sorrows of your changing face;

And bending down beside the glowing bars[4],
Murmur, a little sadly, how Love fled
And paced upon the mountains overhead[5]
And hid his face amid a crowd of stars.

【注释】

1. When you are old... take down this book: 当你老了，请拿下这本书。句子是祈使句，省略了主语。这本书指这首诗歌所在的书。
2. love false or true: 真正或虚假之爱。暗示她所得到的爱不全是真爱。
3. pilgrim soul: 朝圣者的灵魂。意思是他对她的爱，就像朝圣者对神的爱。
4. glowing bars：燃烧的铁钎。指火炉的炉膛。
5. how Love fled/And paced upon the mountains overhead：爱逃跑了，在头顶的山上踱步。这个意象可以让人想起月亮在山顶的意象。

14. Philosophy of Love

【译文】

当你老了

当你老了，头白了，睡意昏沉，
炉火旁打盹，请取下这部诗歌，
慢慢读，回想你过去眼神的柔和，
回想它们昔日浓重的阴影。

多少人爱你青春欢畅的时辰，
爱慕你的美丽，假意或真心，
只有一个人爱你那朝圣者的灵魂，
爱你衰老了的脸上痛苦的皱纹。

垂下头来，在红光闪耀的炉子旁，
凄然地轻轻诉说那爱情的消逝，
在头顶的山上它缓缓踱着步子，
在一群星星中间隐藏着脸庞。

（袁可嘉 译）

【赏析】

叶芝（**William Butler Yeats 1865—1939**），爱尔兰著名诗人，出版了多种诗集，其中包括《绿色的村庄》（*The Green Hamlet*, 1910）、《库尔湖的野天鹅》（*The Wild Swans at Coole*, 1917）、《碉楼》（*The Tower*, 1928）和《旋转的楼梯》（*The Winding Stair*, 1929）。1923年他获得诺贝尔文学奖，成为他的时代最有影响的英语诗人。

叶芝的爱情生活非常坎坷。1889年，他认识了演员莫得·冈恩（Maud Gonne）并爱上了她。但是冈恩认为他们并不合适，多次拒绝了他的求爱。

在这种情况下，叶芝并没有死心，而是耐心地等待。甚至在她丈夫去世后，她仍然没有答应叶芝。1893年叶芝创作了《当你老了》，那时他认识冈恩不久，可以说仍然充满了希望。

与传统的爱情诗一样，这首特别的爱情诗也利用时间易逝来构筑它的爱的宣言。人生一辈子只有区区几十年，如白驹过隙，匆匆而逝。当岁月已经蹉跎，人生走到了暮年，满脸的皱纹，满头的白发，人们回首人生，不禁会感叹岁月如梭。如果人生的进程乃生老病死，从摇篮到坟墓乃自然规律，无人能够阻挡，那么，如果我们想象未来，预见人生的终点，这是否会影响我们现在的选择呢？

回到当下，诗歌暗示爱情往往献给美貌。当少女拥有美貌和青春，她会如同众星捧月一样，拥有许多追求者，拥有许多机会。但是当少女变成了老妪，不再拥有美貌和青春，爱情还能持久吗？这就是诗歌提出的一个重大问题，诗歌想象那些曾经追求她的恋人，在她衰老之时，纷纷离她而去，又去追求其他貌美的新欢了，留下这位孤独的老妪，在炉火边打盹，对爱情的离去感到深深的不解。

作为爱的宣言，诗人宣称他的爱情更加高尚、更加纯洁。与其他人的爱情不同，他的爱不是献给她的美貌，也不是献给她的青春，而是献给她的灵魂。美貌和青春可以逝去，但是灵魂却永远持久，因此诗人对她的爱情永远不会改变，并且还可能历久弥新。因此，诗歌将视角拉到了未来，想象多年以后，姑娘老了，失去了从前的靓丽青春，失去了光彩照人的面容，那时她的身边只会剩下他。

该诗的灵感来自16世纪法国诗人皮埃尔·龙沙的同名诗歌。龙沙的诗歌利用时光流逝来劝告情人及时行乐。他说，当你老了，回想起当年龙沙的爱，你将会后悔曾经拒绝他。因此，为了将来不会后悔，她应该接受他的爱。并且，她应该为现在而活，因为"生活的玫瑰，很快就会凋谢，现在，今天，就采摘吧！"但是，叶芝在诗中淡化了及时行乐的主题，强化了他的爱情的永恒。他不是用时光易逝来吓唬恋人，而是用永恒持久的爱来感化恋

14. Philosophy of Love

人,这就是叶芝对传统的继承和创新。

【思考题】

1. Why does the speaker look forward to a distant future? What logic of love is presented in the poem?
2. Why is his love extraordinary or superior to ordinary love according to the speaker?
3. What warning is the speaker trying to give the woman about mutability and mortality?

4) Those Winter Sundays

By Robert Hayden

Sundays too my father got up early
and put his clothes on in the blueblack cold[1],
then with cracked hands[2] that ached
from labor in the weekday weather made
banked fires[3] blaze. No one ever thanked him.

I'd wake and hear the cold splintering, breaking.
When the rooms were warm, he'd call,
and slowly I would rise and dress,
fearing the chronic angers[4] of that house,

Speaking indifferently to him,
who had driven out the cold
and polished my good shoes as well.
What did I know, what did I know
of love's austere and lonely offices[5]?

【注释】

1. the blueblack cold: 蓝黑色的寒冷。蓝色是一种冷色。
2. cracked hands: 皲裂的双手。cracked: 开裂的。
3. banked fires: 储存起来的火。
4. the chronic angers: 持久的怒火。指家庭不和的气氛。

5. offices: 小事。

【译文】

那些冬季的星期天

星期天我父亲还是起得很早
在蓝黑色的寒冷中穿上衣服，
然后用他那双因平日工作风吹日晒
而皲裂、疼痛的手，来将
封好的炉火拨旺。从来没人感谢过他。

我醒来时听到寒冷在开裂、破碎。
当房间都暖和起来，他会叫我，
然后我就慢吞吞地起床穿衣，
害怕着那屋子里持久的怒气。

冷淡地对他说话，
尽管他驱走了寒冷
还把我那双好鞋擦亮。
我何曾懂得，我何曾懂得
父爱那严厉和孤独的职责？

（曹莉群　译）

【赏析】

《那些冬季的星期天》一诗是海登的代表作之一，体现了主题的多层次性，同时展现了语言和形式的技巧。第一诗节描写了"我父亲"的勤劳和对家人的关爱。星期天本是休息日，父亲可以多睡一会，但是他却"还是起得很早"，给炉子生火，使家人能够一起床就觉得温暖。诗人还特意描写了父亲因为辛勤劳作而皲裂的双手,更加强调了父亲对家人的付出。但在诗节的结尾,诗人笔锋一转,提到"从来没人感谢过他"。这使读者不禁产生疑问,家人为何会对这样一位好父亲态度冷漠?

海登出生在底特律一个名为"天堂谷"的贫民窟,原名阿萨·邦迪·谢菲(Asa Bundy Sheffey),但是亲生父母在他出生后不久便分居了,并把他送给邻居海登夫妇收养。艰苦的生活条件、与亲生父母的隔阂、养父母家庭中的矛盾,这些都给海登造成了难以磨灭的心灵创伤。同时,由于身材矮小、视力不好,他也常常受到同龄人的排斥。在这样的困境中,海登只能从大量阅读中寻求精神寄托。

诗歌没有直接回答"态度冷漠"的问题,而是在第二诗节的末句说,"我"害怕"那屋子里持久的怒气"。这说明"我"的家中常有争吵,结合家人对父亲的态度来看,父亲很可能是个脾气暴躁的人,因此"我"对父亲惧怕而冷淡。但是,"我"在回忆往事的时候,又为自己的态度感到愧疚。在诗歌的结尾"我"感叹道,童年的自己未曾懂得父亲严厉背后的深沉父爱,而让父亲承受孤独之苦。这里运用反复和设问的修辞手法,强调了"我"的内疚之情。正如家中的火炉驱散了寒冷,在已经长大成人的"我"心中,对父亲的理解也超越了对他的惧怕。

父亲早起生火也许不是什么大事,然而正是从这些点点滴滴看到了一个父亲对家人的爱。这里没有感天动地的事情,一切都显得那么微不足道,但是回想起来它却温暖了作者的心。第二诗行中"蓝黑色的寒冷"(blueblack cold),既可以指清晨蒙蒙亮的天空和寒冽的空气,也可以指屋里的寒冷把人的皮肤冻成蓝黑色。第十二诗行中"我那双好鞋"(my good shoes)同样耐人寻味。星期天是到教堂做礼拜的日子,所以父亲为我擦亮那双"好鞋",让我衣着整洁地去教堂。但这里强调"好鞋"还有另外一种可能,也许是父亲关爱我,给我买了好鞋,而他自己却穿破旧的鞋子。

海登的早期诗歌主要受哈莱姆文艺复兴运动的影响,诗风与其代表人物兰斯顿·休斯(Langston Hughes)和康蒂·卡伦(Countee Cullen)相近。

14. Philosophy of Love

他的诗歌用词凝练，往往使用低调陈述、并置、蒙太奇等手法，表达多层含义，以小喻大。在主题上，他关注美国黑人的历史，描写了残酷的奴隶贸易和蓄奴制，颂扬了历史上著名的黑人领袖，如弗雷德里克·道格拉斯（Frederic Douglas）。但是海登的诗歌并不局限于黑人种族，他认为种族之间并无本质的差异，黑人的历史和现状反映了人类共同的历史和现状。他并不称自己为黑人诗人，而认为自己是整个美国的诗人。

《那些冬季的星期天》一诗就是关于所谓的人类共同感情的作品。海登的诗集《记忆的歌谣》获得了1966年在塞内加尔首都达喀尔举行的第一届黑人艺术节的英语诗歌大奖。1975年，他被选为美国诗人学院院士。1976年至1978年，他连续两次成为美国桂冠诗人，这也是美国黑人首次获此殊荣。

【思考题】

1. What kind of love is the poem describing? What difference is there in terms of intensity in this kind of love?
2. What does the speaker understand in retrospect which he didn't fully understand before?
3. What is the meaning of "love's austere and lonely offices"? What does it suggest about fatherly love?

5) My Papa's Waltz

By Theodore Roethke

The whiskey on your breath
Could make a small boy dizzy;
But I hung on[1] like death:
Such waltzing[2] was not easy.

We romped[3] until the pans
Slid from the kitchen shelf;
My mother's countenance
Could not unfrown itself[4].

The hand that held my wrist
Was battered on one knuckle;
At every step you missed
My right ear scraped a buckle[5].

You beat time on my head
With a palm caked hard[6] by dirt,
Then waltzed me off to bed
Still clinging to your shirt.

【注释】

1. hung on: 牢牢抓住，握紧。
2. waltzing: 跳华尔兹。父亲酒后走路不稳，像跳舞一样。

14. Philosophy of Love

3. romped：（儿童）蹦蹦跳跳地走。

4. unfrown itself: 松开紧皱的眉头。could not unfrown itself: 紧皱的眉头无法松开。

5. scraped a buckle: 挂到皮带扣。

6. caked hard:（由于老茧）结块。

【译文】

我父亲的华尔兹

你呼出的威士忌
能使一个小男孩晕倒；
我便死死拽住你：
这样的华尔兹可不好跳。

我们欢蹦乱跳，直到锅
从厨房的架子滑落；
在我母亲的面庞上，
眉头一直紧锁。

那攥着我手腕的手
有根关节受伤的指头；
你每跳错一个舞步，
我的右耳就蹭上了皮带扣。

你在我脑袋上打拍子，
手掌被泥土磨出了老茧，
你跳着华尔兹送我上床，
我还死死地拽住你的衣服。

【赏析】

西奥多·罗特克（Theodore Roethke 1908—1963），美国20世纪诗人，他出版的诗歌作品包括《开放屋》（*Open House*, 1941）、《迷失的儿子》（*The Lost Son and Other Poems*, 1948）、《赞誉之末》（*Praise to the End!*, 1951）、《献给风之语》（*Words for the Wind*, 1957）、《羔羊咩》（*I Am! Says the Lamb*, 1961）、《遥远田野》（*The Far Field*, 1964）。1954年，他的《苏醒》（*The Waking: Poems*, 1933—1953）获得普利策奖。他的作品范围很广，既有童谣，也有对人性情感的探索，但他的作品的不变的主题是成长和改变。他从大自然中撷取的意象往往带来超现实主义效果。

《我父亲的华尔兹》一诗讲述了诗人的童年记忆，诗中的父亲喝了不少酒，酒气熏天，走路歪歪倒倒，像在跳华尔兹。他抱着幼年的诗人上楼睡觉，但他东倒西歪，碰掉了厨房的煎锅，碰伤了他自己的手指关节，碰痛了小朋友的耳朵。母亲看到这个情景脸上露出了不悦的表情，而死死抱住摇晃的父亲的诗人，生怕从他的怀里摔下来。

诗歌描写的情节是简单的，它的核心修辞是将贪杯的父亲摇晃的脚步比喻成华尔兹。在西方文学中，酗酒一般在下层人民中很常见，中产阶级或上层阶级很少酗酒。在文学作品中，他们常常显得很清醒，当然实际情况如何，那是另外一回事。劳动人民工作辛苦，收入低，压力大，因此常常靠酗酒排解内心的郁闷。可以想象，诗中的父亲喝酒回家，抱着儿子上楼睡觉的幽默情景。

酒是好东西，也是坏东西。它赢得了许多人的喜爱，但也可能造成家庭的破裂，妻子一般不喜欢丈夫酗酒。虽然酒后的人会忘记人间烦恼，但也可能忘记家庭责任、社会责任、工作责任，严重时会造成夫妻关系紧张，甚至家庭破裂。在劳伦斯（D. H. Lawrence）的小说《儿子与情人》（*Sons and Lovers*）中，父母关系的裂痕与父亲酗酒有很大关系。该诗中的妻子看到丈夫歪歪倒倒的样子，脸上露出了不悦，也就可以想象了。

14. Philosophy of Love

虽然诗歌有这些讨厌的暗示，但是我们千万不能认为诗人对父亲怀有一种厌恶或者记恨。相反，诗歌对父亲的记忆充满了一种温情。华尔兹的比喻给这种温情增添了一丝幽默，父亲酒后摇晃的形象栩栩如生地展现在我们的眼前。虽然父亲摇摇晃晃，但是也对自己的儿子充满了爱意，他没有忘记送儿子上楼睡觉。华尔兹舞蹈带来的是一种美好和欢乐的联想，诗歌可以说是对父爱的歌颂，是一首含情脉脉的含蓄的父爱之歌。

【思考题】

1. What kind of person is the father in the poem? What is his likely profession?
2. What manner of walk does the father have after drinking whisky? What is he trying to do for the son?
3. What does the "waltz" in the title mean? Does it really mean dance? What is the son's attitude to the father?